U0115748

水中舞者

The Water Dancer

A Novel

[美国] 塔那西斯·科茨 著
Ta-Nehisi Coates

翁海贞 译

译林出版社

图书在版编目（CIP）数据

水中舞者 /（美）塔那西斯·科茨（Ta-Nehisi Coates）著；翁海贞译.
—南京：译林出版社，2023.5
（塔那西斯·科茨作品）
书名原文：The Water Dancer
ISBN 978-7-5447-9593-7

Ⅰ.①水…　Ⅱ.①塔…②翁…　Ⅲ.①长篇小说 – 美国 – 现代
Ⅳ.①I712.45

中国国家版本馆 CIP 数据核字（2023）第 037497 号

著作权合同登记号　图字：10-2020-232 号

水中舞者　[美国] 塔那西斯·科茨 / 著　翁海贞 / 译

责任编辑　潘梦琦
装帧设计　王晓玫
封面插画　李朋威
校　　对　王　敏
责任印制　单　莉

原文出版　One World, 2019
出版发行　译林出版社
地　　址　南京市湖南路 1 号 A 楼
邮　　箱　yilin@yilin.com
网　　址　www.yilin.com
市场热线　025-86633278
排　　版　南京展望文化发展有限公司
印　　刷　徐州绪权印刷有限公司
开　　本　850 毫米 ×1168 毫米　1/32
印　　张　14.5
插　　页　4
版　　次　2023 年 5 月第 1 版
印　　次　2023 年 5 月第 1 次印刷
书　　号　ISBN 978-7-5447-9593-7
定　　价　78.00 元

献给沙纳

第一部

我的任务是讲出奴隶的故事。
主子的故事从不缺少叙述者。
　　　　——弗雷德里克·道格拉斯

1

而我，只是在那座石桥上看见过她。一个舞者，周身缭绕着鬼魅的蓝色光芒，因为那个时候，他们只能用这个方法带她回去，那是在我儿时，那时候的弗吉尼亚，土地仍红似砖，红得涌跃着生命，雁河上还有别的桥，但他们必定锁缚了她，带她穿过这一座桥，因为只有这座桥通向那条收费公路，它盘绕越过青翠的山冈，斜下山谷，然后只弯向一个方向：南方。

我总是避开那座桥，因为桥面布满去了纳奇兹道的母亲、叔伯、表亲留下的记忆。我现在知道，记忆有令人畏惧的力量，它会开启一道蓝色的门，从一个世界通向另一个世界，它会把我们从山顶移到草地，从葱茏的森林移到白雪覆盖的原野。我现在知道，记忆会卷起土地，如折叠一件衣裳。我现在知道，自己曾如何把她的记忆推进"脑后根"，自己曾如何遗忘，却从未忘记。我现在知道，这个故事，这个"传渡"，必须从那里，从那座跨越生者和往者地界的神奇石桥开始。

她在桥头跳朱巴舞，头顶一只瓦罐，雾气从桥下的河面升起，缠绕她裸露的脚踝。她的脚跟踢踏，踩打桥面的卵石，胸前的贝壳项链不停地摇晃。瓦罐丝毫不受惊动，似乎成为她的一部分，不管她的膝盖抬得多高，身躯多倾斜，手臂多伸展，瓦罐总是在她头顶固定，犹如一顶王冠。眼望着那非凡的技艺，我知道踏着朱巴舞、笼罩着鬼魅蓝光的女人，就是我的母亲。

除了我，无人看见她。梅纳德不曾看见，他坐在新千年马车的车厢深处；施展各种伎俩迷惑他的烟花女子不曾看见；最奇怪的是，拉车的马也不曾看见。尽管我曾听说，马鼻子能嗅闻从其他世界走失而误入我们这个世界的东西。不，只有坐在赶车人位置的我看见她。她如同他们的描述，如同他们形容她从前的样子，起身跃进亲人的圆圈中间，埃玛阿姨、小皮、侯纳斯、约翰舅舅，都在拍手捶胸，敲打膝盖，催促她加快舞步。然后，她往泥地使劲顿足，好似用脚跟捣碎一只爬虫。她抬高臀，俯身屈膝，曲折的膝盖和双手缠绕挥舞，瓦罐仍立在她的头顶。我的母亲是无锁庄最好的舞者，他们这样对我说。我记得这句话，因为她不曾遗传给我丝毫天赋，更因为舞蹈让父亲看中了她，然后才有我。另外还有一个原因，因为我记得一切——全部记得，似乎只除了她。

现在已是秋天，赛马南下的季节。那天下午，梅纳德赌赢了一匹获胜概率极低的纯种马，自以为这一次终于能够博得他孜孜以求的弗吉尼亚上等社会的认可。然而，当他坐着马车，环绕镇中心广场跑圈，把身体深深地倚进车厢，咧嘴大笑之时，上等社会的男性转身背对他，兀自喷吐雪茄。没有致敬。他还是那个梅纳德——寿头梅纳德，孱头梅纳德，无厘头梅纳德，从树上掉到数里外的烂苹果。他大为恼火，令我驱车往镇尽头的老屋，一个叫作星落地的地方。在这里，他买得一名妓女的一宵宿，而后灵光一闪，决定把她带到无锁庄的大屋。然后，他突然觉得羞耻，在命运关头坚持走小路出镇，沿着哑巴丝路，来到那条老收费公路。我们从这条公路转到雁河边。

赶车时，冰冷的雨不停地下。雨水从我的帽檐滴落，在裤脚积成水洼。我听见后面传来梅纳德的声音，向烟花女子吹嘘他的赛马，他的性能力。我尽快驱马，只想赶紧到家，只想摆脱梅纳德的声音，尽管在这一生，我永远不可能摆脱他。梅纳德控制我的锁链。梅纳德，我的兄弟，成了我的主子。我竭力不去听，企图转移心思，回想剥玉米壳的记忆，儿时捉迷藏的游戏。我只记得，这些转移心思的回忆都不曾浮现。转瞬间，一切寂然无声，不但抹去梅纳德的声音，就连周围世界所有细微的声息，也全都消逝。我窥进脑海中的鸽巢，看见的都是往者的记忆：男人坚强地守过平安夜，女人最后一次巡视苹果园，老姑娘把花园押给别人，顽固的老人诅咒无锁庄的大屋。数不尽的往者，被驱赶，被带过那座险恶的石桥。那一整个军团化为我母亲一人。她在舞蹈。

我勒紧缰绳。但已经太迟。我们全速冲过，接着发生的事永远地动摇了我的宇宙秩序感。然而，就是在那里，我目睹它的发生。从此以后，我又看见类似的无数事件，它们披露人类知识的尽头，揭示知识之外的无限。

车轮下的道路消失，整座石桥陡降。一时间，我以为自己在漂浮，也许是在那道蓝光中漂浮。里面温暖，我记得那股短暂的温暖。很短暂，因为正如突然间身体漂浮起来，我同样突然地落到水中，沉入水底。即便在此时此刻，为你讲述这一切的时候，我觉得自己仿佛又回到那里，落在侵肌透骨的雁河，河水涌进我的身体，我感到溺水之时才有的烧灼的痛苦。

溺水的感觉无法类比。因为那不单是痛苦，还有一种置身陌生境地的困惑。头脑相信这里必定有空气，因为空气总是无处不在，呼吸的冲动又是如此出于本能，从而需要万分专注，才能停止执行头脑的命令。倘我自己纵身从桥头跳下，或许能够解释这个处境。即便是从桥上意外滑落，我大概也能够理解。或者，倘若这事属于可以想象的范围。可是，事实上，我似乎被从窗口推出去，直接推进河里。没有预警。我不停地试图呼吸。我记得自己呼喊着要空气，更记得答案的痛苦——水涌进身体的痛苦。我记得自己如何张开嘴，用喘息回应那种痛苦，如此，便只是让自己吞下更多水。

然而，不知如何地，我镇定了思绪。不知如何地，我开始理解这样胡乱扑腾只能死得更快。恢复平静后，我看到一边有光，另一边是黑暗，便推断黑暗是河底，光不是。我踢动双腿，朝着光的方向拨划手臂，最后，伴着咳嗽干呕，我冲出水面。

冲破黑暗的水面，我进入恍若立体模型的世界：暴雨云悬挂在无形的绳索之下，红色的太阳即将沉落，紧贴着云畔，太阳底下是撒满青草的山坡。我回头望向石桥，天哪，想必已在半英里外。

那座石桥似在匆匆逃离我，因为水流把我拖住。我试图游向河岸，可是，还是那股水流，或者水下不可见的漩涡，把我拖向下游。看不见烟花女子的踪影，梅纳德冒失地购下她的一夜。然而，关于她的思索，旋即被梅纳德的声音打断。一如既往，他高声叫嚷，宣告自己的存在，似乎决意要以出生的方式离开这个世界。他就在近旁，被同一股水流挟带。他在水中拍打嘶喊，时或双脚踩水，头露出水面，随即沉没，数秒钟后再次浮现，一面嘴里叫唤，一面踩水拍打。

"希，救我！"

瞧我，自己命悬一线，悬在漆黑的深渊，却被叫去救别人。我多次试图教梅纳德游泳，而他像对待所有的教导一样对待我的游泳课，散漫钻懒，然后，因不见长进而气恼，变得执拗。我现在明白，是奴隶制谋害了他，奴隶制让他永远不能长大。现在，他落进另一个不受奴隶制宰治的世界，一碰到水，梅纳德就会立刻死去。一直以来，我是他的庇护。是我，仗着一点风趣和自贬，劝阻查尔斯·李别拿枪射他；是我，在他无数次触怒父亲后卫护他，苦苦地哀求；是我，每天早晨为他穿衣；是我，每天夜里哄他入睡；是我，如今已疲惫，身体和灵魂都已疲惫；是我，在这里，与湍急的河水搏斗，与把我置身此地的神秘事件搏斗，在甚至不能聚集足够的力量自救之时，却要全力回应再次拯救另一人的请求。

"救我！"他又喊道，然后哭起来，"求求你！"他的口气，还是那个永远长不大的孩子，可怜地哀告。我意识到——且不说落进雁河面临自己的死亡之际，这个想法有多刻薄——他从未用主子的口气对我说话，他从不故意彰显我们两人之间真正的地位差别。

"求求你！"

"我也没有办法，"我隔着水面喊，"我们完了！"

接受将要死去的事实之后，过往的记忆在我的脑中自行浮现。然后，适才在桥头望见的那道蓝光又闪现，再度将我包围。我回忆无锁庄，所有挚爱的人，我看到锡娜，在烟雾氤氲的河中央。这是浆洗衣服的日子，老人扛起一桶桶蒸汽腾腾的热水，使出生命尽头最后一点力气，捶打滴水的衣裳，捶到衣服湿润，捶得双手红肿。我看见索菲娅，戴着手套和兜帽，打扮得似主子的女人。她的职责要求她穿这副装束。在我观望的时候，正如我从前无数次这样观望，她拉起裙摆，提到脚肚，细步穿过一条小径，去见锁缚她的主子。我感觉自己的四肢屈服，把我推进雁河的那些神秘混乱的事件，已经不再叫我困惑。这一次，我沉入水底，没有觉得烧灼，没有挣扎着呼吸。我感到轻盈，纵然身体沉到河底，我觉得自己在另一个地方浮起。水退去，我独自身处一个温暖的蓝色包裹里，河水在我身边流淌。那个时刻，我知道，我终于得到了我的奖赏。

思绪在回忆里走得更远。我想起所有被带出弗吉尼亚，走上纳奇兹道的人。我思索，多少人被带得更远，早已抵达我正在靠近的下一个世界，在那里迎接我。我看到埃玛阿姨，那些年每天在厨房劳动，她搬出一盘姜汁饼，沃克家族的人都有分到，唯独没有她自己和亲人的份。大概我母亲会在那里。然后，如思绪一般敏捷，我看见她从我眼前晃过，在圆圈中央跳水舞。想着所有这一切，想着所有故事，我心中平静，甚至有些高兴，身体在黑暗中升起，坠进蓝色的光。那道蓝光内部有一种安宁的气息，比睡眠更安宁。不止是这些，那里面还有自由。并且，我现在知道长辈们没有说谎，他们说，有一个属于我们自己的家园，有一个奴役之外的人生，在那里，人生每一刻都似山岗上的晨光。那个自由如此遥远，让我不禁意识到身旁这个纠缠不休的重负。我曾以为一生都不可能摆脱这个重负。现在，它似乎执意要跟随我，直到永远。我转过头，看到身后的重负。这个重负是我的兄弟，他号啕大哭，拍打四肢，嘶叫乞援，求我拯救他的性命。

我这一生，无时无刻不在迎合他的兴致。我是他的右臂。因此，我自己没有手臂。可是，现在，一切都结束了。因为我在上升，超越高贵与奴役相对立的世界。我最后看了一眼梅纳德，他在水中狂乱地拍打，伸手攫取再也抓不住的东西。然后，他在我眼前变得模糊，犹如一道光，随着波浪沉浮。我周身环绕着喧哗的虚无，他的哭喊从下面传来，逐渐变得微弱。然后，他消失了。我想说，我当时哀悼他，或者以某种方式有所表示。可是，我没有。我去我的终点，他去他的终点。

这时，眼前的幻影逐渐凝固，我的视线定在母亲身上。她已停止舞蹈，屈膝跪在一个男孩面前。她伸手抚摩男孩的脸颊，亲吻他的额头，把一串贝壳项链放进他的手里，拢起他的手指握住项链。她站起身，双手捂着嘴，转身走向远处。男孩立在原地凝望，然后朝她的背影哭喊，跟随她后面走去，然后跟随她后面奔跑，跌倒，趴在地上哭泣。然后，他站起来，转过身，这一次面对我，朝我走来。他伸出手，递来那串项链。我看到了。太久太久之后，我终于看到了我的奖赏。

2

我每时每刻都想出去。我不是别出心裁，每一个奴隶都想出去。但是，我与别人不同，与无锁庄的其他奴隶不同，我有办法。

我自小古怪，学步以前就会说话。但我的话不多，因为我更会观看和记忆。我听人说话。不，与其说听人说话，不如说我看他们说话。他们的词语在我眼前构成图画，呈现为连绵的色彩、线条、纹路、形状。我把图画存在心里。我的天赋，就是一经召唤就能立即取出这些图画，一字不差地转化为曾经构成这幅图画的词语。

五岁时，我扯开嗓门唱完一支劳动歌。我只听过一次，却能准确地表演对唱歌词，还即兴增添，大人们听得瞠目。我给野兽取独特的名字，用我看见它们的地点、时间，它们做的事等命名。于是，有一头鹿叫作春天的青草，另一头鹿叫作断枝的橡树。大人们常告诫我，不可靠近那群野狗。但是，它们不是一群，每条狗都是独特的。就算我不会再次看见它们，每一条狗都很独特，就像我不会再次看见的一位女士或绅士，因为我也记得他们。

一个故事，你不必给我讲两次，因为你若告诉我，女儿出生的时候，汉克·鲍尔斯哭了三个小时，我就记着了；你若告诉我，露西尔·西姆斯用她母亲的工装做了一身新衣，在圣诞节穿，我就记着了；你若说强尼·布莱克韦尔那次拔刀捅他的兄弟，我就记着了；你若给我历数霍勒斯·科林斯的祖先，他们在榆树县哪个地方出生，我就记着了；简·杰克逊念诵她家的世代，她的母亲，她母亲的母亲，一直追溯到大西洋海岸的第一位母亲，我就记着了。因此，自然而然地，纵使身在雁河的深渊，纵使石桥消失，纵使凝望自己落进无可逃避的厄运，我依然能够记起，这不是我初次来到这道蓝色的门前。

我曾经来过。那时候，我九岁，在我母亲被带去出售的第二天。那个寒冷的冬天早晨，我醒来，知晓她的离开已是铁定的事实。然而，我的脑中没有任何别的图画和记忆，没有丝毫她的图画。我总是从别人口中听说母亲的事，就像我相信狮子在非洲，尽管我从没见过狮子。我试图寻找鲜活的记忆，却只寻到碎片。呼喊。哀告——有人向我哀告。刺鼻的马的气味。在所有这些雾蒙蒙的情景中间，有一个形象反复闪现，模糊不清：一个饮水槽里的水。我不由得恐惧，不止是因为失去母亲，也因为我是特殊的孩子，能用最清晰的颜色记得昨日发生的一切，记忆的纹路如此细腻生动，让我简直可以掬饮。而我躺在那里，在恐惧中惊醒，却发觉自己完全没有记忆，只有瞬间的形象，只有阴影和呼喊。

我得出去。在我心里，这不止是一个想法，更是一种感觉。身体里有一个疼痛，一处缺口，一种掠夺。我知道自己无力阻止。母亲离开了，我得跟随。于是，那个冬天的早晨，我穿起粗麻布衬衫和长裤，双手穿进黑棉袄的双袖，系紧短靴。我走到门外，来到大街上。大街是我们共同活动的区域，两侧各有一排人字形屋顶的木屋。被分配在烟草地劳动的人，以这些木屋为家。冷风卷起木屋之间空地上的尘土，刀锋似地切割我的脸。那是周日，圣诞节两周后，天亮以前夜最黑的时刻。月光下，我看见木屋的烟囱升起白烟，犹如一团团粉扑，木屋背后，树木漆黑光秃，在呼啸的风中醉酒似地摇摆。倘若是夏天，纵使在深夜，大街上依然热闹喧嚣，摆满蔬果摊：新摘的卷心菜，刚拔出土的红萝卜，积攒数日的鸡蛋被拿出来交换，甚至捧去卖给大屋；莱姆和年纪大的男孩已奔到外面，肩上扛着钓鱼竿，笑呵呵地走向雁河，一面朝我挥手召唤："希，快来，一道去！"我必定也会看见阿拉贝拉，带着弟弟杰克，他睡眼惺忪，耷拉着脑袋，但很快就会活泼起来，在木屋间的空地上画出一个大圆圈，蹲在圈里玩弹珠。还有锡娜，大街上最刻薄的妇人，可能已在打扫前院，拍拍一条旧毯，或者旁观人们做蠢事，独自摇头咂嘴翻白眼。可是，这是弗吉尼亚的冬天，头脑灵清的人都待在屋里，围在火前。因此，我走到外面的时候，街头空空，无人在门首探头，朝外张看，无人拉住我的手臂，在我的屁股上拍打两下，喝道："希，这么冷的天，冻死你！小干仵，你姆妈哩？"

我走上弯曲的小路，走进昏暗的树林。工头哈伦的木屋从视线里消失，我停下脚步。他知晓吗？他是无锁庄的执法者，一个低等白人，在他认为适当的时候，拿出惩治手段叫我们"改过"。工头哈伦是奴隶制的操作者，管辖田地间的事务，他的妻子黛西掌控大屋的家务。我搜索记忆碎片，却没有找到哈伦的图画。我看见饮水槽，嗅见马的气味。我得去马厩。我能肯定，某个我自己难以形容的东西在那里等我，关于母亲的要紧东西，兴许是一条秘密通道，会把我送到她身边。我走进树林，冷风割进我的身体，我又听见似是茫无端绪的话音，在我周围不断地繁衍。话音在我的脑中转化成一个形象：饮水槽里的水。

我在奔跑，提起短腿拼命地跑。我得去马厩。我的整个世界似乎依托在那个地方。我跑到白色木门前，使出力气推动门闩，两道门突然弹开，撞在我身上，我摔倒在泥地上。我立刻爬起来，跑进去，眼前出现记忆碎片呈现的东西：马，饮水槽。我走近马前，逐一凝视它们的眼。马用呆滞的目光回视。我走到水槽前，看进乌黑的水。那个话音再次出现。有人向我哀告。这时，黑沉沉的水面呈现景象。我看到被奴役的人，从前住在大街尽头，现在早已消失。漆黑的黑暗深处，涌现一阵蓝色的雾，雾气最深处散出一道光。我觉得那道光把我拉起，把我拖进水槽。我四下顾看，只见马厩在消逝，正如许多年以后，那座石桥也是这般消逝。我心中忖想，这就是了，这就是梦境的意味：这条秘密通道，带我脱离无锁庄，带我去和母亲重逢。然后，蓝色的光芒消散，我看见的不是母亲，而是人字形的屋顶。我认出，这是我适才离开的木屋顶。

我倒在地上，仰面躺着。我想要站起来，可是手臂腿脚都很沉重，好似套着铁链。我挣扎着爬起，摸到床前，我和母亲同睡的绳床。她的浓郁的气味，依然弥漫在屋里床头。我想在脑中的巷角追踪她的气息。尽管我短暂人生里的每一个转弯和角落，都清晰地摆在眼前，母亲却只是一阵雾，一阵烟。我试图回想她的面容，可是那张脸不曾浮现。我回想她的臂膀，她的手，还是只有一阵雾。我搜索记忆，寻找她遭遇的惩罚，她对我的爱，可是只寻到一阵烟。她退出了记忆的温暖被褥，进入事实的冷漠书房。

我睡去。醒来时，已是当日下午。睡醒的时刻，我清晰地意识到自己孤零零一人。我见过许多孩子，处于我今日的境况。孤儿，知道自己被遗弃，孤身经受世界的风雨。我见过有些孩子因而崩溃，性格变得暴躁，也有些孩子似乎神志不清，恍惚地行走；有些孩子哭泣数日，也有些孩子异常专心，全副精神只投入眼前的事。他们体内有一部分已死去，就像外科医生，他们本能地知道必须立刻截肢。因此，我也是如此。当日是周日，下午，我起床来，穿起同样的短靴和粗麻衬衣，同样神志恍惚地走到外面。这一次是走向仓库，领取分配给我家的一周口粮：玉米和猪肉。我拎着食物回家，但没有在屋里停留。我取来弹珠，除了那袋食物和身上的衣服，这些是我的全部财产。我走到外面，来到街头最后一间屋。这间木屋较大，比其他木屋位置靠后。锡娜的家。

大街类似集体生活，锡娜却孤僻，不扎堆聊天，不讲闲话，也不跟人群一同唱歌。每天，她在烟草地干活，然后回家。孩子们嬉戏喧闹，她听见时，就会愤怒地瞪眼。有时候，无缘无故地，她奔出木屋，双目怒视，提起扫帚朝我们挥舞。倘然换作别人，这样的举动可能会引发冲突。但是，我听说锡娜并不是一向如此，在她的另一个人生里，也是在大街上，她不光是五个亲生儿女的母亲，也是大街上所有孩子的母亲。

那是另一个时代，我对那个时代没有记忆。可我知道，她的孩子都走了。站在她家门前，手里拎着一袋猪肉和玉米，我在想什么？必定有人肯收养我，某个喜爱孩子的人。可是，我知道，在这条街上，只有她懂得那个时刻我体内剧烈的伤痛。纵使在她朝我们挥舞扫帚的时候，我也能感觉她深刻的失去，她的伤痛。只是，她与其他人不同，她拒绝掩藏内心的怒火。我觉得那簇火焰真实又正确。她不是无锁庄最恶劣的人，而是最真挚的人。

我举手敲门，没有听见应答。我开始感到身体寒冷，便推门进去。我把口粮搁在门道上，攀木梯爬上阁楼。我趴在阁楼上，面朝下张望，等候她回来。几分钟后，她进门来，仰头看见我，面露熟悉的怒容。但是，她继续走到壁炉前，开始生火，从壁炉台上取下锅子，不多久，猪肉和灰烤玉米饼的香味弥漫开来。她又仰头看我，说道："想吃的话就赶紧下来。"

跟着锡娜居住一年半后，我才知晓她愤怒的根源。我睡在阁楼的小木床上，一个温暖的夏夜，我在恸哭声里惊醒。锡娜在哭泣，在梦里说话。"没关系，约翰，没关系。"说得字字真切，传进我耳中。一时间，我以为她在跟访客说话。我从阁楼上探出头，朝下观看，却见她仍在沉睡。我已经习惯锡娜的梦魇，平常总是假装没有听见。可是，这一次，她越是说话，我就越觉得她被噩梦缠得痛苦。我爬下阁楼，想要唤醒她。走近时，我见她仍在呻吟，口中说道："没关系，没关系，我跟你讲过了，约翰，没关系。"我伸手摇她的肩膀，摇得她身体震颤，终于惊醒了。

她睁眼看我，又转头看昏暗的木屋，茫然不知自己在何处。然后，她双眼一眯，盯住我。过去一年半里，我对锡娜的愤怒几乎有了免疫力。事实上，她的怒火开始缓和，大街上的人松了一口气，认为我的存在可能开始疗愈她的旧伤。然而，看到她盯住我的目光，我就明白，这样的想法纯粹是误会。

"作死啊你！"她说道，"小干仵，滚开。作死啊，马上滚！"我慌忙逃出门外，看到已快天亮。再过一会，太阳的橙光就会穿过枝丫。我回到曾经与母亲同住的木屋，坐在台阶上，等候上工的时间。

那时候，我十一岁。在同龄人中间，我的个头偏小。但是，这里没有例外，我仍旧得完成跟成年男子同样的劳动量。我粉刷墙壁，填补木屋破洞。跟其他人一样，我夏天锄草，秋天晒烟草叶。我去钓鱼，设陷阱捕野味。母亲走后，我依然照料蔬果圃。不过，像今日这样的炎热天，我和其他孩子一道被派去担水，负责田间劳工的饮水。因此，一整天，我们一群孩子轮流换班，从大屋院旁的水井，一路挑到烟草地。钟声敲响，大家歇工回家吃晚饭，我没有回锡娜家。相反，我在树林里找到一个安全地点，蹲在那里观望。这时候，大街上热闹极了，但我的眼睛只望向锡娜的木屋。我望见她，每隔二十分钟左右，走到门外，朝大街上下张望，似乎在等候客人，然后转身进屋。我终于回到木屋的时候，夜色已经深了，她坐在床前的椅子里。壁炉台上排着两只空碗。我知道，她还没有吃晚饭。

晚饭后，该歇息的时候，她转头面对我，嗓子沙哑，低声说道："约翰，大个儿约翰，是我丈夫。他死了。热病。我想该叫你知晓。我想你该知晓，有些东西缠磨着我，缠磨着你，缠磨着这个地方。"

说到这里，她默然不语，眼睛看着壁炉，火堆里最后一点余烬渐渐熄灭。

"我不想为这个事苦恼。死跟别的事一样，都很正常，比这个地方正常。可是，这个死法，我家大个儿约翰的死法，就没有正常的地方。那是谋杀。"

大街的热闹和喧哗消逝了，只有夜间昆虫低沉而有韵律的鸣唱。我们敞着屋门，7月初的凉风吹来。锡娜从壁炉台上取下烟斗点燃，一口一口地抽吸。

"大个儿约翰是班头。你晓得这是什么意思吗？"

"他是地里的头领。"

"不错，"她说道，"他被选为班头，负责监督所有烟草队。

大个儿约翰当上班头，不是因为他跟哈伦一样毒辣。他当班头，因为他最有智慧，赛过他们所有白人，他们白人的性命都指靠着他。希啊，这些地，可不光是几块地。它是一切的心脏。你在这边长大，你瞧瞧上头那边，那些个稀罕物儿，你晓得它们里头藏着什么。"

我知道。无锁庄广阔无边，在高山脚挖掘数千英里田野。我最爱偷空溜到那边，到田野里探索。在那些地方，我看到果园结满金黄的蜜桃，麦田在夏日凉风里摇摆，玉米秆顶起黄灿灿的丝穗，还有挤奶场、铸铁厂、木工坊、冰窖、种满丁香铃兰的花园。一切都遵循精确的几何学，讲究华丽的对称。而我太年幼，尚不能理解这样的数学。

"很美，对吗？"锡娜说道，"可是，那边一概物事，都得靠这边地里的东西，还有像我手里的这点力气。我男人大个儿约翰，管着这里的一切。种黄金叶的窍门，我男人懂的，赛过所有人。他能告诉你该怎么扣出天蛾，哪片叶子得掐掉，哪片得留着。所以，白人对他有点特别照顾，我家的木屋比别人家的宽敞。

"我们也不是没有天良。额外得到的吃食，拿出来分给缺食的人家。约翰非要这么做。"

她停顿，抽几口烟。我望着萤火虫飞进来，在阴影里焕发黄色的光芒。

"我爱着那个男人，可是他死了。接下来就只有坏事。我记得，约翰一死，收成就糟了。第二年没有好转。第三年也没有。

人都说，就算约翰活着，也救不了我们。那是土地在诅咒白人，因为他们做事残酷，把土地剥精光了。弗吉尼亚的红烟草，有些断了品种，很快，就连弗吉尼亚的土壤也要没了。他们都晓得。约翰死后，这里就成了地狱。我的地狱，你的地狱。

"我想起你的阿姨埃玛。我想起你姆妈。她们两个，我都记得，罗丝和爱玛，因为她们俩总是结伴成对。两人感情好，都爱跳舞。我要说，我向她们致敬。希啊，有时候记忆叫人伤痛，可是，我们不能忘记。你不能忘记。"

她说话时，我愣怔地看着她。早已遗忘的负荷在我心头沉重地压下。

"我就晓得，我永远不会忘记我的孩子，"锡娜说道，"他们把我五个孩子都带到赛马场，跟其他人一起，摆在那里出售，就像卖一捆一捆的烟草。"

锡娜说着，头低垂，双手托着额头。她再次抬头看我的时候，我看见眼泪顺着她的面颊流淌。

"出这事的时候，我整日诅咒约翰，因为我琢磨着，倘然他还活着，我的孩子就不会离开我身边。不光是因为他有特别的智慧，我只是觉着，我自己没有勇气去做的事，约翰肯定能做到。他能阻止他们。

"你晓得我的脾气，你都听见他们背后怎么说我，但你也晓得，老锡娜身体里有个东西碎了。那天我见到你趴在阁楼上，就觉着你身体里那个东西也碎了。所以，你选择我，不管你的小脑袋想过什么，你最后挑中了我。"

说罢，她站起身，开始做每晚例行的家务，把屋里的东西摆放整齐。我爬上阁楼。

"希！"她喊道。我回头，见她看着我。

"什么事，太太？"我说道。

"我做不了你的母亲。我不能成为罗丝。她是美丽的女人，有最善良的心。我喜欢她。现在，我喜欢的人不多了。她不嚼舌根，只做好自己的事。我不能取代她的位置。但你选了我，我能懂。我想叫你晓得，我能懂。"

那夜，我很晚才睡去，瞪大眼睛望着屋顶的木梁，脑中思忖锡娜的话：**美丽的女人，最善良的心，不嚼舌根，只做好自己的事。**我把这些特征存入记忆。我在大街上听人说话，不断地收集关于她的记忆。锡娜不知道，我多么需要关于母亲的记忆碎片。数年来，我拼凑这些碎片，慢慢地构造一幅肖像，和大个儿约翰一样，她是一个活在梦里的人。但是，她只是一阵雾。

那么，我的父亲呢？无锁庄的主子呢？很小的时候，我就知晓他的身份，因为母亲没有把这个事实当作秘密掩藏起来，他也没有。我时常看见他，骑在马背上巡视他的财产，他的眼睛看到我的眼睛时，就会稍作停顿，帽子朝我斜一点。我知道是他卖掉了我的母亲，因为锡娜反复提醒我这个事实。可是，我是男孩，总会忍不住像别的男孩那样，仰望自己的父亲，依照父亲的模型，想象自己将来成为男子汉的形象。更何况，那时候，对于阻隔上等人与奴隶的广阔山谷，我依然颇有些懵懂——我们奴隶住在山脚，弓身弯在田地间，背烟草爬上山，装进集装箱，过艰苦的生活；他们上等人住山上的大屋，那是无锁庄的权力心脏，他们的生活一点也不苦。我只知道这些差别，自然而然地，我在我的父亲身上看到榜样。在我眼里，他象征着另一种人生——光彩尊贵的人生。此外，我知道我在上边有一个兄弟，我在下边劳苦的时候，他在上边安逸地享受。我思忖，他有什么权利整日游闲，是什么律法规定我须终日劳苦。我只须想个办法，抬高我的地位，谋个职位，叫我有机会施展才能。那个周日，我的父亲现身大街，遭遇他命中注定的灾祸之时，我便是这样琢磨着的。

那一天，锡娜的情绪异常地好。她坐在门廊上，脸上没有怒色，看见小孩蹦跳而过，也不去追赶。我在宿舍的背后，站在烟草地和大街之间的空地里，扬声唱歌：

哦主呀，苦难多苦啊

哦主呀，苦难多苦啊

无人知晓我的苦，只有我的神

无人知晓我的苦，只有我的神

我一段一段地唱，从苦难唱到劳动，又从劳动唱回苦难，从苦难唱到希望，再从希望唱回苦难，再从苦难唱到自由。对唱部分，唱到问者，我就转换歌喉，变作地里领队男子大胆夸张的嗓门。唱到答者，我就用周围听众的声音，逐个地模仿。

大人们听得好高兴，我的歌愈唱愈长，一段接一段，将所有人的声音全部模仿一遍，大人们听得高兴极了。不过，那一天，我不去观察大人们。我的眼睛望向那个白人，他骑着田纳西赛马，帽檐压低，策马靠近前来，微笑地赞赏我的表演。他是我的父亲。他摘下帽子，掏出一方手帕揩拭额头。他戴上帽子，伸手探进衣兜，取出一件东西，轻轻地抛来给我。我的视线一直盯着他，旋即伸手接取。我久久地站着，与他对视。我能感觉身后的紧张气氛：我这么放肆，大人们心中恐惧，生怕哈伦会动怒。但是，我父亲只是微笑，朝我点头，策马离开。

紧张的气氛缓和了，我回到锡娜的木屋，爬上阁楼。我从兜里掏出我父亲骑马离开前抛来的钱币。是一枚铜币，边缘粗糙起伏，正面是一个白人男子肖像，背面是一头山羊。我坐在阁楼里，手指摩挲着钱币粗糙的边缘，感觉自己找到了办法，找到了我的筹码：走出烟草地、离开大街的车票。

次日，我们刚吃过晚饭，事情就发生了。我从阁楼探头张看，见黛西和哈伦压低声音，对锡娜说话。我替她担忧。我从未亲眼看见黛西或哈伦动怒，但我听说许多这样的故事。据说，哈伦拿枪一下子打死一个男子，只因为他拿错了锄头，黛西拿马鞭打挤奶场的一个女孩。我探头朝下看，见锡娜垂头盯着地面，偶尔点头。黛西和哈伦离开后，锡娜唤我下去。

她默默地领着我，走到田野上。在外面，无人能趴在墙壁上偷听。夜已经深了，溽夏的热气在空中消散。我满心期待，似能预料将要发生的事。我聆听自然万物的声息，它们犹如一支合唱队，我相信，它们在歌唱美好的未来。

"希兰，我晓得你很会观察。我晓得，虽然我们都在面对这个世界的残酷，但你比许多大人做得更好。可是，你的世界就要变得更残酷。"她说道。

"是的，太太。"

"白人从上边下来，说你在地里的日子结束了，叫你到上边山顶去。可是，希兰，他们不是你的亲人，我想要你明白这一点。在上边，你不能忘记自己，不能忘记自己人。现在，他们叫我们上去，你听见没有？**我们**。你那一点把戏，我瞧出来了，我们都瞧出来了。连我都给迷住了。我得跟着去，照应你。你大概会以为，你把我救出去了，但是，你是把我直接搁在他们眼皮底下。

"在下边，我们有自己的世界，有自己活着的方式，有自己说话和笑的方式，就算你不太见我说话，不太见我笑。可是，在下边活着，我至少有这么个选择。这边不怎么样，可是属于我们自己。在上边，他们直接站在你头顶……那可就两样了。

"你得警惕，孩子。自个儿小心。记着我跟你说的话。孩儿，他们不是你的亲人。我站在这里，比那个坐在马上的你的白人父亲，更像你的母亲。"

她试图告诉我，试图告诫我将要发生的事。可是，我的天赋是记忆，不是智慧。次日，我父亲的管家，下颌肥硕、眉宇蔼然的罗斯科，来接我们。我竭力掩饰，才藏起心里的激动和兴奋。我们穿过烟草地，路过地里的奴隶，他们正唱起歌：

你到了天堂，一定要说你记得我
记得我和我堕落的灵魂
记得我可怜的堕落的灵魂

我们走过麦田，穿过绿草坪，经过花园，我仰头望见无锁庄的大屋，耸立在山顶，似太阳一般耀眼。走近时，我看见高大的圆柱、柱廊、门上的天窗。一切都那么壮观。我突然打了一阵寒战，遍体冷麻——因为血脉，这栋住宅也属于我。我的想法没有错，但不是我所以为的意味。

罗斯科回头瞅我一眼。我感觉他面露厌憎，想必是瞥见我双眼发亮。"我们走这边。"他说道，领我们偏离正门，走向房屋立基的山脚。地基墙根处，我看到一个入口，通向一条隧道。我们顺着隧道走进去。隧道两侧都是房间，奴隶们接连走出来，向锡娜和罗斯科招呼一声，匆匆地走进更狭隘的隧道。这是野兔洞，大屋的地下世界。

我们在一间小室门前停下。显然，这里就是我的住所。室内有一张床，一张桌子，一只面盆，一只瓦罐，一方布。没有阁楼，没有地下室，没有窗。锡娜进屋搁下提包，罗斯科在门前逗留，我站在他旁边。她的目光落在我身上，我能感觉到，那个凝视的眼神在重复一句话——**他们不是你的亲人**。须臾，她移开视线，说道："最好也带他上去罢。"罗斯科伸手一按，我没有看清他碰触何物，墙壁滑开，我们从黑暗走进宽敞的房间，里面充满阳光和书籍。

我站在门口，所有的官能都感到震撼：阳光满屋，松节油的气息氤氲，金色蓝色交织的波斯毯，地毯下的木地板熠熠闪亮。可是，最叫我移不开视线的是书籍。我见过书，下边大街上总有一二人能识字，他们的屋里珍藏着旧杂志或歌集。但我从未见过这么多书，四壁全是书架，从地面直抵天花板。我努力不瞪大眼眶。我知道黑人若过于好奇弗吉尼亚以外的世界，会有什么样的下场。

我将目光转离书籍。我看到我的父亲，身着家常便服，只穿了马甲和衬衣，坐在一个角落，望着我，望着罗斯科。我略别转头，见另一角落里站着一个男孩，白人，年纪略比我大。血缘的本能叫我顿时领会他是我的兄长。我父亲举手一拂，轻轻地、随意地，我看得出罗斯科理解这个动作表示他须立刻离开。于是，他转身，犹如执行军事演习，消失在滑门后。我站在那里，独自面对我的父亲豪厄尔·沃克和我的兄长。在好奇的沉默里，他们两人打量我。我伸手插进兜里，搜索那枚铜币，抚摸它粗陋的边缘。

3

我的职务是我父亲直接指派的，经由黛西传给锡娜，再由锡娜传给我。目的是要我成为有用的人。于是，每天早晨，与所有奴隶一样，我在天亮前起床，在各处行走，随时见机打下手：在厨房帮主厨埃拉烧火，到挤奶场拎牛奶桶，早餐后收拾杯盘，跟随罗斯科在屋外劳动，洗刷马匹，或到苹果园，跟随皮特嫁接幼树。总有干不完的活，因为大屋的需要不会变动，奴隶人数却逐日减少。我第一次隐约意识到，纵使在大屋，奴隶也照样会被送到纳奇兹道出售。我干活卖力，有时候，我看见我父亲的眼神扫到我身上，看见他撇嘴露出稀薄的笑容，我就干得更卖力。他在我身上看到用途。

我十三岁那年的秋天，我已在大屋过了四个月。我父亲摆宴庆祝收获季节。一整天，大屋的奴隶们私底下流露出掩不住的疲惫。那日清晨，我给埃拉送鸡蛋。平常，她脸上总是露出热情的笑容，我开始以为她的笑容是早晨的自然规律。可是，这一天，自然界失去常态。我拎着一篮鸡蛋到埃拉面前，她只是摇摇头，示意我把蛋搁在桌上。皮特站在桌前，从柳条筐里挑苹果。

埃拉悄步走到皮特身旁，敲开六只鸡蛋，分开蛋黄和蛋白，先打蛋白。她压低嗓音，细得似耳语，不敢公开表露心里的想法。"他们什么都不关心，压根不管你是人还是东西，"埃拉说道，"这事太过分了，皮特。你晓得的，这事太过分了。"

"没事，埃拉，"他说道，"叫人恼火的坏事多哩。"

"不是我恼火。我就是希望他们能体谅。要求过分吗？说过是小晚宴，怎么突然又改成招待全县了？"

"你心里有数，"皮特说道，"你晓得他们一贯这样。"

"我心里没有数，"埃拉说道，"希，把擀面杖递给我，去把火生起来，好吗？"

"你双眼亮着哩。现如今不比从前了。黄金叶不如从前。旧家族都去了西部、田纳西、巴吞鲁日、纳奇兹。都去了那些地方。这里没剩几个人啦。剩下的人，觉着得抱团，得一道坚持下去。对他们来说，如今的小晚宴可是一桩大事。谁家打算搬走，他们心里都有数。这可能是他们最后的话别。"

这时，埃拉暗自微笑，但笑容里也流露着一股嚣张和嘲讪，我不由得想跟着笑，虽然并没有好笑的事。"希，宝贝儿，那个。"她说道，示意架上的工具。她唤我宝贝儿的时候，我的体内总是很温暖。我离开灶火，从架上取下切面器，送到她面前。埃拉仍兀自发笑，抬头看我时，露出惯常的热情笑容。

她突然收敛笑容，愣神看着我，几乎看透我的身躯。然后，她转向皮特，说道："我才不管他们什么感情哩。他们所有人加起来，都没有这孩子懂得话别。他还只是个孩子。"

那一整天，就像埃拉一样，我看到所有奴隶都流露出同样的紧张。但是，我的父亲或黛西都没有察觉，也不在乎。傍晚，大小马车一辆一辆地抵达，我们面带微笑，礼貌地寒暄。我被派作侍应。那时，我已学会洗漱梳理，把自己弄得锃亮，学会左手擎起银托盘，右手上菜，学会如何悄然隐进角落，又无声地出现，挪开面包，又隐进阴影。晚宴结束后，我们撤下杯盘，站在樱桃红色的客厅，宾客们坐进深软的坐椅和躺椅。

我望过房间，目光与其他三人对视，他们的任务也是侍候宾客的任何需要。我的目光转向客人，试图预测他们会琢磨出什么需要。我格外留心梅纳德的家庭教师菲尔茨先生，他年纪不大，外表太过严肃，双目凹陷，整个身体陷进座椅。不过，我的注意力难以集中。我发觉自己在欣羡女性的时尚，她们的白色蕾丝帽、粉色折扇，她们两鬓的发卷，插在发间的满天星和雏菊。男性身上值得观赏的地方不多，他们一律穿黑。但我还是觉得他们好看，因为他们迈步别有姿态，纵使最细微的动作，也流露着优雅。譬如，他们打开凸窗门蹚进后花园，侧身倚向一个奴隶点烟，或者谈论绅士的话题。我想象自己在他们中间，坐进一张软椅，或者俯近一位淑女耳边低语。

他们玩了十七轮纸牌，喝下八坛苹果酒。他们吃淑女蛋糕，吃得饱胀站不稳。然后，时钟刚敲过午夜，一位反戴了蕾丝帽的淑女，开始歇斯底里地笑，咯咯咯，无休止。一位穿黑色衣服的绅士开始数落妻子。另一位绅士在角落点头打盹。立在旁边侍候的奴隶们开始紧张。这股微妙的紧张气息，我肯定宾客们毫无知觉。我父亲坐着，凝视壁炉的火焰，菲尔茨先生深陷进椅中，神色十分沉郁。那位淑女遽尔变色，收敛笑声，扯下蕾丝帽，露出七零八落的面谱，脸彩残损为一道道斑痕。

这位淑女属于考利家族，名叫艾丽斯·考利。许多年以前，考利家族分裂，一半人去了肯塔基，另一半人留在这里。我记得她的背景，因为半个考利家族离开的时候，带走很多奴隶，皮特的姊妹曼迪也在其中。我从未见过她。但他常说起她，每次当肯塔基的考利家族两边往返的奴隶网络传来消息，皮特听说她活着，听说她身体无恙，听说与她同去的亲人都还在一起的时候，他的面容就会欢喜得发光，那个高兴劲，整周都不会消失。

"给我们唱个歌！"艾丽斯呵斥道。无人应答，她走向侍应的奴隶卡修斯，掴他一巴掌，嚷道："作死的，唱！"

一直是这副场景，人们这样告诉我。白人无聊之时，就会变成野蛮的白人。他们表演贵族之时，我们是他们忠诚又坚忍的随从。然而，在厌倦了体面的时候，他们就会崩溃，露出底细。他们搬出新游戏，我们是棋盘里的棋子。这个场景十分恐怖。他们神经崩溃的时候，什么都做得出来。并且，无论他们做什么，我父亲绝不会去阻止。

那一巴掌将他惊醒。我父亲站起身，神色不宁地环顾四周。

"好啦，好啦，艾丽斯。我们做个更有趣的，赛过听黑鬼唱歌。"他说道，转头看着我。尽管他没有再说一个字，我明白他要我做什么。

我把目光扫过房间，见咖啡桌上摆着一叠大卡片。我认出那是梅纳德的识字卡。卡片一面印着清一色的图案——已知世界的地图，另一面画着杂技艺人，身体扭曲为字母形状，图画下方是一首短诗。我曾旁听梅纳德跟随家庭老师朗读这些卡片。我偷眼瞧过卡片，偶或偷空学习，将它们记在心里。不为别的，单纯是喜欢卡片上傻气的诗句。于是，我从桌上取来卡片，转向艾丽斯·考利。

"考利女士，能否请您洗牌？"我说道。

她身体不住地摇晃，接过卡片，拿在手里洗牌。接着，我询问她能否允许我看看这些卡片。她允许了。然后，我把卡片递还给她，请她面朝下在桌上摆开，以任何次序排列。我注视她双手的动作，咖啡桌上盖满了小小的世界地图。

"接着哩，后生仔？"她问道，语气颇有些警惕。

我请她挑一张卡片，随意给人看，但不要给我看。她照做，然后转身看着我，把眉峰一挑。我说道："他会同意余下的人，拿出字母'E'来助他们。"[1]

这时，她生起疑心，两道眉毛徐徐退回天然位置。"再来。"她说道，又拣出一张卡片，这次拿给更多人看。我说道："瞧他，扭转盘曲，你若不介意，他要绞成一个'S'。"[2]

---

1 原文为：With the rest he'll agree, and assist them with a letter 'E.'

2 原文为：Here he is, twisted and twined, to make an 'S' if you do not mind.

她的疑惑化成疏淡的笑容。我感觉客厅的紧张气氛略微松弛。她再拣出一张卡片，展现给人们看，我说道："他被迫苦练，生怕做坏字母'C'。"[1]

　　艾丽斯·考利笑起来，我探头张望，见我的父亲面露笑容，稀薄的浅笑。今晚与我一道的奴隶仍笔挺地侍立，但我觉得他们坚忍的面容已没有恐惧。艾丽斯·考利伸手抓卡片，翻得越来越快。我紧跟着她的速度，丝毫不差。"这里展现字母'V'，你会感觉它的形状很新鲜。"[2]……"他举起双手在空中，宣告出一个字母'H'。"[3]

　　卡片全部猜毕。他们都在笑，这时拍手称赞。角落里的男士收起鼾齁，抬眼愕顾，试图理解这阵遽起的喧哗。掌声平息后，艾丽斯·考利盯着我，笑容带着恶意，说道："还有什么把戏，后生仔？"

　　我注视她，目光仅停留片刻，奴隶不可长久地看着主子。我点点头。我才十三岁，但是，对于接下来的游戏，我有十足的信心。我在大街上练习了许多年。宾客们把自己交给我，我要求他们背靠客厅墙壁排队。我先走向爱德华·麦克利，他的金色卷发像女人那样挽在脑后，我请他告诉我，最初知道自己爱上妻子的时刻。接着，我询问阿玛蒂妮·考利，艾丽斯的堂妹，全世界她最喜欢的地方。然后，我走向莫里斯·比彻姆，

1　原文为：He's forced to train hard, less the letter 'C' be marred.

2　原文为：Here's a letter 'V' to view. You'll find its shape just like new.

3　原文为：With his hands in the air, a letter 'H' he does declare.

请他讲述第一次猎野鸡。就这样，我走过队伍，逐一询问，直到我的头脑掌握了故事的中心。那么多故事，无人记得谁说过什么，或者任何特殊的细节。只有梅纳德的老师，默然独坐的菲尔茨先生，不肯参加游戏。然而，当我顺着队伍，向每个人重复他们方才讲述的故事，复述每个细节，增添一些修饰和渲染，我瞥见家庭老师坐直了，与其他人一样，他的眼睛也在发光，跟下边大街上我的奴隶长辈们一样，他们也曾听得眼睛发光。

这时，就连侍立的奴隶，也不禁打破肃穆的凝视，脸上露出笑容。事实上，整个宴会，只有菲尔茨先生保持惯有的孤僻，除了他眯起的双眼里那一点光芒。夜已深了。我父亲送客歇息，他们分散于这栋老宅的各个角落，我们被派往各处，确保他们的舒适。宾客们安顿之后，我们疲惫地退进野兔洞，心知数小时之内，我们的任务又要重新开始，因为所有的客人，都要脚一着地便吃上早餐。

晚宴之后的某个早晨，我在帮锡娜浆洗衣服，罗斯科召我过去，派我去一间起居室见我的父亲。我先回到自己的房间，揩面梳洗，换上正装，然后穿过蜿蜒的通道，走上后楼梯，来到大屋的中央走廊，见我父亲站在那里，似在等我。在他的身后，我看到梅纳德坐在书桌前写字，一位绅士站在他身旁。那位绅士便是菲尔茨先生，一周三次来给梅纳德授教。菲尔茨先生的神色挫败又痛苦，梅纳德则一脸恼闷。

我的父亲朝我微笑。但他的笑容不等于他要传达的意味，因为我的父亲有各种微笑：不悦的微笑、漠无关心的微笑、惊愕或诧异的微笑。事实上，他总是微笑，以至于叫人难以捉摸他的意思。但我能领会那天早晨的微笑，因为这个微笑与我曾见过的一样，就在数月前，在下边的大街上，在烟草地里，他抛来一枚铜币给我。

"早上好，希兰，"他说道，"一切可好？"

"很好，先生。"我说道。

"好，好，"他说道，"希兰，我要你跟菲尔茨先生单独待一会儿，你愿意吗？"

"是的，先生。"我说道。

"谢谢你，希兰。"他说道。

我父亲看着梅纳德，脸上依然挂着微笑，说道："过来，孩儿。"

我看着梅纳德离开书桌，他的脸上立刻流露如释重负的神色。他跟随我父亲离开房间之时，没有朝我的方向瞥一眼。我们，梅纳德与我，在人生的那个阶段，依然保持遥远的距离。我们仅交换过日常对话，从不认可我们之间的真实关系。

菲尔茨先生说话带口音，我从未听过这种口音，心里立刻想象这是来自纳奇兹，长辈们反复讲起的地方。

"前些天那点把戏，要得很漂亮。"他说道。我默然点头，摸不准他的意图。他们有专门的手段惩罚学会识字的奴隶。我这才意识到，我的"把戏"可能会招致灾祸。可是，我的把戏不是靠阅读，因为我不识字。我只是旁听梅纳德磕磕巴巴的念诵，再与桌上散落的卡片相联系。但菲尔茨先生不知晓我的方法，我拿不定主意，不知如何或是否该解释。

他把我上下细细地打量一回，然后，掏出一副普通纸牌给我。

"看一遍。"

我把纸牌逐一抽出，慢慢看。我皱起眉头，倒不是须吃力地记忆，而是营造吃力的效果。看毕，菲尔茨先生说道："把牌摊开，面朝下摆在桌上。"

我将纸牌整齐地摆成四排，每排十三张。菲尔茨先生一次取一张纸牌，用双手拢住，他自己能看见正面的图案，叫我说出牌点。我一张张地说。菲尔茨先生的眼睛没有发光。

接着，他伸手探进提包，取出一只小盒。他打开盒盖，里面装着一套小小的象牙圆盘，每一枚圆盘都有雕刻图案，人脸、动物或者符号。他把圆盘摆在桌上，正面朝上，叫我看一分钟。而后，他把圆盘在原地翻转，空白的背面朝上，叫我指出刻有长鼻老人像的，或者刻有鸟栖树枝的，我觉得他压根未曾把它们翻面，因为这些图案在我眼前清晰地呈现。

然后，菲尔茨先生从包里取出一张纸，拿出一本书，书里面有很多图画。他翻到一座桥，叫我看清楚，集中精神仔细地看。一分钟后，他合上书，给我一支笔，叫我画下那座桥。我从未做过类似的事又捉摸不透菲尔茨先生的意图，并且，即便在那么幼小的年纪，我也知道上等人憎恨奴隶的风光，除非那份风光能让他们获利。我困惑地看着他，假装不理解他的意思。他重复一遍，然后看着我接过笔，起初小心翼翼地、缓慢地描画。为了表演效果，我时或停顿，抬眼愣怔，好似竭力回想脑中的图画。事实上,我完全无须回想,因为我觉得桥就在那里,就在白纸上,我只须描出线条,就能揭露整幅图画。于是,我顺着眼前的轮廓描出石拱、右边的桥埠、桥中央的尖拱、桥后突露的岩石、桥下长满树木的崖谷。看着这幅图画,菲尔茨先生的眼睛渐渐睁大。他站起来,拉直西装外套。他取过画纸,令我在这里等候,便径直走出房间。

菲尔茨先生与我父亲一道回来。我父亲从笑容仓库里取出表示满意的微笑。

我父亲说道:"希兰,你愿意跟随菲尔茨先生学习吗?"我垂头看着地面,假装在脑中思索。我得谨慎,因为在那个时候,我觉得眼前开启一条大道,璀璨的光芒涌入。我不想显得太急切。无锁庄仍是弗吉尼亚的象征。我还没有意识到这个时刻所预期的各种可能性。

"我应该吗,先生?"我问道。

"是的,希兰,我觉得你应该。"我父亲说道。

"那么,是的,先生,"我说道,"我愿意。"

我开始学习功课:阅读、算术、演讲术。我的世界因为这些知识而灿烂,我饥渴的记忆已经填充了形象,现在又增添词语。那么多词语,远远超过我从前相信的数量,每一个词语有独特的形状、节奏和颜色。每一个词语是一幅画。我一周学习三次,每次一小时,我的时间排在梅纳德后面。菲尔茨先生虽竭力掩饰,但我看得出来,每次梅纳德离开、我进门的时候,他的眼里总是露出解脱。这个时刻不单叫我感到骄傲，而且传达着无言的讽刺：我比梅纳德强，我得到这么少，却被赋有这么多。

梅纳德愚钝至极，眼珠总是滴溜溜地斜视，似乎随时在窥探下一步的落脚处。他疏慢又莽撞。我父亲待客喝茶，梅纳德却毫不顾忌，一头撞进门，脱口说尽想说的话。他爱讲笑话，这是他最大的优点。可是，纵使这一个优点，他也把握不好，常拿粗野的玩笑讲给上流社会的年轻女子听。晚餐桌上，他伸长手臂抓取对面的面包，一边咀嚼，一边张口说话。

我能肯定，我父亲也看到了同样的情景。我不禁思忖，他看见自己身上最好的基因，传给了完全未曾预料的人，而他的整个世界所仰赖的子嗣，却没有丝毫他的遗传，那是多么错位的感觉。

我努力记得大街，记得锡娜的训诫——**他们不是你的亲人**。可是，以我现在的眼睛望着这片庄园：夏天，葱翠连绵的山冈；秋天，红黄交错的树林；冬天，白雪点缀一切。尽管我生活在地下洞窟，我的眼睛却看着无锁庄的住宅，看着柱廊的大圆柱、夕阳照彻的天窗。我看着曲径回廊，看着我的祖父祖母的庄严肖像，在他们的脸上看到自己的眼睛。在寂静的时刻，我开始想象，把自己放置于他们中间。还有我的父亲，他会把我拉到一旁，给我讲述家谱，从他的父亲约翰·沃克，讲到第一位祖宗阿奇博尔德·沃克，他带着一头毛骡、两匹马，他的妻子朱迪丝，两个年幼的儿子，十名男性黑奴，步行来到这里。他告诉我这些故事，好像要在这些私下的旁白里，游戏似地让我领略自己的血统。我从未忘记这些故事。

有些傍晚，劳动结束后，我走到庄园东面的地界，踩过猫尾草和苜蓿杂生的荒野，恭敬地站在石碑前。这块石碑标示无锁庄最早开拓的土地。我父亲给我讲述他的祖父讲的故事，讲他们驱逐山猫，只带着布伊刀狩猎黑熊，砍倒大树，往山上拖岩石，把溪流改道，用他们自己的双手筑造我现在看到的庄园。听着这些故事，我怎能不渴望宣称这是属于我的遗产——这是勇气、智慧、强壮的手臂打造出来的荣耀。

然而，我心里纵有许多幻想，无锁庄的事实开始清晰地呈现。当然，还有皮特和埃拉反复念诵的故事，他们总是提起纳奇兹和巴吞鲁日。还有大个儿约翰的悲剧，我母亲的悲剧。除了听故事，我也开始阅读。我父亲的办公室里有时散落着《狄波评论》，我便捡来阅读。这本杂志不休地谈论烟草价格跌落。此外，我也听上等人的谈话。烟草决定无锁庄的财富，事实上，它决定了整个榆树县的财富。可是，烟草叶子的收成一年比一年坏，弗吉尼亚上等人限嗣继承的遗产便相应地缩减。烟草叶阔若大象耳朵的日子再也不会出现，至少不会在榆树县出现。年复一年的种植熬干了土地。不过，在西部，越过河谷和山脉，有一片广阔的土地需要改善，需要主人监管，需要劳力耕耘和收获，需要使用无锁庄日益缩减的田地上的奴隶。

"从前倘要卖掉一个人，他们都会觉得耻辱。"在厨房干活的时候，我听见皮特这样说。

"收成好的时节，耻辱来得容易，"埃拉答道，"现如今成了穷得叮当响的农民，还能怎么耻辱？"

这是我最后听见埃拉的声音。一周后，她走了。

对于这一切，我用幼稚的思维做出自己的诠释。我以为真正摧毁无锁庄的不是土地，而是管理土地的人。我开始把梅纳德视为他所属的整个阶层最恶劣的典型。我嫉妒他们，他们的行为叫我难以置信。

随着我开始理解大屋的运作，随着我开始阅读，见识了更多上等人，我意识到，就像田地和奴隶是这里不可或缺的引擎，倘若没有野兔洞的奴隶，这栋大屋本身也会崩坍。与所有奴隶主一样，我的父亲构造庞大的设备以掩饰窘迫，掩饰他们早已衰败的事实。我第一次走进这栋住宅的隧道，是奴隶进出大屋的唯一入口。这条隧道只是无锁庄的无数设计奇迹之一。所有这些巧思绝妙的设计，都是为了营造大屋以人类不可察知的能量运作的效果。送菜升降机令丰盛的菜肴貌似凭空降临，起落杠杆魔法般地从大屋地底取来最应景的葡萄酒；卧房里，宽阔的天篷床下安装折叠小榻，因为负责夜壶的奴隶，须与夜壶一道暗中密藏。我到这里的第一天，那堵神奇地分启的墙壁，向我敞开大屋那个阳光璀璨的世界，这堵墙壁实是遮挡奴隶的后楼梯，通向地下的野兔洞——无锁庄的引擎室，宾客从来不到的地方。我们现身于大屋的上流社会之时，譬如侍候晚宴，就被穿上那么迷人的服饰，无人会以为我们是被禁锢的奴隶，而是想象我们似童话一般的装饰，构成庄园的一道风景。但是，我现在知道真相了：梅纳德的愚钝并不是异乎寻常，只是更加恶劣。倘若没有奴隶，主子便烧不开水，系不好马鞍，甚至提不起自己的内裤。我们比他们强——我们必须比他们强。对于我们，游惰不事等于死亡；对于他们，这却是人生的全部追求。

然后，我意识到，就连我的灵敏，也并不是出类拔萃。举目顾看无锁庄，哪一处不见创造的天才：雕刻门廊圆柱的双手，在听众的心里——甚至白人的心里——唤起最深刻的欢喜和忧伤的歌曲，让小提琴震颤的乐手，厨房送上来的喷香菜肴。所有这些，都会让你看到天才。我们所有失去的天才。大个儿约翰的天才。我母亲的天才。

我想象，哪一天，我的天才也会被认可。然后，也许，我，熟悉大屋和烟草地的运作程序，熟悉外面更大的世界，这样的我，也许会被认作无锁庄真正的继承人，理所当然的继承人。我要用这些广阔的知识，让土地重新肥沃。如此，就能拯救我们所有人摆脱拍卖台和离散，摆脱纳奇兹的黑暗深渊。那边是我们的棺材。我知道，在梅纳德的统治下，我们所有人都要落进那口棺材。

一日，我走上后楼梯，到书房跟随菲尔茨先生学习。我心中好兴奋，因为我们正开始学习天文和星空图，已经识得小熊座，这节课还要认更多星座。我走进书房，却不见菲尔茨先生，只有我的父亲独自坐在里面。

他说道："希兰，是时候了。"听到这句话，死亡般的恐惧把我淹没。我跟随菲尔茨先生学习了一年。我曾琢磨，这可能只是让我长膘的方法，我可能会走上埃拉的路。也许他们不知如何地看穿了我的心思，或者在我的眼睛里瞥见篡位的痴梦。也许他们做了一道算术题，意识到我的学习最终只能导致政变。

"是的，先生。"我嘴里答道，尽管心里惘然不懂是时候做什么。我咬紧牙关，隐藏体内涌动的恐惧。

"孩儿，我在下边地里看见你的时候，还有你在客厅表演的把戏，我就看出你身上有特别的东西。下边那些人看不到这个东西。你有特殊的天赋，我认为这个天赋派得上用场。我们现在不是优裕的时候了，这个屋里需要聚集我们能够找到的所有才能。"

我面无表情，目光定在他身上，藏匿心中的疑惑和混乱。我只是点头，等候真相在眼前清晰地呈现。

"是时候由你负责梅纳德了。我的日子不会长久下去，他需要一个贴身仆人。一个像你这样的贴身仆人，既懂田地的事，也懂屋里的事，还懂一点外面的世界。我一直在观察你，孩儿，我晓得你从不忘记一件事。跟我家希兰讲一件事，只消讲一次，就跟板上钉钉似的。你这样的人不多见，这样的才能不多见。"

这时，他看着我，眼睛里闪烁一丝微光。

"上边大多数人都会把你这样的孩子摆到拍卖台。你晓得，能卖一大笔钱。没有什么比有点儿头脑的黑人更值钱。可我不是那种人。我相信无锁庄。我相信榆树县。我相信弗吉尼亚。咱们有责任挽救咱们的土地：你的曾祖父从荒野刨出来的土地，咱们不能让它荒芜。你懂吗？"

"是的，先生。"我说道。

"这是咱们的责任。咱们所有人，希兰。这份责任始于这里。我需要你，孩儿。梅纳德需要你在他身边。站在他的身边，就是你最大的荣耀。"

"谢谢你，先生。"

"好，咱们明日开始。"他说道。

就这样，终于知道学习的目的之时，我的学习也就结束了。我被派去侍候梅纳德，继后七年，我是他的贴身仆人。而今说来，可能会叫你难以置信，但我起初确实不曾完全领会这个安排的侮辱意味。数年来，当我观察梅纳德工作的时候，才慢慢地、不可阻挡地积累蒙羞的感觉。他的每一个决定都关系重大——尚且不论这个体系多么不公，下边大街上的所有生命，还有我们，这栋岌岌可危的闪亮的宫殿里的奴隶，全都指靠梅纳德成长为称职的主子。但他没有。

悲剧的赛马日前一夜，所有这一切终于落到我的身上。那年，我十九岁。我在我父亲的书房里，归拢他的书信，收进桃花心木办公桌抽屉。坐在阿尔干油灯的白银灯枝下，我发觉自己正入神地阅读最新一期《狄波评论》。关于俄勒冈山野的描述叫我心下愕然。我从大屋里散落的地图得知这个地名，现在阅读这些文字，我仿佛看见一个鲜活的天堂，土地如此富饶，可以养活整个弗吉尼亚，无数个弗吉尼亚，高山、河谷、森林，遍地是野味，黑色土壤如此肥沃，膏腴几乎喷出地面。

我依然记得，读到这句话，我激动得站起来："如果哪个地方必须成为自由、繁荣、财富的首府，这个地方就在这里。"我合上杂志，来回踱步。我望向窗外，目光越过雁河，望向南面的三峰山，犹如立在远方的黑色巨人。我转过身，久久地凝视墙上的版画：戴着锁链的丘比特与大笑着的阿佛洛狄忒。

　　然后，我想起梅纳德，我的兄长。他的金发留得很长，整日蓬乱，胡须似污秽的苔藓。成年后，他仍没有练就社交本能和优雅的举止。他好赌好酒，因为他赌得起，喝得起。他在街头打架，因为无论如何地挨踢挨打，他永远不会被踢下宝座。他在烟花女子怀里损失大笔财富，因为奴隶的劳动——有时是他们的身躯——能够弥补他的损失。仍在榆树县的亲戚造访之时，话题常转到无锁庄的命运，我听见他们在梅纳德背后诅咒他，商议所有可行的计策，企图另寻继承人，把庄园交他人掌管。可是，这里已经不留一个继承人。这些堂表亲眷背诵沃克族谱，发现与梅纳德同辈的人，都已去了肥沃富饶的土地。弗吉尼亚老了。弗吉尼亚成为古老的过往。弗吉尼亚的土地正在死去，烟草叶在稀疏。找不到合适的继承人，沃克家族的主子们只好忧戚地看着无锁庄。

　　我父亲自有打算——替梅纳德寻一个门当户对、精明能干的配偶，从而可以联合另一家族的力量，共同挽救无锁庄。奇迹一般地，他在科琳·奎因身上找到答案。当时，她可能是整个榆树县最富裕的女性，独自继承已故双亲的全部财富。奴隶中间流传一些谣言，怀疑这份继承权，揣测科琳·奎因父母的真实死因。不过，上等人认为她在各方面都赛过梅纳德。但她需要丈夫，因为弗吉尼亚依然遵循绅士规范，这便意味着仍有一些事情，她不能亲自出面，仍有一些地方，她不能进去，仍有一些交易，她不能直接敲定。因此，这两个人彼此需要：梅纳德需要一个能干的配偶，替他挽救土地和庄园，科琳需要一个绅士丈夫，在外面代表她的利益。

那天夜里，我走出书房，心中感到十分震撼，便在屋里四处走动，最后发觉已走到起居室。我站在门外，看见壁炉的火焰，听见梅纳德与我父亲交谈。他们说起埃德温·科克斯，这里最古老、故事最多的家族领袖。去年冬天，他走出门，困在暴风雪里。那天早晨，雪暴从山那边卷来，眨眼间埋没全县土地。他可能迷失了方向，到第二天才被发现，早已经冻僵，倒在离祖宅数米外的地方。我站在起居室外阴影里，聆听片时。

"他们说，他出去看马，"我父亲说道，"他钟爱那匹马。一走进雪地里，连哪里是马厩，哪里是烟熏室都分辨不清了。那天，我走到门廊上，那风刮得，上帝呀，连自己眼前的双手都看不见。"

"他怎不打发个小子去？"梅纳德问道。

"前年夏天，他差不多全都放走了，打发他们去巴尔的摩，他有亲戚在那边，叫他们自寻活路。我怀疑他们能不能自己活上一周。"

说到这里，梅纳德瞥见我站在门外。

"希，杵在那里做啥？"他说道，"进来吧，把火添旺。"

我走进去，视线投向我的父亲。他看着我，那些日子里，他常拿那个眼神看着我，似乎他心里装有两个想法，难以决定要讲出哪一个。很久以前，他决定了专门给我定制的笑容——似笑非笑，凝固为叫人寒毛倒竖的龇牙微笑。我揣测他并非想显得阴恶。我以为他大概从未想过这一层意味。豪厄尔·沃克不善思辨，尽管他可能自以为颇有思想。他们这代人，都是以祖父时代的革命学者为楷模，诸如富兰克林、亚当斯、杰克逊、麦迪逊。无锁庄的大屋里，到处摆设着科学发明仪器，譬如巨幅世界地图、静电发生器，还有我曾以此为家的书房，藏书规模相当浩大。然而，鲜有人查看地图，仪器则大多作为社交聚会的消遣玩具。书房里，书籍若有移动的痕迹，那只能是因为被我翻阅过。我父亲的阅读范围仅限于实用性读物，诸如《狄波评论》《基督教讯报》《纪事报》。他视书籍为时尚，象征着出身和地位，令他区别于县里的低等白人，以及他们的泥板屋、简陋的居所、微薄的玉米地和麦田。倘然他看到我，一个奴隶，在这些书籍中间做梦，会有什么想法？

　　我的父亲成婚较晚，大过多数男子通常结婚的年龄。他现在七十多岁，精力逐渐衰竭。他的蓝色眼珠依然炯炯有神，射出锐利的光芒，但眼袋和皱纹已侵蚀上来。那双眼曾经包含无数意味，一闪而过的怒气、喜悦的温情、深沉的忧伤。但这些神色都从我父亲的眼中消失了。我推想他曾经必定是英俊的男子。大概只是因为我喜欢如此想象他的相貌。然而，关于那天的记忆，除了那些消失的眼神，我还记得他的脸庞上刻着一道道忧虑的皱纹，他的头发蓬乱，从前额往后梳，他的胡须粗硬杂乱。他依然身穿上流社会绅士的体面装束，丝绸长筒袜，数层上装，包括衬衣、背心、马甲、黑色长外套。然而，他是一个特殊物种的最后幸存者，身上处处呈现死亡的迹象。

"爹爹，明儿赛马，"梅纳德说道，"这一回，我要给他们瞧瞧我的厉害。我要给'钻石'押大的，赢一整亩土地回来。"

"梅儿，你不需要向他们证明什么，"我父亲说道，"他们不重要。真正重要的东西，都在这里。"

"吓，我非证明不可！"梅纳德说道，迸发怒火，"那小子把我推出跑马场，还掏枪瞄着我。我一定要让他们瞧瞧我的厉害。我要坐新千年小马车去，提醒他们……"

"兴许，你不该去。兴许，你该避开赛马会。"

"我非去不可！叫他们都见鬼去。总得有人站出来捍卫沃克家的名声！"

我父亲转过头，看着火焰，吐出一声难以察觉的叹息。

"就是！"梅纳德说道，"我感觉明儿会有好事！"

透过阴影，我看到我的父亲被他的长子磨得神疲气衰。他斜眼瞅我，流露出痛苦的眼神，伸手捋须。我领会这个手势。**保护你的兄长**，这个手势在说。我懂它的意思，因为在我的前半生里，我一直看到这个手势。

"不如，现在就去准备明儿的赛马，"梅纳德说道，"希，你去瞧瞧。"

我走下通向野兔洞的后楼梯，穿过隧道走到屋外。查看马匹后，我循原路返回屋内。梅纳德已经离开，但我父亲仍坐在火前。这已成为他的习惯。有时候，他坐在那里入睡，直到罗斯科来唤醒他，服侍他上床就寝。罗斯科不在屋里。我拾起一根柴薪添进火堆。

"由它灭吧，希兰，"我父亲说道，"我差不多要走了。"

"是的，先生，"我说道，"需要给您取什么吗？"

"不用。"他说道。

我询问罗斯科是否仍在服侍。

"没有。我叫他先退了。"他说道。

罗斯科有两个年轻的儿子，在离我们西边十英里外的地方，但凡有空，他便步行去看他们。有些时候，我父亲心情好，就让罗斯科早些歇工，去和儿子们多相处一些时刻。

"何不陪我坐一会。"我父亲说道。

对于一个奴隶，这样的指令极其罕见，但在我们之间并不稀奇。屋里只有我们两人的时候，我父亲就会要我陪伴。并且，这样的时刻似乎日渐增多。过去一年里，他已卖掉厨房里的一半奴隶。铁匠和木匠的工坊已经废弃。工坊里的所有男性奴隶——卡尔、伊曼纽尔、特修斯，都被卖去纳奇兹道。冰窖已有两年搁置不用。整栋大屋只有一个女仆，她叫艾达。这意味着我从小记得的秩序不再存在。然而，不再存在的不止是秩序，还有贝丝温馨的面容，利娅热情的欢笑，伊娃忧伤空洞的眼睛。厨房有个新来的女孩，名叫露西儿，总是心魂不宁、手足无措，因此经常招惹梅纳德的愤怒。无锁庄开始萧瑟、荒凉。不单是无锁庄，雁河两岸所有庄园都是如此。随着国家的心脏移往西部，这里的生命开始枯竭。

我坐在梅纳德空出的椅子上。漫长的数分钟里，我父亲默然不言，凝视火焰。火渐渐熄灭，我只能看见他脸上映现微弱的黄色火光。

"你会照看**你的兄长**，是不是？"他说道。

"是的，先生。"我说道。

"好，"他说道，"好。"

停顿许久之后，他才再次开口。

"希兰，我知道，我被允许给予你的不多，"他说道，"但我相信，在我能给你的东西当中，我让人们清楚地看到，你在我心里有多高的位置。我知道这不公，所有这一切都不公。我注定生在这个时代，必须眼看着我的人被带走，被带过那座桥，上帝知道他们被带到哪里。"

他默然无语，摇摇头。然后，他站起身，走到壁炉台前，点亮油灯。摇曳的灯影，照亮祖先的画像和象牙胸像。

"我老了，"他继续说道，"不能再重新构造自己，不能去追求那个新世界。我会和这个弗吉尼亚一道消失，困难的时刻落在梅纳德身上。这也意味着落在你的身上。你得挽救他，孩儿。你得保护他。我不单指明天的赛马。那么多事就要发生，那么多麻烦就要接连落在我们所有人身上。可是，梅纳德——我爱他胜过一切，他完全没有准备。照料他，孩儿。保护我的儿子。"

他闭口不语，目光直视我。然后说道："保护你的兄长，听见没有？"

"是的，先生。"我说道。

然后，我们坐在那里，大概再坐了三十分钟。最后，我父亲说他要上床歇息。我起身道别，走下野兔洞，回到我的寝室。我坐在床沿，想起我父亲从大街召唤我的那一天。那天，他向我微笑，掏出那枚铜币抛给我。我人生的每一件事，都源自那个决定。那个决定使我免于奴隶最恐怖的境地。无锁庄几乎每一个奴隶，都会乐意与我交换人生。可是，与他们如此接近，也须承受一个负担，这是锡娜曾经告诫我须提防的负担。然而，更艰难的是，与他们如此接近，使我看清上等人的真实生活，看清他们的奢侈，看清他们从我们手里夺走的东西。如此清晰地看到，叫我觉得难以承受。

那天夜里，我梦见自己回到烟草地，与其他奴隶一道，所有人都被锁在同一条锁链上。这条锁链连接另一根链条，梅纳德站在链条那端，懒懒地遐想，似乎全然不知自己手里掌握着我们所有人。我四下顾看，见眼前都是老人，我已变成老人，再回头看，我看见梅纳德不再是我熟悉的年轻人，而是在滚球草坪上爬行的婴儿。接着，我看到奴隶们在我眼前消失，一个接一个，最后剩下我一个人，一个老汉，被一个婴孩锁着、控制着。然后，一切都消失了，锁链、梅纳德、烟草地，全都消失了，夜的黑暗把我笼罩。森林里漆黑的树枝在我周围涌动，我独自一人，恐惧，惊慌，我仰头看见一弯月亮，天空从黑暗里闪现，群星中间，我认出小熊座。神话里，这只黑熊躲开了古老的神祇。我识得这个星座，因为最后一次上课的时候，菲尔茨先生在星空图上指给我看过。望着黑熊的尾巴，我看到另外一些东西：我的未来人生的标志，氤氲着一圈灿烂又似鬼魅的蓝光。那是北极星。

4

　　我惊醒过来，在梦里吓得颤抖。我在床上呆坐片刻，又躺下，但是无法入睡。我拎起角落里的瓦罐，出了隧道，走进屋外黎明前的黑暗。我来到井前，落下水桶，打水灌满瓦罐，穿过秋天高爽的空气，回到野兔洞。

　　我回思梦境。所有与我锁在一起的人，消失的人，大概有一天会包括我的亲人，他们都被拴在梅纳德懒惰散漫的手里，被他拖到这头，拉向那边，或者一时兴起甩在地上。这个念头叫我痛心。我当时的年纪，正是自然而然地想要寻找妻子的时候。然而，及至彼时，我已见过太多女奴隶被许诺给男奴隶，又看到这类"许诺"如何轻易地被取消。我记得看见这些年轻人，早晨上工前交握双手，夜里坐在木屋台阶上交握双手，我看到他们如何反抗，拔出小刀捅死彼此。杀了彼此，胜过失去彼此，因为纳奇兹道比死亡更可怕。那是生不如死，痛苦地知道最爱的人就在美国这片广阔土地的一个角落里，却永远不能在这个套着枷锁的堕落的世界里重逢。这就是奴隶的爱情。那天早晨，我走去侍候梅纳德，一路上，脑中思索这种爱情——我思忖那些在阴影里匆匆组建的家庭，然后一只白手举起，将它拍得粉碎。

我走出寝室，穿过野兔洞，经过索菲娅的门前。门敞着，我见她傍着灯笼光做针织。我在门口站住脚，看着她的侧脸。小小的鼻头，柔和的唇线，头巾下探出几缕头发。她坐在小凳上，后背笔挺，犹如一堵墙壁。灯笼光将她的阴影投进走道，蜘蛛脚一般纤长的手臂来来回回地缠绕两根棒针，毛线不停缠绕，却没有构成可以辨识的形状。

"你是来说再见的。"她说道。我略微吃惊，因为她没有转头，眼睛仍盯着似乎挂在棒针上空的神秘物事。我嘴里咕哝，语无伦次地说出一些词语。她听了，便转过身，我看见她的圆眼睛在闪亮，柔和的嘴唇绽出温煦的微笑。在奴隶中间，索菲娅很扎眼，因为她似乎不用劳动。她爱织毛线，我常见她在花园和果园里走动，双手不停地编织。因此，针织可能是她唯一的职责。当然，无锁庄的人都知道底细。她属于我的叔叔纳撒尼尔·沃克，我父亲的兄弟。人人都能一眼看懂这个安排。倘我心里仍有疑惑，那么，每周六和周日，我被派去驾马车接送她往返纳撒尼尔庄园的时候，疑惑就被彻底地打破了。

这类"安排"并不少见。事实上，这是上流社会男性的习俗。只是，纳撒尼尔厌恶置妾的习俗，尽管他自己也在做。正如上等人设计送菜升降机和秘密通道来掩饰自己的偷盗行径，纳撒尼尔也设计一些巧妙的手法，将他的掠夺伪装得不似掠夺，将他的抢劫转变为慈善。因此，他把索菲娅安排在兄弟的庄园，要求她在去自己庄园时穿戴高贵淑女的服饰，却规定她须从庄园后门进出。他派人监视、记录与她来往的人，并刻意叫整个野兔洞知晓，防止男奴隶靠近她。事实上，除了我，无人敢与她说话。

"希兰，你是来道别的吗？"她又说道。

"不是。噢，是的，是来说早上好。"我说道，渐渐恢复常态。

"是啊，早上好，希。"她说道，又转过身去，眼睛看着编织的毛线。

"请你原谅，我看我是走神了，"她继续说道，"讲出来有些好笑，我刚才正想到你，就在你经过的时候。我在想你和你的小主子，还有赛马。我想着，真高兴我自己不必去，我的脑子就好像在跟你讲话一样，好像你就站在这里。所以，见你站在门口的时候，我还以为我们刚说完话。"

"噢。"我说道。我感觉口腔几乎不能形成词语。我生恐自己说出什么话来。我想起昨夜的梦——我们都变老了，依然年幼的梅纳德把我们锁在一起。

她沉重地叹了一口气，好似拿自己无可奈何，说道："你一点都不必在意我的话。"

这时，她又抬头看我，眼中闪过领悟的神色。她说道："好了，我回到现实了。你好吗，希？"

"我还好，"我说道，"不出意料地好。夜里头没有睡好。"

"要不要说说看？"她说道，"进来坐会儿。上帝晓得，一向都是我对你说话，往你身上倾倒我的故事，我对世界的观察和评论。"

"不坐了，"我说道，"我得去侍候小主子。我没事。"

"你的脸色不像没事。"

"我的脸色还好。"我说道。

"你怎么晓得？"她说道，展颜一笑。

"不要操心我的脸色，"我说道，露出笑容回报她，"还是操心你自己的脸色吧。"

"那，我今儿的脸色怎样？"她问道。

我退出门口，回到过道，一面说道："不坏。真要我讲的话，我觉着不算坏。"

"多谢了，"她说道，"好了，既然你没有心情聊天，我只想对你说一句话，祝你度过愉快的周六。还有，别为小主子烦恼。"

我点头，登上充满恐怖秘密的后楼梯，走进奴役的大屋。每上一个台阶，我就更深切地体会奴役——我的奴役，它的可怕的逻辑啪地一响，连接归位。这种逻辑不单表明我永远不可能成为无锁庄的继承人——哪怕只是继承一寸土地——不单表明我永远不可能享受自己的劳动成果，还表明我必须永远地把自己的欲望压抑在心底，我必须恐惧地怀着这些欲望而生存。因此，我的一生，既恐惧上等人，也恐惧自己。

那天早晨，我们驾着新千年小马车，迟迟才出发，驶出庄园大道，经过果园、工坊和麦田，离开无锁庄，转下西大道，驰过一些老庄园旧宅。阿特布罗克、洛布里奇、贝尔维尤的庄园。这些名字曾经在弗吉尼亚叫得响亮。然而，在电报和电梯诞生的电力时代，它们已化成风中的尘埃。梅纳德一路上喋喋不休，但没有讲出一件新鲜事，只是翻来覆去地吹嘘他今日要给谁一个下马威，盘算着要如何行动。我听了一会，然后任凭他唠叨，陷入自己的沉思。

我们穿过那座石桥，转上前往星落地的大路。那是11月，这一天阳光绚烂，空气明净高爽，远远望向西方，可以看见树杪犹自挂着红叶，山间处处迸放或橙或黄的色块。我们拴了马和马车，步行到市集街，汇入弗吉尼亚上流社会华丽的游行队伍。他们都在，所有上等人，装配着他们的伪装道具和服饰。女人涂抹厚重的脸彩，戴着白色手套，裹着丝绸披肩。她们胸脯起伏，黑女孩擎起遮阳伞，掩护她们象牙一般的皮肤光泽。男人看似全部一个样子，黑色长外套，束腰带，灰色长裤，马鬃领巾，圆顶礼帽，手杖，小牛皮长筒靴。一如平常，他们将魅力的风头让给他们的女人，她们胸衣细捆，腰带紧绑，只能碎步慢行，每一步都须谨慎。然而，纵使如此捆绑，她们的仪态依然似舞姿，她们的天鹅颈项轻轻摇荡，她们的臀部舒徐摆动。我知道，她们一出生便开始学习这个走路姿态，在家庭教师和母亲的指导之下常年练习，因为打造上等人的不是服饰，而是女人穿戴服饰的架势。新罕布什尔来的北方人，帕迪尤卡和纳奇兹来的拓荒者，还有榆树县的低等白人，也在她们中间，但这些人不似在炫耀，反倒更似在旁观，赞赏这队美丽的女神款步前行，走过星落地的大街，她们的身姿，让人看着觉得她们仿佛永远不会死，弗吉尼亚永远不会死，烟草和奴隶的肉体撑起的帝国，像山上的古城一样，永远动人心魄。因此，整个世界都会疑问，在榆树县最古老的沃克家族，何以不见这份帝国的荣耀。

在游行队伍里，我认出许多人。纵使一些未曾被介绍过的人，我也有记忆，靠零散的评语或举止提取对他们的记忆。接着，我看到一些熟人，譬如，我少时的老师菲尔茨先生。我看见他独自走在队伍里。他似在人群里搜寻，看见我，露出淡淡的微笑，提起帽子致意。很多年前的最后一堂课之后，我再没有见过他。尽管我现在明白，以小熊星座的尾巴结束我们相处的时光，这个结局本身就是一个象征。我回过头，观察梅纳德是否看见菲尔茨先生。但是，梅纳德被迷花了眼，他瞪大眼睛，做梦般怔望，咧嘴露出巨大的笑容。他与他们不同。我仍记得，我当时为自己所担当的角色而羞惭。那日早晨，我费尽了心思替他打扮，给他穿上合身的衣服。可是，他的身体比例，再加上他爱拉马甲和衣领的习惯，就没有一套衣服能穿得服帖。即便如此，他照样乐呵呵地参加游行。这一年里，他反复地咀嚼自己的羞辱，今日，他希望通过他的运动才能，使他们重新接纳他，将他搂回他们的怀抱。他们是他的亲人，因为高贵血缘这一条纽带，他们属于他。因此，他站在那里，站在游行队伍前，却不能在队伍里圈画一个属于自己的位置。他又拽起衬衣领，放声大笑，悄然溜进上等人徐缓的游行队伍。所有人朝向赛马场。

梅纳德在人群里瞧到阿德琳·琼斯。他曾追求她，至少在梅纳德懂得追求哪个人的意义上。我听说她已离开榆树县，离开弗吉尼亚，嫁给一位北方的律师。我揣测，赛马会把阿德琳吸引回来，纵然她只是来看看老家的变化。她心地善良，而梅纳德一直将她的善良理解为鼓励，以为这是诱惑他去追求她的爱慕。这时，他挤过人群，挥着帽子，趋近前去，说道："嗨，阿蒂！你好吗？"

阿德琳转过头，向梅纳德致意，脸上露出紧张的微笑。他们交谈片刻，然后跟随游行队伍向前。阿德琳显然忐忑不安，梅纳德则情绪激动，很高兴终于找到一个伙伴。我走在道旁，影子般跟随他们，其他奴隶也是这般影随自己的主子。我远远观望，见梅纳德越说越亢奋，阿德琳的耐心逐渐耗竭。然而，她面不改色地忍耐，这是高贵的淑女自小被训练的习惯使然。她错在只身来到这里，身旁无绅士陪护，不然，那位绅士便能替她挡开梅纳德这一番拉扯。梅纳德的情绪分外高昂，嗓门压过人群的喧嚣。我听见他在讲无锁庄，讲庄园的繁荣和美景，讲她如何做错决定，失去欣赏和享受这个庄园的机会。这些言辞，他说得似无趣的玩笑，其实是在不加掩饰地吹嘘。阿德琳无可奈何，只好微笑着忍耐他。

抵达赛马场的时候，我望见阿德琳终于被一位路过的绅士拯救。他伸手与梅纳德交握，一眼便估量了面前的形势，旋即护她离开。梅纳德在大门前停下，抬头仰望观众席，眼睛盯住马会的专用坐席，会员们正陆续进场落座。他曾占据其中一个席位，却被粗暴地驱逐出来。阿德琳离开了，我便略靠近前去，站在一旁观察梅纳德。这时，痛苦的渴望将他彻底淹没。他渴望从前的赛马会，那时候，县里的绅士依然欢迎或者至少允许他置身其列。然后，他的视线从绅士转向弗吉尼亚的淑女，她们坐在专门拦隔的区域，免于经受男子的赌博、粗鄙的言辞、雪茄烟味。我看见他的羞辱加剧：梅纳德的未婚妻科琳·奎因坐在上面。看来，她与梅纳德的婚约丝毫未连累她的地位。梅纳德收敛笑容，感觉到惧内的挫辱——未来的妻子坐在上边，高高地超越自己。

　　我偷眼瞥向女士座席，尽目力所能观察那位女性。科琳·奎因似乎来自另一个时代。她傲慢地拒斥奢侈的炫耀，鄙弃富丽的服饰，庄严地藐视与见证土地的濒死、奴隶家庭的离散、烟叶的衰亡，一切崩溃的迹象。她立在观众席，身穿粗棉布裙，戴着手套，与另一位女士交谈。梅纳德抬头仰望，目露憎怨。须臾，他晃晃脑袋，走到自己的位置，不在绅士中间，而是挤进混杂的低等白人群。这个阶层在我们社会中的位置总叫我讶异。上等人在公开场合容忍这些低等白人，譬如，我们庄园的哈伦，私底下则鄙视、诅咒他们。在宴会上，上等人唾弃他们的名字；在客厅里，上等人嘲笑他们的儿子；他们的妻女被上等人玩弄抛弃。他们是受侮辱、被作践的阶层。但他们忍受上等人的踩踏，只为谋取一点权利，自己可以抬脚踩踏奴隶。

我的位置在黑人中间，有些是奴隶，有些是自由人。大家坐在及腰的木栅栏上，紧挨着马厩。马厩里，有些黑人在照看赛马，给它们喂料，护理它们的健康。我认得一些人，包括科琳的奴隶霍金斯。他与其他数人一道坐在栅栏上。我颔首致意。他颔首回礼，但没有微笑。这是霍金斯的为人。他身上有一股疏冷。他总是带着一副懒得搭理蠢货的神情。我怕他。我觉得他冷酷，从他的举止可以看出，他经历过奴隶所能面临的最恐怖的事，恐怖得不可名状。我抬眼望去，见很多黑人坐在栅栏上喧嚷欢笑，也有一些黑人仍在马厩。我默默观望，如我平常的习惯，暗自诧叹我们之间的亲密：我们使用缩短的表达，或者不用言语，就能谈论剥玉米、刮飓风的共同记忆，谈论没有写进书里、只活在我们谈话中的英雄，一个属于我们自己的完整世界，一个避开他们视线的世界。纵使在那时，我也能感觉到，属于这个世界，便意味着共享一个秘密，一个深藏于你体内的秘密。我们中间没有上等白人，没有低等白人，更没有驱逐会员的马会。我们的世界是自成一体的美国，有属于我们自己的荣耀。这个世界藐视梅纳德：一个永远在等级秩序里埋怨的人。

已近午时，天空依然晴朗，比赛将要开始。然而，第一组马跑出去后，我的目光并未追随马匹，我只看着梅纳德。这个时刻，他似乎已忘记曾经遭遇的羞辱和白眼，在低等白人中间欢快地吹嘘。看来，梅纳德找到了相宜的归属，就算他自己可能仍不太甘心。或者，他们找到了他。这些低等白人，想象着出身高贵的沃克与他们厮混，可能觉得沾染了些许节日的荣光。轮到梅纳德出场了，这份荣光愈加耀眼。众马中间，一团团棕色黑色滚滚翻飞，马首马腿交错，只见他的"钻石"驰出混乱，把那团滚滚尘埃远远地抛在后面，领先抵达终点。梅纳德满地蹦蹦喝彩，口中高呼，乐颠颠地拥抱身边每一个人，双手在空中挥舞，然后手指戳向包厢，再戳向马会，嘴里叫嚷着傲慢粗鄙的词语。他看见他的科琳立在女士包厢，又把手指向她戳去。马会的绅士们一脸坚忍，冷冷地立在那里：这个蠢货亵渎了他们优雅的赛事。此人虽生在他们中间，他的胜利却只能降低赛事的规格。

赛马结束之后，我到市场街外跟梅纳德会合。在他短暂的人生里，我从未见过他似这般欢喜。他睄目眦着我，笑得合不拢嘴，口中叫唤："太棒了，希兰，我跟你说过吗？我今儿要给他们瞧瞧，我说过的！"

我点头，说道："你确是这样预料。"

"我给他们瞧了，"他说道，爬进车厢，"给他们所有人瞧了。"

"是的。"我说道。

我记得我父亲的嘱咐，便掉转马车，出城回家。

"停、停、停下！做什么呢？"他说道，"转回去！我要瞧瞧他们。我给他们瞧了，他们还没有好好瞧着，我们得回去，给他们好好地瞧瞧！他们一定得瞧着！"

于是，我掉转马头，驰向城中心。这时候，上等人已回到城里，一簇簇地在街头聚集，回家之前的最后相谈。然而，当我们驾驶新千年小马车驶过的时候，绅士和淑女们并未露出丝毫敬意，只是朝我们的方向瞥一眼，略颔首，不带微笑，继而，转过头径直交谈。我不知梅纳德究竟想要得到什么，或者他为何期待能够得到它。我不知是什么让他相信，这一次他们终于会认可他的血统的价值，或者原谅他的冲动和狂躁。最后，他明白自己的愿望不可能实现，便动怒，令我驶向城郊。我须送他到一处寻欢作乐之地，一小时后再去接他。

现在，我独自一人，心里感激这一点空暇，可以自由地思索。我拴了马，一个人走在城里。我回想新近的事，回想我的梦，回想自己突然领悟奴隶的人生是一个无尽的黑夜，回想今日早晨看着索菲娅明媚的眼睛，犹如夕阳挂在弗吉尼亚的山头。这不是说我当时爱慕索菲娅，尽管我觉得我确实爱慕她。那时候，我还年轻，对我来说，爱就像一根点燃的引线，而不是植物生长的花园。那时候，爱无关深刻地理解被爱的人，深刻地理解被爱的人的需要和梦想，而只是两人相处之时的喜悦，分别之时的忧伤。在索菲娅的心底，是否也爱我？我想没有。然而，在另一个世界，在奴隶世界以外，我觉得她可能会。

有两条路通向另一个世界。一条是购买自己的自由，另一条是逃跑。关于第一条路，我知道星落地的南角住着一些自由黑人，他们在土壤依然肥沃、烟草依然茂盛的时代，积攒了一点工薪，购取自己的身躯。然而，对我来说，这条路已经堵死。弗吉尼亚已经改变。无锁庄虽是榆树县最古老的庄园，但它也在衰落，庄园里的奴隶就更有价值了。土地损失的价值，就拿奴隶的肉体在拍卖台上补偿。在纳奇兹道，在土地依然葱翠的地方，奴隶仍能卖出高价。因此，奴隶曾经能靠劳动挣得自由，而今，他们的身躯太宝贵，主子不再舍得给予他们赎身的权利。

若说第一条路被堵死，那么第二条路简直不可想象。据我所知，无锁庄逃跑的每一个人，不是被赖兰的猎狗捉回，就是自己丧失勇气，回来自首。赖兰的猎狗是低等白人组成的巡逻队，替上等人维持秩序。再说，我对弗吉尼亚以外的世界一无所知，逃跑似乎不明智。不过，我听说有一个人略知外面的世界。

榆树县所有的黑人和白人当中，无人似乔吉·帕克斯这般受人敬重。他是首领，是大使，是梦想，尽管梦想的意味因各人的视角而异。做奴隶的时候，乔吉在地里劳动，大概类似大个儿约翰，好像拥有超自然的悟性，深谙农作物及其循环节奏。他在你的麦田里走动一个小时，就能告诉你这块地未来三年的收成，或者伸手摸一摸你种烟草的山地，就能搭出大地的心跳，揭示你的烟叶会阔若大象或者耗子的耳朵。他告诫上等人，他们上瘾烟草会招致什么后果，但以那样一种拐弯抹角的方式告诫，他们非但不记恨他的谶语，反倒怀着善意的懊悔。然而，乔吉也有一股诱人的阴暗。他会消失很长一段时间，或者被人瞧见出入星落地，或者深夜走进树林。对于这些疑团，我们自有解释：乔吉与地下世界有牵连。

地下世界是什么？据说，奴隶中间有个秘密团伙，在弗吉尼亚的沼泽地中央建起一个独立的世界。那时候，我尚不知是什么力量在那里保护他们。我只听过一些故事，说赖兰的猎狗被派去搜寻地下世界，要把他们彻底剿除。据说，这个远征队无功而返，死亡惨重，活着回来的人都带着伤；据说，他们遇到巨蟒，感染怪病，中了剧毒，还说巫医药师督率鳄鱼和山猫来攻袭他们。我听说地下世界时或吸纳新成员，凡是肯拿榆树县文明社会的奴役，去交换沼泽地野蛮的自由生活的人，都可以申请。高贵的乔吉，就连白人也看重他，称赞他，我们黑人则认为他怀藏讳莫如深的秘密。如此推敲，说他属于地下世界，似是最贴切的结论。

一记枪响，把我从沉思中惊醒。原来，我已经走到了广场南面。循着枪声望去，我看见一位绅士穿着黑色盛装，猎枪指向天空，仰面狂笑。这一日的基调正在转变。天空笼罩着黑云。我望见两名男子相互斗殴，从酒馆打到街头，一个年纪较大，脸上刻了一道狭长的伤疤。似乎只交接一个回合，年长的就被打倒，他拔出一柄长刀，划伤年轻人的脸。又有两名男子从酒馆奔出来，扑向年长的男子。他们撒开胳膊腿脚，开始捶打踢蹿之际，我赶忙走开。下一个街口，我看见一名低等白人妇女，揪着一个荷兰女孩的头发，朝她脸上掴耳光。妇女的男人立在一旁欢笑，摸出扁酒瓶，先灌下大一口，然后把剩余的酒淋在女孩头上。我继续走。这就是我父亲担心的混乱，他要我保护梅纳德，别让他靠近这些地方。然而，如同咯咯作笑的艾丽斯·考利，他们定规要做出这些疯狂的张致。如同无锁庄的晚宴，赛马会的开始时分，也是高雅的盛典，接着，酒灌多了，节日气氛就会阴沉，高贵和教养的面谱坠落，露出榆树县那一副痈疽淋漓的本来面目。

街头不见黑人。因为我们都知道接下来要发生的事。白人萌生的凶意，很快就会落在我们身上。说来你会觉得诧异，在这样的时节，自由的黑人最担惊受怕。我们这些奴隶，属于某个白人，我们是财产，倘要伤害我们，得先有主子的命令。你不能随便抽打别人家的马，同样，你也不能随便抽打别人家的奴隶。然而，纵有这份相对的安全保障，我也开始心悸。我急忙寻路离开广场，走向自由镇，走向乔吉·帕克斯的房屋。

自由镇很小，房屋排列密集，所以，这里的每一个人，我都认得。我认得埃德加·库姆斯，从前在卡特庄园打铁，现今在镇上铁匠铺。埃德加和佩兴丝是夫妻。佩兴丝的第一个丈夫，前些年因热病去世。他们家对面住着帕普和格里瑟两兄弟，乔吉·帕克斯就在他们的隔壁。我离开癫狂的广场，走到城南角，发觉自己面对着赖兰的牢房。这座牢房是一个地标。走过这个地界，就是星落地的黑人自由镇了。

这是刻意的规划。必须如此规划，因为赖兰的牢房不关罪犯。这幢建筑横跨两个街区，拘留捉回来的逃奴，或者暂时收容等候拍卖的奴隶。这座牢房日夜提醒星落地的黑人，纵使他们现在拥有自由，威权的阴影依然笼罩在他们头顶。这种力量随时可以把铁链再锁到他们身上。在赖兰的牢房做管理和打杂的都是低等白人。他们靠做人肉贸易发了大财，可惜他们的姓氏不够古老，干的行当名声恶劣，从而永远爬不出底层。低等白人依靠牢房生存、发迹，因此被统称为赖兰的猎狗。我们对他们又怕又恨，大概甚过直接奴役我们的上等人，因为他们与我们一样，都是低等人，都是被奴役的，我们本应同心协力，一同抵抗上等人——倘若低等白人肯拿眼前的残杯冷炙，交换可以分享整个蛋糕的未来。

乔吉的妻子琥珀站在门前欢迎我，含笑说道："我想着你今儿可能路过这边。你倒会掐点儿，刚要吃晚饭。饿了吗，希兰？"我露出微笑，向琥珀问安，走进只有一个房间的木屋。他们的生活条件不过如此，不比我在野兔洞的寝室好多少。灰烤玉米饼和猪肉香气飘来，我才发觉确实饿了。乔吉在屋里，坐在床沿，紧挨着刚出生的儿子。婴儿伸手抓挠空气。

"喔唷，瞧瞧，罗丝的孩儿长这么壮了。"

罗丝的孩儿。下边大街上的人，一直这样唤我。但我很久没有听到这个称呼了，因为曾经这样唤我的人，已不剩几个。我拥抱乔吉，问候他可安好。他露出微笑，说道："哈，得了个好女人，这下又得了个儿子。"说着，他又走到床边，抚摸婴孩的肚皮，"所以嘛，我估摸着，坏不到哪里去。"

"何不带希兰到院里坐。"琥珀说道。

我们走到后院，乔吉在院里开出一片菜畦，造了一个鸡窝。我们坐在两段放倒的木桩上。我从兜里掏出一只小木马，递给乔吉。这是我为乔吉的新生儿雕刻的。

"送给你儿子。"我说道。

乔吉接过小马，颔首表示感谢，装进衣兜。

稍后，琥珀端了两个盘子来，盘里是玉米饼和猪肉。她先递来一盘给我，再把另一盘递给乔吉。我坐在那里，默默地吃食。琥珀转进屋，抱着咿咿呀呀的婴孩出来。天色已临近黄昏。

"今儿没出啥事吧？"乔吉问道，笑容更灿烂了。晚秋的夕阳，照得他红棕色的头发仿佛着了火。

"没有，我猜没有，"我说道，"不知道怎么了，我忘了留心。"

"兴许心里头有别的事？"

我抬头看着乔吉，正要开口，突然又害怕自己想说的话，我便闭了嘴，把餐盘搁在木桩边。琥珀已经回屋。我等候一些时刻，听见隐约的笑声，婴孩的尖叫，推测琥珀在前门与邻居交谈。

"乔吉，你离开豪厄尔主人的时候，是什么感觉？"

他咽下半口食物，略作停顿，说道："感觉自己是个人。"他继续嚼食，然后一口吞咽下去。"倒不是说我以前觉得自己不是人。但是，从没有那样真确的感觉。我的整个人生，就指靠自己不能那么感觉，你懂吗？"

"我懂。"

"用不着我告诉你这个。或者，我该告诉你，因为他们总给你一点特殊照顾。不管怎么着，我还是要说，你姑且听听，不管你心里怎么想。现在，我想起床就起床，想睡就睡。我姓帕克斯，因为我说我姓这个。我凭空想出这个姓，像变魔法一样变出来，给我儿子当作礼物。这个姓只有一个意思——我自己选的。它的意思就是我的行动。希兰，你懂我的意思吗？"

我点头，示意他继续说。

"希兰，我不晓得我有没有跟你说过，我们都疯狂地爱着罗丝。"

我笑了。

"她很标致，当然，大街上有许多长得标致的女孩。不单是罗丝，还有她的姊妹埃玛，就是你的阿姨。多美的女孩。"与我母亲的名字一样，埃玛这个名字也消失进烟雾。我知道她是我的阿姨，知道她从前在厨房劳动，知道她的舞姿优美。此外，我还知道她也走了，只留在人们平淡的话语里，留在我脑中的烟雾里。然而，乔吉知道所有一切。过去犹如一幅地图，在他眼前铺展。他讲述自己走过的每一道山隘、每一条水渠和冲沟，我看到他的双眼闪烁喜悦的光芒。

他说道："哎，我时常回想那些日子，我们那么高兴地跳舞。哎哟，你姆妈和埃玛，两人性格正好相反，罗丝细声细气，埃玛大嗓门，可是，一跳起舞来，你就晓得两人流着同样的血。我跟你说，我就在那里，亲眼瞧见的，每个周六晚上。我和大天才吉姆，还有他的儿子小皮，都在。我们有班卓琴、口簧、小提琴，全都响起来，锅盆都端出来敲，羊角拍得噼啪响。跳得起劲了，埃玛和罗丝就开始表演绝技。我跟你说，真绝了。她们头顶着水罐，来来回回地跳，直跳得一只水罐溅出水才停歇。然后，她们微笑行礼，赢的那个人就四下张看，看有谁想走进圈子比试。"

"可是，没人敢，"乔吉放声大笑，问道，"希，你没有跳过水舞？"

"没有，"我说道，"我没有那个天赋。"

"可惜，可惜，"乔吉说道，"多美的舞姿，可惜没有遗传下来。那个时候，那么多美好的东西。美丽的女孩，美丽的男孩。"

这时，乔吉吃完了食物。他搁下餐盘，长叹一声。

"有时候，我想着那些美丽的人，想着他们在锁链下枯萎。唉，我跟你说，我和琥珀成家后，就发誓一定要把她弄出来。不管什么代价，我都不在乎。希兰，我现在觉着，就算得杀人才能把她弄出来，我也会去做。不管做什么，只要不看着她……"

说到这里，乔吉突然站起来。我推测，这是因为他意识到这番话对我、对我的母亲意味着什么。

"你现在出来了，"我说道，"你做到了。你出来了。"

乔吉轻轻一笑，继续说道："孩子，还没有出来，你懂吗？没人出来。我们都还在侍候。我承认，我喜欢在这里侍候，赛过在别人的无锁庄，但我照样还是在侍候，这一点我能向你担保。"

我们默坐片刻。前门的语声消逝，我听见前门关闭，接着后门开启，琥珀走出来，先取过乔吉的餐盘，再取过我的餐盘。

她端详我两眼，挑起一只眉头，说道："乔吉又编排你吗？"

"呃，真假难辨。"我说道。

"嗯哼，"她说道，转身走向屋里，"我说啊，你可警醒些。小心乔吉这个老油子。"

从乔吉的后院看出去，可以望见雁河下游。太阳在天空低悬，云朵开始飘浮，傍晚的天气有些转冷。快到梅纳德指定的时间了。于是，我决定对乔吉·帕克斯说出那一句话，能够改变我人生的一句话。

"乔吉，我觉得我必须走。"

我以为他听懂了我的意思。然后，我又觉得他没有听懂，因为他说道："嗯，得回河对面了，是吗？"

"不是，"我说道，"我是跟你说，我年纪大了，我长大了，我看着人们消失，被带到纳奇兹道。我看得出来，这地方就要完了。土地死了，乔吉。土壤变成泥沙，他们晓得，他们都晓得。刚才我走到这边，在街头看见一个男人被刀子捅，一个女孩当众挨打。没律法了。我想要相信这里曾经有律法，老人们总这么说的，虽然我不晓得从前的事，可我还是觉得一切都变了。乔吉，我身体里的男子汉要开花，我不想要这个男子汉套着锁链。这个男子汉，他懂得太多，看见太多，他必须出去，要不然，他活不下去的。我发誓，我很害怕会出什么事。我害怕自己的双手。"

乔吉开口，想要说话，我把他打断。

"人都说你有智慧，说你知晓的事超出这个小小的自由镇，说你和外面地下铁路的人有联络。乔吉，我想上那条铁路。我想走那条铁路出去。人都说你认识他们。"

这时，乔吉站起来，提起手掌揩嘴，然后在工装上擦手。他又坐下，一直没有看我。

"希兰，你该回家了，"他说道，"你身体里没有要开花的男子汉。你的鲜花早就开过头了。眼前这个人就是你。这个就是你的人生，倘然你想改变这个人生，就必须走我走过的那条道。"

"可是，现在走不通了，"我说道，"现在的工钱，根本抵不过纳奇兹道的身价。"

"那么，这个就是你的人生。还有，要我说，你这个人生还不坏。你只须待候你的傻哥哥。回家去，希兰。寻个媳妇。寻个能给你幸福的媳妇。"

我没有回答。他又说道："回家去。"

乔吉如此命令。我服从他的命令。然而，即便在当时，我就认定乔吉没有说实话。我认定他确如他们所说，掌握某种途径，有能力让人走向自由，走向另一个人生，走向属于黑人的俄勒冈。他甚至没有否认。因此，对我来说，事情倒更简单了——我必须向他证明我的决心和勇气，向他证明，事到如今，我绝不会退缩。我相信我能做到。于是，我往回走，穿过广场，回去寻找梅纳德和小马车。我知道乔吉会帮我，我知道他会帮我出去。因为这里没有未来。即便是走过这一小段路，脚踩白天残留的垃圾，我也能清晰看出这一点。街头到处散落着垃圾，一位高贵的绅士——从他的衣服可以推断，面朝下倒在马粪堆里，他的朋友们，仅穿着污脏的衬衣，凑到他的眼前嘲讪。我看到曾经装饰他们头顶的礼帽已经破损，花饰零碎。我看到蔚蓝色的领巾在地上翻滚。我看到男人在酒馆外吆喝掷骰子，酒馆门前的人群围着两只准备搏斗的公鸡。这就是他们的文明——如此稀薄的伪装。自出生以来，我第一次愕然如梦初觉：在大街上的时候，我居然想靠自己这一点记忆天赋去吸引无锁庄法老的青睐。自然，这不是我初次意识到自己竟把视野摆得如此低劣。野兔洞里的人，每天目睹他们与我们所有人一样，一样地排泄，我们看到他们的年轻人愚蠢，他们的老年人衰迈，他们的权势全是捏造的假象。他们不比我们好，在许多方面，他们不如我们。

梅纳德站在堂子门口，怀搂着烟花女子。我看见科琳的男仆霍金斯站在他们旁边。梅纳德戏谑，纵声大笑，霍金斯默然睨着他，眼里只有鄙夷。梅纳德醉得不能察觉任何情绪。看见我时，梅纳德笑得更欢了，抬脚朝我走来。他失脚扑倒，拖着怀里的女人一道栽在地上。我搀起女人，霍金斯急步向前，搀起梅纳德。他的马裤和马甲沾满了泥。

"希兰，作死啊你！"他叫嚷道，"你该搀着我！"确实，我总是搀着他的。

"这个姑娘，今晚属于我，"他喊道，"她是我的。作死，希兰。我跟他们说过！我跟他们所有人都说过！我跟所有姑娘都说过！"

然后，他转头，瞅见满面厌憎的霍金斯。"小子，这事儿，一字都不许跟你家主子提起。一个字都不许，明白？"

"什么事，先生？"霍金斯问道。

梅纳德眯起双眼，睨睨一会，又纵声狂笑："好的——先生，我们俩合得来，你和我。”

“就像一家人。”霍金斯说道。

“一家人！”梅纳德口中叫嚷着，爬进马车厢。我扶女人登车。然后驾车出发，循原路归返。接着，天晓得是什么缘故，也许是雾时间头脑灵清，也许是出世以来从未有过的羞耻瞬间浮现，梅纳德命我掉转马头，背离中心广场，出城驶向哑巴丝路。于是，我们离开星落地，离开我们熟悉的世界，马车渐渐出城，道旁的房屋开始稀落，树木愈加密集，树叶迸放金色橙色的光彩。我听见远处乌鸦啼唤，马蹄踏地，感觉风吹着脸，我知道自己眼里看见的，就是唯一能够感知的世界的所有细节。我知道我的人生会如何结束。有一天，我父亲会离开这片土地，他留下的一切就会属于梅纳德。如果那一天来临，我知道，所有道路都通向纳奇兹。

我一路驾车，脑中装着过去数小时积攒的心绪。梦想、恐惧、愤怒、无尽的黑夜，还有索菲娅眼里的太阳正在山那边消失，还有我失去的母亲和埃玛阿姨。还有，我的心里还有一个欲望。我渴望逃离梅纳德，逃离被他主宰的命运。然后，就发生了那件事。

我看到雁河，看见水面升起一阵怪雾：雾气稀薄，紧接着雨点落下，提示白天已转为黑夜。然后，飘起一阵蓝色的薄雾，笼罩在对面桥头。接着——这个要紧的关键，我记得十分真切，因为马车奔得正快——平稳而急捷的马蹄声消失了。我看着马在眼前奔跑，拉着我们前行，却没有一丝声息，我思忖，大概是我的问题，可能是暂时失去听力。可是，我没有深究，因为我只想赶紧回家，只想摆脱梅纳德，即便只是那夜剩余的时间。我们驶上石桥，霎时间，薄雾豁然消散，在那个瞬间，我看见她，看见那个女子，看见我的母亲。她在桥头舞蹈，在我脑海的黑暗里跳水舞。我试图令马减速，收勒缰绳——我清晰地记得这个动作——可是，马仍旧全力奔跑。尽管我现在怀疑当时是否确实拉住缰绳，是否确实在那个空间，在那座石桥上，因为纵是此时此刻，纵然已经实现奇迹，我仍不敢说，我能真正地理解"传渡"。我只知道一件最要紧的事：必须有记忆。

5

　　我在水中，坠进光芒。我的母亲仍然一边跳舞，一边引领着我。最后，光芒被吞没，逐渐暗淡、消逝，我的母亲便消失了。我感觉双脚踩着结实的地面。是黑夜。雾似帘幕一般掀开，露出清澈的夜空，星辰在我头顶闪烁。我转过头，寻找雾气笼罩的河流，适才蹚水而出的雁河。然而，眼前只见高草丛，草叶的黑影在风中摇摆。我倚靠一块大石，朝远处望，越过田野，望得见遥遥隐现的森林。我认出了这个地方。我熟悉从这块岩石到那片树林的距离，我认得这片高草丛。这是休耕的田野，我的无锁庄。我知道这块大石不是随便搁置的地界，而是纪念第一位祖宗阿奇博尔德·沃克的石碑。我的曾祖。劲风刮起，吹得我身体颤抖，短靴浸透了水，冰块似的紧贴着脚板。我抬腿迈步，身体失衡，一头栽倒，跌进草丛里。我感到一股强烈的欲望，渴望就地睡去。也许，我是走进了炼狱。这个炼狱依照我所熟悉的世界模式，叫我必须经受煎熬的考验，才能去领取我的奖赏。于是，我任凭自己倒在草丛里战栗，没有试图挪动。我把手伸进兜里，摸索那枚铜币，无论到哪里都带着的铜币。黑暗自四面逼近之时，我的手指摩挲着铜币粗糙的边缘。

然而，我没有得到奖赏。至少不是大街上的大人们说起的奖赏。因为我是在这里讲述这个故事，而不是在坟墓里，至少现在还没有进去。我在这里，回想另一个人生。在那个人生里，我们被奴役，我们接近土地，接近一种让学者困惑、上等人迷茫的力量。这种力量如同我们的音乐和舞蹈，不是他们能够理解的。因为他们没有记忆。

我正是跟随我们的音乐，一路走出黑暗，走了三天——人们后来告诉我。我在生死的边界盘桓，神志不清地絮语，发着可怕的高烧。最初恢复意识的时候，我隐约听见有人仿佛在遥远的地方轻声哼曲，旋律重复一遍，余音绵绵，继而又开始重复。然后，我模糊地意识到，我也熟悉这个旋律，便在脑中复述歌词：

天上所有的乐队在翻滚
奥布里在偷看，美好的姑娘在舞蹈

醋和苏打水的气味，浓重刺鼻，浓得我简直能在口中尝到那个味道。毯子温暖，脑袋能感觉到枕头的柔软。然后，我睁开眼，见自己身在阳光璀璨的房间。我不能动。我的头歪在枕上。我躺在壁橱床里朝外看，床帘合拢。房间对面有一张写字台，台上摆着祖宗的胸像，旁边有一方红木脚凳，凳上坐着一个人。脊背笔挺，脖颈纤长。是索菲娅。两根棒针拖曳一卷毛线，往复交织，她的手臂来回缠绕。我想挪动，但全身的关节似被锁定。我顿时震愕。那一刻，我惧怕自己受了重伤，沦为身体的囚徒。我绝望地注视，渴望索菲娅朝我看。可是，她站起身，嘴里仍哼唱那支老歌，双手仍在编织，兀自走到门外。

我怀着极度的恐惧躺在床上，思忖自己是否被身躯囚禁。躺了多久？我不知道。然而，黑暗再度降落。再次醒来，麻痹已经消失。我动了动脚趾。我能张嘴，能卷起舌头。我转了转头，手臂也有感觉。于是，我支起胳膊用力一推，在床上坐起。我环顾四处，又看见阳光、胸像、璀璨，我知道这是梅纳德的房间。我的目光越过脚凳，看见他的衣橱，他的写字台，还有那面穿衣镜，就在昨日早晨，为他穿衣的时候，我让他站在镜前。然后，我记起雁河。

我坐在那里，想要张口说话，呼喊，嘴里却吐不出词语。索菲娅走进门，头低垂，双手在编织。听见我喘着粗气想要说话，她抬起头，毛线团滚到地上，她奔过来，伸出蜘蛛腿一般纤长的手臂，把我搂住。须臾，她抽回手臂，注视我。

"希，欢迎回到我们身边。"她说道。

我记得我努力地咧嘴微笑。可是，我的脸必定扭曲成痛苦的面具，因为我看到她脸上的喜悦顿时消隐。索菲娅抬手捂嘴。她一手搭着我的肩，另一手贴到我的后背，扶我缓缓躺下。

"不许说话，"她说道，"你可能以为蹚出了雁河，可雁河还没有淌出你的身子。"

我躺着，世界以适间出现的秩序渐次消失：房里的光消失，接着苏打气味褪淡，最后索菲娅也不见了，但我仍能感到她的手抚摸我的额头，听见她轻柔的哼唱。我又睡去，坠入自己掉到雁河的梦里。现在，整个场景在远处一一重现。我看见自己的头冲破水面，环视四周，心中料想自己在劫难逃。梅纳德也在那里，在水中扑腾，挣扎着自救。然后，我看到那道蓝光，穿破天空而下，落在我的身上，这一次，我把手伸向梅纳德，我唯一的手足，试图救他。但他甩开手臂，口中诅咒，消失在黑暗的水底。

再次醒来，臂膀依然疼痛，但我能感觉双手的肌肉不再僵硬，能够移动。房间里仍有醋味，但很微弱。我不太吃力地坐起，见密实的床帘合拢，透过帘幕，隐约看见一个侧影，坐在脚凳上，独自守夜。我记得上次醒来，索菲娅在这里，想到这个可能，我不由得心跳加剧。我听见清晨的鸟雀啼啭，心中顿时欢畅，欣喜自己还活着。我掀开床帘，看清那个侧影是我的父亲。他坐在脚凳上，胳膊肘支着腿，双手撑托面颊。他抬头朝我看，我看到他细狭的眼睛沉重，胀满了血丝。

"我们失去了他，"他说道，摇摇头，"我的梅儿走了，整个大屋，整个榆树县，都在哀悼。"他站起，走来坐在床沿。他伸手捉住我的肩膀。我低头，见自己身上穿着长睡袍，认出是梅纳德的。我再抬头看我的父亲，他脸上渐渐呈现领悟的神色。在那个瞬间，我们进行着一种秘密的交流，一种只存在于父母与孩子之间的交流，姑且不论我们的父子关系多么残酷。我注视他细小的眼睛，因悲痛红肿，徐徐地眯起，好似用力地解读一个信息，用力地理解自己何以落到这个地步：他这一生，居然只留下这么一个后代，一个奴隶。彻底地领悟之后，他缩回双手，把头埋进手掌。他站起身，放声痛哭，走到屋外。

我下地来，走到窗前。这个房间位于无锁庄背面，天气晴朗，能够看得到溟蒙的远山。我从窗前转身，我的父亲进来，他身后跟着罗斯科，多年前把我从下边大街带上来的管家。那张皱纹密布的苍老的面孔，挂着严肃而忧戚的表情。然后，我记起，下边大街上，也有熟悉我、爱我的人，我的长辈，他们爱听我唱歌，爱看我耍把戏。罗斯科拿着一套衣服——我的奴隶装束，摆在梅纳德的衣橱里。他撤下床单，卷作一团夹在腋下，径直出门去。我的父亲坐在脚凳上。

"我们到河里找他的尸身，可是水太……"他说道，声音哽咽。他的身体在颤抖。

"一想到我孩儿沉在河底……"他说道，"我这心里就什么也想不了，你懂吗，希兰？我一想到他陷在那个河底……请你原谅。我只能想象你在那下面看到了什么。可是，我得跟你说说，因为我不能跟别人说这话：我和他妈只有梅纳德一个孩儿，他高兴的时候，我从他的眼神里，就好像看见她的眼睛。他总是忘事的时候，我就看见她健忘的习惯。他露出同情的时候，他一直很有同情心，我就看见她的影子。"

他开始哭泣："现在他走了。我送走了两个亲人。"

罗斯科又进屋来。这一次端来一盆水，一块面巾，另一只较大的空面盆，一道搁在梳妆台上。

"事情就是这样了，孩儿，"我父亲说道，"得做些安排。不管他的身体在哪里安歇，他的记忆不会消失。你必定知道，你心里必定知道，梅纳德爱你。我能肯定，他付出自己的生命，帮你从河里走出来。"

我的父亲离开后，我取过面巾，沾水擦洗身体。我在脑中思忖，他的最后一句话多么愚蠢，多么疯狂。我的双手颤抖。**梅纳德爱你**。他竟认为梅纳德能爱哪个人，能为哪个人付出生命——更不消说是为我，这个想法使我震骇。然而，穿衣之时，我又思索，心里开始领悟——我父亲确实相信这个疯狂的想法。他必须相信。梅纳德是他自己，梅纳德是他的妻子。这幅美化的肖像，一直潜伏于我父亲反复叮咛的话语间：梅纳德必须被照看，他的人生不能交到他自己手里。我走下后楼梯，心知只有在弗吉尼亚的诡怪的宗教里，我父亲的宣言才能得到完美的诠释。弗吉尼亚笃信，一个种族须被锁进铁链；这个被锁缚的种族，在弗吉尼亚用数学铸铁，用精确的比例雕刻大理石，却仍被称为野兽；在弗吉尼亚，一个人在这一刻说爱你，却在下一刻把你卖掉。是啊，我心里想到无数诅咒，诅咒我愚蠢的父亲，诅咒这片土地，诅咒这片土地养育的人用奢侈和华丽修饰罪恶，用舞会和坚硬的裙撑掩盖丑陋，诅咒他们的洞窟、心灵的地窖、奴役的楼梯。我走下这道楼梯，进入地下的野兔洞，进入一座秘密的城市。这里的能量驱动着伟大的帝国——如此伟大，无人敢说出它的真名。

回到野兔洞，我看见锡娜站在寝室门外，在昏暗的光线下，与索菲娅交谈。锡娜的眼睛盯住我。我向她微笑。她走过来，对我摇头。然后，她伸手抚摸我的脸，凝视我的眼。她没有微笑，只是把我从头到脚端详一番。我感到，她想要亲眼看到我身上每一处都是好好的。

"哼，看着不像掉进了什么河。"她说道。

锡娜，我的另一位母亲，从来不是温情脉脉的女人。人都说，倘然她不骂你或轰你走，就至少表示她喜欢你。我通常也用无言的深情回报她的喜欢。这绝不是疏远，我们用自己的语言传达对彼此的珍惜。

可是，那天，我想也不想，换用另一种语言。我伸出手臂，拥抱锡娜，把她拉进我的怀抱，紧紧地拥抱她，仿佛尽然释放庆幸自己活着的欢喜。我紧紧地拥抱她，好似又掉进雁河，她是我的浮板。

须臾，她脱身，又细细地端详我，然后转身走开。

索菲娅望着她离去，待锡娜走过一个转角，才看向我，发出笑声。

"连我都看得出来，她爱你。"她说道。

我点头。

"我认真的。她平常不跟我讲话的，可是，自从你落水后，她总来寻我问话，旁敲侧击，打探你的情况。"

"她来看我？"

"一次也没有——所以我就晓得她爱你。我问过她，叫她来瞧瞧你，她慌得不行。我就晓得了，倘然看见你那个模样，她受不住。希兰，你那模样，叫人看着难受。连我都看着难受，虽然我不喜欢你，更别提爱你了。"

说着，她伸手拍拍我的肩，我们一道悄声开怀畅笑。可是，我的心在胸膛里坠落。

"感觉怎样？"索菲娅问道。

一时间，我们找不到话了。然后，沉默使我犹疑，继而又让我自觉鲁莽。于是，我邀索菲娅到我的寝室坐坐。她应允。我为她拉出椅子。她坐定后，伸手从围裙里掏出毛线和棒针，编织那个难以捉摸的东西。我坐在床沿，我们的膝盖几乎碰触。

"很高兴见你恢复。"她说道。

"嗯，差不多恢复了，"我说道，"这不，就急吼吼地把我赶出梅纳德的房间，不肯浪费一分钟。"

"岂不更好吗？"她说道，"我可不愿睡在哪个死人的床上。"

"嗯，这样更好。"我说道。

出于本能反应，我伸手在衣兜里摸索铜币。可是没有摸到。可能是掉落了。这个事实叫我难过。那枚铜币一直是我的护身符，象征我在大街上的人生，即使我在下边之时怀蓄的野心已经落空。

"他们怎么找着我的？"我问道。

"科琳的仆役，"索菲娅说道，双手停下编织，"你认得他吗？霍金斯？"

"霍金斯？"我问道，"在哪？"

"河边，"索菲娅说道，"雁河这头。面朝下埋在烂泥里。捉摸不透你是怎么从河里蹚出来的。水那么冰。肯定有人保佑你。"

"大概吧。"我说道。然而，我没思索自己如何从河里走出来。我在思索霍金斯，思索赛马会一日见过他两次，然后找到我的人又是他。

"霍金斯，哈？"我重复道。

"是啊，"她说道，"科琳，她的女仆埃米，还有他，这阵子大多时候都在这边。你该好好谢谢他。"

"嗯，应该的，"我说道，"我会的。"

她起身离开。我感到隐约的伤痛。每当她离开我的时候，那股隐约的伤痛就会出现。

索菲娅离开后，我坐在床沿，思索事情的经过。细节有些出入。索菲娅说，霍金斯是在河边发现我的。可是，我的脑中存有清晰的记忆——摔倒在休耕地。我记得看到那块石碑，它是为了纪念无锁庄的祖宗阿奇博尔德·沃克最初开辟的土地。休耕地与雁河相距两英里，我不记得走过那段距离。也许，在濒死的痛苦时刻，我的头脑想象了这一切，召唤出祖先的形象——跳舞的母亲，曾祖的纪念碑，聊作告别这个世界的方式。

我走出寝室，决定到休耕地看看那块石碑，希望寻找一些迹象，也许可以解释我的记忆与霍金斯的故事的出入。我走过锡娜的寝室，转下逼仄的走廊，折进通往屋外的隧道。阳光明亮，照得我目眩。我站在隧道口，望向外面，举起左手搭在额前遮挡阳光。一队奴隶走过，他们扛着背包和铁锹，我看见皮特走在中间。他是无锁庄的花匠，与锡娜一样，属于老一辈奴隶，靠着自己的才智，免于被卖去纳奇兹的命运。

"嘿，希，你好吗？"经过我面前时，皮特问候道。

"不坏，不坏。"我说道。

"太好了，"他说道，"悠着点，孩子，听见没？一定要……"

他说了几句话。可是，远处的景象，还有我自己的思绪，淹没了他的话语，我魔怔一般站立，望着他和众人消失进刺眼的阳光。那一刻，我心中突然生起一阵毫无来由的恐慌。是因为皮特。我看着他消失进阳光，就像数日前我觉得自己也是这般消失。但是，我是消失进黑暗。我转身奔回寝室，心头压着恐慌，横倒在床上。

又是出于本能的习惯，我把手伸进口袋，摸索那枚不存在的铜币。那一天剩余的时间里，我就那么躺着。我回想霍金斯的故事——他说在河岸发现了我。我能肯定自己是倒在高草丛的。我的脑中有清晰的记忆，记得摔倒前看见了那块大石碑。况且，我的记忆从不出差错。

我躺在那里，耳听这栋大屋——秘密的奴隶王国——传来各种声息，下午过去，声息愈加响亮，继而渐渐稀落，表示傍晚来临。一切平息后，我又走出隧道，一路穿过灯笼的光芒，走进黑夜。月亮探出一片轻淡的乌云，映托星辰点缀的天空，仿佛一洼明净的水。

我站在滚球草坪边缘，望见有人穿过低矮的草地。走近时，我认出是索菲娅，从头到脚裹着一条披肩。

"这么晚了，还出来啊？"她说道，"尤其是你现在这个身体。"

"在床上躺了一整天，"我说道，"需要新鲜空气。"

风从西边的树林里轻轻地吹来，索菲娅拉起披肩，裹得更紧。她朝下边的道路望去，好似被什么东西吸引了注意。

"我不打搅你了，"我说道，"我出去走走。"

"呃？"她说道，从远方收回目光，转到我的身上，"你没有打搅我。对不住，我一向有这个坏习惯，你必定见过我这个样子。有时候，脑子里冒出一个念头，我就会失了神，忘了自个儿在哪里。我跟你说，这个坏习惯，有时候派得上用场。"

"方才是什么念头？"我问道。

她瞅着我，摇摇头，自嘲般笑笑。

"你说，你出去走走？"她问道。

"是的。"

"我和你一道去，你介意吗？"

"一点也不介意。"

我的口气轻巧，仿佛完全不当一回事。然而，她若在那一刻看到我的神色，就会知道事实并不简单。我们默默走下蜿蜒的小径，经过马厩，走向大街。无数年以前，我正是奔上这条路来寻觅我的母亲。继而，小路开阔，我看到那两排人字形屋顶的木屋。这里曾是我的家。

"你以前住在这里？"她说道。

"那一间，"我说道，伸手指点，"后来，我去和锡娜住，尽头那一间。"

"你怀念这里吗？"她问道。

"有些时候，"我说道，"但是，倘然说实话，那个时候，我一心想去上边。那个时候，我心里有向往。伟大的愚蠢的向往。都死了。没了。"

"那你现在有什么向往？"她问道。

"刚刚走了那一遭回来？"我说道，"呼吸！我只向往呼吸！"

我们朝下望着木屋，然后看见两个人。几乎只是两道人影，从木屋出来，在门口停驻。一个影子把另一个影子拉住，静立许时。然后，两道人影分开，慢慢分离，一道影子转进屋，另一道影子绕到木屋后消失，接着出现在田野上，奔向远处的树林。我看出奔跑的影子是男人，转进屋的影子是他的妻子。在当时，这样的情景十分常见，因为无数夫妻两地分居，各自在县里相隔数英里的地方为奴。儿时，我纳闷有人居然愿意跑那么遥远的路。然而，此时此刻，站在索菲娅身边，望着田野上奔跑的人影，我觉得我能懂。

"你晓得吗，我也是有些来历的，"她说道，"在这个人生以前，我也有人生的。我也有亲人。"

"你从前的人生是怎么样的？"

"在卡罗来纳，"她说道，"我和海伦同年生，纳撒尼尔的老婆。不过，我从前的人生，跟她或者他都不相干，你晓得的。

要紧的是我在那边拥有的。"

"你在那边拥有什么？"我问道。

"首先，我有男人。他是个好男人。高大，强壮。我们常去跳舞，你晓得的。周六，大伙儿都去废弃的老烟熏房跳舞。"

她停顿片刻，大概是在记忆中回味。

"希，你会跳舞吗？"她问道。

"一点都不会，"我说道，"我听说，我姆妈有舞蹈天赋。看来，在这个方面，我像我爹。"

"跟像不像谁不相干的，希。去做就成了。跳舞的好处，就是跟谁有天赋谁没有天赋都不相干。你能出的差错只有一个，就是整晚孤僻着，紧贴着老烟熏房的墙壁不松开。"

"当真？"我问道。

"当然，"她说道，"还有，你别误会，我跳得能惊死人的。我把身子骨一摇，母鸡都能给吓出窝去。"

我们都笑起来。

"可惜我看不到——看不到你跳舞，"我说道，"你晓得的，我上来的时候，这里已经全变了。再说，我跟别的孩子两样。就算现在，我也跟别的男子两样。"

"是啊，瞧得出来，"她说道，"你叫我觉着蛮像我的墨丘利。他也安静。我就是爱他这一点。不管什么事，我晓得就我们俩知晓，他不会到处跟人说。我当时就该晓得，幸福不可能长久。可是，你瞧，他也去跳舞。喔唷，那个时候，饭都顾不上吃，就先去跳舞。跳得那么欢，老烟熏房都要给踩塌了。我的墨丘利，踩着厚饼似的短靴，脚步却像鸽子一样轻。"

"出了什么事？"我问道。

"跟这里一样的事。每个地方都出这样的事。我有亲人，你晓得的，凯萨斯、米勒德、萨默……我的亲人，你晓得吗？呃，你不认识，可你懂的。"

"嗯，我懂。"我说道。

"可是，我的墨丘利不是一回事，"她说道，"希望他平安。希望他在密西西比寻个壮实的媳妇。"

然后，她一声不吭地转身往回走。

"我没有打算跟你说这些的。"她说道。我点头，专注地聆听。一直是这样的。人们向我述说。他们向我讲述他们的故事，把他们的故事托付给我保管。我总是专注地聆听，总是存留记忆。

次日早晨，太阳刚探出树梢，我便梳洗完毕，走出野兔洞。我穿过滚球草坪，路过果园，皮特与众人——以赛亚、加布里埃尔、野人杰克——已在摘苹果，轻轻地装进麻布袋。我径直往休耕地走，地上长满苜蓿草，一直走到望见石碑的地方。我停步，站立片时，让记忆回归：河流，雾，摇摆的高草丛在风中犹如黑影，然后，祖宗的石碑蓦然呈现。我环绕石碑走一圈，再走一圈，然后看见清晨的阳光照亮了一件东西。甚至在俯身之前，在伸手捡起之前，在抚摸它粗糙的边缘、把它装进衣兜之前，我就知道是那枚铜币。它是我走向现实的通行证。然而，那个地方不是我长久以来所希冀的王国。

6

　　我确实在休耕地。倘若我确实出现在这里，那么，所有这一切——河流、雾、蓝色的光，必定也是真实的。我在猫尾草和苜蓿中间静立，兜里装着那枚铜币，心头沉甸甸的，整个世界似乎在我周围旋转。我觉得腿脚无力，双膝一软，跌坐在高草丛。我听得见心脏怦怦地跳。我从马甲口袋里掏出手帕，擦拭额头遽然渗出的汗水。我闭上眼睛，缓慢地深呼吸。

　　"希兰？"

　　我睁开眼，见锡娜站在那里。我吃力地站起，感到汗水顺着面颊流淌。

　　"上帝哪！"她说道，伸手摸我的额头，"孩儿，你到这边做什么呀？"

　　我觉得头晕，不能开口说话。锡娜拖起我的手臂，绕在她肩头，搀扶我穿过田野。我隐约意识到我们在移动，可是，在高烧的迷糊之中，眼前只有秋天的棕色红色一团一团地掠过。无锁庄的气息，马厩的恶臭，枯枝败叶燃烧的味道，我们缓慢地走过的果园的香甜，锡娜身上温暖的汗味。所有这些气息，霎时间尖锐起来，让我不能抗拒。我记得看见通向野兔洞的隧道，在迷雾里隐现，然后我弯下腰，朝面盆里呕吐。锡娜等候我恢复。

"没事吧？"

"没事，没事。"我说道。

回到寝室，锡娜为我脱去衣裤。她取出干净内裤递给我，然后走到门外。她回来时，我已经躺到绳床上，盖好了毯子，一直拉到肩头。锡娜从壁炉台取下瓦罐，到井边打水。她回来，把瓦罐搁在桌上，从壁炉台取下杯子，倒水给我。

"你得歇着。"她说道。

"我晓得。"我说道。

"倘然晓得，为什么还去那边？"

"我只是……你是怎么找着我的？"

"希兰，我总是能找着你的，"她说道，"我把衣服拿去洗了。周一拿回来给你。"

锡娜站了站，然后走到门口。

"我要回去干活了，"她说道，"你歇着。别干傻事。"

我很快睡去，进入梦的世界。只是，这是记忆的世界。我再次站在马厩外，刚刚失去了母亲。我凝视田纳西赛马的眼睛，看着自己消失进马的眼中，然后从阁楼里出来。在少年时代的记忆里，我看到自己常在锡娜家的阁楼上玩耍。

次日早晨，罗斯科到我的居室。"好生歇着，"他说道，

"不出两天，他们就会等不及地叫你去累死累活。现在，先好好歇着。"

　　然而，躺在床上，问题和疑惑在我的脑中反复浮现，无休止地纠缠：霍金斯的谎言，我的母亲在桥上跳舞。只有工作才能让我逃避这些纠缠。我穿上衣服，走出隧道，绕过大屋，迎面却见科琳·奎因的小马车不紧不慢地跑上大路。自梅纳德去世后，这已是日常惯例。科琳每天带着霍金斯和埃米来，整个下午陪伴我的父亲做祷告。以前，这个家族从来不守宗教习俗。我的父亲是弗吉尼亚人，"当一切都不能确定的时候，便用笃定的无神论观念见证过去"。正如他的革命派父辈，他也是无神论者，对于似有疑惑的东西，他不认为相信上帝便能解决问题。现在，他失去了唯一的继承人——他留给这个世界的遗产，因此，他似乎只剩下他的基督教上帝。我略微退后，隐身在隧道里，望着霍金斯搀扶女主人下车，再去扶她的女仆，三人一道走向大屋。当时，不知是何缘故，眼望着他们，我不由得畏惧。我当时只知道，他们比神祇更可怕。

　　我想重拾童年的习惯，试图在任何需要的地方见机帮忙。然而，我从厨房走到烟熏房，从烟熏房走到马厩，从马厩走到果园，随处见到忧伤的表情。看来，有人——锡娜、罗斯科，或者两人一道——下了命令，不可让我劳动。于是，我决定自己找事做。我回到寝室，换下在大屋侍候的装束，换上工装和短靴。我走到树林外的棚屋。这个棚屋位于大屋西面，需要修理的躺椅、脚凳、写字台、卷盖书桌，还有一些旧装饰，都在我父亲指令下搬到这里储存。已近中午，空气寒冷潮湿。我的靴底粘着一层厚厚的落叶。我打开棚屋。太阳从一方小窗照进来，光束在藏品上闪耀。我看到一张亚当斯办公桌，一张驼峰沙发，一把椴木墙角椅，一方红木高脚橱，还有数件几乎跟无锁庄一样古老的家具。我多愁善感地决定先从红木高脚橱开始。我父亲曾在这个橱里收藏秘密和珍贵的物品。我知晓这个事实，因为梅纳德常去偷翻，又喜欢讲述偷窥探知的东西。确定目标后，我返回野兔洞。我取来一盏灯笼，到工具室翻找，寻出一听蜡、一铁桶松节油、一只泥罐。我返回棚屋，蹲在棚外，用泥罐掺兑蜡和松节油。调匀之后，我进入棚屋，吃力地把红木橱挪到外面。搬运完毕时，我觉得有些头晕。我俯下身，双手撑着膝盖深呼吸。再抬头时，我看见锡娜站在滚球草坪边缘，望着这边的树林。

"回屋去！"她大声喝道。

我笑着挥挥手。她摇头，怒冲冲地转身走开。

这一日余下的时间，我用砂纸打磨高脚橱。这是我数日以来最平静的时候，因为我干得那么专注，心里想不了别的事。

那天夜里，我睡了很久，睡得很沉，没有做梦。睡醒后，心里期待重新开始昨日的劳动，沉入心无旁骛的专注。我穿上衣服，走到棚屋，昨日调制的松节油和蜡已经凝结，可以直接使用了。晌午时分，高脚橱在阳光下熠熠发亮。我后退几步，欣赏自己的手艺。我正要进棚屋再寻一件适合修理的家具，却望见霍金斯穿过草坪，朝我的方向而来。显然，我劳动的时候，科琳又来了。

"早上好，希！"霍金斯说道，"他们都这么叫你，是吗？"

"有些人是这么叫的。"我说道。

他听了，轻轻一笑，棱角分明的面庞愈发峭厉。他很瘦，黑白混血肤色，皮肤紧绷，有些部位绷得青筋突兀。他的双眼深深陷入头颅，好似装在小匣子内的两颗珠宝。

"我被派来寻你，"他说道，"科琳小姐有话对你说。"

我跟随霍金斯回到大屋。我先返回野兔洞，换下短靴和工装，穿上西装和轻便皮鞋。打扮完毕，我登上后楼梯，推开秘密的滑门，来到起居室。我父亲坐在切斯特菲尔德沙发上，科琳坐在他身旁。他的双手握着她的一只手，脸上露出痛苦的表情，似乎试图看进她的眼底。然而，他看得徒劳，因为科琳蒙着居丧的黑面纱。霍金斯和埃米在切斯特菲尔德沙发两侧侍立，保持尊敬的距离，视线落在室内某处，等候任何命令。科琳正对我父亲说话，几乎是耳语，但嗓音略有些激动，我站在大房间另一头，也能听见一些词语。他们在说梅纳德，彼此分享对他的思念，或者至少将他美化。这个梅纳德，一向被他们视为罪人，而今在他们的口中变成正悔改的善人——变成我不认得的人。她在说话，我父亲在点头。然后，他抬眼瞥见我，便松脱她的手。他站起，等霍金斯推开起居室的滑门。他最后瞅我一眼，脸上依然带着痛苦，走了出去。霍金斯拉上门，我思忖自己是否错估了他们的谈话，因为我心中生起不祥的预感，感觉他们的主题不仅仅是梅纳德。

我这才注意到，他们都穿着黑色服装。霍金斯穿黑色西装，埃米穿黑裙，与科琳一样，她也蒙着居丧的黑面纱，只是没有那么华丽。科琳的两个奴隶立在那里，好似延伸她深刻的哀悼，卓越地投射她的丧夫之痛。

"我这两个家人，你都见过吧？"她说道。

"是的，太太，"霍金斯含笑说道，"不过，我上回瞧见这孩子的时候，他简直没命喽。"

"我要向你道谢，"我说道，"听说要不是你在岸边看见我，我早就死了。"

"碰巧走到那边，"霍金斯说道，"我看见好像有头公牛倒在那边，就走过去瞧瞧，没料想是一个大男子。你不消谢我。是你自己救了自己。真是了不得。掉进雁河？哎哟妈呀，能把人一下子卷走。自个儿爬出来？可不是容易的，真有你的。雁河水急，就算是这个时节，也还是激流，能把人一下子卷走。"

"不管怎样，我还是要感谢你。"我说道。

"谢什么，"埃米说道，"咱们注定是一家人。他只是做了自家人该做的。"

"确实，我们本来注定是一家人，"科琳说道，"并且，我以为，我们应该依旧是一家人。我们不能让悲剧把我们分离。人从一条独特的道路出发，不论桥头涌过多大的洪水，都会记得自己一路走来的脚印。"

科琳继续说道："女人生来就是为了完善男人。我们在天国的父便是如此造人的。我们执手走进婚姻，他的肋骨便完全。

你是聪明人，你懂这些道理。你父亲说起，你就像是奇迹。他说起你的天赋、你的才能，你读书识字，但你从不过于炫耀，因为嫉妒会在人类的骨子里腐烂。因为嫉妒，该隐屠杀自己的手足。因为嫉妒，雅各欺骗自己的父亲。所以，你的天赋须在他们面前隐藏。但是，我懂，我懂。"

起居室光线阴暗，窗帘半掩。我只能看见科琳的轮廓和埃米的脸。科琳的话音颤抖，好似三重声音同时震颤，犹如诡异的和声，从隐伏于居丧面纱之后的黑暗中传来。

让我感觉诡异的不止是她的语调，还有她的言词所隐含的意味。而今，我不知该如何解释这种意味，因为那个时代的上等人、奴隶、低等白人所构成的阶层和次阶层之间，有一套独特的习俗、制度和仪态。有些话可说，有些话不可说，还有你做的事，都标志你在这个等级体系中的位置。譬如，上等人绝不会过问"家人"的内心。他们知道我们的名字，知道我们的父母，但他们**不懂**我们，因为这一点关涉他们的权力。在一个母亲面前出售她的儿女，你便须尽可能少地知晓这个母亲的内心世界。剥光一个男子的衣服施加鞭笞，再在伤口上淋盐水，你就不能似体谅自己的亲人那般体谅他。你不能在他身上看到自己，否则，你下手就会迟疑。但是，你的手绝不可迟疑，因为你一迟疑，奴隶就会看出你看见他们，也看见了你自己。领悟的瞬间，你就完了，因为你不能再用必要的方式去统治。你不再能够保证你的烟草地达到你的期待；你不再能够保证在精准的时刻种下烟草幼苗；你不再能够保证作物得到辛勤的除草和松土；你不再能够保证你的庄稼收割及时，来年的种子妥善地采撷保藏；你不再能够保证你的烟草叶留在秆上，你的烟草秆有规律地串起，间距适当地挂起来晾晒，以防你的烟叶受潮发霉或晒得过于干燥，而是晾成弗吉尼亚著名的黄金叶——黄金叶，把卑劣的凡人捧上高贵的神谱。每一个步骤都关系到最后的收成。因此，每一步都须万分勤谨。你若要一个人做得万分勤谨，又不给他一分报酬，办法就只有一个。酷刑、谋杀、截肢，盗卖他的儿女，恐怖。

因此，我听着科琳这番话，觉得她试图在我们两人之间营构某种人情纽带。我先是觉得诡异，继而恐慌，因为我敢肯定这个用意背后隐藏着更阴暗的企图。我不能看到她的脸，从而不能从她的神情揣测她的企图。**我懂**，她说道，**我懂**。我想起霍金斯捏造的故事，想起事情的真相。我暗自思忖，她所懂的，到底是指什么。

我吞吞吐吐地寻找词语回答——"梅纳德有独特的魅力，太太"——我的话未说完，就被制止。

"不，他没有魅力，"她说道，"他很鲁莽。这一点无可否认。年轻人，你无须对我说动听的话。"

"当然不敢，太太。"我说道。

"我太了解他，"她继续说道，"他无野心，无诡计。但是，希兰，我爱他，因为我天生是来疗愈的。"

接着，她便缄默。已接近晌午，阳光透进绿色百叶窗。这个时候，大屋的奴隶通常十分忙碌，屋内却弥漫着反常的寂静。

我只想赶紧脱身，回到棚屋修理写字台或角椅。我觉得，只须再多待片刻，我的脚底就会掀开活板门，叫我掉进陷阱。

"你知道的，他们嘲笑我们，"她说道，"整个上流社会嘎嘎地嘲笑，说我俩是'女公爵和小丑角'。你可能知道，有些人拿虔诚和出身掩盖卑劣的意图。梅纳德却不会。他没有魅力，没有奸诈。他不会跳华尔兹。在夏季的社交舞会上，他是莽汉。可是，他是真实的莽汉，我亲爱的莽汉。"

说出最后一句话，她的嗓音愈发异常地颤抖，流露出更加深邃的悲怆。

"我的心都碎了，我跟你说，"她说道，"都碎了。"我听见她在黑面纱下悄声啼泣。那个时刻，我的脑中浮现一个念头，心想也许并没有计谋，眼前就是她真实的样子，丧夫的年轻寡妇，想要对我倾诉，纯粹是因为她想要接触曾经与他亲近的人。而我，虽是他的奴隶，却也是他的兄弟，我身上有他的些许影迹。

"我想，你可能会理解心碎的感觉，"她说道，"你是他的右臂，没有了他的指导和保护，我不知你会否无所适从。我的话没有别的意思。因为他们说，你总是卫护他，让他避免冲动和恶劣的行为。我听人说，在困难的时刻，你总是劝告他。我听人说，你是有才智的小伙子。只有愚人才会蔑视智慧和指导。他曾是你的指导，对吗？现在，善良的豪厄尔·沃克告诉我，人们见你整日在田野里走动，漫无目的，到处插手想找事情做。

"你是否似我一样伤心，希望双手忙碌，靠做事打发时间，把心思从他身上转移？女人也是这样的，你知道吗？我们有我们的任务。所以，我琢磨着，你是否像我一样，也在你所有的劳动里看见他的影子。他总在我周围出现，希兰。我到处看见他的脸。天上的云，这片土地，梦里，每一处都看见他。我看见他在高山上消失。然后，我看见他被河水淹没，在那个可怕的最后时刻，他英勇地与激流搏斗。他那么英勇地搏斗，是不是，希兰？

"你是最后一个看到他的人，只有你能告诉我当时的情形。我不问他是如何死的，因为我只信赖我的主，从不信赖自己平庸的理解力。可是，无知和想象叫我好痛苦。告诉我，他英勇地死去，配得起他的名字，未曾辱没他的身份。告诉我，他死时如同生时一般诚挚。"

"他救了我，科琳小姐。当时的事实就是这样。"我不知自己为何说这句话。我与科琳·奎因的相处时间十分短暂，可是，她身上的一切都让我不安。这句话只是我的本能反应，直觉告诉我，为了我自己，我必须安慰她，缓解她的伤痛。

她抬起戴着手套的双手，掩在面纱下。她的沉默迫使我开口。

"太太，那时候我开始往下沉，伸手拼命往上抓，"我说道，"我只觉着水流像刀子一样，我认定自己完了。可是，他把我拉起来，一直拉着我，直到我恢复一点体力，能自个儿游泳了。我最后看见他的时候，他就在我旁边。可是水很冷，淌得很急。"

她沉默许久。再次开口时，颤抖的声音变得硬冷如铁。"这些话，你没有告诉豪厄尔主子？"她问道。

"没有，太太，"我说道，"我不敢说细节，因为一提起他过世的儿子，他就悲痛欲绝了。这事让我们都很难过。我现在讲出来，只是因为你强烈地要求我描述当时的情形。我希望能让你感受一些安慰。"

"谢谢你告诉我，"她说道，"你可能都不知道，你这是给自己积了德。"

她又沉默片时。我站在那里，等候她继续提出要求。这一次开口之时，她的嗓音却又激昂了。"你的主子走了。你还年轻，可是，据我听说，你闲散着无事做。你准备以后怎么办？"

"我去任何传唤我的地方，太太。"

她点头，说道："你大概要被召到我这边。梅纳德很爱你，总是用期待的语气提起你的名字。我的捍卫者曾经也是你的捍卫者。他为你付出了生命。有一天，你或许也须付出你的生命。你懂这个道理吗，希兰？"

"我懂。"我说道。

我确实懂——纵使不是在那个时刻，那就是在私下反思之时，我确实领会了她的意思。她的悲痛和哭泣也许都是真实的，然而，更真实的却是她阴暗的意图：她要把我从无锁庄撬走，夺取我的劳力、我的身躯，据为己有。你须记得我的真实身份：我不是人，而是财产，十分值钱的财产。我懂得庄园和田地的所有运作程序，能阅读识字，擅长用记忆天赋逗人欢笑。人们都知我勤劳，性格沉稳，平易正直。并且，夺取这份财产并非难事。由于她和梅纳德的婚约,在某种意义上,我也被许诺于她。现在,她只须请求我的父亲继续保持婚约,用我作为她居丧守寡的条件。到时候,我会被送往何处?人人都知科琳在榆树县有一座庄园,但她在西部也有财产,位于较落后的地区,须穿越山脉才能到达。那边是她的财富种子,因为她在那里经营多种生意,有林场、盐矿、亚麻地。据说,她靠这些生意,避免了整个榆树县所经历的衰亡。不管将要被送去哪里,那一次交谈以后,我知道自己面临新的危险——不是被卖去纳奇兹的危险,而是须告别无锁庄,告别我唯一的家。

梅纳德的尸体没有找到。然而,分布广泛的沃克家族决定,但凡有能力旅行的,都要到无锁庄过圣诞节,祭奠这位逝世的继承人。我们在一个月前就开始准备。我们整理、清扫房屋,擦洗楼上的客厅,自从梅纳德的母亲过世后,这些客厅便多年闲置。在棚屋里,我擦亮穿衣镜,修理两张绳床,叫人将这些家具,连同一架小钢琴搬进大屋。夜里,我到大街上,与洛伦佐、大鸟、莱姆、弗兰克一道干活。回到这里真好,因为他们是我儿时的玩伴。我们修补木屋,随着奴隶数量缩减,这些房屋一直空置。我们加固屋顶,清除鸟巢,从大屋取来床单铺草垫。因为我们须接待的不光是沃克家族的主子,还有服侍主子的奴隶。

我任凭头脑随着劳动而麻木。手上的工作开始赋有一种亲密的节奏,我们深切地感应这份亲密,莱姆激动地放声唱起:

到庄园的大屋去

到那上边去，上边的大屋温暖哪

你寻我的时候，吉娜，我早已走得远了

唱完这一段，他又从头唱起，这次每一句刻意停顿，让合唱队附和，我们都加入合唱，重复每一句歌词。然后，我们轮流增添内容，或套用其他版本，或自己编造，就像盖起歌里这栋大屋的一个个房间，我们一句一句地编造这支歌。轮到我了，我扯开歌喉唱道：

到庄园的大屋去

到那上边去，但不会停留长久

我会回来的，吉娜，带着我的心，我的歌

大街上的长辈们决定，我们也该有一桌筵席，也该置办一张体面的餐桌。我们砍倒一棵大树，剥去树皮，打磨光亮，安上桌腿。如此，我们有了自己的宴桌。这个工作不容易，但把我心头的焦虑和怅怅尽然驱逐。

圣诞前夕的清晨，我在大屋门廊上眺望。太阳刚探出棕色的光秃山冈，便望见沃克家族漫长的队伍，迎着日出，蜿蜒上山来。我数了，有十辆马车。我走下台阶迎接，与宾客寒暄，帮助跟随上山的奴隶卸行李。在我的记忆里，那是快乐的时光，因为沃克家族的奴隶队伍当中，有些黑人记得我儿时的情景，他们认得我的母亲，怀念地说起她。

依照当时圣诞节的习俗，我们每人分得额外的粮食储备，也就是两配克面粉。至于节日的粮食，我们每人得到三倍于平常的猪油和咸猪肉，还有两头牛，供我们自己任意分配。我们从菜畦采摘卷心菜和芥蓝，宰杀所有长得壮实的鸡，拔净了毛。圣诞节当天，我们自行分工，一半人手烹饪上边的宴会，另一半人手料理我们自己在大街上的菜肴。那天上午，我几乎一刻不停地劈柴、扛柴薪，既供应烧火做菜，也准备夜间的篝火。下午，我爬上山，穿过树林，扛来十坛朗姆酒和艾尔啤酒。傍晚时分，太阳早已经落山，我们很晚才开始的筵席，散发出浓郁的香味，在整个大街弥漫开来，有炸鸡、饼干、灰烤玉米饼、菜汤。星落地的居民，有些在无锁庄有亲戚，带了馅饼和点心来一道过节。乔吉和他的妻子琥珀，笑微微地展示两个刚出炉的苹果蛋糕。我和其他男子抬出长条凳，数日前才劈凿的。可是，人多，位置不够。我们便搬来木箱、酒桶、树桩、石块，但凡能坐的，都搬来摆在篝火前。上边厨房的人下来后，我们说过祷告词，就开始吃喝。

人们围着篝火，肚子饱了，撑得衣服缝线欲绷裂，便开始讲述无锁庄从前的故事，讲起我们失去的亲人。我父亲的堂兄泽夫，从前去了田纳西，这一次回来，带了男仆康威，还有康威的妹妹凯特。康威是我儿时的玩伴。他们见过我的舅舅乔赛亚，他有了新妻子，生下两个女儿。他们见过克莱和谢莉娅，这对夫妇虽被出售，却奇迹般地被卖到一处，因此，总算是有些慰藉。还有菲丽帕、托马斯、布里克，他们也都被泽夫带走，现今已被转卖，但还活着。接着，话题转到梅纳德。

"梅这孩子，死后得到的哀悼，赛过活着时得到的关爱。"康威说道。他坐在火堆前，伸出双手烤火，"他们那些人，撒谎跟布道一样动听。怎么着，我跟你讲，他们从前提起那孩子，把他说得简直是天下的孽障祸根。瞧他们现在，告诉我们他是基督再世。"

"这叫作庆祝回归，"凯特说道，"难道要他们一桩桩地细数他的罪过不成？"

"细数罪过好啊，倒是开个好头，"索菲娅说道，"我死后，可不想人对着我的尸首扯谎。只消明白地说，我从头到尾是个什么样的人。"

"我们这些人死后，谁有那闲工夫说话，只消一句'快去掘个坑'。"凯特说道。

"不管怎么着，只要不扯谎，不盖薄纱就成，"索菲娅说道，"我穿着粗麻布来，一直穿着粗麻布活着，也要这么死掉。不消多说什么话。"

"这事跟梅纳德不相干，"康威说道，"是那些埋他的人，他们一向瞧不上他，这下他自个儿掉进雁河淹死了，他们得寻借口安慰自己。我跟你讲，连我都那样。我以前常笑话那孩子，说他傻。我没见过他长大后是什么样。不过，听人说，梅纳德一点都没有变。倘然真是那样，我敢说，他们肯定觉得内疚，得抱团分享内疚啊。"

"你们这些黑鬼，跟他们嘴里说的一般蠢夯，"锡娜说道，站在篝火前，眼睛盯着火焰，"你们都是这么看梅纳德的？"

无人答话，锡娜抬眼环视周围的观众。说实话，人人都怕她。可是，害怕之后的沉默，叫她更恼火。

"土地，黑鬼！土地！眼前这片土地！他们巴结的是那个豪厄尔。"她吼道。她再次停顿，四下顾看。我坐得近，看见火光从她脸上闪过，她的呼吸呵成白气。"他们巴结他，想要他的遗产。土地，黑鬼！土地和我们！这整桩事就是玩游戏，谁赢了，谁就得到这个地方，得到我们。"

我们都知晓这个事实。可是，这也是我们的话别。也许是我们最后一次在这里相聚。谁也不想捅破这个事实，破坏欢乐的气氛。可是，锡娜，由于她独特的伤痛和性格，她笑不出来，她不能享受片刻的喜悦，不愿追忆往事。于是，她摇摇头，咬牙倒吸一口冷气，双手拉拢白色披肩，狠狠地跺脚走开。

大家坐着，眼皮低垂，锡娜的一番话把我们的心思拽回现实。我等候片时，然后朝大街另一端尽头走去，走到最后一间木屋前。这间屋离大街上其他木屋略远，锡娜曾站在门廊上，举起扫帚驱赶奔跑的孩子。无数年前，我曾走进这间木屋，觉得这个女人最能理解我心里被背叛的感受。现在，我看见她站在自家老木屋前，沉浸在自己的心思里。我走过去，站在一旁，近得她能察觉我在那里。她转头看我，凝视数秒钟，我见她的面容已经缓和，然后她转回头去看着木屋。

我站在她旁边。少时，我往回走，留她独自沉思。回到篝火前，我发现话题已转回从前的故事，讲到更遥远的记忆，遥远得好似神话。

"哪里有这种事。"乔吉说道。

"我说有。"凯特说道。

"我说没有。倘然哪个黑人走下雁河消失，我告诉你，我肯定晓得。"乔吉说道。

凯特瞧见我，便对我说："希，你肯定晓得。你外婆，你的桑提贝丝。"

我摇头说道："我没有见过她。我知晓的不比你多。"

乔吉摇头，朝凯特摆手，说道："别把这孩子卷进来。他啥都不知道。我告诉你，倘然哪个女奴隶从无锁庄走出去，还带走五十几号人，我肯定晓得。这类故事，我都听烦了。每年都得听这个故事。"

"那是你出生以前的事，"凯特说道，"那个时候，我阿姨埃尔玛还在这边。她的第一个丈夫就是那样走的。他跟着桑提贝丝走进雁河，说他要回家去了。"

乔吉摇头说道："烦不烦啊你们？每年都在说这个故事。我告诉你们，倘若真有这号事，我肯定先晓得，哪能轮到你们哩。"

那一刻，我感到一切都安静了。确实，每次聚会，人们都会因为我外祖母桑提贝丝的故事而起争执。传说，她带领一些奴隶逃跑，总共四十八人。在榆树县编年史里，这是最庞大的逃亡队伍。并且，人们所争执的不止是他们逃亡的事实，还有逃往的地方，据说他们逃回了非洲。传说，桑提带领他们走下雁河，蹚水进去，从大海另一头出来。

太荒谬了。我总是这么想，而且必须这么想，因为我听到的桑提的故事，总是夹杂传闻和谣言。再说，这个故事漏洞百出，感觉极不靠谱。当然，也是因为她那一代无数人，以及她下一代无数人，都已被拍卖出售，轮到我这一代，榆树县不剩一个亲眼见过桑提贝丝的人。

我同意乔吉的看法。我甚至怀疑她纯粹是虚构人物。然而，大家顿时默然不作声，并不是因为乔吉质疑桑提贝丝的故事，而是因为他的笃定——他说，"我晓得"。

凯特走过去，径至乔吉面前，含笑说道："这话怎么讲，乔吉？你怎会晓得？"

我盯住乔吉·帕克斯。太阳早已落山，但篝火的焰光照亮他的脸。他面色不安。

这时，琥珀悄步来到他的身旁，说道："是啊，乔吉，你怎么晓得？"

乔吉四下瞧瞧。所有的目光都投到他身上。他说道："犯不着你们操心。我就是晓得。"

人群中发出一阵紧张的笑声。然后，话题再次转到梅纳德，又讲起遥远地方的消息，我们的亲人如今称为家的遥远地方。夜深了，可是我们都心中难舍，无人愿意分开。我不知是如何开始的，我当时心不在焉，仍挂念着锡娜，因而没有看见开始的情景。待我回神的时候，舞蹈已跳得热闹。我听见脚步踢踏，但未曾留神观看，接着看见篝火那边人们围聚起来，我朝那边望去，只见种烟草的阿麦奇从一间木屋搬出一把椅子、一只洗衣盆。他坐下，拿着木棍敲打洗衣盆，奏出高昂欢快的节奏，接着又有二三人伴随节奏拍手打膝盖。我看到花匠皮特抱着班卓琴，走到那边，手指随意一拨琴弦，然后，汤匙、木棍、口簧，似乎一同响起，舞步在我们眼前旋转，仿佛花朵兀自绽放。篝火前，人群围成圆圈，圈中有一个女孩，一手提起裙摆，臀部随节拍摇摆，我看见女孩头顶的瓦罐，我的视线下移，看到女孩的脸。是索菲娅。

我望向星空，没有一朵云。看看弦月在天空的位置，我估计大概接近午夜。篝火熊熊地燃烧，驱散 12 月的寒冷。等我回过神来，大街上的人都在跳舞。我徐徐后退，站得稍远，把整幅场景收在眼里。那是一整个种族在舞蹈。有人结伴，有人牵手围成半圈，也有人独自起舞。我转头望向生活区，见锡娜坐在一间木屋的台阶上，随着音乐节奏点头。

我望向索菲娅，旋转得只能看见她的四肢，但她舞步平稳，瓦罐似乎熔接在她的头顶，从不挪移，有个男子凑得太近，我看见她揪住他，在他耳边说话，必是不好听的，因为那个男子停下舞步，立刻走开。然后，她抬眼顾看，见我望着她，她露出微笑，朝我走来。迈步之际，她把头略倾斜，瓦罐顺势滑落，她伸出右手托住罐肩。她站在我面前，拎起罐子呷一口，再递给我。我凑到嘴边，闻到味道，不由得推开。我本以为罐中是水。她带笑说道："喝不得？"

我手里捧着那坛艾尔啤酒，眼睛看着她，举起酒罐凑到嘴边，双眼仍注视她的眼睛，大口大口地喝，然后把空罐递给她。我不知自己怎会有这样的举动，至少当时不知道。但我知道那个举动的意味，纵使我心里企图否认。她也知道。她转开视线，放下瓦罐，跑到长餐桌另一端，消失在阴影里。再回来时，她抱着满满一坛艾尔啤酒交给我。

"我们去走走。"她说道。

"好。去哪？"我说道。

"随你。"她说道。

于是，我们朝外走，走上大街，音乐在身后逐渐淡去。我们走上滚球草坪，回到无锁庄大屋。大屋旁有一座凉亭，亭下造着冰窖。我们坐下，捧着这坛酒相互传递，默默地喝，直喝得头脑晕眩。

"那么，这就是锡娜。"她开口说话，打破沉默。

"是的。"我说道。

"绝不肯扯谎？"

"绝不。"

"你晓得她经历的事？"

"你是指把她变成这样的事？是的，我晓得。可我觉着那是她的故事，该由她自己讲。"

"可她告诉你了，是吗？"她说道，"她一向待你软心肠。"

"锡娜待谁都不软心肠，索菲娅。就算在那些事以前，我猜她待自己的亲人也从不软心肠。"

"嗯，"她说道，"那你呢？"

"什么？"

"你待你的亲人也是硬心肠？"

"大多数时候是的，"我说道，"当然，也得看哪个亲人。"

我抱起坛子呷一口，递去给她。她注视我，脸上没有笑容，而是仔细地审视。我清晰地知道，我在雁河上游掉落，却在雁河下游出来。我纳闷无数次坐在她身边，驾车送她去纳撒尼尔家，自己是如何承受下来的。我纳闷自己是否瞎了眼。多好的女孩，我想和她一起，那样在一起。就是永远不会想与其他任何人那样在一起的那种感觉。就是说，我想拥有她的全部，从她咖啡色的皮肤到她棕色的眼睛，从她柔和的嘴唇到她纤长的手臂，从她低沉的嗓音到她刻薄的笑声。我想要她的一切。我没有思索伴随这一切而来的恐怖。吞没她的人生的那个恐怖。我的心里只想着体内跳跃的光芒，那道光芒伴随着音乐舞动，我希望只有她能够听见的音乐。

"是吗？"她说道，移开目光。她喝一口酒，把坛子搁在脚下，举头望着星空。见她把目光投向天空，我不由得嫉妒天空。我的心头体会那个感觉，脑中涌起纷纷的思绪。我想到科琳和霍金斯，想到这可能是我在无锁庄的最后日子——虽不是被带走卖去纳奇兹，但还是要被带走。我想到乔吉，想到他可能知晓的一切。我感到索菲娅的手滑进我的臂弯。然后，我们的手臂交缠。她一声叹息，头偎着我的肩膀。我们坐着，仰望弗吉尼亚上空的星辰。

7

圣诞节过完了，我们说过最后的告别，在这片土地上再见无期的话别。接着，新年过去，奴隶数量日益稀少。科琳照旧每日来访，她的低语似乎在暗示我的命运。我知道，鉴于她对我父亲的影响力，不出数日，这些暗示的迹象就会变成现实。我在无锁庄的日子不多了。

我父亲注意到我修理的高脚橱。于是，罗斯科传下指令，从现在开始，我的劳务便是修复旧家具。我从父亲的书房取来簿册，里面详细地记载每件家具的制作或购买日期，有些甚至属于第一代创始人。因此，在我眼里，这些家具开始象征着祖宗的故事。这个叙述脉络将会在我这里终结。我，一个奴隶，将被卖到外乡，无力拯救这片土地和耕种土地的人，他们被迫分离，随风飘散，却依然被铁链锁缚。阅读簿册之时，关于俄勒冈的念头又在我脑中浮现。我不可能拯救无锁庄。但我的体内涌动着另一个念头。这个念头越来越炽烈，急切得不可抑制。如果必须离开无锁庄，或许我可以用我自己选择的方式离开。

这个念头再次让我想到乔吉·帕克斯,思索他究竟知道什么。

周五早晨,我走到屋外准备例行的差事,驾车送索菲娅去纳撒尼尔的庄园。那个时候,逃跑仍只是我心底的一个念头。我走进马厩牵出两匹马,套上敞篷四轮马车。天色依然昏暗,但我做过无数次,熟悉每个动作,也习惯了在天亮前工作,简直可以闭着眼睛做这些必要的动作。套好了马,我抬起头,见她站在眼前。

"早上好。"索菲娅说道。

"早上好。"我说道。

她已打扮停当,头上系着蕾丝帽,身上紧束长裙撑,外披一袭长外套。我忖度她几时起床才能完成这样的装扮。我看着她扶了我的手,轻巧地挪移,登上马车。我突然意识到,高贵的淑女应有的装饰和点缀,索菲娅无不谙熟。这个能力并不是她偶然获得的,她从前的职责便是侍候海伦·沃克梳妆打扮。海伦是纳撒尼尔已故的妻子。索菲娅忙于面霜、指甲油、束身衣、束腰带这一整套繁复的仪式。她比海伦更懂如何执行这套仪式。

走到半途,我转过头,见索菲娅望向远处霜冻的树木,一如她平常的习惯,望得出神。

"你怎么看?"她问道。我与她相处久了,已经熟悉她的性格,她与人说话的时候,总是先说出自己心头的话,再慢慢地解释。

"我想,好啊。"我说道。这时,她转头面对我,脸上露出疑惑。

"你根本不晓得我讲什么，是吗？"她说道。

"是的。"我说道。

她一笑，说道："所以，你就打算叫我自顾自地讲下去，假装听懂了？"

"有何不可？"我说道，"我琢磨着，很快就能多少听懂一点。"

"倘然我说一些你不想听的哩？"

"那倒也是。但是，倘然不听，我就不可能晓得想听还是不想听。我猜这个险必须得冒。况且，你已经开了头了，可不能反悔。"

"呃——嗯，"她说道，点点头，"确实。但是，这是隐私，希，你懂吗？我到无锁庄以前的事。"

"卡罗来纳州的事？"

"是的，卡罗来纳的好辰光。"索菲娅的声音轻柔，字字清晰，她徐徐说道。

"那时候，你是纳撒尼尔妻子的侍女？"我问道。

"不光是侍女，"她说道，"我和海伦，我们是好朋友。至少，我们曾经是好朋友。我爱她，你晓得的。我觉着，我可以这么说——我爱她。每想到海伦，我就只想起最美好的辰光。"

说这些话的时候，她的语调伤感，我觉得我能理解像她这样的小女孩，友谊是如何发生的，她们都只是孩子，她们与日后的主子一道玩耍，浑然不晓肤色的意味，她们被告知，要爱一道玩耍的白人女孩，就像爱其他一道玩耍的黑伙伴。她们一道长大，渐渐地，游戏时间少了，她们之间的仪式也变了。她们同样地学习社会和奴隶制的宗教。这个宗教规定——毫无任何正当理由——她们两个人之间，一个住宫殿，另一个躲在地洞里。用这种方式对待孩子，太残酷了：让两人似姊妹一般长大，然后把她们拆分，一个去做女王，另一个去做垫脚凳。

"我们玩游戏，常玩得很疯，"索菲娅说道，"我们装扮成高贵的淑女，穿上撑得巨大的蓬蓬裙。我们在卡罗来纳原野上玩耍。有一次，我摔倒，滚进野蔷薇丛。我哭得必定惊天动地。可是，她跑下来救我，把我拉出来，把我带回大房子。我深刻地记得她，希，现在，每次看到野蔷薇，我想到的不是那时候的痛，因为我心里只想到她。"

说话之际，她的眼睛直视前方的路。

"我跟你说，在属于他之前，我们属于彼此，"她说道，"我们对彼此很重要。现在，这一切都像烟雾消失了。她爱的男人想要我。不是因为他爱我，希兰。在他眼里，我只是一件首饰。我心里清楚。然后，我的海伦死了，给他生孩子的时候死的。那时候，我心里多伤痛，多内疚，我无法给你形容。"

讲到这里，她沉默不语。我们继续前行，只听见马蹄和车轮碾过冰冻的道路。我有预感，觉得她就要披露一个可怕的真相。

"你晓得吗，我现在还会梦见她。"她说道。

"我不觉得奇怪，"我说道，"我也梦见梅纳德。不过，我承认，我的梦没有你的一半魔法。"

"那不是魔法，"她说道，"有时候，希，有时候……我有种感觉，觉得她是故意离开的，留下我跟……"

她转头瞟我一眼，然后把目光投向远处的树林。

"他不会放过我的，直到把我熬干，你明白吗？然后，他就会把我送出榆树县，卖到别的地方去。他再找个中意的黑女孩。在他眼里，我们什么都不是，只是一件首饰。我想，我一直知晓这个事实。可是，我在老去，希。知晓一件事，比真正看清更痛苦。"

"是的，需要时间。"我说道。

她沉默了。接着，又只听得马蹄轻叩路面。

"你有没有想过往后的人生？"她说道，"你有没有想过自己的孩儿？有没有想过在外面的世界等候你的人生？"

"我最近把每一件事都想过。"

"我每时每刻都在想自己的孩儿，"她说道，"我想象把一个新生命，兴许是小女孩，带到这里来，都意味着什么。我晓得快了，就要来了。这事由不得我。可我晓得快了，希兰，我得眼睁睁看我的女儿被他们欺骗，就像我自己那样，然后……我想告诉你，所有这一切，叫我开始想别的事，想另一个人生，走到雁河那头，兴许走到大山那头，走到……"

她的声音渐渐微弱，目光别转过去，望向远处道旁的树林。我思忖，逃奴的故事通常都是这样开始的。你理解自己面临的危险，如同站在深渊边缘，在那个理解的瞬间，你就决定逃走。因为俘虏你的不止是奴隶制，更是一种诈术，把刽子手粉饰为大门口的监护人，志在消除非洲的野蛮。事实上，他们才是名副其实的野蛮人，他们才是刻薄的莫德雷德，亚瑟王宫殿里的恶龙。在那个领悟的瞬间，逃亡就不再是一个念头，甚至不是一个梦，而是一种需要。这种需要如此强烈，不亚于需要逃离一间着火的房间。

"希兰，我不晓得为什么跟你讲起这些，"她说道，"我只晓得，你看到的，晓得的，一向都比别人多。然后，你掉进雁河里。我们都以为你死了。可你回来了，回到大门口，我看着你活过来，我就想着，一个死后回来的人，怎会拿同样的眼睛看这个世界。"

"我懂你的意思。"我说道。

"我只是说事实。"她说道。

"你是说离开，"我说道，"可是，去哪里？到了外面，我们又怎么活？"

她伸手搭着我的手臂，说道："你是怎么从雁河里活着出来的？还有，你怎么还能活在这里？我说的都是事实。"

"你甚至不晓得怎么确切地形容。"我说道。

"可我会形容这种人生，还有往后会有的每一种人生，"她说道，"我们可以一起走，希。你识字，你晓得无锁庄和雁河外面的事。你必定也想要离开。你必定也有梦想，心头被这个梦想抓牢，时不时地惊醒。你必定也知晓，你和我，我们所有人，等在这里会得到什么结果。"

我没有作答。这时候，我们可以望见宽大的入口，那是纳撒尼尔·沃克的庄园的标志。我驾车驶过这片空地，转下一条小道，这是我们惯走的路。来到小道尽头，我勒定马。纳撒尼尔·沃克的砖砌大屋在树外隐现。我望着一名衣着考究的男仆从小径走来。看见我们，他点点头，无言地朝索菲娅示意。她下了马车，转头看我。即便在当时，我也已经注意到，以前她从不回头看我，她通常径直与护送者一道走去。这一次，她却站住脚，转头看我，她的沉默传递着一种坚决和果断。我看着她，那一刻，我就知道我们必须逃走。

我掉转马车，离开纳撒尼尔·沃克的庄园。一路上，我心头只想到乔吉·帕克斯。我必须去找他。我自小认识乔吉，我知道他可能会担心我，就像父亲担心将要上战场的儿子。我能理解。乔吉见过太多人被拉到拍卖台，被带上纳奇兹道。我甚至同情他。即使如此，我也必须走。一桩桩事件，似乎都在指引我逃走：书房里的杂志、诡异的科琳、古怪的霍金斯，还有无锁庄的命运，它本就不安稳，而今没有了继承人，便愈加糟糕了。还有索菲娅，她似乎与我一样绝望，与我一样渴望看到山外的世界，走出星落地，走出雁河，走出雁河上的无数座桥，一直走出弗吉尼亚。**你必定也渴望**。是的。我也渴望。可是，那个时候，我只知道一条路。而这条路，必须靠乔吉·帕克斯来照亮。

次日，周六下午，我修理一张樱桃木办公桌的抽屉。修复完毕，抽屉又能滑动自如，我感觉颇为惬意，便梳洗一番，换上干净衣服去乔吉·帕克斯家。一走进星落地，我便瞥见霍金斯和埃米，两人站在客栈外，身上仍穿着丧服。他们专心说话，没有看见我。于是，我立在远处，旁观霍金斯和埃米片刻，然后便继续走路。我不想与他们打招呼，因为他们总是打探我的一举一动、我的想法，让我十分厌烦。他们的一个问题，总会牵出更多追问。

我看见乔吉站在家门前，离赖兰的牢房不远。我露出笑容，乔吉没有笑。他示意我一道走走。我们走过一段大路，然后转上小道。在这里，小镇渐渐变成荒野。接着转上泥路，穿过缠绕的植物，走到一个池塘前。短暂的途中，乔吉没有说话。这时，他凝望池塘，许久才开始说话。

"希兰，我喜欢你，真心喜欢你，"乔吉说道，"倘然我有运气，生个与你年纪相仿的女儿，必定选你做女婿。你聪明，说话谨慎，比梅纳德更配得到他拥有的一切。"

他揉搓着红棕色的胡须，转身望向树林。他背对我。我听见他在说："所以，我捉摸不透你这么聪明的人，怎么反复到我家门前自寻麻烦。"

他转身面对我，深棕色的眼睛迸射怒意。"你这么体面的人，想从我这里得到什么？"他问道，"还有，你怎么肯定我就是那个能帮你实现愿望的人？"

"乔吉，我晓得，"我说道，"我们都晓得。你兴许瞒得过上等人的眼睛。可是，我们一向比他们眼亮。"

"你一半都不晓得，孩子。上回我就与你说过，现在再与你说一遍——回家去。找个媳妇，幸福地生活。我这里没有希望。"

"乔吉，我要走，"我告诉他，"还有，我不是一个人。"

"什么？"

"索菲娅跟我一道走。"

"纳撒尼尔·沃克的女人？你疯了？如果带走那个女人，你不如索性朝他脸上唾口水。这是冒犯白人荣誉的大罪。"

"我们要走。"我说道。我心里愤怒极了，但话音只流露一丝不满："还有，乔吉，她不属于他。"

我心里不光是愤怒。我已经十九岁，处于高度戒备的十九岁，竭力压抑，不朝那个方向去感觉。因此，当我放松警惕去感觉的时候，那个时刻，我就真切感到我爱她，不是合情合理或者遵循仪式的爱，也不是结婚成家的爱，而是摧毁婚姻和家庭的爱。我完了。

"我们姑且先把这事弄清楚，"乔吉说道，"她是他的女人。她们全都是他的，你懂吗？琥珀是他的女人，锡娜是他的女人。你母亲是他的女人——"

"乔吉，你说话小心点，"我说道，"千万小心点。"

"喔唷，现在要我小心了？现在又是两码事了？小干仵，叫我小心！他们**拥有**你，希兰。你是奴隶，孩子！我不在乎你爹是谁。你就是奴隶。还有，你别以为我住在这边，住在这个自由镇，我就不再是奴隶了。只要他们拥有你，他们就拥有她。你得明白这一层道理。我们都被捕捉了。都是俘房。这就是全部事实。你现在说的这个事，能叫你在赖兰的牢房里关上一周，打得不剩半口气。你心里有感觉，我尊重。我心里也有感觉，哪个年轻男人没有？可你差点死了，希。倘然你现在去做这事，你会希望自己上一回直接死了。"

"乔吉，我告诉你，这不是选择题。我不能留在这里。你得帮我。"

"就算我是你心里想的那个人，我也不会帮。"

"你没有懂我的意思，"我说道，"我要离开。这是事实。我请求你帮我，因为我相信你正直，致力于公义的道路。我请求你，乔吉。但是，就算你不肯帮，我也要走。"

乔吉来回踱步，暗自思虑，因为他现在明白，无论他是否帮助，我必定要走，带索菲娅一同离开。他站在那里，打量我，他逐渐领会我的决心，他的双眼睁大。然而，我当时不可能知道，他必定在盘算这个行动的后果，他的结论表明——无论他痛恨什么，无论他爱护什么，尤其是他的爱护——他知道，只有一条路。

"一周，"他说道，"给你一周。你到这里见我，就是现在站的这个地方，带上你的女孩。你要明白，倘然不是你对我说这些话，倘然不是你自己铁了心要走，我决不会做这等事。"

我一贯只有记忆的天赋。我不擅长判断。我离开乔吉家，心头只想着自己的疑惑，丝毫不曾怀疑安排的计划以外有何真相。我再次遇见霍金斯和埃米。这一次，两人站在杂货店外。可是，那个时刻，我没有去琢磨他们。

这次难以避开他们。我适才出神地想乔吉，想索菲娅，因此，当我看见他们的时候，他们早已先看见我。

"你好吗，小马驹？"霍金斯说道。

"好，挺好。"我说道。已是黄昏，暮色开始暗下来。到城里办事的榆树县居民，驾驶四轮敞篷马车和双轮小马车出城。我警惕地瞅着霍金斯，想要尽快结束谈话，脱身离去。

"你进城做什么？"他问道。问完话，他把单薄的嘴皮一扯，露出独特的微笑。我没有回答，见他神色有变，我看出他领会自己的失误，单方面预设我们之间存在亲密的关系。但他完全没有介怀。

"噢，对不住，"他说道，"不是故意冒犯。主子说了，我们该像一家人，是吗？"

"我来探朋友。"我说道。

"乔吉·帕克斯那样的朋友？"

在弗吉尼亚，奴隶有无数种存在的形式。有些在田野，有些在厨房，有些在棚屋；有些奴隶不做苦力，而是提供消遣和智慧；甚至也有奴隶混黑道，替主子做间谍，在奴隶中间做卧底，打探谁在主子面前微笑，却在背后嘲笑，谁偷主子的东西，谁烧了粮仓，谁下毒，谁阴谋捣乱，主子就会全都心里有数。如此一来，奴隶们都心存警惕，尤其戒备不熟悉的人。反过来，做卧底的奴隶也得警惕。你若初到无锁庄或者随便哪个庄园，就得低调，一声不吭，不去打探别人的事，因为你要是爱打探，就会被认定是主子的眼线，认为你的职责就是监视奴隶，这样你就要惹祸上身。你可能被下毒，或者成为密谋的对象。霍金斯却毫不在乎。因此，他的问题似乎更增添一层恶意。

"我没有别的意思，"他继续说道，"我妹妹埃米在这边有亲人。她说常看见你往乔吉家走。"

埃米站在原地，眼睛在我们两人之间观察。我感觉她有些焦急，似乎即将有事发生，或者她不想错过一个时机。

"是的，"我说道，依然没有放松戒备，"我跟乔吉很熟。"

"呃——嗯，"他说道，"乔吉是个人物。"

我又看向埃米。她的眼神慌张，不再观察我们，而是望向一条街外。我顺着她的视线望去，看见我从前的老师菲尔茨先生，正朝她走来。这三个月里两次看见他。在此之前，却有七年不曾见面。更奇怪的是，菲尔茨先生显然是朝埃米走来，似跟霍金斯和埃米有约定。从他的神色可以看出，他好像看出计划出了岔子，很想改变路线。但他还是脱帽向我致意，如同数月前在赛马会上。霍金斯跟随我的视线望向菲尔茨先生，他已走到埃米面前站住。霍金斯收敛笑容，貌似也有些紧张，眼睛看着他俩，他俩则看着我们。霍金斯再次转身面对我，再次拉出嘴角单薄的笑容。

"啊，我的亲人等着我哩。"他说道。

"看来确实如此。"我说道。这一次轮到我露出笑容。我说不出是何缘故，只能说，我隐约觉得霍金斯没有对我说真话，没有实说他发现我的地方，也没有实说他询问这些问题的动机。我觉得自己这次终于给他一个猝不及防，多少揭露了他的一点诡计。我站在那里，望着他走向埃米和菲尔茨先生。三人一道离开时，我再次脱帽向他们致意。

我本该反复思索那些事。我本该思索两个奴隶与北方的学者之间的亲密关系。我本该看出他们与乔吉·帕克斯的关联。可是，得到乔吉的应允之后，我的头脑里汹涌着海洋一般浩淼无边的可能性。更何况，我眼前最迫切的问题不是揭露别人的诡计，而是如何隐藏自己的阴谋。

次日，我驾车前往纳撒尼尔的庄园接索菲娅。出发大概一刻钟后，离自家庄园不远处，低等白人巡逻队——赖兰的猎狗——把我拦下。他们总在树林里出没，搜寻逃亡的奴隶。我掏出文书递去，看到纸上印有豪厄尔的姓名，他们旋即放我通行。然而，这起意外吓得我浑身颤抖，因为我的内心已经彻底地改变。我已经从奴隶变成了逃亡者。因此，我十分害怕，生恐被他们看透我的真面目，生恐自己的脸上露出紧张的笑容，或者貌似太放松。幸好，赖兰的猎狗是白人，尽管是低等白人，但他们与高贵的白人没有两样，权力让他们盲目。

归途中，我和索菲娅默默行进，一句话也不说。眼看要抵达无锁庄了，我便停下马车。晌午时分，天气十分寒冷，路上不见一人，只听得风刮着光秃的树枝，还有我的心脏怦怦地响。我思忖，索菲娅是否中了谁的圈套。幻觉似飞蛾掠过，霎时间，他们在我眼前一同出现——豪厄尔、纳撒尼尔、科琳、索菲娅；还有梅纳德，他没有死，他控制着我的梦，他从雁河冰冷的水中浮现，一桩桩罗列我的罪状。可是，我转过头，看到她，看到那双棕色的眼睛望向森林，一如她惯有的神色，她甚至不曾留意马车已停止，我看着她坐在那里，沉着镇定，脱离世间的忧虑，我心底的情绪开始涌动，漫溢。

她开口说话。

"希，我得出去，"她说道，"我不想被关在地下棺材里变成老太婆。我不想让孩儿出生到这个世界。这不是人过的日子。没有律法。无法无天。他们把所有一切都带走了，带到肯塔基、密西西比、田纳西。这里什么都没剩下。全都去了纳奇兹道。"

她沉默。须臾，她再次重复，字字清晰地说道："我得出去。"

"好，"我说道，"我们出去。"

8

　　而今，我的年纪增长，懂得如何梳理貌似纷乱的诸多事件，从中拣取一条线索。关于我的自由，有如下这一堆事实：我知道，我在无锁庄永远不可能超越天生注定的奴役；我也知道，即便我能够超越，无锁庄从前虽风光，但是正如所有依靠奴隶制的庄园，已开始走向衰落。庄园崩溃以后，我不会被释放，而会被出售或转送他人。我知道，到那个时候，我的天赋也救不了我，事实上，我的天赋只会让我成为更有价值的商品。我相信科琳正是看中了我的天赋，她串通她的奴隶，指使他们捏造故事，企图早些把我弄到手。尽管她的这个计谋仍有些神秘，但是自从我走出雁河的那一刻开始，我对这个计谋的看法，确切地说，我对这一切的看法，都改变了。所有这一切——我熟悉的底细，我的命运，我的死里逃生——在我胸膛里交融，犹如一颗炸弹。索菲娅与她的意愿，便是那颗炸弹的导火索。那个时候，我就是如此看待她，视她为自己所有思想的必要终点。我觉得这一切合情合理，然而，倘我能想到索菲娅是有主见的女性，有她自己的意愿和思虑，有她自己的谋略，那么这一切就会更加合理。

那个周三或周四，我在棚屋外修理一对角椅，她走来。看到她时，我体内的导火索被点燃，我的心头涌上一股豪迈。

她停住脚步，露出笑容，看看角椅，然后举步走向棚屋。

"我看，你还是别进去了，"我说道，"这可不是适合淑女的地方。"

"我不是什么淑女。"她说道，走进棚屋。

我跟随她进去，看着她伸手撩开蜘蛛网，手指掠过家具，试探一手拂过能牵起多少丝网。她在家具间行走，走过椴木矮脚围椅、海普怀特镶嵌桌、安妮女王挂钟，阳光照进小窗，把黑暗割成两段。

"喔唷，都是你修的？"她说道，转身面对我。

"是的。"

"豪厄尔叫你修的？"

"是的。由罗斯科转达。其实，我在等他们给我派活，等得发慌，闲不住。再说，我小时候就有这习惯，见哪里需要就插手帮助。哪里需要我，就在哪里干活。"

"你下地去呀，他们那边总需要帮手。"她说道。

"地里的事，我做够了。不过，还是要谢谢你的建议，"我说道，"你哩？在地里劳动过吗？"

"恐怕没有。"索菲娅说道。

她走近前来，我留意这个细节，因为我现在关注她的每一个举动，尤其是她与我保持的距离。可是，我的心里很矛盾，一半的我明知这样不对。可是，那是我不信任的一半。另一半的我相信一枚铜币就能逆转弗吉尼亚。

"在地里干活也不坏，"我说道，"不会有人盯着你的一举一动。"

她走得更近。

"你有什么要瞒过他们的眼睛？"她说道，靠得那么近，我感到腿脚发软，失去平衡。我只好倚身撑着一件家具，而今已经不记得是哪件家具了。

她只是瞟我一眼，发出笑声，走向棚屋外面。

"我们能多谈谈吗？"她说道，嗓音低得好似耳语，"关于所有这一切。"

"可以。"我说道。

"一小时内，"她说道，"下面的冲沟前。"

"没问题。"我说道。

我不记得自己在约定时间之前做过什么。那一个小时里，我反复地想索菲娅。做一个奴隶，意味着每天渴望，意味着活在一个永远充满被禁止的食物、不可企及的诱惑的世界——你周围的土地，你缝制的衣服，你烤的饼。你埋葬渴望，因为你知道渴望这条路必定通向可怕的终点。可是现在，这份渴望有不同的未来。在那个未来，我的儿女，无论他们的人生多么艰辛，永远不会被摆上拍卖台。看了一眼那个不同的未来，上帝啊，我眼里的世界顿时改变。我就要冲向自由——它在沼泽地，但也在我心里。因此，等候约定的那一个小时，是我有生以来最无忧虑的时光。在逃跑之前，我便已经远离无锁庄。

"那么，这事怎么进行？"她问道。我们站在冲沟前，目光越过野草，望进对面的树林。

"我也不太清楚。"我说道。

索菲娅转头看我，面露疑虑。

"你不晓得？"她问道。

"我拜托了乔吉，"我说道，"我只晓得这个事实。"

"乔吉，呃？"

"是的，乔吉。我没有追问——你晓得为什么。我琢磨着，乔吉肯帮忙，大概也要求我们不刨根问底。我的想法很简单，我们就自个儿去，什么都不带，在约定时间到约定地点，然后我们就走。"

"走到哪里？"她问道。

我看着她，凝视片刻，然后望着冲沟。

"沼泽地，"我说道，"他们在那边有个世界，整个地下世界，在那里，男人可以活得像男人。"

"女人呢？"

"我晓得。我也想过这个。也许不是适合淑女的地方。"

她打断我的话，说道："希，刚跟你说过的，我不是淑女。"

我点头。

"我也一样能过好，"她说道，"只要你帮我走出这里，剩下的事，我自己会应付。"

最后一句话——**我自己**——在空中停留，凝结不散。

"靠你自己？"我问道。

她看着我，神情严肃。

"听我说，希兰，我希望你先理解一些事情。我喜欢你。确实很喜欢你。"她的双眼盯着我，好似一直看进我的心底。我觉得，她的话发自无尽深渊的底部。"我喜欢的男人不多，但我喜欢你。我看着你，就觉着看到从前熟悉的东西，就像我和我的墨丘利在一起的感觉。但是，倘然你的计划是把我们弄到那个地下世界，然后把你自己变成另一个纳撒尼尔，那我就不会喜欢你。对我来说，那不是自由，你理解吗？对一个女人来说，把一个白人换成一个黑人，根本就不是自由。"

我感到她的手搭着我的臂膀，手指攥进我的皮肉。

"倘然那是你想要的，倘然你是那样想的，你必须现在告诉我。倘然你的计划是在那边束缚我，叫我每年给你生一个娃，你现在就告诉我，你起码要给我最基本的尊重，让我在这里做选择。你跟他们两样。你必须帮我这个忙，允许我在这里做选择。你告诉我。现在，告诉我你的计划。"

我记得她在那一刻的凶狠。那天，天气好晴暖。黄昏了，太阳快要落山，沉进这个季节漫长的黑夜。不久以后，我会领悟，这是最适合逃亡的季节。我没有听见鸟鸣，没有听见虫唱，没有听见树枝在风中摇摆，我的感官全部集中于索菲娅的话语。由于一些我当时不能理解的原因，有生以来，我第一次没有看到词语变成图画。我只能理解，她恐惧某种东西——我体内的某种东西。她害怕一个念头，怕我变成纳撒尼尔一样的存在，她会怕我，正如她现在怕他。她担心，她会既怕我，又为我羞愧。

"不，永远不会，索菲娅，"我说道，"我希望你自由，倘然我们之间会有某种关系，不管是哪种关系，我希望都是你自愿选择的。"

她松开手指，但她的手仍搁在我的手臂上，只是轻微的触觉。

"我不能说谎，"我说道，"我希望有一天，很久以后，在外面的世界，你会选择我。我承认有这个想法。我有梦想。狂野的梦想。"

"那，你梦想什么？"她问道。她的手指又牢牢攥住我的手臂。

"我梦想男人和女人为自己洗漱、吃食、穿衣。我梦想玫瑰花园回报照料它们的园丁，"我说道，"我梦想能够面对自己心里有感觉的女人，爽快地说出那份感觉，歌唱那份感觉，那份感觉只涉及我和她，不必担心其他后果。"

我们默默地站在那里。过了一些时刻，我们一同走上冲沟，走出树林。太阳正在无锁庄落下。我们在树林尽头停步。索菲娅说道："我先走。"我点头，望着她走出树林消失。然后，我从树林里出来，爬上山路走向大屋。锡娜站在隧道口，手臂抱在胸前。

从我新的视角看去，锡娜也变了。我就要逃走，一个年轻男人与一个年轻女人，奔向新的人生，我们出世以来第一个真正的人生——这些年老的黑人不敢追求的人生。我试过挽救他们，挽救整个无锁庄。可是，这个企图已经破灭。他们都是等待屠宰的羊羔。老人们都明知那个将要来临的结局。他们知道土地悄然述说的信息，因为无人比地里的奴隶更接近土地。夜里，他们不能入睡，聆听从前的奴隶的鬼魂在呻吟，那些被带走的奴隶。他们知道将要来临的结局，可他们还是站在那里等候。想到这一切，我心头突然涌起羞愧和愤怒。我气恼、憎恨他们任由这一切发生，冷静地看着自己的儿女都被带走。在那一刻，我把这一切都归咎于锡娜。因此，当她望着我从树林里爬上来的时候，我看到她把手臂抱在胸前待我走近，看到她露出失望的表情，我的心头涌现难以名状的愤怒。

"晚上好。"我说道。她翻起白眼作为回答。我走进隧道，走向我的寝室。她跟随在我身后。在我的寝室，她点亮壁炉台上的灯，关上房门。她坐进角落里的椅子，我看到油灯的火焰在她脸上投注阴影。

"你这是怎么了，孩儿？"她问道。

"我不晓得你说什么。"

"你还在发烧，还是怎么的？"

"锡娜……"

"这几周，你一直古怪，古怪得很。告诉我，什么事？你在搞什么鬼？"

"我不晓得你说什么。"

"好，我就这么问吧。瞧在上帝的分上，告诉我，是什么叫你昏了头，跟着纳撒尼尔·沃克的女人在无锁庄到处跑？"

"我没有跟着谁到处跑。女孩子自己选择伙伴，我也自个儿选择伙伴。"

"你这么想的，啊？"

"对，我是这么想的。"

"那你就蠢到家了。"

听到这句话，我轻蔑地瞟一眼锡娜，然后别过头去。我从违抗父母的叛逆孩子那里学来这个眼神。现在我懂了，当时，我确实只是一个小孩，一个充满激情的小男孩，由于深重的失落而产生毁灭感。当时，我又感到，虽然不知如何形容，我又感到我的母亲消失在记忆黑洞之时所失去的一切，因为我很快又要失去眼前这个人。我不能忍受失去她，不能忍受看她的眼睛，向她供认我的计谋。我不能忍受离开这个似母亲一般亲近的人。因此，再次开口的时候，我的声音不是带着悲伤或者诚挚，而是恼怒，好似发泄一腔义愤。

"我哪里得罪你了？"我问道。

"呃？"

"瞧在上帝的分上，我到底哪里得罪你了，你这样对我说话？"

"这样对你说话？"她说道，神色几乎有些困惑。"你见鬼地在乎我怎么对你说话？你凭空落到我家，不是我把你求来的。我白天替这些白人折断脊背，夜里还得服侍你！谁给你烤猪肉玉米饼？那个女人给你烤过一个？那些白人用计谋搞你，谁护着你来着？我有没有要求过你什么，希兰？我跟你要过什么？"

"那现在干吗提起？"我说道，双目死死地盯住锡娜。我不该拿这样的眼神看一个人，更不该拿这样的眼神看一个爱我的女人，尤其是一个如此关爱我的女人。

锡娜睁大眼，仿佛我适才朝她开枪。然而，她眼底的痛苦很快就消失了。就好像她对这个邪恶世界的最后一个希望——希望人世终究存有一点公道，一丝光亮——连这个希望，也在她眼前消失了，最后只剩下她早就料到的曲枉的尽头。

"总有一天，你要后悔的，"她说道，"我跟你保证，你会后悔卷进那个女人带来的恶果，后悔落在你自己身上的恶果。不过，你会更后悔现在这一刻。在你最脆弱的时候爱你的人，你就这么对她。你要后悔的。"她打开门，转过头来，说道："你这样聪明的孩子，更该懂得言语谨慎。谁晓得自己几时需要别人帮助。"

无须等待长久，锡娜预言的后悔便在我心里急剧扩散。然而，在那个时刻，另一半的我压制着这个懊悔。另一半的我，只想着即将逃离这个旧世界，逃离这个世界的干枯的土地、凄惨的奴隶、刻薄卑鄙的白人。我要获得地下世界的自由，我要抛下所有这一切，连锡娜也不能例外。

一周过去，终于到了约定的日子。如同生命本身，乔吉指定的这个决定生死的早晨，迟迟不来，却又迅捷而至。清晨醒来，我心中满是焦虑。我清醒地躺在床上，希望白天不要来临，让我在这张床上一直睡下去。然而，野兔洞里响起脚步，上边传来人语，这些声息交汇为可恶的音乐，宣告这一日来临，承诺就要兑现，再也不能退缩。于是，我下床来，走进黑暗，拎起瓦罐去井边打水，路上看到皮特，他穿着工装准备去菜园。我仍记得这个情景，因为那是我最后一次看见他。我走到隧道外，远远望去，见锡娜在井边，独自汲水洗衣。如此沉重的劳动——拉上一桶桶的水，搬薪木烧水，捶敲衣服，准备皂液——全是她单独一个人做。我记得站在那里，知道自己给她带来多么深刻的伤害。我用嫌憎的眼神看她，对她说出粗暴的话。我感到羞愧的刺痛。于是，我拿出愤怒掩盖刺痛，自忖"她以为自己是谁？"。我站在隧道口，等候她洗完衣服，望着这个年迈的妇女，一个人从井里拉起水桶，纵使在那一刻，我知道我会后悔。我站在那里，远远望着她的时候，我就知道，我对锡娜说的最后一句话，会让我终生后悔。

井前无人了。我走到井边，灌满了瓦罐，回寝室揩面洗漱穿衣。再次走到隧道口，望着太阳升上无锁庄，最后一次心情沉重地思索将要走出的一步。我想到大海，想到夏季漫长的周日在书房里读到的探险家的故事，想象他们离开陆地踏上甲板，纵目望向通往未知国度而须穿越的大海和波涛之时，心里有什么感觉。我思索他们会否恐惧，会否怕得想逃回他们女人的怀抱，亲吻年幼的女儿，留在她们身边，留在这个熟悉的世界。或者，与我一样，他们知道自己的心属于那个未知的世界，知道这个世界也在时间面前褪色，知道改变是一切的法则，知道自己若不渡过大海，大海很快就会把自己淹没？所以，我必须走，因为我的世界正在消失，一直在消失——梅纳德在雁河召唤，科琳在山冈召唤，还有最恐怖的纳奇兹。

我摇摇头，挣脱遐想。我走上台阶，与我父亲说话，他给我派下新任务。从明日起，我和余下的奴隶一道在厨房干活。"最后一天自由。"他说道。然而，及至那时，我早已不在乎。我只是点头，默默地估量他是否有所察觉。但他心情很好，数周以来，我从未见他有这样的好心情。他讲起科琳·奎因，说她许诺这周末要来拜访。我不由得暗自庆幸，因为等到那个时候，我早已离开。

我走到书房，抚摸拉姆齐和莫顿的陈旧书籍。然后，我又走下野兔洞，回到寝室。那天余下的时间，我避开别人的眼目。我吃不下。我不能忍受看到任何人。那一段时间里，回忆和幻想几乎把我压垮。我只渴望约定的时刻到来。我跟你说，然后，那个时刻就来了。来了。太阳落山，带来漫长的冬夜。然后，大屋内寂静，白天的声息消退。一切静止，只有偶尔一个嘎吱的声响。除了心愿，我没有带任何东西。不带衣服，不带粮食，不带书籍，甚至不带我的铜币。我从工装口袋里掏出铜币，最后一次抚摸它，然后把它搁在壁炉台上。我和索菲娅在桃林尽头会合。为了躲避视线，避开巡逻队，我们穿过树林，以大道为路标。我们用平常的轻松语气说话、发笑，但把声音压得很低。走到大路转弯处，我们远远望见跨越雁河的石桥。这就是那个时刻，无人敢转身走回头路的时刻，我们默然无言，恐惧和敬畏让我们失语。我们站在那里，望着石桥。那座桥不似桥，而似一弯黑暗，通向更黑暗的黑夜。我听见草丛里的虫鸣，一起一落，相互应和。今夜没有星光，天空阴云浓重。

"那么，这就是自由。"我说道。

"自由，"她说道，"不是生存，就是毁灭。没有退路了。不能中途放弃。要么现在死掉，要么活下去。"

于是，我们从树林里出来，走上小道，走进黑夜空旷的视野。我拉起她的手，意识到她的手沉稳，我的手在颤抖。我们把性命交付给乔吉·帕克斯的人格。我们相信传言，相信地下世界。我们走过石桥，没有回头，径直走进树林，远远绕过星落地。数日前，我走遍山路，找到了一条捷径，既能避人耳目，又能以最短的速度走到乔吉指定的地点。来到一周前乔吉与我面对的池塘之时，我们才稍微放松下来。

"到那里后，你打算做什么？"我问道。

"不晓得，"她说道，"不晓得一个女人在沼泽地能做什么。我想劳动——为自己劳动。这是我最大的愿望。你哩？"

"尽我所能离你远点。"我说道。

我们都笑起来。

"你晓得你有多疯狂，"我说道，"把我弄到这里。逃亡。我是说，倘然我们逃出去——不，我们逃出去以后，我可再不敢领受索菲娅的诡计喽。"

"呃——嗯。那倒减轻了我的负担，"索菲娅说道，"蛮好，男人只会给我和我的亲人带来一大篓麻烦。"

我们又笑了片刻。我仰头望着没有星光的天空，然后侧转头看看索菲娅，却见她在后退，退向池塘。接着，我听见脚步，听见人语，我能分辨，无论是谁，来的肯定不是一个人。当时，我想藏起来，但又分明听见他们中间响起乔吉的嗓音。他的声音让我觉得安稳。我留在原地等候，拉起索菲娅的手，望向树林中的空地。我看到黑暗烘托着乔吉·帕克斯的身影。

我露出笑容。我记得这个细节。我总是反复地告诉你，我记得一切。然而，在这件事上，我大概在欺骗自己，因为那一夜没有星光，我连索菲娅都看不真切，只能看见眼前有一个人影。可是，我发誓，我记得当时清晰地看到乔吉·帕克斯的脸。他的面色痛苦悲伤，我不懂他为何如此。然后，我又听见脚步声，我看到五个白人，逐个从黑暗中现身，我看到一个人手里提着绳索。他们全都现身，站立在我们面前，似乎站立了亿万年。我听见索菲娅哀号："不，不，不……"

然后，我看到一个人碰触乔吉的肩膀，说道："好了，乔吉，做得很好。"话音落定，乔吉转身，背对我们走进树林。那些白人提着绳索，向我们逼近。

"不，不，不……"索菲娅呻吟着。

我发誓，他们形似魔影，犹如鬼魅在黑夜焕发荧光。从他们的状貌和举止，我精确地推断出他们不容置疑的身份。

9

　　赖兰的猎狗用枪口抵着我们，带我们穿过没有月亮、没有星星的黑夜。黑暗如此坚实，可以伸手触摸，与捆绑我们双手的绳索一般坚实。我猛地感觉寒冷，意识到风似利刃划过，身体不禁颤抖。猎人们瞅着我这副模样，觉得有趣。我看不见他们，但听得见他们的嘲笑和讽刺——"小子，还不到颤抖的时候"——他们以为我在恐惧他们即将施加的惩罚。确实，赖兰的猎狗很可怕，但我并无恐惧感。只能说，在恐惧之前，羞愧、愤怒、惊措，各种激烈的情绪抢先涌上心头。他们可以任意处置我，任意处置她，因为事情通常都是这样。这是低等白人必然拥有的权利。他们无财力奴役黑人，因此，捉住逃奴的时候，他们得以享受短暂的所有权，在逃奴身上发泄他们可怕的愤怒。我看着乔吉消失，看着赖兰如同鬼魅从树林中浮现，在那个时刻，我就知道他们必会拿我们泄愤。然而，什么也没有发生。他们只是把我们带出树林，走进星落地，直至牢房。在这里，他们拿铁链换下绳索，把我们留在院中，一如寻常，如同牲畜一般对待我们。我们全身捆绑铁链,这想必是给予我们最后共同度过的时刻,我们在这片熟悉的土地上度过的最后时刻。

我依然记得铁链的沉重,一圈链条锢住脖颈,另一根链条从喉咙底朝下延伸,先连接一条较细的铁链和手铐,缚住我的手腕,再连接另一条铁链和脚铐,锁住我的脚腕。整套冰冷的铁框,拴到牢房外面栅栏底部的横杆上。因此,我不能伸直脊背,也不能坐在地面,只能弯腰弓背地站立。我生来是一只笼中鸟。尽管由于我的特殊背景,我一向以为这套铁链只是一种标志或象征。然而,这副沉重的铁网不是用来象征的。我可以扭转脖颈,看向一个方向。在那个方向,我体会到另一种痛苦。因为我看到索菲娅,与我一样被锁缚,只在数米外。我多想说一些话,说一些适宜那个时刻的激烈言辞。我想告诉她我心里的痛,痛心自己把她推进更深、更真实的奴役。我想为这个彻底的背叛接受她的谴责。可是,开口时,我找不到言辞,只有最贫瘠的词语。

"我——我对不起你。"我说道。我扭动脖颈,垂下头,看着地面,"我很对不起。"

索菲娅没有作答。

那一刻,我多想有一把刀。我要拿它割断自己的喉咙。看着自己做下的事,看着自己给索菲娅带来的祸害,我感到活不下去。还有,外面好冷。我感觉双手冻成岩石,耳朵在黑夜里消失,我知道自己在哭,因为我能感觉到默默淌下的眼泪在脸上结冰。

我沉没在羞愧之中。然后，听得一阵有规律的哼声。每一次哼声响起，栅栏底部的横杆便轻轻一晃。我扭头看，知晓是索菲娅的声音。她拖着沉重的铁链，一次一挪步，朝我而来，越挪越近，我想不出她为何而来。也许她想靠近，在我耳边低语某个古老的诅咒，或者咬下我的耳朵。她使出巨大的力量挪移，每一次拖起铁链，横杆便随之上升。我先前从来不知她居然如此强壮。起初，她缓慢挪移，每一步都停下歇息，靠得愈近，她就拖得愈快、愈高。我以为她想砸断横杆，把我们解脱出来。她抵达我身边，靠得那么近，我看清她的脸。她凝视我，面容温柔，那么温柔，让我忘记羞愧——至少在那一刻里。然后，她拖起紧绷的铁链，把头微微前倾，目光望过栅栏，望过牢房，尽管我看不到她眼望的方向，但我知道她在看自由镇。她回头凝视我，我看到一张冷酷的脸，我知道她也渴望有一把刀，尽管她想割断的不是自己的喉咙。这时，我见她把牙关一咬，面庞紧绷。索菲娅最后拖起铁链，挪到我身边，靠得那么近，我的面颊感觉到她的呼吸，她的手臂贴着我的手臂；那么近，她可以倚身靠着我，于是，她靠到我身上；那么近，我感觉她的温暖；那么近，冰冻的黑暗消退，我不再冷得颤抖。

第二部

倘然我给你们讲述奴隶制的罪恶……我
愿每次只对着一个人，在你耳边悄声讲述。

——威廉·威尔斯·布朗

10

现在，赖兰的牢房是我的家。次日，索菲娅与我分开，我不知她会被带到哪里——卖去妓院？交还给纳撒尼尔？卖去纳奇兹？我眼前只留下她的形象，奋力拖动铁链，挪移到我身边，只为片刻的接触；还有她仇恨的眼神，不是内心积蕴的旧怨，不是恨我，不是恨她自己，而是恨乔吉·帕克斯卑劣的背叛。即便在当时，我也没有意识到他的背叛有多深重。然而，我所知晓的，就足以让我熬出如冬天的浓汤一般稠的仇恨。后来，无数年后，我会理解乔吉那个几乎不可能的立场，上等人限制他的选择，他攀援着自由镇这根摇摇欲倒的芦苇，谋取极尽稀薄的生存。可是，那个时候，我对他只有恨，并且只靠这个不可思议的念头支撑自己——终有一天，乔吉会落在我的手里，我要报仇泄愤。

我被扔进阴湿的囚室，有一条污秽的毯子，一席麦秆垫充当床铺，一只水桶供大小便。每天早晨，我被带到囚室外，被指使锻炼身体，然后洗漱。我的头发被抹上黑颜料，身体被涂油膏，衣服被脱光，站在牢房的办公室，人肉贩子——纳奇兹的秃鹫——走进来，把我估摸度量。这些末等的低等白人，由于身份特殊，他们的状貌通常十分怪异。他们确是低等白人，因贩卖奴隶发了大财，却似乎依旧迷恋低微的出身，不肯装扮体面。他们衣着邋遢，一口烂牙，身体恶臭，随地唾烟草沫。这些特征简直成为他们可笑的自我炫耀。上等人躲避他们，因为奴隶贸易仍被视为不光彩的买卖。他们绝不在家中接待人肉贩子，也不会邀他们坐进自己的教堂包厢。然而，总有一天，黄金的重量会压过出身的血统。不过，我们仍在古老的弗吉尼亚。在这里，某个可疑的神灵颁布法律，规定由于某些玄秘的原因，卖人的比执行买卖的更体面。

上等人的鄙视，自然叫人肉贩子愤嫉，他们便拿我们出气。他们享受自己的工作，在那间办公室，他们走近我的模样，手舞足蹈，仿佛喜不自禁，他们捏我的臀，检查是否结实，一把一把狠狠地挤。他们抬起我的下颌，照着光线转动，用他们的颅相学评估我的头骨，他们从不忘露出一丝笑容；他们伸出手指，插到我嘴里摸索龋齿，或者敲打我的四肢寻找旧伤。他们双手行动，嘴里哼着曲调。

"检查"之时，我会躲进内心的幻想，因为我很快就明白，只有梦想才能让人挺过这类侵犯，活下去。我让灵魂飞离躯体，飞回无锁庄，飞回另一个时间。在那个时间里，我放声唱起劳动歌——"我会回来的，吉娜，带着我的心，我的歌"。或者站在艾丽斯·考利面前，看她听我复述她的过去，她的眼睛闪烁喜悦的光芒。或者坐在凉亭里，喝一坛艾尔啤酒，细细地品尝心里的向往和渴望。然而，那只是一个梦。现实是我处在这个令人恐惧的境地，被这些人摸索敲打，这些人享受自己手中握着的这一点权力，能把一个人贬抑为一块鲜肉。

我困在这里，困在奴隶制的棺材底。因为不论我在无锁庄受过怎样的苦难，我必须承认，我的生活从来不似这样可怕，远远不似必定来临的命运。我不是独自一个人。囚室里还有两人。一个是少年，浅棕色的头发，我猜大概不满十二岁。他不笑，不言语，流露出久经劳苦的冷酷。但他到底还是孩子，夜里睡着了，他会恐惧地抽泣，清晨醒来，他会悄声打哈欠。每天夜里，我们吃过残剩的晚饭后，他的母亲就来看他。她身穿的衣服，略比奴隶的粗麻布精细，我推测她是自由人，但不知为何失去了儿子的人身自由。她席地坐在囚室外，隔着铁栅栏握着他的手，他们默默度过这些时辰，手握着手，直到赖兰驱走她。我感觉很熟悉这个仪式，熟悉到心里隐隐地痛。一个早已遗忘的情景，从前的我认得这个情景，似曾在另一个人生出现。一个我从来不曾回忆过的人生。

另一个狱友是老人。他的面庞印满岁月的痕迹，在他的脊背上，我看到赖兰的皮鞭无数次穿梭的轨道。不论我在赖兰的牢房里遭受多少痛苦，相比这个老人，我的苦就不算什么。利润数字保护我和那个少年。但是，这个老人已经不再有用，他的身体顶多能榨出几分钱，那点皮肉只配喂狗。一天之中，无论几时，他们遽然心血来潮，就会把老人拖出去，逼他唱歌、跳舞，趴在地上爬，装狗学鸡，表演各种屈辱的行为。倘若他们中有人不满意他的表演，就开始对他抡拳头，踢靴尖，拿马鞭抽打，掷石制镇纸，摔椅子，或者不管什么应手的东西。看着这个情景，我心头涌起强烈的羞愧。只是，我当时并不知道，这是为自己完全没有能力援助而羞愧。

那是灵魂的黑暗时刻。我对两个室友的同情，很快被另一种感觉吞噬。我觉得就是这种愚蠢的同情把我弄到了这个地步。我的头脑狂乱，充满了各种怀疑。也许这整件事是一场阴谋。索菲娅可能也在其中。锡娜可能警告过他们。也许他们现在全都坐在那里，与科琳·奎因一同欢笑，甚至与我的父亲一同欢笑，嘲笑我愚蠢地梦想自由。于是，羞耻和怜悯便消失，取而代之的是一种冷酷的心肠。及至此时，我的冷酷心肠仍未完全化解。

那是在一个夜里。我躺在潮湿的地面上。小男孩的母亲已经离开。我听见前面传来赖兰的声音，他喝得醉醺醺，在打扑克牌。

今晚，不知为何，老人想要倾诉。黑暗里，他的声音传到我耳中。起初，他沙哑地低语，对我说，我叫他想起他的儿子。我没有理睬，蜷起身体挪了两挪，试图在麦秆垫和蛀烂的毯子之间寻找寸隙温暖。他又说了一遍。他用那样的语调说话，传递着他的年纪应当得到的尊重。

"不太可能。"我答道。

"你不太可能是他，那是自然的，"他说道，"不过，我一直观察你，晓得你与他一般年纪，脸上带着那股狠劲，他必定也带着这么一股狠劲。我们分开了，可我夜里梦到他，我梦到一个被背叛的人。那个人也有着跟你一样的眼神。"

我没有说话。

"你怎么到这里的？"他问道。

"逃跑，"我说道，"我从主子家逃出来，还带着一个白人的宠婢。"

"但他们不会杀你的，"他说道，完全不为我的故事所动，"你身上必定还有用途。不过，很可能要去别的地方，没人知晓你名字的地方。在那个地方，倘然你吹嘘自己这一点罪孽，他们只会当成低等奴隶的谎话。"

"他们怎么对你那么狠？"我问道。

"解闷吧，我猜。"他说道。

说毕，他在黑暗中吃吃地笑。

"我的日子不长了，"他说道，"你瞧不出来吗？"

"跟其他人没有两样。"我说道。

"你不一样。你早着哩。还有，那边那个，"他说道，挥手示意男孩，"是啊，我的亲人召我去哩。我晓得，我注定是要死在这里了，被他们折磨死，因为我全身裹满了最恶劣的罪孽。"

老人讲得愈发兴奋，虽是黑夜，我仍能看到他坐起，眼睛凝望牢房前面的办公室。我们可以看到室内的灯笼光芒退缩进另一个房间的阴影之中，听见赖兰间或爆发一阵狂笑。男孩低沉的呼吸，时时卷成轻微的鼾齁。

"我依照别人的样子活着，"他说道，"我不是唯一一个。然后，我去外面，成了世上最后一个人，这个人世不行真正的法律，所以我晓得我的死期近了。

"世界往前走，往前走，把这里的土地抛下了。从前，榆树县像上帝的独生子，最宠爱的孩儿。从前有个时候，这里是最上等的社会，白人富贵得跟皇帝似的，舞会多隆重。我就在那里看着。我去外面，经常去外面，跟着主子坐大河船。我亲眼瞧见他们取乐的大场面。你生在没落的时节，可我记得，他们曾经每天摆宴，精细的面包、鹌鹑肉、葡萄干蛋糕、红葡萄酒、苹果酒，各色各样的点心，把桌子都压弯了。

"是的，我们一口也尝不到。但是，我们能得到礼物。我们的礼物就是脚下稳妥的土地。那个时节，好男人还能成家，看自己的儿女、儿女的儿女也一个个地成家。我爷爷亲眼看见这些。是的，他看见了。他从非洲被带到这里。他皈依了主，找了媳妇，膝下围了一群后代。我们生得不当季。可这个季节又是准定的。做奴隶的，都算得出自己一辈子的日子。后生仔，我能给你讲很多故事。我可以给你讲讲种族，讲讲地球弄丢了鞋子的那一天。不过，还是别管那些事了。你问我，他们为什么那样把我往死弄，我来告诉你为什么。"

我以前听过类似的故事。在那些日子里，这些故事是包装感情的常见方式：知晓亲生母亲的身份，到附近的庄园寻找亲戚，记忆里依然无比重要的节日，都让人拥有一种聊胜于无的慰藉。可是，那份慰藉不是自由。人也许可能拥有稳定的生活，却永远不会感到踏实。而正是这个稳定的体系，把索菲娅赠予纳撒尼尔。正是这个稳定的体系，制造了我。奴隶制里没有和平，因为在另一个人的控制之下活一天，就意味着打一天的仗。

"你叫什么？"我问老人。

"名字有什么重要的？"他说道，"重要的是我爱一个女人，爱她的时候，我忘了自己的名字。这就是我的罪孽，我被关在这里的原因。和你，和那个小男孩，一道关在这里，任凭这些卑鄙的劣等白人摆布。"

这时，他挣扎着站起来，抱紧铁栏杆，撑起身体。我起身，伸手欲扶他，但他拂手制止。他勉力站立，身体支着栏杆，左手抱着一根铁杆支撑。

"我年轻的时候成家，幸福地活了许多年，大概就是男人和女人一辈子最渴望的那种生活。你瞧，我们活在奴隶中间，可我们的心从来不受奴役。我们有个独生子。他长大成人，成了正直的基督徒。人们都瞧得起他，上等人、奴隶、低等白人，都说他好。他在地里劳动，勤快得好像是他自己的土地。他想那样讨好主子，兴许他们会给他自由，兴许他们临死的时候，就会放他出去。

"这孩儿心高，大家都晓得。女孩子争抢着想嫁给他。他不肯结婚。他决意要娶高贵的，不肯接纳稍微不如他母亲的女孩。可她死了，我媳妇，我的整副心肝跟着死了。她得热病死的。她最后给我的命令很简单——'保护孩儿安全。别让他为一块地卖了自由'。

"我服从她的命令。我把他保护着，活在真正的法律下。他成家的时候，娶了上边厨房里干活的女孩。就好像他母亲的神灵回来了，因为这个女孩正直，跟我儿一样，也带着那股勤快劲儿干活。

"我们一道过了许多年。我们家里也有了变化，组成了新家庭。我有福，得了三个儿孙。可惜只有一个，一个孙儿，活过周岁。他们没的时候，我们一道哭，因为我们三个人付出那么多关爱，跟詹姆斯河一样，我们全部的爱，就全给了活着的孙儿。

"可是，地里的出产不如以前了。上等人开始做新买卖，他们出售的商品是我们。每一周，我们点人数，看着人口消失。

"然后，有个晚上，点过人数后，工头走过来，把我单独提出去说话。他说：'一直以来，我们这一片的人，都看着觉得你是好人。你和你的亲人，跟我们自己的孩儿一样贴心。但是，你也听说了，现在这土地就要死了。说出这句话，我的心都碎了。但是，我们必须与你儿子分别了。这对我们大家都好。我先知会你，也好叫你晓得我不是那种下作的人。我们尽我们所能，让他有些安慰。我能做的，就是让他媳妇、儿子与他一道去。我尽力了。'"

这时，我从地上爬起来。我看着老人，怕他跌倒。办公室的灯光仍在摇晃。笑声渐渐低落，只听见稀微的声音。

"他们告诉我这事的时候，我顿时失了魂魄，"他说道，"我回到屋里，身子发抖，眼前摸黑。我走到屋外，进到树林子里，对主说话。可是，我跟你说，我发不出声音。我睡在树林子里，早上没有下地去。他们必定晓得我在伤心，因为工头没有来寻我。"

"那一天，我在田野里乱走，不切实际地瞎想。我只是走，没有跑。有个念头啃咬我的心。这些人太恶毒了，把一个父亲与独生子拆散。我晓得自己的身份。我这一辈子都被他们买下了。我生在虫豸的陷阱里，没有出路。这就是我的命。可是，不管我嘴里怎么说，心里还是一直要反抗，从来不肯相信。然后，他们带走了我孩儿。

"那天夜里，我回家面对他。我把他们的话告知他。他的脸僵成一块岩石。是的，岩石。他没有显露一点恐惧。他很坚强，从不害怕。他的勇气叫我心碎，我哭起来。'别哭，阿爹，'他说，'不管怎样，总有一天，我们会最后重逢的。'

"两天后，工头派我到城里跑差事。可是，出门前，我瞧见屋前停着一辆很眼熟的小马车，赖兰从车上跳下来。我晓得，我和孩儿分离的时候到了。我走在路上，拿话宽慰自个儿，至少我孩儿有个好媳妇，他们俩会如天生一对那般幸福地生活。

"我回来时，却见他媳妇还在，我孩儿去了。夜里，我寻到她，我的心里忍不住怒火。她说，赖兰带走我的孩儿、她的孩儿，不肯把三人都带走。然后，女人在我面前崩溃，疯了似的哭号。然后，她平静下来。她站起来，我没有看见她的脸，因为我眼前出现我媳妇的鬼魂——'保护孩儿安全'。那个时候，我晓得，我没有活路了。倘然一个男人连媳妇临终的愿望都守不住，就不配做男人，不配活着。

"女人说她活不下去。她有亲人，亲眼看着许多亲人走上那条路，去了纳奇兹。没人晓得下一次会轮到谁。我们何苦这么四处离散地活着？我家的大树被肢解，枝丫在这边，树根在那边，都远离了树干。

"我们心痛得疯了。我跟你说，儿媳拉着我的手，她转过头，我又看见我媳妇的脸。她领我到屋外，走进黑夜。她走向厨房。我明白她想做什么。他们会活活剥了我们的皮。我拉她回来，让她睡下。早晨醒来，她恢复理智，穿上粗麻布衣服去干活，我们奴隶一辈子穿到死的制服。"

我理解老人的儿子那些想法，也在他的志向里看见自己的影子。他以为他可以证明自己的品格，借此实现他的愿望。然而，奴隶制不讲条件，不妥协，只会把奴隶活活地吞噬。

"终于有一天，她感激我那时的智慧——倘然可以这么说，伤痛把我们结合起来。亲人从我们身边消失。我们两人不该分离，不该独自在弗吉尼亚活着。"

说到这里，老人停顿片刻。我觉得难过，因为在他开口之前，我就完全料到他要说的话。

"我爱她，这是自然而然的。男人女人结合成家，也是天经地义，"他说道，"在大庄园里，亲人们都从我们身边被运走，自然而然地，我们两个人要结合起来。我们一道过了一些年。我不会否认，我不会谴责她。我只会说，我犯下世上最可怕的罪孽。这个人世让父亲儿子离散，让丈夫妻子离散，我们必须抵挡，捡起手边的刀子捅回去。

"有一天，很久以前把庄园搬到密西西比的一个白人，突然间回来。他说，他忍受不了那边的野蛮人，卖掉那边的地产回来了。他带回一群奴隶。我听说，我心爱的孩儿就在他们中间。

"当时，当场，我就晓得我不能活着。一个男人，从坟墓里回来，却发现自己的父亲娶了自己的媳妇。我不能这么对他。那天夜里，我走到厨房，就像我的儿媳、我的新妻曾经想做的，我放火烧了它。我晓得他们会怎么对付我。我必须这么做。在他们对付我之前，我要先弥补我应得的部分。我要先咬他们一口。"

"就是说，你主子命令他们打你？"

"他们打你，是因为他们能，"他说道，"因为我老了，卖不到价钱。再过些天，我的魂灵就要断气。我晓得。可是，谁会在后世等我呢？"

他的身体顺着铁栏杆滑倒。我听见抽泣，便走近前去，他倒进我怀里，抬头看着我，问道："我唯一的孩儿，他的母亲，她看见我的时候，会怎么说？她会不会晓得，我这么做，也是想尽力做好呢？可她留给我这么难的遗愿，命我做没有哪个黑人做得了的事，她会不会永远不肯再见我了？"

我没有回答。我没有答案。我搀扶他起来，接触到他的皮肤，似干裂的皮革，靠骨骼勉强撑开。我搀他走到草垫那儿，慢慢地躺倒。我听见他轻声啜泣，反复地念叨："唉，谁会在后世等我？"我默默聆听，直到他终于入睡。然后，我也睡着。我又梦见那片田野，数月前曾梦见的田野，我们全都被锁在一起，梅纳德，我的兄长，手里拉着那条漫长的铁链。

男孩先离开。我看着他被拴进一支黑人的队伍，往西而去。我从后院望见他，便是他们常让我们出来放风的后院，也是一次次地遭受人贩检查和评估的地方。男孩的母亲跟着队伍，脚步艰难，一步步紧随着男孩。她没有锁缚铁链。她抚摸男孩的肩膀，拉着他的手臂，紧握他的手。道路转弯，队伍消失了。那是在清晨，天气晴朗。我还在后院遭受人贩的捏摸、侵犯，剥夺人身权利。我竭尽全力逼自己退进心灵，别留在身躯里。可是，男孩被锁在队伍里消失于路尽头的画面，还有他母亲的画面，如此熟悉，仿佛来自我的另一个人生。这些画面总是把我拉回身躯。

队伍消失半小时后，我仍站在院子里。然后，我听到哀号，转头看见男孩的母亲已经回来。"杀人不眨眼的，你们不得好死，"她哭号道，"谋杀我的孩儿，上帝不会放过你们！我诅咒你们下地狱！公义的上帝会把你们这些禽兽的骨头撒在荒野！"

她的哭泣划过空气，院子里的人都转头看她。她朝我们走来，一面哭，一面诅咒赖兰，连带所有买卖奴隶的人贩。我们中间走了许多人，带着尊严和恭勤离开。我不由地思索，在这群无耻无良的人面前，我们却想死守德行，多么荒唐。我站在那里，看着那个妇女哭号，悲痛欲绝，召唤上帝的惩罚，我的心里生起勇气。她走近我们，身形似乎变得高大，每一个脚步都震动地面。我感觉连南方来的豺狼，也惊惕得停下手，转头去看她。一个年轻的母亲走上那条路。她从那条路回来，转变成彻底不同的生物。她的双手变成利爪，她的头发缠绕，变成愤怒的蟒蛇。赖兰在围栏前把她拦住。她抓他的眼睛，撕咬他的耳朵。他痛苦地号叫。其余人等冲上去，一齐攻击她，把她摔在地上，抬腿踢她，朝她唾口水。我没有动。你要知道，我的眼睛看着这一切，却什么也没有做。我看着这些男人卖掉一个孩子，殴打他的母亲，把她打倒在地上，而我什么也没有做。

他们把她拖走，一人拉扯一条胳膊。她白色的衣服如今又破又脏。他们拖她时，我听见她几乎充满韵律和旋律的叫喊，犹如古老的劳动歌："你们是凶手！贩卖我所有失去的孩儿！赖兰的猎狗，赖兰的猎狗！公义的上帝会把你们变成蛆虫的肉食！黑色火焰会烧焦你们卑鄙邪恶的骨头。"

接着离开的是老人。一天晚上，他们为了取乐，把他带出去，他再也没回来。他已在我面前忏悔，这样一来，如今他也许已经得到了他的奖赏。

至于我，事情没有这么简单。我的任务刚开始。我已被关了三周。我得不到食物和水。他们分配的吃食，分量扣得精准，既确保我们有力气干活，又能叫我们凄惨地挨饿。我被租给县里各个地方，做各种苦力。我去清理冰冻的地，打扫茅厕挑粪便，背尸体掘坑。在那些日子里，我看着无数黑人，男人、女人、儿童，被带进这里，再被卖出去。我纳闷自己竟在这里关了那么久。我开始怀疑，我必定被选中施加某种特殊的酷刑。我年轻，身体强壮，理应能在数日内卖到好价钱。可是，一天天过去，其他人进来又出去，我还在这里。

初春刚开始绽露迹象的时候，终于出现一个买主。我锁着铁链，被赖兰带出来。我的眼睛蒙着眼罩，嘴里塞着一团布。我听见一名看守说道："哥，我晓得你出了大价钱。不过，照我看哪，这桩买卖，还是你占了便宜。这小子年轻，身体壮，下到地里，一个顶十个。"

接着，沉默一时。然后，另一名看守说道："我们留他很久了。整个路易斯安那，都想买这小子。娘的，还有整个卡罗来纳。"我感到粗糙的手在我身上摸索。有人在检查我。及至那时，我已经习惯了。然而，最可怕的正是习惯本身：一个人，竟能把这种人身侵犯当作平常。可是，这一次不同，因为我蒙着眼罩，看不见潜在的买主，不能预料他的双手下一刻摸在哪里。

"这个价钱足以补偿你的时间和麻烦，"买主说道，"但是，我不乐意为你们的态度和谈话付钱。滚远点，别来干涉我和我的财产，我也不干涉你们。"

"交流交流嘛，"赖兰说道，"大家做生意，和和气气嘛。"

"谁要跟你和气！"买主说道。

于是，交流终止。我被扛起，如同一件重货，塞进马车后车厢。蒙着眼罩，我看不见任何东西，但能感觉到马车在急速驰行，一连数小时，没有听见车夫的声音或低语，只听到树林里偶尔传出一点声息，道路在我身底轰隆隆地响。跑了一段路，马车徐徐减速。我感觉是上山坡，跑过数座山冈。然后，马车停下，我被扛出来。有人解开捆绑我的绳索。我的手臂解脱。眼罩被摘除。

我站在地上，抬头观看，天已经黑了。我看到把我捕获的猎人。我曾想象他身材魁梧。但眼前只是一个中等身段、毫不起眼的普通人。夜很黑，看不清他的相貌，况且，我也没有时间仔细观察。我竭力站稳，可是双腿颤抖，膝盖一软，栽倒在地上。我刚爬起来，猎人却轻轻地推我一把，我便又栽倒。但是，这一次出乎意料，我没有原地栽倒，而是跌得更远。我抬头看，发觉落进了一个土坑。接着，土坑的洞口被封闭。

我再次站起，双腿颤抖，地面在脚下摇晃。身体还没有站直，头就撞到坚硬的墙顶。我伸手摸索，四壁长满草根和树根，它们牢牢地攥住泥土，才不至于尘土纷纷落地。我估摸这是一个土牢。高度接近我的身高，长宽有高度的两倍。地洞里彻底漆黑，比蒙着眼罩，比黑夜，也许比失明更黑。类似一种死亡。我想起《马弗尔的奇迹书》，那个通向大海的入口，能够吞下整个大陆，而任何一个大陆都能吞下无数似我这样的人。我看见少年时的自己，趴在书房地板上，聚集全部力量计算大海的广度，一直算到我的感知极限，算得额头一阵阵地抽痛。在那一刻，在近似死亡的土牢，处在那一片漆黑里，我仿佛觉得自己在大海上迷失，变成一具在波涛中沉没的尸首。

我听过一些故事，讲述白人购买黑人，只为寻找荒唐野蛮至极的乐趣。有些白人把黑人锁起来，只因为他们有能力这么做；有些白人花钱买黑人，只图谋杀的快感；有些白人购买黑人，切割他们的身体做实验，尝试恶魔的科学。我当时觉得，我也落到了这样一个白人手里。我思忖，这下好了，弗吉尼亚、榆树县、我的父亲、幼稚的梅儿，就要对我施加他们痛快的报复了。

11

时间失去意义。一分钟与一小时没有差别。没有阳光，没有月光，白天和黑夜成为虚构。起初，我嗅见泥土味，听见上边偶尔传来声息。然而，很快——我完全不能确定何时——这些声息变得对我毫无意义。睡与清醒之间没有了墙壁，于是，梦与我脑中的幻觉交织得难以分辨。我在土牢里看见无数事、无数人。在所有这些幻象中间，有一个逐渐赋有特殊的意味。因为我很快意识到，只有这个幻象不是虚构，而是真实的记忆。

那是在我侍候梅纳德的第一年。我们都还是少年。夏天一个漫长的周六，无锁庄的主子觉得无聊。无聊总是叫习惯压抑的主子生起心血来潮的冲动。于是，幼稚的梅纳德想出乖张的主意，令所有奴隶从野兔洞里出来，在滚球草坪集合。他命我传递口谕，我便照做。大概在半小时内，他们都站到草坪上。梅纳德宣告，所有在场的奴隶都参加赛跑，给他解闷——无论老少，有些疲惫地刚从地里回来，有些身穿大屋里侍候的西装和锃亮的皮鞋。就羞辱的程度来说，就我们执行此事的体力规模来说，这件事不算是最恶劣，但仍不失为一种羞辱。对我来说，更是双倍的羞辱，因为我当时还没有完全理解自己的位置。我旁观梅纳德把人分成两队，令他们相互比试，他对我喊道："希，杵那儿干吗？下来！"

我看着他，一时不能领会他的意思。

"下来！"他又说道。我终于明白他的意思。我也得跑。那一年，我刚结束菲尔茨先生的功课。我记得草坪上的人都看着我。在他们的眼里，我看到既包含对我的同情——大概是我不应得的，也有对梅纳德的憎恶。于是，我加入一队三人组。在8月的炎热天气里，我们一齐冲向田野尽头。掉头返回时，我把所有人甩在后面。我不知他们的想法，可我竭尽全力奔跑，跑得那么专心，不留神脚下绊着坚硬的东西，可能是岩石或老树根，我扑倒，一头栽进地里。我瘸着腿走回起跑线，见梅纳德畅怀欢笑，乐颠颠地组织下一组队伍。此后三周，我拖着瘸腿，在大屋里执行各项职务，每次迈出一步，脚腕就钻心地痛，时刻提醒我看清自己的位置。

如同旋转木马，这个画面交替着锡娜、老皮特、莱姆、桥头跳舞的女人、我的母亲，翻来覆去地出现。然而，大多时候只有黑暗，彻底的黑暗。终于——在土牢里关了数小时、数天或者数周以后——我终于看见地牢上方裂开一条缝，渗进一线光。我像老鼠似的，慌忙缩进角落里。接着，一阵响声：有物体落下来，有个声音在吼。

"出来，"头顶传来一个声音，"出来。"

我走过去，摸到一截绳梯。我仰头看见昏暗的天光，勾勒出普通人的身影。就是把我带到这里的人，我的看守。

"出来。"他说道。

我爬上去，来到外面。在这个普通人面前，我不是站着，因为我只能佝偻着身躯。我们处在森林的空地。望向远处，我看到夕阳吐出最后一口橙色呼吸，洒在树林黝黑的手指间。空地上，我的猎人布置了一个荒唐的接待处——两把木椅，中间摆着一张桌子。他示意一把椅子，但我没有坐。普通人转身，走向另一把椅子，然后转向我，掷来一个包裹。我伸手接取，但包裹从手指间滑落。我趴在地上摸索。纸包内有一片面包。我大口吞下。在那个瞬间，我才意识到，关进土牢之前，我从未真正体会过饥饿。我不知饿了多久，但长久得足以让我不再感到饥饿的痛苦，就像是一个访客，意识到屋里无人，就不再敲门了。但是，那一片面包只能唤醒我的饥饿。我抱紧肚腹，胃里痛得痉挛，我看向桌子，见摆着更多纸包，还有更重要的东西———一罐水。

我甚至没有询问，便扑过去拎起水罐往嘴里灌，水冲下喉咙，顺着嘴角淌下脖颈，湿了长衫和外套。我这才闻见衣服散发刺鼻的臭味。我又饿又冷得颤抖——逐渐恢复对世界的感知。我又拆开一个纸包，两口吞尽面包片，紧接着复又拆开一包吞下，再伸手抓取时，听见普通人轻轻说了一声："够了。"

我转过身，见他就坐在旁边。傍晚时分，天色昏暗，我看不清他的面孔。普通人坐在椅中，一言不发。我站在那里等候着，冷得哆嗦。然后，我看见远处一点光亮向我们而来，光圈越来越大。我听见车轮碾过地面咯吱作响。最后，一匹马拉着一辆大车，驶到我们面前停下。车夫旁坐着一个男子，手里提着灯笼。车夫跳下车，向普通人点头。普通人示意我上马车。我爬上去，见车厢里已有数名黑人。马车出发，轰隆隆地驶下山路，车身摇荡，在我们身下吱吱哑哑地响。我观察车内的男子，暗想会是什么祸害在前面等候我们。还有，没有锁链。可是，谁用得上？你若看到我周围这些低垂的头颅，就会知道他们早已不需要捆绑，他们已经毁了。而我，与他们一样，落进绝望的深渊。我所有的雄心和抱负，都降低为求生。我被贬低为一头野兽。现在，狩猎开始了。

大约行了一个小时。然后，有人命令我们从车厢后下来，排成一队。我们排列起来，秽杂不堪的队伍。普通人走到队伍前，如同将军检阅刚招募的新兵。夜色更暗了，但我发觉眼睛更能适应黑暗，好像被土牢改造了身体。因此，在月光下，我也能清晰地分辨普通人的相貌。宽檐帽下露出凌乱丑陋的长发，花白的长胡须蓬松粗硬，似从脸上迸射出来。那一刻，尽管我们身体虚弱，志气低沉，但是，如果我们合力攻击，绝对可以把他打倒。但我们知道他不是一个人，因为弗吉尼亚的白人绝不会一个人来。

接着，其他人来了，远处亮起灯笼，马蹄哒哒地敲打地面，愈来愈近，车轮碾响山路。我看见三辆马车，拉到我们前面停下，一群白人跳下来，手里提着灯笼。灯光照耀下，他们浑身笼罩一层黄惨惨的烟雾，如同来自另一个世界的生灵——妖魔、蛇发女妖、魑魅，被召到这个世界，替上等人报复我们。然而，我听见他们的谈话，听到那个特殊的语调，便知自己仍在弗吉尼亚，这些"生灵"也不是来自另一个世界，而是一伙低等白人。他们的言语粗鄙，他们的外套破烂。我的心往下沉，一种新的恐惧袭上来。相比这伙我太了解的低等白人，我宁可被神话里的怪兽攫噬。在这个等级分明的社会，低等白人只占据脚趾大一点的地盘，他们没有安全的位置，危机感只能让他们更残忍，弗吉尼亚的黑人通常就成为他们施虐的对象。上等人容许低等白人的暴行，就当是赐予他们一份礼物或者报偿，以图所有白人团结一致。这时，我领悟了，这就是今晚的目的——某种残酷的祭典，我们这些被俘虏的黑人，是这场祭典的活牺牲。

普通人与低等白人交谈几句，又走到我们面前，再次检阅队伍。这一次，他的举止相当夸张，先前，他显得严肃持重，这时摆出得意夸耀的架势。他双手插进西装外套，手指扣着吊裤带。他不时地站住脚，审视一个男子，面露讥嘲，摇头咂嘴。

评估完毕，他开口说话。

"弗吉尼亚的刁民们，"他吼道，"正义女神那双盲目的眼睛，终于落在你们身上了。你们这些盗贼！杀人犯！你们这些刁民，不光犯下不可饶恕的罪孽，竟然还企图逃脱我们的法律，冒名顶替潜进别州！"

他走下队伍，在我左边相隔数人的男子面前停下，说道：

"你，杰克逊，扬言谋杀你家主子。可惜哟，后生仔，你说得太多！被告发了，现在必须接受弗吉尼亚正义的审判！"

普通人继续往前走，说道："还有你！安德鲁，你以为偷走主子一点玉米，就不会被人发现，是吗？被发现以后，你又以为能逃脱，是吗？"

安德鲁站着，庄严而沉默。普通人继续往前走。

"戴维斯和比利，"他走到队伍尽头，吼道，"怎么着，后生仔，我听说你俩口碑不差。怎么要在巷子里谋杀好人，偷盗他家的财产？"

其中一人喊道："那是我们的财产。我叔叔被卖掉前留给我们的最后礼物！"

有个声音从黄色灯笼的光芒中吼道："那也不属于你，小畜生！"

队伍中的男子说道："你见鬼去吧。是我叔叔的！你最好别侮辱他的名字！"

话音落下，他旁边的男子说道："住嘴，比利！我们遭的罪够多的了。"

另一个声音在黄色光芒中喊道："甭操心，小畜生，我们会教他乖乖听话的。"

这时，普通人走到队伍中央。

"一个个都想跑，"他说道，"好，上帝晓得，我这个人天性如此，不肯妨碍任何人或者任何黑鬼的愿望。"

普通人走向马车，跳上驾驶座，站在那里说话："听着，这是我们接下来的安排。弗吉尼亚这些绅士体恤你们，叫你们先跑一段。然后，一整夜，倘然你能把他们甩在后面，你就自由了。不过，倘然给他们捉住，你的性命就归他们处置。兴许你能跑出去，你的罪孽就一并抹清。更有可能的是，不出一个小时，正义女神就把你捉住。不管哪个结果，我都无所谓。我尽我的力。现在，轮到你们尽力跑了。"

说毕，他坐下，把缰绳一抖，马车轰隆隆地驶离。

我们站在那里，瞠目愕顾，望进黑夜，又彼此观望，寻找暗示，似乎等候甚至希望这是一个玩笑——纵使吓得失了魂魄，我们仍没有放弃希望。我们吓得不能动。我看向那一伙白人，这些头戴宽檐帽的鬼魅，站在一旁，冷眼观赏我们慢慢地领会自己的处境。然后，一个白人没有了耐心，离开人群，走到我们这支杂乱的队伍前。他手中提着短棍。只见他抢起短棍，狠狠地击中一个奴隶的头顶——只是他已经不是奴隶，而是叛徒。短棍落下的时刻，这个奴隶似乎不敢相信，没有做出任何躲闪的动作。挨打后，他痛得号叫，接着瘫倒在地。提着短棍的白人转向队伍，叫道："赶紧跑起来，畜生！"

人人拔腿逃蹿。我也跑开，最后转头望一眼倒在地上的男子。只是一团乌黑的东西，映衬着一团更大的黑暗。那团黑暗已经在我身后聚集。我独自奔跑。我揣测我们都是单独跑。我们奴隶中间，没有想要相互协助的努力，也许那对亲兄弟，戴维斯和比利，可能会相互扶持。但是，如果他们看见那个男子被短棍一下子打死，如果他们也似我一样恐惧，如果他们也似我一样被关在土牢，那么他们大概也会不及思索，不及顾念手足情谊。

我不停地跑。结束之后，才发觉跑得不快，也不远。饥饿夺走了我的意志，我的四肢抽筋，如木头一般僵硬，黑夜的冷风刮过身体，我根本不是奔跑，只能算是迈着大步。我感到脚下的土地松软湿润，拔腿之际，连那股泥泞也分外沉重。

该往哪边跑？北方只是一个空洞的词语。地下世界、沼泽地，只是乔吉·帕克斯这个奸人散布的神话？我有几分希望逃脱这伙猎人？然而，纵使在恐怖与绝望里，我从没有想过躺倒在地上，或者主动投降。自由的光芒，尽管早已燃为余烬，仍在我体内闪烁。还有，恐惧让我不敢停步，我继续跑，我佝偻着身体迈开大步，双脚陷在泥泞中拔不出来。但我没有放弃，我的胸膛在燃烧。

我的眼睛极能适应黑暗，夜色似乎焕发光明，因此，眼前清晰地呈现冬日潮湿的森林。每次踩下脚步，我听见短靴陷入淤泥，细枝咔嚓折断。我听见远处一声枪响，思忖他们是否抓住了一人，把他击毙。我的心在胸膛里跳得更剧烈。前面倒着一棵树，树干拦着去路。我一面奔跑，一面告诉自己跳过去。可是，身体把我出卖了。我跌倒，淤泥灌进鼻子，黏着嘴。我记得，在那一刻，我全身顿时松懈，全部肌肉放松下来——终于可以歇息了。然而，纵使在那个时刻，纵使在地上匍匐，我依然看见自由的光芒，暗淡的蓝光。这时，我听见声音——混乱的呼喊吼叫。我知道，他们很快就会站在我头顶。**起来，我**

告诉自己。**起来**。缓缓地，手指抓紧泥土，手掌推进淤泥，我爬起来，四肢撑地。**起来**。一只膝盖离地，另一只膝盖离地，我站起来了。

我刚站起来，便感到短棍猛击后背。他们围在我身边，踢蹿拳打，唾口水，诅咒，侵犯。我没有躲闪。我脱离身躯，远远地飞走，甚至在高空翱翔，飞回无锁庄，飞下大街，回到锡娜身边，回到老皮特的果园，回到凉亭，与索菲娅一道坐着，因此，我几乎不曾意识到他们捆绑我的手臂，把我拖回去，几乎不曾意识到车轮在我身下滚动。我要告诉你，我记得一切。我记得所有一切——所有一切，除了这些时刻。在这些时刻，我抛弃记忆，离开身体，远远地飞走。

他们把我带回普通人面前，全身结实地捆绑。我甚至没有抬眼看他。他们蒙上我的眼睛，把我推进另一辆马车，行过一段短暂的路途，又把我推进同一个土牢——我的磨难的起点。

追捕成为我的日常生活。每天，我从土牢里被拉出来，得到一点面包和水，放进一群叛徒中间。普通人逐个点名，指出各人的罪状，然后命我们逃跑。我记得他们的名字，记得普通人粗哑低沉的嗓音——喊出他们的名字：罗斯、希利、丹、埃德加。每天夜里，我们被命令逃跑。然而，每天夜里，我都失败，都被带回土牢。我是不是已经死了？难道这就是我父亲形容过的地狱？有些夜里，奔跑数小时后，我发誓我看到了黎明的微光，手指尖就要触到那一线光芒。然后，我被捉住，被殴打，被扔回那个土盒子。我的梦和幻觉，犹如旋转木马在里边等候——我看着索菲娅在篝火前跳水舞，看着杰克和阿拉贝拉在圆圈里玩弹珠，我召集奴隶排队赛跑，给梅纳德解闷。

但是，我越来越壮，跑得更快了。我的变化不是始于身体，而是始于头脑。我发觉，在有些情绪下，我能跑得更快更远。还有，我知道，要想跑赢这个扭曲的游戏，我必须动用一切可能的优势。于是，我开始在心里唱歌，吆喝莱姆与我在圣诞节对唱的歌。

> 到庄园的大屋去
>
> 到那上边去，上边的大屋温暖哪
>
> 你寻我的时候，吉娜，我早已走得远了

这支歌给我力量，叫我想起莱姆和圣诞节，想起锡娜和索菲娅，想起我们所有人相聚的宴会。纵使在那样的黑暗中，内心的我还是露出了笑容。

然后，我感到自由，在奔跑的黑夜里，哪怕只是极其短暂的时刻。纵使被围猎，在刀刃一般切割脸庞的寒风里，在划破面颊的树枝间，在靴子深陷的淤泥里，在沉重喘息的热气间，我依然感到自由。没有梅纳德拽住我的锁链，不必揣测我父亲的意图，不用警惕科琳。这里的一切如此清晰。奔跑时，我觉得自己在藐视，在违抗。

还有，我变得狡猾。我记得，有一夜，我必定跑了数小时。

我能肯定已经过去数小时，因为他们终于把我捉住痛打、拖到普通人面前的时候，我看到了不可思议的东西——太阳从那边升起。我看清了，那边是青翠的山冈。我想起那个自由的承诺。我知道，离我不远了。我学会掩盖足迹，折返到他们后面迷惑他们，还有，他们追踪我，我也学会追踪他们。我意识到，这里正适合运用我的天赋：我的记忆力。猎人总是同一批人，他们的行动不知变通。熟记地形，掌握他们的习惯，让我突然有了优势。我会转到他们的侧翼，叫他们摸不着头脑。有一夜，他们分散寻找。我趁机击倒一人，挥拳打中另一人。因此，捉住我的时候，他们揍得格外凶狠。我被迫交代行动策略。我在跑，可是，我真正需要的是飞。不止是飞离灵魂，还要飞离这个世界。就像上次脱离梅纳德、脱离雁河那样，我必须让自己脱离这些低等白人。

可是，如何做到？到底是什么力量，把一个人从大河深底拉出来？到底是什么力量，把一个男孩带离马厩，带回木屋？我开始重构从前的事件。那两个神奇的时刻都有蓝色光芒，都用不同的方式让我联想到母亲，或者联想到记忆中的黑洞，我在那里找不到一丝一毫关于她的记忆。那个力量必定与我的母亲有关。现在，我需要那个力量，因为我必须飞起来。不然，终有一天，我会死于这场与狼群对峙的赛跑。

也许，这个力量与我的记忆障碍有关，倘能揭开一道封存的记忆，也许就能开启其他记忆。于是，在土牢里，在黑暗、无时间的漫长里，我重构关于她的传闻，拼凑自己在雁河亲眼看见她的瞬间。重构成为我的日常习惯。最善良的罗丝。埃玛的姊妹罗丝。美丽的罗丝。安静的罗丝。跳水舞的罗丝。

那夜，天空澄净。我在奔跑。我能感觉到现在已是春天，因为黑夜不再冷得彻骨。奔跑时，我的心脏不再紧贴着胸膛猛蹿。我的双腿轻捷。他们想必也察觉了，因为我注意到他们增添了人手。以往，他们分成小队，分头追逐逃亡的人，而现在，我觉得他们用全部人手集中追捕我一人。因此，那天夜里，我觉察他们从四面包围、逼近。森林豁然洞开，我看见一个水塘闪烁微光，水面宽阔黑暗。我吃力地绕过水塘，听见他们在我身后叫嚣欢呼。我用尽气力沿水塘奔走，他们的声音愈来愈近，但我不敢回头看。然后，脚下被绊住，大概是树枝或草根，我不知是什么，能确定的只有疼痛，旧伤的痛，从脚腕钻上来，传布全身。我感觉自己摔倒了，掉进水草丛，感到冰冷的泥浆湿透我的脸。我匍匐爬行数步。可是，疼痛让我神志混乱，我心知捕猎已经结束，就开始唱歌。但这一次不是在心里唱，而是放开喉咙高声地唱，让所有人都听到：

> 到庄园的大屋去
> 到那上边去，但不会停留长久
> 我会回来的，吉娜，带着我的心，我的歌

那个瞬间，狩猎的那伙人，究竟看到了什么？是否听见我的歌声？他们就在我的眼前，准备把我揪住，也许，就在那个

瞬间，他们已经伸出双手。他们是否看见空气在眼前开裂，我们的故事里所讲述的那道蓝光，划破这个世界，照亮黑夜？我只看到森林在他们周围聚拢，浓雾陡起，雾气之下是滚球草坪，我一眼认出是无锁庄的草坪。那是我的第一个想法。然而，景象趋近，朝我而来——就是那个感觉，世界朝我来，而不是我朝它去——我看清这不是我熟悉的无锁庄，因为我看到一些早已离开的奴隶。我看到年少的梅，相貌与我的记忆丝毫不差，冒冒失失地，一面欢笑，一面指挥他们。他转身，伸手指向大屋，嘴里喊叫，我的视线跟随他指示的方向，看见他对我喊话，不是飘在空中的我，而是站在地上的我，那是我侍候梅的第一年，刚被撤了菲尔茨先生的功课，还没有领悟自己在这一切中间的位置。

　　我突然觉得，那个景象不是旋转木马的一幅图画，而是一个崭新的记忆。如同睡梦，不管事件多么怪诞，做梦的人也不能意识到自己在梦里。现实的逻辑和期待都彻底地扭曲，我观看这个怪诞的景象，却觉得很正常。于是，我飘在半空，观察自己，观察梅纳德，正如我们在另一时空该做的那样。我观望年少的自己，被迫站进一群奴隶中，排队赛跑，我看到自己冲出起跑线，我感到自己双腿虽不挪动，却在全力地跟他们一道赛跑。即便在这些时刻，我也还是没有领悟。我望着自己超越人群，跑在最前面，冲到田野尽头，我看到自己折转身，然后绊倒，高声痛号，摔倒，抓住脚腕。我记得我想去安慰这个小孩，过着另一个人生的自己。然而，正当我靠近他，世界却顿时褪去，我又回到自己的时空。

但是，这不是我的空间。脚腕又传来尖锐的痛。我伏在地上号叫。我企图爬行，然后站起。我迈出一脚。一阵疼痛，又摔倒。然后，我又觉得身体在滑行。我最后一次睁开眼，见有人站在我身边。

不是。眼前是另一个人。

"安静，安静，孩子，"霍金斯说道，"叫唤得这么大声，死人都要给你吵醒了。"

12

脚腕的疼痛把我从睡梦里惊醒。不再似先前钻心的痛，只是一阵阵地隐隐抽痛。我睁开眼，看见天光，数周不曾看见的美好阳光，犹如响亮的号角从窗口涌进来，那么璀璨，余下的世界在眼前变得模糊。我缓缓地挪移视线，模糊的形象渐渐成形——床边一张桌子，船形的花瓶边缘挂着一只烟斗，对面的壁架上摆着大钟，我的头顶悬挂罩篷，猩红的床帷掀开。我低头看看，见身体已经清洗干净，穿着棉内裤和丝绸睡衣。我的脑中闪过一个念头，想道自己可能仍在土牢，而这只是旋转木马的又一幅幻象。或者，我已经脱离土牢的地狱，终于得到死亡的奖赏。可是，脚踝一阵阵地抽痛。这就表示我看到的是真实的世界。然后，我察觉我不是独自一人。这里还有人，从模糊的阴影里逐渐呈现。一个是霍金斯，及至此时，此人两次在神奇光芒的另一端把我发现。他坐在椅中，在他的旁边，我看到科琳·奎因，梅纳德·沃克抛下的新娘。她没有穿丧服。

"欢迎。"她说道。

她露出微笑，甚至是欢喜的笑容。我暗想道，从没见她笑得这样真实，好似找着一件无数年前遗失的东西，也许是一把钥匙，或者一幅拼图的最后一块，遗失以后，一直让她很恼闷。可是，她身上还有一些异样。她的举止不同。她向我微笑，而不是嘲笑。她的举止一向古怪，完全不似平常所见的上等人。可是，现在又有不同，她既没有主子的架势或笃定，也没有指使人的派头，只有发自内心的喜悦，似乎很满意终于实现某个未知的目标。

　　"你知道自己经历过的事吗？"她问道，"你知道自己在哪里吗？"

　　我闻见春天的香草，各种甘甜的芬芳交融，有薄荷、百里香，还有别的香草——无锁庄绝不可能有的气息。在那里，男孩气占据一切，容不得这类物什。

　　"你知道自己离开了多久吗？"她问道。

　　我没有说话。

　　"希兰，你知道我是谁吗？"她说道。

　　"科琳小姐。"我答道。

　　"不是'小姐'，科琳。只是科琳。"她说道，喜悦的笑容消失，转为安心的神色。

　　然后，反常的感觉更深了。我的目光越过科琳，看见霍金斯没有以奴隶必须的姿势站立侍候，反倒坐在她旁边，身板挺直。

　　她再次问道："你知道自己在哪里吗？"

"不知道，"我答道，"我不知道自己走了多久，不知去了哪里，甚至不知道发生了什么事。"

"希兰，我们需要达成共识，一种理解，"她说道，"我会对你说实话。作为交换，你也一样要对我说实话。"

说毕，她严肃地注视我。

"你很清楚你为什么被关起来，"她说道，"你逃走，还带了另一个人。及至现在，你肯定已经猜到，我们掌握的情报远比你多。我会把一切告诉你，但你也须对我毫不隐瞒。"

我探身想要坐起，后背和双腿顿时传来剧痛。我的双脚破裂肿胀。我摸摸脸，发觉左眼上方打着一个结。我记起每夜遭受的折磨，在土牢度过的时间。

霍金斯向我颔首致意，说道："是啊，我们很抱歉叫你受罪。但是，我们得确定。我们有些预感，但还得确定一下，所以得先把你带走。"

他说，**我们很抱歉**。这意味着霍金斯，一个奴隶，竟在这里有点权力，并且不止是在这间屋里，而是在我所经历的整个地狱里。这段时间有多久，一个月？数月？

"希兰，你和梅纳德一同落进雁河，"科琳说道，"不，你带着梅纳德落进雁河。在这件事上，他没有选择。也许你没有那样想，可是，无论是否故意，你杀了一个人。我们长期计划的行动就被你粉碎了。由于你的冲动和欲望，由于你的罪孽，很多伟大的人现在必须重新调配人生，整支美国正义部队在逃亡。你不理解这一些。但是，我想你会懂的，因为我相信在你那些盲目的扑腾之中，必定有一个意旨，可能比我们的意旨更宏伟。"

说话之际，科琳伸出左手，摘下花瓶上的烟斗，右手取下烟斗盖。烟草气味一阵阵地飘起。她点燃烟斗，抽了数口，吐出一口烟雾。她把烟斗递给霍金斯，他重新点燃，抽了数口，又把烟斗交还给她。白烟从他们身上飘起，浮在涌进窗户的阳光中，犹如一缕缕尘埃。我想起最后一次看到他们，在无锁庄园光线昏暗的起居室，她的声音颤抖，我记得那时便觉得她的举止古怪，行径诡异，她似乎拒斥时尚，回归弗吉尼亚从前的习俗。但我现在突然明白了。我暗想自己怎会一直没有看清。这只是一个谎言，从头到尾都是谎言，所谓的传统、守寡，也许连联姻本身，都是谎言。

在消失的那段时间里，我必定也失去了隐藏心思的能力，因为科琳看着我发笑，说道："你在琢磨我是如何做到的，是不是？"

"是的。"我说道。

"当然，当然。我理解你，我确实理解，"她说道，"没有哪个庄园的男主子或女主子，能真正地把奴隶蒙在鼓里。被彻底地欺骗，彻底地活在伪证和捏造里，确实是一种奢侈。希兰，不管你有什么野心，我知道你从没享受过彻底被欺骗的奢侈。你是科学家。你必须是。

"但是，那些蠢人，杰斐逊、麦迪逊、沃克一家，全被理论刺瞎了眼。这么说吧，我完全相信，哪怕是密西西比最差的地里一个最差的奴隶，懂的东西也赛过任何一个肚腹塞得太饱、嘴巴喋喋不休的美国哲学家。

"我们国家的绅士和淑女也明知这一点。所以，他们才会如此迷恋你们的舞蹈和歌曲。因为这是没有文字的图书馆，充满这个悲惨世界的知识，这么丰富的知识，足以藐视语言本身。权力为主子制造奴隶，因为权力把奴隶与他们所理解的世界隔绝。但是，我放弃我的权力，你看，我放弃权力，希望自己能够开始理解。"

她手里拿着烟斗，摇摇头，说道："当然，你知道的，你理解这些，但你还没有智慧。你追求的那个目标，你拥抱的那个人，实际上是个奸人……是啊，你身上拥有的这个力量，把你从雁河拉出来的'传渡'，你不是第一个拥有这个力量的人，你知道吗？你听过那个故事，桑提贝丝和四十八个黑人——"

"那是没有的事？"我插口问道。

"事实上，确实有，"科琳说道，"那件事的后果，也正是你现在出现在我们面前的原因。你可知道，在她离开以前，星落地没有自由镇？你可知道，事实上，乔吉的背叛——这个披着解放者外套的奴隶——是那些显赫绅士的背叛？"

听到乔吉的名字，我的脑中涌起回忆。在古老的记忆里，他就如亲人。我想起琥珀，想起他们的婴儿。琥珀是否知情？我想起我们最后一次谈话，他如何试图劝阻我。我思忖，乔吉究竟在哪个时刻决定把我交给他们。我思忖，在我之前，他交出过多少人。

"这招很管用，"霍金斯说道，"我们必须认可这一点。他们庇护乔吉和他的伙伴，他给他们提供情报和眼线。所以，倘然再出个桑提贝丝，他早就在那里伺机等候了。"

"但是，不能叫这事发生。是吧，希兰？"科琳说道，"因为桑提靠的是另一种力量，就是把你从雁河里拉出来的力量。也是那个力量，把你从我们的巡逻队手里解脱出来。"

我环顾这间屋子。事情逐渐清晰了。我的头脑慢慢地呈现一连串问题，但我只问出一个。

"现在算是什么？"我问道。

科琳取过一只提包。她掏出一张纸，举在手里。

"你父亲把你，身体和灵魂，一并转让给我，"她解释道，"他把你转让给我，因为你的逃跑让他蒙羞。那是对他的又一次打击。失去梅纳德，他的心脏已经承受不起。他用愤怒回应你这个打击。他不想与你扯上任何关系。不过，我说服他，说你太值钱，不该白白失去，他就把你转让给我。当然，换取一笔可观的身价。"

她起身走到门前。

"但是，你不属于我。"她说道，打开门。我看到一截楼梯，一段扶手。"你不是奴隶。你不是你父亲的奴隶，不是我的奴隶，不是任何人的奴隶。你问现在算是什么。我告诉你，现在是自由。"

这番话并没有让我心中充满喜悦。现在，无数问题在我脑中翻腾。我去了哪里？为何被关在土牢？关了多久？普通人出了什么事？还有一个最紧急的问题，索菲娅怎么样了？

科琳回来坐下，说道："但是，自由，真正的自由，也是一个主子。你要知道，这个主子比最刻薄的监工更可恶，无时无刻地盯住你。你现在必须接受的一点，就是我们都是在侍奉某个东西。有人致力于解放奴隶以及相关的事，也有些人侍奉法律。每个人都须侍奉一个主子。每个人都须选择。

"我们选择这个，我和霍金斯。我们信奉这个使命，相信我们的自由能够号召反对奴隶制的战争。这就是我们的身份，希兰。我们就是地下世界。我们就是你要找的人。可是，你先找了乔吉·帕克斯。我很抱歉事情变成这样。我们付出很多代价，冒着暴露的危险把你救出来。但是，我们做这件事不是为你，而是因为我们早就在你身上看到神奇的价值，一个属于失落的世界的遗迹，一件武器。在这场无比漫长的战争里，这件武器也许能逆转胜败。你懂我说的吗？"

我没有回答，反而问道："索菲娅在哪里？她怎么样了？"

"希兰，在这件事上，我们无能为力。"科琳说道。

"可你说你们是地下组织，"我说道，"倘然你们真是，为什么不救她？为什么把我留在牢里？为什么把我关在地洞？你知道我经历的事？"

"知道？"霍金斯说道，"我们安排你经受这一些。是我们发明这个计策的。至于你的自由，我们被称为地下组织，也是有原因的。我们能够长期存在、作战，也是有原因的。我们有些规矩。你在找到我们之前，先找到乔吉·帕克斯，也是有原因的。"

"那些人每夜追捕我，"我说道，愤怒在心中积聚，"你们，你们任由他们。不，更可恶。你们派他们来？"

科琳说道："希兰，为此我很抱歉。但是，那些追捕只是你现在人生的预演。那个地洞也只是让你大略地体会失败的代价。从你和乔吉·帕克斯约定的那一刻起，你的人生就完了。你宁可我们没有插手？霍金斯说的是实话。我们必须先确定。"

"你们必须确定什么？"我问道。

"我们必须确定你身上有桑提贝丝的力量，'传渡'，"科琳说道，"你确实有。我们两次看到这个力量施展奇迹。第一次，霍金斯发现你，那必定是主的旨意。我们四处打听，人们说，你小时候兴奋地讲述类似的事发生在你身上。我们必须等待这样的事再次发生。我们推测这个力量可能会把你送到哪里，我们就在那里等你。"

"哪里？"我问道。

"无锁庄，"她说道，"我们觉得，你可能想回到你所知的唯一的家。我们的特工每夜在那里等你。"

"然后，你就被带到这里。"霍金斯说道。

"我现在在哪里？"我问道。

"一个安全的地方，"科琳说道，"加入我们这个事业的新成员，都被带到这里。"

这时，她默然不语。我见她脸上流露怜悯，我知道她并不乐衷于谈论这些，知道她略能体会我的痛苦和困惑。

"我知道，有很多事情，你想弄清楚。我们会慢慢跟你解释，我保证。但是，你必须信任我们。你必须信任我们，因为你已经没有回头路。在这个世上，现在没有一样东西是真实的。你很快就会明白，没有任何东西比我们的事业更真实。"

说完，科琳和霍金斯站起。"很快，你就会理解这一切，"他们离开前，她又说道，"你很快就会深刻地理解。然后，你的理解就是新的束缚，这个束缚，这个最高的责任，会让你找到你真正的本性。"

她站在门前，说出一句话，犹如先知的预言。

"希兰·沃克，你不是奴隶，"科琳说道，"但是，你将以加百利的名义侍奉。"

1 3

那天傍晚，我躺在床上，听见楼下传来人语，嗅到香味，我希望那是晚餐的气息。自从逃离无锁庄以来，我不曾吃到一顿像样的食物。食欲被勾起，令我从恍惚的状态中振作起来。这时，我看到橱柜上摆着两只洗脸盆，盆内装有清水，还有一支牙刷，一盒洁齿剂，一套衣服。洗漱揩面后，我更换衣服，瘸拐着走下楼梯，穿过门厅，转进一间开放的餐室。我看到科琳、霍金斯、埃米，另外还有三个黑人，菲尔茨先生竟也在其中。

我立在门口，须臾，菲尔茨先生看到我。他正含笑听霍金斯讲故事，看见我的时候，他的神情顿时变得严肃，眼睛转向科琳。科琳转头看我，餐桌前的所有人都跟着转头看我，脸上都露出肃穆的神色。他们面前摆着一桌名副其实的盛筵，但是所有人，不论黑人白人，不论男女，都穿着工装。

"希兰，来，一道吃。"科琳说道。

我小心地迈动脚步，移到桌尾的一个空位，坐在埃米旁边，对面是菲尔茨先生。我们吃了秋葵、红薯炖菜、新鲜蔬菜、烤鲱鱼、咸猪肉和苹果。还有一只烤鸡，肚子里塞满大米和蘑菇填料。还有面包、甜面布丁、蜜饯黑蛋糕、艾尔啤酒。我有生以来最丰盛的餐食。然而，更让我难以置信的是晚餐后的场景。

科琳最先起身，接着其他人也站起来，一同收拾餐盘，重新布置餐室。眼前的景象让我震惊。这里没有差异。大家一起行动，除了我，每个人都在做事。我想帮忙，却被拦阻了。整理完毕，他们进入起居室，我观看他们玩盲人扑克，一直玩到深夜。从他们愉快的举止和随口的对话之间，我推测，对他们来说，今晚也是不同寻常，难得放松。这不是他们的日常习惯，因为今晚他们有庆祝的理由。而这个理由就是我。

那晚，我在大屋过夜，睡在客房里。我睡了很久，直到下午才醒来。我从未享受过这等奢侈，即便在圣诞节，也不可能被如此纵容。洗漱揩面后，我换了衣服下楼。屋里很安静。厨房餐桌上摆着一盘黑麦松糕，旁边有一张字条，叫我尽情享用。我吞食了两块松糕，洗净餐盘，走出前门，在门廊上坐下。从外面看去，这栋宅第颇为陈旧简朴，外墙贴着白色的护墙板。宅前是一片花园，长满了雪花莲和蓝铃花。花园尽头有一片树林，纵目望去，看得见远处数座巍峨的山峰，我知道那是西面的山脉。我料想这里大概是弗吉尼亚边境，很可能就是布莱希顿，科琳的祖宅。她在数月前说过，要把我送到这个庄园。

远处，我看见两个身影从树林里出来。他们朝大屋而来，数步之后，我能分辨他们的外貌，看清是两个白人，一人年长，另一人年幼，可能是父子俩。他们看到我，便停下脚步。年幼者朝我颔首致意，年长者却抓起他的手臂，把他拉回树林。我在门廊上坐了一个小时，眼望远方，然后沉浸在白日梦中。看来，我的身体疲惫得超过自己的感觉，不知何时就陷入真正的梦境。我又回到囚室，但这次与皮特和锡娜一同被关押，他们把我拖到牢房前面的办公室，皮特和锡娜放声大笑，奴隶贩子侵犯我的身体，整个折磨过程中，我一直听见他们的笑声。当时，我仍未能把这个过程视为人身侵犯。我需要时间去学习如何确切地描述他们对我所做的事，学习如何讲述我被关在赖兰牢房的故事，而不至于觉得丧失了男子气概。很久以后，我才领悟，事实上，这个故事才是我最强大的力量。然而，在当时，我从梦中惊醒之时，只觉得压制不住一肚子的怒火。我不是生性激烈的男孩，一向没有脾气。然而，此事以后，往后数年里，我发觉心头常浮现狂暴的想法和感觉，却又不能真正地承认其中的原因。

身后有一道门在关闭，响声把我惊醒。我转头，见是埃米。她走出来，在门廊站立片时，凝望夕阳。她没有穿丧服，也不戴黑面纱，只穿着灰色箍衬裙，外系白围裙。她的头发束起，扎着系带帽。

"我猜你有问题要问。"她说道。

是的。我有很多问题。但是，我一个也没有问。我觉得，我已经问够了。我的意思是，我已经对他们说过很多。我在前一个人生里学到，审讯从来不是单向。最后，埃米说道："是啊，我理解。换作是我，都到了这份上，我也不会愿意多讲自己的事。不管怎样，由我来说罢。毕竟，关于这个地方，这个新人生，有很多事情，你该先了解。"

我从眼角余光观察，见她看着我。但是，我的视线依然望向远山，望向正挨近山巅的夕阳。

"你大概已经猜到这个地方。我们在布莱希顿，科琳的庄园。但是，你还没有猜到，也不可能知道，这个庄园的真实面目。我索性跟你直说，虽然你很快也会明白的。

"布莱希顿曾经属于科琳的父母。她是独生女，他们死后，庄园就由她继承。我想你已经知道，科琳不是她表面的那个样子。当然，她是弗吉尼亚人，货真价实的弗吉尼亚人。但是，因为她在这里亲眼看见的事情，再加上她在北方学来的一些知识，怎么说哩，大概可以说，她用不同的眼光看奴隶问题。她的看法，是我的看法，也是我兄弟的看法。就是斗争，愤怒。"

说到这里，埃米轻轻一笑，略作停顿，然后继续说道："我不该笑。这不是好笑的事，除了真有欢喜的时候。我得承认，我就是为了那个时刻活着。在这里生活，跟他们斗争，是一种幸运。你知道的那个地下组织，我们就是那支队伍的前哨基地。这里的每个人，都属于那个地下组织，但是没人会公开承认。倘然你现在跟我四下去走走，你只会看到人们眼里很正常的庄园——果园中开满花，田地里作物旺盛。倘然我们设宴请客，你会看到我们都在干活，欢快地唱歌。但是，你要知道，你看到的每个人，在这里和我们一起唱歌、劳动的每个人，都已献身我们的事业，要把自由的光芒播散到马里兰、肯塔基、弗吉尼亚，甚至田纳西。

"他们都是特工，虽然每个人以不同的方式效命。有人在屋内工作，跟你一样，他们也识字，就发挥这个能力。在这个事业里，文件要紧得很：自由文契、遗嘱、临终遗言。这个任务属于屋里，不过，我告诉你，他们都是些野家伙。屋里的特工，眼睛都盯着外面。他们观察，他们知悉小道消息。他们知晓报刊新闻。他们认识本地最有影响力的人物，当地人却不知晓他们的来历。当然，还有其他人。"

说到这里，埃米停下来，我转头看她，见她嘴角露出微笑。她也望着远山，望着山峰把太阳吞得精光。

"你瞧见那边没？"她问道。我没有作答。"那就是我想要的样子。坐在这里，安稳地看太阳落山，不用急着做什么任务，无人命令你，或者这般那般地恐吓你。我不是一直都有这样的生活。我，还有我哥，被卖给这个世上最刻薄的人，这个人与科琳结了婚。然后，这个人没了，我才能跟你坐在这里，享受这段小小的自然辰光。

"不过，也有些人在屋里待不住，觉得四壁叫他们不能自由地喘气。这些人，犹记得自己头一次逃跑的感觉。那个感觉多美好，违抗出生以来被命令一定要服从的一切。那是他们的人生里感觉到的最大自由。于是，他们离开这里，去追逐那个自由。他们成为野外特工。野外特工不一样，他们进入种植园，带领奴隶逃亡。沼泽、河流、灌木丛、荒弃的农庄、阁楼、老粮仓、苍苔、北极星，都属于野外特工。

"我们需要彼此。我们同心合力。同一支队伍，希兰。同一支队伍。"

说到这里，她又静默。我们坐在那里，望着黄昏的天空，望着星辰眨出眼睛。

"你哩？"我问道。

"嗯？"

"屋内，还是野外？"我说道，"你属于哪一个？"

她看着我，扑哧一笑，说道："当然是野外。"

她转过头，又望向山峰。远山已暗淡成一团深蓝的色块。"希兰，我现在跑得可快了，虽然我是自由人，不需要逃避任何东西，可是我能跑过那些山，跑过所有河流，跑过每一片草原，睡在沼泽地，挖草根充饥，然后，我又能继续跑了。"

于是，我被训练为特工。与地下组织刚招募的新成员一起，在布莱希顿的山林，在科琳的庄园。请你原谅，我不能详细介绍我的特工伙伴们。这本书提到的人，有些仍在世，并已正式同意我讲出他们的故事，也有些已踏上最后一段人生旅程，去见灵魂的公裁者。而我们身处的世代，宿怨仍未清算，仇恨仍未了结，纵使在这个时刻，我们无数人也仍须保持地下身份。

现在，我过着双重生活。我重拾对木工和家具的兴趣。我拿出自小养成的习惯，见哪里需要，就到哪里帮忙。不过，我当时觉得有些纳闷，布莱希顿的人有一种古怪的劳动模式。无论哪份工作，这里都不分工。厨房、挤奶场、技工作坊，不论性别和肤色，人人参与其中。因此，科琳·奎因若不外出办事，我会看到她在田地里干活，或者在挂满猎枪的餐室，常见她与霍金斯一起把晚餐端到我们面前。

晚饭后，我们回到排房，换下整洁的晚餐装束，换上夜间制服：法兰绒衬衫、松紧绑腿裤、轻便帆布鞋。我们每夜奔跑一个小时，我估计大概有六七英里。奔跑途中，我们数次被要求停下，做各种体操：伸展双臂，倚靠某处，单脚蹦跳，等等。奔跑归来后，还有更多体操，侧蹲、抬腿、屈膝等。这套训练源自1848年的逃亡者，他们在旧世界为自由而抗争，并在这个地下组织找到共同的奋斗目标。暂且撇开它的起源，这套训练让我越来越壮，胸膛里焚烧的感觉渐弱，只有轻微的不适，我发觉自己可以跑过整个郊野，无须停下歇乏。

指导者里没有奴隶，只有上等人和低等白人。我怀疑他们中间有些人，就是曾经每夜追捕我的那伙猎人。我不知自己某天能否接受这个事实。我觉得自己任由他们摆布，随时可以被丢弃，至少对这些弗吉尼亚人来说。在我看来，他们都是狂热分子。尽管我心里明白，他们只能变成狂热分子，若不然，他们没有别的出路。然而，这意味着我们之间必定存在一种隔阂，因为他们的战斗针对奴隶主，而我该为奴隶而战。

事实上，有一个人是例外。而今细想起来，我以为这可能是因为他不是弗吉尼亚人，而是来自北方。这个人就是菲尔茨先生，每周三次，夜间运动训练之后，我跟随他学习一个小时，学习室在大屋地下室的下面，只能从一道活板门出入。活板门设在一只桃心木妆奁大箱里，箱底挖空做成暗门。进入暗门，走下两段楼梯，又有一道门，门后有一间书房，室内散发麝香味，照着灯笼，两侧排立书架，架上挤满了书。房间中央摆一张长桌，等距离排列数个座位，每个座位前搁着纸笔。

离房门最远的角落有两张大写字台，台上的文件格里插满了地下组织的文书、屋内特工的工具。有些夜里，我见他们坐在长桌前，静悄悄地运用他们暗昧的技艺。我和菲尔茨先生坐在桌前学习，他继续讲授我们的课程，仿佛我们之间不曾发生任何事，仿佛这些年的光阴从不存在。

现在，课程扩充，增添了几何和算术，还有一点希腊语和拉丁语。我很高兴又能学习了。放课后一小时，我被允许在书房自由行动，选择想看的书。而今回想起来，我觉得这本书，你正拿在手里的这一本书，便是始于那些时刻，始于那间书房。因为我最终不止是在阅读，而是开始写作。起初，我只是写下学习记录。然后，这份记录很快扩展到我的思想，继而从思想扩展到我的感受。因此，我今日所保存的记录，不单记载了我的头脑，还有我的心灵。这个想法从何而起？我想，在这件事上，我必须感谢梅纳德。他从父亲的写字台所偷窃的东西当中，有一本陈旧的日记，那是我们的祖父约翰·沃克的日记。他那一代人深信自己身处一场伟大的战争之中，深信那场战争将会改变世界的面貌。我没有这样的自我标榜，可我确实觉得——姑且不说当时的意识多模糊——自己身处一件远远超越个人的短暂生命的大事之中，无论我在其中的地位多么微末。

这个常规安排持续了一个月，每天鲜有变化。直到有一天傍晚，我走到地下，等候我的不是菲尔茨先生，而是科琳。

"你看这里如何？"她说道。

"很古怪，"我说道，"完全不同的人生。"

科琳掩口轻声打个哈欠，拉出椅子坐下。她的手肘支着书桌，双手托起下颌，疲惫的双眼打量我。她的头发箍在后面，垂下一缕缕黑发卷。灯笼的火焰在她脸上投注一团团阴影。她仅大我数岁，举止却似我的老祖母。我记起她与梅纳德相处的时刻，适才领悟她的高超骗术，暗自觉得匪夷所思。那时，我对她，对她的智性、见识和精明，了解得多么浅薄。继而，一股恐惧的震慑在我体内汹涌。科琳·奎因，戴着上等人的面谱，神秘，有权势。而我，绝不可能完全知悉她的身份和能力。

"关于你，我也需要琢磨，"我说道，"我只是……我根本不可能想象到。就算琢磨千万年也琢磨不出。"

"谢谢你。"她说道。然后，她露出笑容，显然很满意自己的骗术。"你喜欢写作？"她问道。

"我最近经历了那么多事。我想要记下来，特别是这里的经历。"我答道。

"记这里的经历之时，务必要谨慎。"她说道。

"我晓得，"我说道，"我写下的，与我一道死。这份东西不会离开这里。"

"嗯。"她说道。这时，她的眼睛发亮，说道："我听说你把书房当寝室？我还听说，有些夜里，你简直被人硬拉着出去。"

"这里有家的感觉。"我说道。

"倘若可以的话,你想回去吗?回家?"她问道。

"不!永远不!"我说道。

她端详着我,审视片刻,我不知她要估量什么。在这间地下室,他们总是审视我。我能察觉。再有,就连一同训练的特工,也总拿问题试探我,在以为我不注意的时候,暗地观察我。我尽量用沉默作答。可是,科琳身上散发着一种氛围,迫使我开口说话。她的沉默本身,似乎传达着一种深沉而独特的孤独。我们虽从未谈及这个感觉的渊源,但我觉得大概与我的孤独有类似的源头。

"我在下边,在那边,在无锁庄的时候,我有我的自由——或许可以说,比大多数人自由,"我说道,"可我还是另一个人的财产。就算只是这么说出来,现在对你说出来,就已经叫我觉着自己又被贬低为奴隶。"

"是的,"她说道,"我们中间有些人,从罗马时代起,就被贬低。我们中间有些人,一出生就被告知,知识不属于她们,她们该守本分,保持装饰性的无知。"

她啧舌叹息,略作停顿,待我领会她的意思。她看出我能理解之时,便继续说道:"你看,女人见识短——这是他们的口头禅。他们现在又说,但凡是想做淑女的,就得读点书。但是,不能读太多,也不能碰艰深的学问。凡是可能伤害纤弱娇气的头脑的,都碰不得。只可读点小说、寓言、谚语之类的轻松读物。不可读文论,不可了解政治。"

这时，科琳站起来，走到写字台前。她拉出一节抽屉，取出一只大信封。

"但是，希兰，我没有听凭他们支配我，"她说道，手里拿着信封，"我不单学会了阅读。我还学会了他们的语言和习惯，甚至学习高于我的人。或者说，尤其是那些高过我的人。那就是我的自由的种子。"

她走回桌前，把信封摆在我面前。

"打开看看。"她说道。

我打开信封，发现里面装着一个人的人生。数封写给亲人的书信，数份授权文书，数纸卖身契。"一周时间，这些属于你，"她说道，"我们不能永远拿着此人的东西。我们只选了一小部分，随便挑拣的，因此，就算缺失了，他也不会起疑。"

"我该做什么？"我问道。

"不消说，了解他，"她说道，"学习他的习惯。倘要了解高于你的东西，这就是一种方法。跟这个国家的所有大奴隶主一样，他是绅士，受过一些教育，上过学。"

我的表情必定很困惑，因为科琳反问道："倘若不然，你以为你在这间地下室学这些做什么？"

我没有说话。她继续说道："我们所做的，不是为了消磨时间，也不是基督徒为了提升灵魂。你先学习他们知晓的东西——普遍知识。接着，你学习他们的特殊知识——他们说话用的措辞，写字用的笔迹。掌握一个人的特殊知识，你就拥有此人的能力。然后，希兰，你就能量身定做，拿这些知识装扮自己。"

次日，我便开始学习。未过多久，我笃定，所有文件都出自一人之手。研究这些文件的时候，我的脑中逐渐呈现一幅肖像。这个作者的手迹——他的账簿余额，他与妻子的通信，日记记载亲友逝世，描述连年丰收。这个男人及其性格癖好，都在我眼前清晰地浮现。我看到他的习惯，他的日常生活，他特有的哲学。最后，尽管从未见过他，但我几乎能够绘出他的全部特征。

一周后，科琳又到书房见我。我详细地描述自己能够确定的信息，然后，在她的严格审问之下，我再提出更多细节。他的妻子最爱的花朵？他们离家的时间是否定期？此人是爱还是怕他的父亲？他是否有白发？他的社会地位如何？他的财富有多古老？他是否有残暴的倾向？我回答每一个问题——凭着记忆的天赋，我摄取此人一生的所有事实。

然而，科琳也追问事实以外的信息。这些信息超越记忆力，需要诠释能力。他是不是好人？他一生贪求什么？次夜，她继续审问，逼迫我把此人鲜活地构造出来，细到他穿的马甲脱了一根线。第三夜审问时，我发觉推测性问题不再难答。最后一夜，这些问题变得那么容易，我感觉问的都是关于我自己的日常事务。而这正是科琳审问的目标。

"你现在读得够细致了。你知道此人拥有一件特殊财产，最心爱的财产？"她说道。

"是的，赛马骑师，"我答道，"轻捷的威廉斯。"

"嗯。这个人要外出，需要一日通行证，还要一封抵达目地之后的引荐信，最后还要他主子签署的自由文契。你来提供这些文书。"

她从手提箱里取出一只金属匣子授予我。我打开匣子，里面装着一支精良的钢笔，拿在手里，我立刻知道这支笔与我的研究对象所使用的钢笔赋有相同的重量。

"希兰，这套戏装必须称身，"她说道，"一日通行证须用同样的匆促草草写就，引荐信须包含所有体面堂皇的辞藻，自由文契须有这些卑劣人物特有的傲慢。"

当然，还要模仿他的签名和字迹等实际事务。在这些方面，我的记忆和模仿天赋大获成功。这项任务无异于我无数年以前就做过的事：那一次，菲尔茨先生给我看一座桥的图画。只是，我发觉更难传达的是此人的信念和情绪，以及如何把这些信念和情绪转化为自己的，然后自信自如地表达出来。我从来没有忘记那次演练。那一堂课关系着我日后的成长，关系着我所揭露和见证的一切。

我不知晓轻捷的威廉斯是否拿着我伪造的文书得到自由。我们所做的每一件事，都包裹着无数重保密措施。纵然如此，伪造这些文书的时候，我觉得体内涌起新的东西，那个东西是力量。这个力量从我的右臂绵延，投注在笔尖，迸射到荒野，直注入那些把我们判处死刑的人们的心脏。

这份工作很快成为我的日常职责。每隔数周，科琳给我一包文件。然后，我用一周时间给自己制作一套戏服。穿上戏服之后，连我自己有时也分辨不清哪个是我，哪个是我扮演的奴隶主。我了解他们，了解他们的儿女、他们的妻子、他们的敌人。他们的人性让我难过，因为他们也有亲情，也有被求偶仪式阻挠的年轻的爱情，他们也有悲伤，也明智地忧虑奴隶主的罪孽。还有，他们也有恐惧，怕自己最终也要受制于旧世界某个更高的力量，某个神灵，某个魔鬼，怕自己不知情地把它释放出来，纵养在这个新世界。我险些爱上他们。而我的工作正好也有这样的要求：我必须超越个人的憎与痛，彻底地进入他们的世界，然后再提起我的笔，去攻击他们，把他们摧毁。

每一个生命获得自由，就是给他们的一记重创。而我们做得更多。我们把得到的文书加以编辑、增添，再归还原位。我们伪造的文书挑起争端和冲突。我们篡改审判结果。我们为通奸提供罪证。现在，我的怒火自由地释放，熊熊燃烧，烧到梅纳德和我父亲以外，势欲烧毁整个弗吉尼亚。每天夜里，我坐在灯笼下，坐在书房的长桌前，痛快地释放这股愤怒。

任务完成后，我回到寝室，躺在床上，浑身疲惫。睡梦里，我逃离白天钻研的那个人，梦见某个遥远的地方，一块地，一条溪涧，流水带走我所有的苦难。我梦见索菲娅。那是幸福的时候。沮丧的时候，梦里炙热，我看到牢房，男孩，他的母亲哭号，求告上帝惩罚赖兰的猎狗——"赖兰的猎狗！黑色火焰会烧焦你们卑鄙邪恶的骨头"。我看到一个男人，爱上一个女人，然后失去自己的名字。我被人背叛的情景历历呈现，咯咯的笑声，呻吟，绳索。在这些时候，我醒来，心头酝酿迥异的心情，直截了当的心情。因为我醒来之时，心里就开始琢磨，倘然哪天遇见乔吉·帕克斯，我要这样那样地折磨他。

　　然而，我被招入地下组织，并不是为了让我去报仇，也不止是伪造文书，而是因为他们深信我被赋有那个神秘的力量。我们只盼能够知道如何触动那个力量，学会控制与利用它。只有一个人知道，一个与我相似的人。可是，她与我不同，她能自由地驾驭那个力量。在她居住的土地上，她所做的神奇事迹广为人知，波士顿、费城和纽约的黑人都称她为摩西，可见人们对她推崇之高。她行使的力量被传颂为"传渡"——科琳便是用这个名称形容我的能力——因为她似乎可以任意地把南方种植园里锁着脚镣的奴隶，"传送"到北方自由的土地。然而，摩西不肯透露自己的秘密，拒绝与弗吉尼亚地下组织分享她的驾驭方法。于是，我听凭意愿琢磨。或者，更确切地说，我听凭他们任意指使。

　　我们决定开始实验。首先，我们都同意，我需要某种刺激才能启动那个力量。某种威胁甚或痛苦。并且，大家也认为——实则是我主动提出的证据——这个力量与我人生中难忘的时刻有紧密的关联。我记得，我当时思索，这股力量尤其与我的母亲有密切关联。可是，如何召唤那些记忆，让它们运行起来？科琳和她的副手们用尽手段，企图唤醒我的记忆。霍金斯拿出铁链把我锁起来，要我讲述乔吉·帕克斯的背叛，一个细节也不遗漏。菲尔茨先生拿出眼罩蒙上我的眼睛，把我带进森林，要我讲述落进雁河那天的每个细节。埃米和我来到马厩，叫我讲述我父亲对我母亲犯下的所有罪状。某个周六，我驾马车载着科琳，讲述送索菲娅去叔叔家之时的所有感受。然而，"传渡"的蓝色光芒没有降临，故事讲完后，我的听众被故事深深地吸引，我自己因记忆而心碎，可我还是实验开始之初的模样。

驾马车回来后的那个下午，又一次"传渡"实验失败了，科琳与我一同走向山上的大屋，走进餐室。菲尔茨先生和霍金斯在喝咖啡。他们向我们招呼示意，然后起身离开。早已进入夏季，白天变得漫长，意味着我们夜间训练的掩护更少了。我记得那年大地苏醒的样子，记得自己与大地一起醒来的超脱的感觉。可是，"传渡"依然没有降临。

我们坐在桌前，继续方才的谈话，及至穷尽所有微末的细节。然后，科琳说道："希兰，事实上，依照其他任何标准，你已经把自己打造为一名优秀的特工。对我们来说，这将是很大的帮助。因为你能依据我们的需要，而不是你的能力极限被部署指派。这个对你大概没有任何意味。但是，事实应当恰好相反。你晓得的，不是每个人都能做到这点。"

事实上，这番称赞对我确实有所意味。一直以来，我的人生都用于侍候我的父亲和兄长。我行走的每一步，我完成的每一件事，即便是那些因为我父亲才有可能完成的事，也都被视为一种威胁，有损于应有的社会秩序。有生以来，我第一次契合周围的世界。

只是，我好奇那些未能做到的人，他们被托付了弗吉尼亚地下组织的所有秘密，最后却只能成为组织的累赘，他们会有什么下场。我现在知道这么多——太多，不可能再被释放到外面的世界。

"事实上，我们完全没有料到这一切，"她继续说道，"我们知道你识字，知道你有记忆天赋，知道你在上等人身边长大，但我们没有指望你能如此轻松地戴上这个面具。我们知道你被追捕，但是我们不知道你待在地洞里的时候，竟能想出那么多诡计。"

说到这里，她默然不语。我知道她将谈及较黑暗的部分。她低头努力寻找词汇。我当时暗想，在无锁庄，在我父亲的起居室，她曾如何在我面前逞主子的威风。而今，那股威风渐渐消退，尤其在此时此刻。于是，我突然领悟，那一切确实只是幻象，整个社会秩序只是一种人为的营构、一种巫术，依靠精致繁琐的场面、仪式、赛马、奢华的装饰和游行、脂粉和脸彩支撑起来的。所有这些，都只是道具，而今卸下了这些伪装，我看到我们只是两个人，一个男人和一个女人，一道坐在这里。我突然想缓解她的不安。我通常习惯沉默，这时却开口说话。

"但是，那些都还不够，"我说道，"逃跑、识字、写字，都不是我被带到这里的原因。这些都还不够。"

"是的，还不够，"科琳说道，"希兰，在这个世界，有些敌人，不是靠你比他们跑得快就能赢的。我们有无数人埋在奴隶制这口棺材的深底。埋得太深，我们根本不能触及。他们在杰克逊、蒙哥马利、哥伦比亚、纳奇兹。可是，这个力量，这个

'传渡'，就是一条捷径，能把一周的路程变成一眨眼的工夫。没有这个力量，我们只能远远地威胁敌人。有了这个力量，距离就不是难题，我们可以在任何地方攻击他们。简单地说，我们需要你，希兰。不止是伪造文书的希兰、逃跑的希兰，而是能够把我们的人带回到属于所有人类的自由。"

我完全理解她的意思。可是，我心里仍在思索那些辜负了她的期待的人。

"倘然我再也不能召唤起那个力量，你要怎么处置我？"我问道，"把我永远扣在这里伪造文书？把我扔回土牢？"

"当然不会，"科琳说道，"你是自由人。"

自由。说出这个词语之时，她的语调带有一种东西，触动我的愤怒。我终于不禁动怒，尽管我当时并不知道究竟为何生气。

"你说'自由'，可我又得效命。你自己说的，依你的决定和判断去效命。我做你要我做的事！我去你要我去的地方！"

"你把我想得太强大了。"她说道。

"那，还有谁？"我问道，"除了这里看到的人，你的地下组织还有谁？谁被救出？我怎么没有见过他们？我的亲人呢？索菲娅呢？皮特呢？锡娜呢？还有，我母亲呢？"

"我们有规定。"她说道。

"规定什么？"我说道。

"规定谁能被救，怎么个救法。"她说道。

"好，"我答道，"那就让我瞧瞧。"

"规定？"她困惑地问道。

"不，让我瞧瞧你们的行动，"我说道，"让我瞧瞧被救出的人。不。要更好的。你说过，我超出你们所有的期待。那么，让我去做这桩事。"

"希兰。"她说道。她的声音微弱，充满忧虑。我想，她知道她有可能当场失去我。她若不能向我证明这不止是某种诡计，我就会离开，她的"传渡"希望便也随我消失。

"好，"她说道，"你要我证明给你看，那我就证明给你看。"

"不是耍把戏？"我问道，"这次来真的？"

"真到超乎你的想象。"她说道。

14

然而，科琳让我知晓地下组织最高机密之前，必须先确保我永远不会离开。为了达到这个目的，她要求我先做一件事，以便把我与组织的事业永远地绑定。她所要求的，就是摧毁乔吉·帕克斯。

这件事，我无数次在梦里做过。在牢房，在土牢，在这里。长久以来，我反复思索要施加给乔吉的所有折磨。然而，现在，真正地面对这件事，手中握起了利剑，我才开始意识到惩罚他以后必然伴随发生的所有一切。我发觉自己心头的积怨消失了。

"你不是头一个被背叛的，"科琳说道，"也不会是最后一个。现在，他又回到星落地，从事那桩阴险的买卖。"那个深夜，我坐在书房，还有科琳和霍金斯。我刚结束这一晚的学习。听到这些话，我知道自己心里仍没有完全接受乔吉的所作所为。我对他依然抱有一些幻想，依然把他看作一个神话：乔吉，一个奴隶，抓住自己的自由。倘要全然接受他的背叛，我就必须全然接受他们对我们的彻底的奴役，他们如何彻底地把我们欺骗，以至于连我们心目中的英雄，我们的神话传奇，也不过是帮护主子的工具。

他们解释道，计划准备如此进行：我们利用模仿和诈骗天赋，把乔吉牵连到一桩背叛案。只是，被背叛的不是奴隶，而是乔吉的主子。

"你们晓得他们会怎么对付他？"我说道。

"倘然他走运，他们大概把他绞死。"霍金斯说道。

"倘然不走运，会把他锁上铁链，"我说道，"拆散他的家庭，把他卖去纳奇兹道。派他做苦役，他这辈子从没见过的所有苦役。还有，但愿上帝别叫那边的奴隶知晓他被卖到南方的原因。"

"他们大概会告诉那里的奴隶。"霍金斯说道。

"事到如今，我们得越过几道坎，"我说道，"或者，你们早越跨过了，现在要我跟上？"

"要我说，我们直接杀了他。"霍金斯说道，没有理睬我的疑虑。

"你知道我们不能。"科琳说道。

她说得对——但不是出于任何道德原则。这样的行动过于张扬，上等人若不能找我们报复，必定会拿这个地区的所有奴隶出气。是的，必须干掉乔吉·帕克斯，但也必须由他的主子亲自动手。我们只提供一些温和的鼓励。

"这些人，我太了解了，"科琳说道，摇摇头，"不管他们与乔吉有什么协议，我跟你们保证，比起一个奴隶，他们更信任自由人。乔吉早已说谎成精，尽管是替他们效命。他已经屈从于权力，那么再去想象他屈从于另一个权力，岂是难事？"

"地下组织。"我说道。

"或者，他们所谓的地下组织，"科琳答道，"倘若某个显赫的家族在屋里找到一纸告示，其中历数他的罪状，说他两边效命，说他替这个地下组织效命之时如何懈怠，会有什么后果？倘若再在乔吉家里或者他身上搜出一个包裹，里边装有伪造的通行证、自由文契、宣扬废除奴隶制的书籍，再加数封谈及北上的书信，又会有什么后果？"

"我们这是置他于死地。"我说道。

"没错。"霍金斯说道。

"不管是绞死还是锁链子，他是必死无疑了。"我说道。

"那人也是这么置你于死地的，"科琳说道，灰色的眼珠闪露隐约的怒意，"他要杀你，希兰。在你之前，他已经杀害很多人。倘然我们不动手，他只会继续害人。此人摧毁自由的最后希望。小女孩、老人、整个家庭，他把他们统统摧毁。你可去过南方腹地？我去过。那里是地狱，比故事里讲的更可怕。无休止的劳动。无尽的退化耻辱。人类不应该承受这样的生活。但是，如果必须有人过那种生活，那就应当先轮到那些主子，接着轮到乔吉·帕克斯这种人。"

这番话的道理很清楚。然而，我觉得自己陷入某种更黑暗的东西，完全超越我和索菲娅逃跑那一夜我给自己想象的浪漫故事。奴隶主是陷阱。乔吉也是落进了陷阱。那么，科琳·奎因有什么资格评判这样一个人？而我，我逃跑不是为了追求高尚的目标，而只是为了自己心里的一份激情，只是为了救自己的性命，我又有什么资格？我终于理解地下组织的战争。这不是古老又高尚的战争。这里没有军队在战场对峙。地下组织用一个特工对抗一百个上等人，一个上等人则有一千个低等白人诅誓效忠。羚羊敌不过狮子的利爪，便脱身奔逃。但是，我们不光逃跑，我们还暗中作梗，挑唆事端，蓄意破坏摧毁。

"都算到我们头上，"霍金斯说道，"他做的事，都算到我们头上，你懂吗？他做的那些事，拆散家庭，把人关进牢房，摆到拍卖台，他拿我们的名义做这些事。"

"希兰，我们不是自找麻烦，"科琳说道，"你说得对，这件事不是我们通常的工作。可是，你要我们怎么做？你可有我们没有想到的选择？"

没有。

这时，科琳掏出又一包文件，摆在我面前的桌上。我知道里面所装的东西——各类偷窃而来的文字，帮助我进入某个上等人的头脑。然后，科琳凝视我，那个眼神不是饱含怜悯或忧虑，而是闪耀着火焰。

一个月后，我穿着法兰绒衣裤走出寝室，准备夜间训练。已是夏季，7月的黑夜短暂，白天却望不到尽头。从寝室出来的路上，我看见霍金斯走向菲尔茨先生，两人仍身穿白天的工装。霍金斯闲散地聊天，菲尔茨先生则四下张望。我感觉有事要发生。霍金斯把我打量一番，说道："今晚不训练。明天也不用。去歇息吧。"

我看着他，目光停留略久，确保自己没有听错。

"我们拿住一个了。"他说道。

我没有歇息。那天傍晚，那天夜里，我都没有歇息。次日早晨，我也没有歇息。对于地下组织的野外特工，我先前只有模糊的概念。次日傍晚，他们在屋外等我。我换上舒适的长裤和衬衣，戴上帽子，还有逃亡时穿的那双短靴。我竭力按捺心头的激动，然而，我的目光与霍金斯交接之时，他笑起来。

"笑什么？"我问道。

"没有什么，"霍金斯说道，"只是，你再不能回头了。再不能出去了。你懂的，是吗？"

"早就过了出去的时候。"我说道。

"那倒也是，"霍金斯说道，"不过，这一回，可是往你身上卸重货。我这么看着你呀，能体会你现在的感觉。我清楚地记得他们头一次带我做这事的时候，很快你就会明白的。"

"他怎么会明白呢，"菲尔茨先生说道，"再说了，那头现在还能有什么？"

我们从寝室走向布莱希顿的大屋，到一间侧屋集合。

屋里有一张桌子，桌上摆着三只杯子，一只瓦罐。霍金斯提起瓦罐，倒出三杯浓郁的苹果酒。他喝下一大口，从牙缝倒吸一口气，说道："一方面，这个任务算是容易的。从这里往南，大约一天脚程。然后，一天返回。只有一个男子。"

"另一方面呢？"我问道。

"你带的是一个人，一个活人，"他说道，"这可不是在山林里跳蹿逃跑，或者在地下室的书房里写字。我们要面对真实的巡逻、活生生的猎狗，一见黑人，他们恨不得立马把你捉了。"

霍金斯双手插进头发，摇摇头。我感觉，他替我害怕，怕得超过我自己的恐惧。

"好，听着。此人名叫帕内尔·约翰斯，"他说道，"他做了一些事，跟当地的奴隶闹僵了。有消息说，他要逃跑。偷了主子的东西，卖给一些低等白人。他主子听闻一点风声，但还不知晓真相。"

"于是，主子惩罚手下所有的奴隶。"我说道。

"不错，"菲尔茨先生说道，"并且自己从中获利，整个种植园得用双倍的劳动时间，补偿他的损失，他们若达不到要求，就挨鞭笞。"

"约翰斯继续偷窃？"

"没有，他停手了，"菲尔茨先生说道，"但这事已经不相干。他的主子继续惩罚奴隶。现在，这已经成了种植园的新理论。"

"主子拿奴隶出气……"霍金斯说道。

"……奴隶拿约翰斯出气。"我说道。

"也只能持续一时半会儿。现在，没人认他是自己人。他的家不再是他的家，"霍金斯说道，"他想出去。"

"我觉得此人贼鬼溜滑的，"我说道，摇着头，"必定还有别的奴隶，比他更配得到公义的待遇。"

"那当然，"霍金斯说道，"但我们不是为了叫约翰斯得到公义。我们是要叫他的主子见识见识。"

"见识什么？"我说道。

"你瞧，不管约翰斯人多懦弱，在地里可是一把好手，"霍金斯说道，"不光是这个，他还是个天才，能拉小提琴，甚至跟你一样能修家具。"

"这些跟自由有什么相干？"我问道。

"不相干，"霍金斯说道，"跟自由不相干。但关系到我们的战争。"

我默然不语，打量他们两人。

"别，现在别提这个，"霍金斯说道，"别又开始琢磨了。记得你上次琢磨后落得什么下场吗？这一回关系重大。更大的计划。"

"什么计划？"我问道。

"希兰，这是为你好，"菲尔茨先生说道，"也是为我们所有人。你不必知晓一切，只须信任我们。"

他停顿片刻，观察我是否领会，然后继续说道："我知道，信任很难。相信我，我确实知道。自从我们初次见面以来，你所经历的一切，都是欺骗。为此，我很抱歉。我们的事业，不能一直高尚体面。因此，如果让你知晓一些真相，或许可以帮助你开始信任我们，即便这点真相与我们今晚的行动无关。我想让你知道我的真名，希兰。我的真实姓名不是以赛亚·菲尔茨。我叫迈凯亚·布兰德。'菲尔茨先生'这个名字，是我在弗吉尼亚行动时用的假名。只要我们在这里生活，我希望你一直用这个名字称呼我，但这不是我的真名。

"我信任你，把我最重要的秘密，足以置我于死地的秘密，告诉了你。现在，你肯信任我们吗？"

于是，我们启程。霍金斯、我、迈凯亚·布兰德。我们没有奔跑，只是行走，没有使用长期训练的技能。但是，我们脚步轻捷，避开大路，穿过没有路径的山林，越过山冈，山势逐渐平坦，我观察地貌的变换和星辰的指向，看出我们必是朝东而行。地面干燥，夜晚温和。那时候，我已有经验，知道这是最不适合我们行动的季节，因为黑暗的时间太短暂。冬天是野外特工最忙碌的季节。夏天的行动时间短，因此，在精准的时间内抵达和离开，便成为胜败的关键。我们朝东南方向大约行走了六个小时。

约翰斯站在指定地点——森林里两条山道的交会处，右侧堆起木柴。我们站在树林里，观看他紧张地走动。这是我第一次参加行动，我的任务是去接头。我们总是以小分队行动，但开始仅由一个人出面。万一被出卖，便只有一人落进陷阱。

我出了树林，走近前去，约翰斯停下脚步。他遵循吩咐，只身前来。没有包裹，没有额外的财物，只在手里捏着一些伪造文书，以防碰上赖兰。我打量他。我承认，我当时的心情很复杂。有很多似他这样的人，为了自己占便宜，不惜威胁所有奴隶。在我的外祖母桑提贝丝的时代，奴隶中间自有方法处置这些人。譬如，树林里发生意外，马受惊奔窜，误食有毒的商陆果。我现在却要帮助这个无赖得到自由，无数善良的男人、女人、孩子还被埋在棺材底。

我冷酷地看着他，说道："今晚湖上没有月亮。"

他说道："因为湖中装满太阳。"

"来吧。"我说道。他略踌躇，望进森林，似乎示意什么。接着，一个女孩走出来，大约十七岁，身穿工装裤，头上扎着一块布。帕内尔·约翰斯这种人，就该被喂下商陆果。一旦用平常人的同情对待他们，他们就会趁机又占便宜。给他们一头牛犊，他们就想要整个牛群。我忖度片刻，想把他们留在原地。然而，如此重大的事，须由资深的前辈决定。于是，我没有言语，领他们转进树林，走向霍金斯和布兰德等候的空地。

"见鬼，她是什么人？"霍金斯说道。

"她与我一道走。"约翰斯说道。

"见鬼，你说什么？"霍金斯说道，"我们安排的是一件货，你现在想添货？"

"我女儿，露西。"他说道。

"就算是你娘，也管不了，"霍金斯说道，"你晓得这个计划！见鬼，你这算什么？"

"不带她，我就不走。"约翰斯说道。

"好了，好了。"布兰德说道。霍金斯和布兰德是朋友。我知道这一点，因为我看到霍金斯能让布兰德笑，不是微笑，而是开怀大笑，而迈凯亚·布兰德平常极少露出笑容。

霍金斯摇摇头，显得很无奈。然后，他盯住约翰斯，说道："一旦有赖兰出现的迹象，我立马就把你们两个扔下。明白？我们晓得北上的路，你不晓得。倘然让我嗅到一丝异常，我们就把你们留给那群猎狗。"

但是，我们没有碰到任何异常，至少不是霍金斯担心的那些。余下的时间，我们保持步速，天亮时分，就已走过遥远的距离。霍金斯和布兰德事先仔细地侦察了这片地区。他们寻好一个山洞，以备中途歇乏。我们抵达洞穴时，太阳刚爬上山巅。我们轮流睡觉，看守我们的货。事实与霍金斯的威胁正好相反——我们不能抛下他们。我们不能冒险泄露我们的行动方法。如若他们果真拖累我们，恐怕就只有一种解决方式。

我们每三小时轮岗。我执行最后一岗——下午到傍晚。他们都在睡，只有我和露西醒着。露西睡不着，不适应我们颠倒作息的节奏。我看着露西走出山洞。我没有阻止，但紧跟在她后面。我看得出来，她不是约翰斯的女儿。他们没有一个共同特征。他高挑消瘦、黄皮肤，她和非洲一般黝黑。当然，不光是外貌特征，还有他们走路、牵手、耳语的姿势。

"我不晓得他干啥说谎。"她说道。

"紧张。"我说道。我们站在山洞外。我在她身后的一段树桩上坐下。她望着西沉的太阳。

"他不想逃跑，"露西说道，"别怪他。都是我的主意。你晓得他是有家庭的，对吧？真正的家庭，一个老婆，两个女儿，都在另一个地方。"

我不知道自己身上到底有什么东西，总让人自动向我倾诉秘密。然而，听她提起帕内尔·约翰斯的家庭之时，我就知道话题的方向。我听她继续说下去。

"我们的主子希思先生，他有个年轻的妻子，跟魔鬼一样凶，"她说道，"我很清楚，因为我是她的贴身奴隶。雨下得太大，牛奶太烫，她就拿鞭子抽你。她长得很好看，也刻薄得很。镇上所有男人都知道。希思先生把她捧在手心，生怕失去她。他很容易妒忌。有一天，年轻的妻子开始信教。依我看，她不是诚心信上帝，其实是想法子出门，去看外面的世界。

"她与老牧师产生了感情，两个人相处亲密，他每天来，给她传布福音。我很快就看出来，但希思先生看不出来，牧师传布的不止是这个。"

说到这里，露西为自己的嘲讽发笑。然后，她转过头，看我能否领会她的影射。我虽明白她的暗指，但不觉得好笑，因此依然面不改色。如此一来，她反倒笑得更欢。她继续说道："有一天，他们离开了，你信不信？就那么站起来跑了。我猜是收拾残局，重新开始。我恨那个女人，在另一个公义的人生里，我希望我拿着皮鞭，她趴在地上挨鞭笞。他们就那么跑了。可是，你晓得吗，我看着还是觉得挺好的。"

"我们谈论逃跑，做梦也想逃，"她说道，"无时无刻不想着。我跟你说，逃跑的诱惑好强大。可是，我们晓得我们永远办不到。我们是奴隶。"

她别转身去。我听见她在哭泣。

"然后，就出了这件事，"她说道，"我跟你说，我看起来年轻，其实年纪不小了。我先前被一个男人抛下过。我晓得那是什么滋味。我晓得那个表情。我男人来寻我，脸上带着那个表情，嘴里说不出一个字来，他就崩溃了，痛哭起来，因为他晓得我晓得他要逃。别怪他。他不肯说要去哪里。他甚至不肯说怎么逃。第二天早晨，他走了。抛下我走了。

"他们说帕内尔是无赖。是啊，我也是。他，他是我的无赖。他的罪状就是不想有义地活着。整个大屋里都是邪恶，他又怎么能有义？他们把希思主子的惩罚，全怪到他的头上。可是，我都怪到希思主子的头上。

"昨晚，我跟着他。他来找你们之前，我在山道上拦住他。我告诉他，要么带上我，要么我回去告诉他们他逃跑了。我决不会做这种事。我生来不是那种人……我跟你讲，这都是我的主意。他心软，不愿丢下我。"

"就算是这样，这事也不对。"我说道。

"见鬼，我才不管什么对错！"她说道，"我干啥在乎你，在乎你们的人？你晓得他们怎么对我们。你都忘了？你不记得他们怎么对我们女孩的？他们得手了，抓牢了你。他们见你怀上孩子，就用你自己的血脉把你绑死，最后连你自己也舍不得走了。我与帕内尔一样有权离开，与你，与任何人一样有权离开！"

露西停止哭泣。倾吐心事后，她回到山洞，其他人正醒来。霍金斯警惕地瞅我一眼。我领会那是他的警告，但没有去理会。我的眼睛紧盯着露西，她走向微笑的帕内尔·约翰斯，笑盈盈地拥抱他。

夜里，我们走了很长的路途。午夜，月亮高升，我能够看见远山。我知道，我们离布莱希顿近了。我们继续前行，没有进入布莱希顿，一两个小时后，我们来到一间木屋前。烟囱里飘起白烟，窗口隐现火光。

霍金斯打一声呼哨。他等候片时，又一声呼哨。等候片时，再一声呼哨。屋内的火光熄灭。我们继续等候数分钟。然后，我们跟随霍金斯绕到木屋背后。一扇门开启，一个白人老妇走出来。她来到我们面前，说道："这一周，2点50分晚了。"

霍金斯说道："没有，我想时刻表有变动。"

听到这个答案，女人说道："你说过就一个人。"

"确实，"霍金斯说道，"不是我的主意。随你怎么处置。"

她观察我们这一群人。许时，她说道："好吧。你们快进去。"

我们进入屋里，帮老妇人重新生火。霍金斯与她走到角落里，交谈数分钟后回来。霍金斯说道："我看，我们该回去了。"

迈凯亚·布兰德转身看看帕内尔·约翰斯。火光之下，我看到他脸上的关切。"别担心，"他对约翰斯说道，"你们会平安的。"

约翰斯点头。我们正要走出木屋之时，他问道："等我们安全后，我能给我爹递个信吗？"

霍金斯暗自发笑，然后，他转过身，说道："当然能。只是，倘然给地下组织发现，那可能是你的遗言。"

这次任务完成之后，再加上我构陷乔吉·帕克斯的行动，科琳和其他成员都认为，是时候让我见识地下组织的更多工作了，让我走出奴隶的土地，进入北方。费城将是我的新家。

我在出发前数日得到通知。这已算是幸运。地下组织不会给我重新考虑的机会，因为尽管每个人都梦想去北方，然而，梦想成为现实的时候，人心里可能会产生许多畏惧。人心里总有那么一个角落，不想去外面追求，不想成为赢家，甘愿留守虽卑劣却熟悉的位置。因此，我没有时间思索，没有时间屈从于懦弱的自己。最后数日里，我聆听他们的建议，暗自反思。迈凯亚·布兰德与我谈论即将面临的新事物。我在树林里行走，思索我所习惯的所有一切很快就将消失。

去往陌生的地方行动之时，我们须伪造新的身份，携带身份文书。基地的特工决不能伪造自己的文书，而是由其他基地的特工提供。因为组织认为，无人能够创造自己的人生。他们从我的职业开始：当地一间工厂的木工，这间工厂实则是地下组织的幌子。我是自己赎身的前奴隶，由于新近颁布的法令禁止自由的黑人在南方享有自由的权利，我被迫逃到北方。我得到两套工装，一套去教堂的正装。我的名字没有更换，只是添了姓氏——沃克。

还有一个实际问题，那就是如何去。赖兰的猎狗搜索道路、港口和铁道。至少，我们有一个优势：我不在逃奴名单上，因此，赖兰的猎狗不会缉拿我。我们决定走铁道。霍金斯和迈凯亚·布兰德将与我会合。我们的计划很简单。我是自由人。霍金斯是奴隶，白人布兰德是他的主子。倘若我的证件被质疑，布兰德就出面担保我的身份。

"行事要像自由人，"霍金斯说道，"把头抬高。看着他们的眼睛，但是，别看太久。不管怎样，你是黑人。向女士鞠躬。还有，把你钟爱的书，捎几本送给一些女士。还有，买一亩地，不然，他们就会看穿你的本质。"

行动那天，我牢记这些想法，尤其是在紧张的时刻，譬如，购买火车票的时候，把提箱交给童工装上行李车厢的时候。火车出站离开南方，看着熟悉的一切缓缓地消逝，我只反复对自己说一句话。这句话必须成为我的真理：**我是自由人**。

15

离开时，我仅携带数件东西，没有真正的话别。最后一晚，我没有见到科琳，也没有见到埃米。我揣测她们去执行某个破坏行动了。炎热的夏天，某个周一早晨，在布莱希顿生活四个月之后，我离开这里。我们——霍金斯、布兰德、我——步行一天，在一间农舍过夜，农舍的主人是个独居的老人，同情我们的事业。次日，周二，我们分头前往克拉克斯堡镇。我们的第一段旅程要从这里开始。我们计划沿着弗吉尼亚西北铁路，穿越州界到马里兰州西部，从这里可以连接巴尔的摩，前往俄亥俄州，然后往东，再北上进入宾夕法尼亚州的自由土地，抵达我们的目的地费城。另一条路直接北上，较为便捷，但赖兰的猎狗最近在铁道上滋生不少麻烦，组织决定我们宜当避开风头，不可涉险穿越巴尔的摩的奴隶港口。

我抵达克拉克斯堡火车站，瞧见霍金斯和布兰德坐在一个红色凉篷之下。霍金斯拿帽子扇风，布兰德转头望着铁道，但不是看向火车要进台的方向。一群黑鸟落在凉篷顶上。站台上，我看到一个白人妇女，头系便帽，身穿蓝色箍衬裙，双手牵着两个穿着讲究的孩子。稍远处，凉篷的阴影外，一个低等白人在吸烟，携带一只旅行袋，我揣测里头装着他的全部身家。我远远地站在一侧，不敢去僭越凉篷的遮护，以免招惹怀疑。低等白人吸完烟，向白人妇女问候致意。他们说话之际，那群黑鸟从凉篷上掠起，巨大的"铁猫"从铁道转弯处呼啸而来，眼前只见黑烟翻滚，震耳欲聋的当啷响。我望着车轮徐徐减速，终于停止，发出尖利的嘶叫。我从未亲眼见过这样的东西，只在书里读过。我紧张地把车票和身份证件递给列车长。他几乎一眼不瞥。说来叫人难以置信，在那个黑暗的时代，火车居然不曾设置"黑人车厢"。当然，怎么会有？上等人时刻抓牢他们的奴隶，好似女士抓牢手提包，可能抓得更紧，因为在那个历史时期，在整个美国，一个人所能拥有的最值钱的财产，就是另一个人。我走在两排座位中间的过道上，走向车厢后部，竭力不露出紧张神色。然而，当我听到列车长的吼声，听到这只巨大的"铁猫"再次咆哮的时候，我顿时感觉身上每一寸肌肉都松弛了。

　　整个旅程花了两天。我抵达格雷渡口码头，俯瞰斯库基尔河的时候，已是周四早晨。我下了火车，融入前来等候亲友的人群。一下火车，我便看见霍金斯和布兰德，但他们与我保持遥远的距离，因为据说即便在这座城市，也有赖兰的猎狗在搜索逃奴。至于接应者的外貌特征，他们未曾告诉我，只命我等候。街对面停着一辆公共马车，套着两匹马拉行，数名火车乘客正登上马车。

"沃克先生？"

我转身，见面前站着一个黑人，身穿绅士服饰。

"是的。"我说道。

"雷蒙德·怀特。"他说道，伸手相握。他没有微笑。

"这边走。"他说道，我们走向公共马车，登上车。司机挥响皮鞭，马车行驶起来，朝着离开河岸的方向去。乘车时，我们仅交换数语。鉴于我们的接洽实质，这在预料之中。饶是如此，我仍有充足的机会打量雷蒙德·怀特。他的衣着无可挑剔：灰色西装裁剪完美，服服帖帖地从肩膀垂到束身的腰间。他的头发整洁，梳成中分发型。他的面庞犹如一块凿有人类五官的岩石，行车途中，他脸上不露任何情绪——没有痛苦、恼怒、喜悦、幽默或焦虑。不过，我觉得在他眼中看见了一点悲伤。雷蒙德虽流露坚忍的深沉，那点悲伤却在讲述一个故事。我知道——尽管不知为何就知道——他的人生必定与奴役有密切的关联。从那点悲伤里，我得出结论，他的文雅举止和高贵的仪态，不是生就的，而是劳苦和挣扎得来的。

公共马车远离河岸，进入市中心。街上到处是人。我从车窗望见他们，那么多人，叫我觉得好似一百个赛马日重叠，好似整个世界在这里聚集，在商铺、皮草店、药房之间涌动，在石子路上行走，在呼吸这股刺鼻的空气。父母孩童、富人穷人、黑人白人，各等人士，各色混杂。我看到富人多半是白人，穷人多半是黑人。但是，这两个阶层中也有例外。亲眼看见这个光景，叫我震愕：若说这里掌权的是白人，这话说的是事实，但他们似乎并不是独享这个权力。我跟你说，那天之前，我从未见过那么多贫穷的白人，也从未见过那么华丽的黑人。这里的黑人不止是生存，不像星落地的黑人，这里有些黑人穿得好优雅，衣着远胜于我父亲的所有服饰。他们走在这个喧闹的城市，戴着帽子手套，他们的女士如王族一般擎起遮阳伞。

这幅惊人的场景，搭配着人类所知的最恶劣的气味。这个城市的空气，与其说是让人呼吸，不如说是让人感觉。空气似从阴沟生起，升到街面，混杂着死马的秽臭，最后汇入工坊和制造厂产生的烟雾，直到这股气味，如同一座腐烂的果园，变成无形的雾，罩住城市上空。我从小闻惯了牲畜的臭味，但我们周围有菜园，有草莓丛，还有树林。费城没有新鲜气息来平衡恶臭。这股气味无处不在，弥漫在每一条街，每一个工坊，每一家酒馆。后来，我又知道，倘若不小心，这股气味还会渗进家里和卧室。

大约二十分钟后，我们下了公共马车，走进街角一栋砖砌排屋。霍金斯和布兰德已在屋里，我从门厅看到他们的身影，他们坐在一间小起居室里，与另一个穿着体面的黑人喝咖啡。那个黑人站起，大步走来，豪放地伸手相握，露出爽朗的笑容。观看他的外貌，我看出他和雷蒙德·怀特是亲戚。他也生有岩石般的面庞，但没有冷漠的神情。

"奥塔·怀特，"他自我介绍道，"火车上没碰到麻烦？"

"没有。"我说道。

"来，这边坐，"奥塔说道，"我给你们拿咖啡。"

我坐下，雷蒙德与布兰德闲谈数言。奥塔端着咖啡回来。然后，会议便开始了。

"好生照拂他，听到没有？"霍金斯说道，喝着咖啡。"他可是件大宝贝。我不瞎讲的。我亲眼瞧见他掉进河底，自个儿爬出来。不管我们怎么折磨，他都挺过来了，还站得笔直。这些你们都懂的。"

此前，霍金斯从未替我说过如此友善的话。这是霍金斯为我说的最友善的话。

"我们的承诺，你最清楚，"雷蒙德说道，"我把性命投进这项事业。很高兴他加入我们。"

"我们确实需要你，"奥塔说道，"我不晓得你的背景，希兰·沃克。我也不是在这边长大的。但我学会了，你也能很快学会的。"

霍金斯点头，喝一口咖啡。相比雷蒙德这个土生土长的北方人，霍金斯和奥塔都曾是奴隶，两人交谈似乎更自在。现在，积累了数年经验之后，我开始明白，这是由于我们不同的工作方式。在弗吉尼亚，我们是罪人，而这个事实很快成为我们的荣耀，于是我们有些自我陶醉，觉得自己超越那个世界的道义，那个信奉恶魔法律的世界。我们不是基督徒。基督徒在北方活动，而在北方，地下组织的势力如此强大，从而无须藏匿。现在，我仍记得有许多个夜晚，我坐在费城某家酒馆，听数日前才到这里的人吹嘘自己逃亡的细节。逃奴充斥街头，挤满教堂。在这些集会上，他们组织治安委员会，警戒放哨，提防赖兰的猎狗。在北方，地下组织的特工不是罪犯。事实上，他们简直就是一支执法部队。他们冲进监狱，攻击联邦法警，与赖兰的猎狗展开枪战。似霍金斯这样的特工暗中活动，似雷蒙德这样的特工，则在市中心广场演讲。

然而，奥塔的情况有些不同。他身上有一种东西，源自他暗示过的出身和粗野举止，这些东西让霍金斯也对他怀着敬意，纵然把这份敬意藏在心底，从不明说，因为霍金斯献身于拯救灵魂，而不是窥探灵魂，尤其不窥探自己的灵魂。关于科琳接管前的布莱希顿庄园及其残暴，我也略有所闻，因此知道"窥探灵魂"是一种奢侈。"好，"霍金斯说道，站起身，"这个后生仔一无所知。就由你们把情况告诉他。我们已经完成任务。但愿他在这边为组织效力，能与在下边一样称职。"

我跟着站起来，霍金斯转向我，握住我的手，说道："依我看，就算不是永别，我们也不太可能很快见面。我只有一句话，好好干。"

我点头。霍金斯与其他人握手话别，包括布兰德。组织决定，他宜当在费城停留数周，处理一些私人事务。霍金斯离开后，奥塔领我上楼，带我去卧室，雷蒙德与布兰德坐在楼下交谈。卧室局促，但我过了数月的集体生活，而在那之前，被封在地洞，再往前，被关在牢房。因此，这里简直似天堂。奥塔离开后，我横躺在床上。我耳中听见布兰德和雷蒙德的对话，从楼下隐约传来，还有听似欢笑的声音。过了一些时候，我与奥塔在当地一间酒馆吃晚饭。他解释道，让我先过个长周末，出去熟悉这座城市。我计划次日就去探索，饭后便直接回家就寝。奥塔也睡在这里，他的卧室在我间壁。雷蒙德与他的妻儿住在城外。

次日一大早，我便起床去探索费城。我来到班布里奇街，这是城中一条主干道，毗邻我们设在第9街的办事处。我站在那里，观望各种人类活动，街头已涌动着形形色色的欲望、需求和意图。而这时才早晨7点。我望向街对面，看到一家烘焙坊，透过窗口，可以看见一个黑人在店里工作。我走进店里，迎面扑来香甜的气息。这是对付城中臭雾的最好解药。柜台上铺盖蜡纸，摆着一排排悦目的点心：蛋糕、油炸馅饼、各种口味的面点。柜台后面还有更多点心托盘，悬挂在搁架之间，层层叠放。

"你刚来？"

我抬头，见那个黑人朝我微笑。他可能大我十余岁。他端详我，目光流露单纯的善良。听到这个问题，我的脸上必定露出憎恶，因为他立刻说道："我没有打探的意思。其实压根儿不是打探。我一眼就能瞧出刚来的外地人。看到这些小玩意儿，惊奇得瞪大了眼睛。惊奇没啥不好的啊。"

我默不则声。

"我叫马尔斯，"此人说道，"这家店是我的。我和我的汉娜。你从第9街那边来的吧？与那边的奥塔一起住？雷蒙德和奥塔，他们是我的表亲，我亲爱的汉娜的亲戚，你与他们一起住，所以你也是我的亲人。"

我还是不肯搭话。你瞧，那时候，我多无礼，我的疑心多重。

"这样好吧？"他说道，伸手从身后的蜡纸卷撕下一截，转进店里面。他出来时，手里拿着一个纸包。他把纸包从柜台上递给我。我接取过来，摸着依然温热。

"吃一个，"他说道，"尝尝。"

我打开蜡纸，姜味飘散。这股香气顿时唤起一种感觉，悲伤又甜蜜的感觉，因为这种感觉触动了一个早已遗失的记忆。我总觉得，这个记忆一直潜伏在脑中哪条雾气氤氲的蜿蜒小径上。

"我该付你多少钱？"我问道。

"付钱？"马斯说道，"咱们是一家人。我怎么跟你说的？在这里，咱们都是一家人。"

我点头，勉力说出一句感谢，然后走出烘焙坊。我在班布里奇街上站立片刻，望着这个城市，姜汁饼包着蜡纸，拿在手里还有温度。我真希望自己离开前露出笑容，真希望说一些话，回报他的善良。可是，我刚从弗吉尼亚逃出来，刚从土牢爬出来，乔吉·帕克斯依然占据我的头脑，索菲娅依然不知去向。我穿过班布里奇街朝西走，经过数目渐大的街道，心中琢磨：这个城市大得荒唐，那么多街道，多得想不出名字，只好使用数字。我脚不停步，一直走到码头。船坞边，我看到一群黑白混杂的工人在卸货，在船上劳动。

我沿河岸走，堤岸弯进内陆，然后又朝外伸展。两岸造满作坊、工场、干船坞。河上微风清凉，略吹散城里使人窒息的恶臭。我走到一条游步道。前面是一片青翠广阔的原野，交错着数条小径，小径两旁排着长凳。我选了一个位子坐下。大概是早上9点。周五，最后一个工作日。天气晴朗，天空蔚蓝。游步道上，是各色人种、各个阶层的费城居民。戴平顶草帽的绅士手臂上挽着女士。学童围坐在草地上，听老师讲话。一个男子踩着独轮自行车过去，高声欢笑。就在那个时刻，我才有所意识，这是我出生以来最自由的时刻。我知道我可以离开，立刻离开，抛弃地下组织，消失在这座城市，消失在这个浩大的赛马日，从这恶毒的空气里飘离。

我打开纸包，拿起姜汁饼放进嘴里。咀嚼时，我体内某处自动迸裂缝隙。在马尔斯的烘焙坊时看到的脑中曲径，被姜味触动的记忆，再度在眼前闪现。这次没有迷雾，没有曲径，只是一个地方。一间厨房，我一眼认出是无锁庄的厨房。而我，也不再坐在长凳上，甚至不在游步道。我站在那间厨房，看着料理台摆满饼干、糕点，各色点心，装在铺了蜡纸的托盘里，就像马尔斯店里的样子。料理台旁还有一个料理台，我看到后面站着一个黑女孩，轻声哼唱，双手在揉面。她看到我，露出微笑，说道："希，你怎么总是这样安静？"

然后，她继续揉面，哼曲给自己听。过了一些时候，她又抬头看我，发出笑声。"我就晓得，你的眼睛只盯着豪厄尔主子的姜汁饼，"她说道，"你是安静，却免不了给我捅一篓子麻烦！"

她摇摇头，独自发笑。然而，片刻后，我见她脸上露出警惕。她举起食指，贴在紧闭的嘴唇边。她走到门旁，朝外张望，然后走到另一个摆满点心的料理台前，从蜡纸上取下两块姜汁饼。

"一家人要互相照应，"她说道，把姜汁饼递给我，"再说，依我看，这些东西本该是你的。"

我从她的手里接过姜汁饼。我必定早就知道所发生的事。我必须早已意识到，事件发生之时，无论我当时身在何处，总归不是此时的无锁庄，也许甚至不是那时的无锁庄。我好像在梦里。面前这个女人，我叫不出她的名字，尽管心里感到似曾相识的痛，还有一种更深切的痛——失去的痛。这种感觉那么强烈，迫使我向她跑去，左手仍捏着两块姜汁饼，我拥抱她，紧紧地长久地拥抱。我松开她的时候，她露出笑容，明朗似今日的天气，明朗似面包师傅马尔斯向我露出的笑容。

"别忘记亲人。"她说道。

然后，我看到雾气又起，从四面飘进厨房，料理台在我眼前消失，托盘在我眼前消失，那个女人在我眼前消失。她从我的视线消失之时，对我说道："现在，去做事吧。"

就这样，我回来了，又坐在长凳上。我觉得疲惫。我看到自己的双手已经空了。我抬头寻找，目光越过游步道，望向河面。踩独轮自行车的男子又经过。他向我招手。我看看长凳，看看左边，又看看右边。道路两旁的长凳全都一样，只有一条长凳有些两样。三条长凳外，我看到半块姜汁饼落在长凳上，草地上落着包裹饼干的蜡纸，被夏天的微风轻轻吹拂。

1 6

现在，我懂了。那就是"传渡"。我依然拥有这个力量，纵使不能完全理解如何去召唤。我拖着疲惫的身体，勉力回到住所，一到卧室，便陷入沉睡。太阳依然高照，而我一直睡到次日早晨才醒。我打算再次尝试召唤那个力量。然而，我现在明白，每次"传渡"以后，必然伴随身体的疲惫和虚弱，因此，又不想轻易尝试。于是，我决定今日再去马尔斯的店里，为自己的粗鲁道歉。然后，再到城里走走，检验这份自由，也许这一次可以往东，朝特拉华河去，甚至穿过这条河，去卡姆登村庄，雷蒙德一家居住的地方。我正穿上鞋子，就听见叩门声，接着传来奥塔的声音。

"希兰，在吗？"

我打开门，见奥塔已转身走下楼梯。他脚步不停，一面转头看我，说道："得走了。"

我跟随他下楼，进入起居室，见雷蒙德拿着一封信来回踱步。一看到我们，他立刻走向前门，摘下帽子，一言不发地迈开大步出门。我们跟随他走上第9街，来到班布里奇街。费城的居民和瘴气早已在街头汹涌。

我们终于跟上雷蒙德。"我们州的法律还算清爽，"雷蒙德说道，"不能奴役任何人，不论男女，包括作为奴隶带到这里的。只要这个奴隶申请，我们就必须提供庇护。但是，必须由本人先提出申请。我们不能去劝人接受自由。我们不能去央求奴隶摆脱锁链。"

"奴隶主隐瞒这条法律，"奥塔看着我，说道，"他们给奴隶散布谣言，恐吓他们，恐吓他们的亲人。"

"可是，倘然我们碰到有人明确提出这个要求，我们就有权利确保这个要求得到认可，"雷蒙德说道，"现在，这个叫布朗森的妇女提出要求，但她的主子拒不认可。请原谅，我走得很匆促，但时间紧迫。倘然要让此人尊重这条法律，我们必须马上行动。"

我们朝东去，正是沿着我先前计划的路线。未过多久，我们抵达码头。我看到特拉华河的水浪轻轻地拍打船身。今日是周六，又是炎热的一天，我在弗吉尼亚从未经历过的酷暑。在这里，阴影毫无意义。炎热和恶臭的空气处处追随着你。我开始发现，河岸是解脱的唯一去处。我们朝南走过数座船埠，来到一艘内河船的跳板前。我们急步上船。雷蒙德仔细观察乘客，却不见任何妇女符合他所描述的布朗森的特征。然后，有个黑人说道："怀特先生，他们在下面。"

我们走到船尾，见一段楼梯通到底层。船腹里，我们看到又一群乘客。在雷蒙德找到布朗森之前，我先认出了她。我不需要外貌描述。短短两日里，我见过很多奴隶。与这里的自由黑人一样，他们衣着体面，甚至更讲究，他们的主子似乎企图用服饰掩藏在他们之间相连的锁链。但是，倘你仔细观察，就能看出他们的举止和侍奉有一种特殊的方式，有一种外在的力量把他们牵制。这个名叫布朗森的女人，衣饰十分考究，甚至似一套华丽的戏服，如同索菲娅装扮好去见纳撒尼尔。我看到她的手臂被一个瘦高的白人紧抓着，她的另一只手则更紧地抓着一个男孩，大约不到六岁。我看到她的目光落在雷蒙德身上，他仍在寻觅，然后，她注意到我的眼睛，就别开视线，垂下眼皮，凝视她的孩儿。

这时，雷蒙德已经发觉。他走过去，说道："玛丽·布朗森，我得知你提出申请。我们来这里，就是要确保这个申请依据我们州的法律执行，我们州的法律既不认可"——这时，雷蒙德的双眼盯住高瘦的男子——"也不考虑奴隶制这种做法。"

我来自弗吉尼亚，在我生长的那个世界，这份工作只能在暗中进行。在那个世界，我是罪犯，得信奉那些我们现在誓要摧毁的习俗。然而，此时此刻，我在费城目睹地下组织的特工公开行动，无须暗中捣鬼，不需要伪装和道具。雷蒙德的话似炸弹爆开。捉住玛丽·布朗森的白人感到轰炸的气势。

"见鬼！我立马带我的财产回自己州去。"白人说道，抓紧玛丽·布朗森的手臂，狠劲一拽。她身体一撞，险些跌倒。

雷蒙德不理睬他。

"你无须服从他的命令，"他对玛丽说道，"只要我站在这里，他就无权阻止你。倘你跟我走，我向你保证，这个州的法律只会支持我的行动。"

"见鬼去吧你！她是我的！"白人说道。他端出架势，用力说出这句话。但是，我看到他不再抓着玛丽的手臂。我不知是她自己挣脱，还是他的愤怒转到雷蒙德身上，无意识地松开了她。这时，我们周围聚集一群人，有些给我们助阵，有些看热闹。他们相互转述这场争执的细节。他们发出抗议，把白人围住。白人似乎没有察觉他拥有的那点权力强势正在衰弱。然而，玛丽察觉了。人群的力量给予她勇气。她拉起孩子的手，走向雷蒙德。白人顿时怒不可遏，喝令玛丽回去。她没有理会，站到雷蒙德身后，把孩子掩在自己背后。"天啊，"白人说道，目露凶光，盯视雷蒙德，"要是在家里，我就好好地教训你，叫你晓得自己的位置。"听到这句话，人群的抗议变成嘲讽、吼叫、威胁。

在阴险可怕的人生里，有些黑人运气好，能遇见这样一个瞬间，一个领悟的瞬间。瞬息间，天空豁然洞开，乌云消散，一束阳光破入，从天际传来无限的智慧。这个瞬间不是源自基督教的启示，而是源自一个黑人对质一个白人的景象，就像雷蒙德此刻，转身对这个白人说道："但是，这里不是你家。"

然后，他转头看着人群，白人跟随他的视线看去，开始明白自己的困境。愤怒和坚决离白人而去。畏惧和恐慌朝他逼近。这个消瘦的白人似乎瞬间变得更苍白、更消瘦。人群被他的话激怒，人们情绪激动，相互嘀咕，商议下一步该如何行动。

我们看着船驶离河岸，奥塔与我领着玛丽·布朗森和她的孩儿返回第9街，坐在屋里交谈。雷蒙德分头行动，前去安排玛丽的住所，并希望很快能为她安排一份工作。费城基地记录经手对象所经历的所有苦难，这个办事方法在弗吉尼亚完全不可想象，因为这类记录可能会连累逃亡者。但是，雷蒙德相信我们身处历史的急流之中，深感有必要记录所有相关事件。

奥塔煮起咖啡，给玛丽的儿子寻来一些玩具：牛马等木刻家畜。我趁这个空闲，去马尔斯的烘焙坊。他为我介绍他的妻子汉娜，我努力向她展露笑脸，尽我所能为昨日的失礼道歉。马尔斯递给我两块温暖的面包，说道："不消道歉的。我说过，咱们是一家人。"

回到屋里，我见玛丽坐在起居室地板上，与孩儿一道玩耍。我拿着面包走进厨房，寻找刀和盘子。料理台上摆着一罐果酱，一块奶酪。我用这些食物，做了一份奶酪酱，切好面包，摆在餐桌上。奥塔为每人冲好一杯咖啡，领玛丽和她的孩儿坐在桌前。进餐的气氛随和，甚至略喜庆。

食毕，玛丽帮我们收拾餐具。然后，我们走进客厅，准备做正式的面谈。我望着玛丽的儿子两手各捏着一匹木马，脸挤成恐吓的鬼脸，把两匹马相撞，嘴里大声叫嚷"噗噗噗"。

"他叫什么名字？"我问道。

"奥克塔维斯，"她说道，"别问我为什么。不是我起的。奥尔马沙起的，他决定一切。"

奥塔请玛丽坐到沙发上。我上楼到卧室，取来纸和两支笔。我坐在桌前。我们的安排是奥塔提问，我记录。"我叫玛丽·布朗森，"她告诉奥塔，"生来就是奴隶。"

"但你不再是奴隶。"奥塔说道。

"不再是了，"玛丽重复道，"为了这个，我谢谢你们。你们不能想象我在那边遭受的，我们所有人遭受的。为了从那个男人手里逃脱，我什么都肯做，可我不晓得该怎么做。你们晓得，我不是头一趟来这个城市，也不是头一回起逃跑的念头。我只是不晓得自己先前怎么没有逃。"

"玛丽，你来自哪里？"奥塔问道。

"地狱，"她说道，"奥塔先生，我直接从地狱出来。"

"为什么这么说？"奥塔问道。

"我还有两个儿子。除了这个奥克塔维斯，还有两个儿子，一个丈夫。他与我一样，也是厨子。大屋里的人，都爱吃我做的。"

"你爱自己的工作吗？"

"那不是我可以去爱的工作。但是，我的身份有些不同，你们晓得的，事实上，老主人跟我有个安排。我是厨子，但厨房里不止我一个人。所以，老主人常把我雇出去，分摊我挣来的佣金。我计划攒够钱，替我和孩子赎身。我先出来，就不用把钱分摊给主人，然后，我再给弗雷德赎身，弗雷德是我丈夫的名字。我先给他赎身，就能多一双手挣钱。然后，我们两个一起挣，赎出孩子。"

"然后出了什么事？"

"老主人死了。庄园分了，有个低等白人，就是你们刚才看见的那个，接管了我们。然后，我就不太喜欢我的差事了。他拿走我的全部佣金，说他毫不知晓我和老主人的协议，也不知晓什么账户。于是，我使了些心眼，做事拖拉马虎。可是，很快就被他看破了。"

这时，玛丽·布朗森沉默了。她收敛情绪，让自己平静下来，再继续说话。

"从那时候起，他开始打我。他每周规定一笔金额，说我倘若挣不到这个数，他就拿鞭数补足。他威胁要卖掉我的丈夫，卖掉我的儿子——我所有的儿子。我拼了命地干活，奥塔先生。可他还是卖掉了他们。他给我留下这个最小的，"她抬头示意小男孩，他仍坐在地板上玩木刻动物，"可是，那不是怜悯或者体贴。那是恐吓。他拿这孩子要挟我，叫我一直害怕失去他。"

"他为什么带你们到这座城市？"奥塔问道。

"他有亲人在这边，"她说道，"他跟他们吹嘘我的手艺。命我给他的姊妹做菜。在他姊妹的厨房里。"

"在这里？"

"是的。但我给了他一个下马威，是吗？"

"不错，你做到了。"

"铁链重啊，奥塔先生，重啊。每次到北方，我就想逃跑，可是一直没有逃。我反复想着他们锁着我的铁链。我晓得，再过一两年，这孩子就得下地干活，我晓得，到那个时候，他们也会把他锁住。"

她双手掩面，悄声哭泣。奥塔走过去，坐在玛丽·布朗森身旁。然后，他靠近前，拥抱她，轻拍她的后背。他拥抱她时，玛丽·布朗森放声痛哭。在那声痛哭里，我听见一支哀歌，哭悼她的丈夫，她的孩儿，她失去的一切。

我从未见过哪个特工做奥塔现在做的事——安慰她，给予她自由女性的尊严，而不是逃亡的奴隶。他的手臂轻摇着她，她终于平静。他站起身，说道："过些天，我们就给你和你孩儿安排住所。雷蒙德已经出去找了。一切安顿好之前，我们欢迎你和你孩儿住在这里。"

玛丽·布朗森点点头。

"这座城市不错，女士，"奥塔说道，"我们在这里很强大。但是，倘若你不想留在这里，我也能理解。无论你做什么选择，我们都会尽力帮你。我想，你很快就会发现，得到自由只是第一步。自由的人生，又是另外一回事。"

沉默许久。我停止记录，以为面谈已经结束。玛丽·布朗森已经止住眼泪。她拿起奥塔的手巾擦脸。然后，她抬起头，说道："除非我所有的孩子都在一起，自由的人生是没有的。"

她已恢复平静。我看得出来，她的痛苦和恐惧转变为另外的情绪。"我不想知道你们的教堂，不想知道你们的城市。我的孩子们，他们才是我需要的城市。你们帮我和奥克塔维斯找到出路，我拿上帝的名义发誓，我感激你们。我不是没有教养的，我晓得感激。可是，我还有两个儿子，我失去的孩儿，我现在只能想到他们。"

"布朗森女士，我们做不到。我们没有那么大的力量。"奥塔说道。

"那你们就没有自由的权力，"她说道，"倘然你们不能阻止他们拆散母子，拆散丈夫和妻子，你们就连一分力量也没有。这孩子是我的一切。我为他逃跑，要让他见识另一个世界。倘然只我一个人，我大概就会那样过下去，生为奴隶，死了还是奴隶。你看，这孩子给了我自由。我亏欠他的太多。我最亏欠他的，就是没给他留住阿爹阿兄。倘然你们不能阻止他们这样拆散我们，倘然你们不能让我们团聚，对我来说，你们的自由就太稀薄了，你们的教堂和城市里，就没有我需要的东西。"

接下来的周一，我开始在木工坊干活。作坊在斯库基尔河码头旁边，位于第 23 街与罗库斯特街的街角。作坊主是雷蒙德·怀特的同事，大多数工人是逃亡奴隶。我一周三天在这里干活，三天为地下组织工作。

工作结束后，我通常独自在城里行走，摄取所有声音、气味、感觉的美妙混合，一直走到深夜。然而，纵是在新奇密集的人群里，我还是觉得有些孤单。是玛丽·布朗森的缘故。她的渴望，她想要亲人都得到自由的渴望。当你一个人在这样一座城市，而你最亲爱的人仍被奴役之时，自由又有什么意味？没有索菲娅，我又是什么？没有我的母亲，没有锡娜？锡娜。

你这样聪明的孩子，更该懂得言语谨慎，她这样说道，**谁晓得自己几时需要别人帮助**。我该谨慎的，在当时，我便已经体会。可是，我迅速老去，远超过我的年龄。于是，锡娜的话愈发加深一个人的悲痛，一个年迈的男子，而不是二十岁的我。在我短暂的人生里，我对待她的行为，是我做过的最恶劣的事。我现在明白，我当时不过是个小孩，一心想要追逐欲望的梦。而今，梦想消失了，就像玛丽·布朗森的儿子们那样消失，被带进南方腹地，不管地下组织如何纠集力量，也不可能把他们追回来。

某个周五早晨，我正要出门去工作，奥塔朝我走来，说道："一个大男人，不能总这样独自待着。"

我瞪目愕然注视他，没有接腔。

他含笑说道："不过，跟几个关心你的人一道坐坐，兴许也不差，希兰。一道吃晚饭？今晚？我姆妈家。你看怎么样？全家人都来。我跟你说，我们都是好人，欢迎你加入我们。"

"好，我去，奥塔。"我说道。

"好，太好了。"他说道。他给我指了路，说道："晚上见。"

怀特家住在特拉华河对岸。那天傍晚，我搭上渡轮，走过一条卵石路。然后，卵石路变成平坦的土路，再变成尘土飞扬的泥路。城里的炎热和湿重的空气，都消失在身后，路上吹起清爽的凉风。在外面的感觉真好。来到这里之后，我初次感到郊野的气息，才意识到自己想念南方老家的一切：田野的风，林间照耀的阳光，漫长的下午。在费城，一切几乎同时发生，日常生活里，各种感觉和荒谬总是一齐涌来。

雷蒙德和奥塔的父母住在一间宽敞的房屋，屋前筑有长门廊，廊前是一片小池塘。我在门廊上站立片时，望着前门。屋内传来孩子和母亲、父亲和兄弟交谈的话声笑语，交织成欢快的光景，把我带回大街上的圣诞节。进屋之前，我就已经感到他们浓厚的爱从屋里散发出来。我也曾体验类似的爱。在雁河里，在河底，我重逢自己已经不记得的母亲。在河底，我看到我的表亲，看到霍纳斯和小皮。想起这份感觉，瞬息间，我被记忆淹没。夏天的微风变成冷意。我身体颤抖。眼前的一切变成蓝色。通向这间房屋的门连绵扩展，无数道门排列起来，犹如风箱拉转。我觉得身体在坠落。一道门开启。我朝里面看。我看到母亲的手，从雾中伸出来。她朝我走来，她的手伸向我的手，她的手握住我的手，蓝色消逝，我又感到夏日傍晚金灿灿的热气。我看到门道里站立一个妇女，不是我的母亲，但可能与她年纪相仿。在她身后，我看到奥塔。他看见我，停下脚步，挥挥手，露出笑容。

"希兰？"这个妇女问道。我未及作答，她便已说道："一定是你。你的样子，就像是见过了撒旦。"

她紧紧地握起我的手，深深地看着我的眼睛。"嗯——嗯。饥饿会叫人变成这个样子。雷蒙德和奥塔都在那边给你吃什么？怎么，站着干什么？来，快进屋来！"

我走进门，跟随她走了数步，她又停下，说道："我叫薇奥拉·怀特，雷蒙德和奥塔的姆妈。不过，你就叫我薇奥拉阿姨，当我是你的阿姨。跟奥塔和雷蒙德一道工作的，都是我的亲人。"

我跟随薇奥拉·怀特——我需要一段时间，才能适应薇奥拉阿姨这个称呼——走进前厅，见里面挤满了亲戚。雷蒙德站在壁炉台前，与一个年长的男子交谈。烘焙坊的老板马尔斯奔过来，把我拉进一堆亲戚中间，介绍名字，讲述那块姜汁饼的魔力。

"这个后生仔，装得好酷的，就像是没给瞧破底细似的，"马尔斯对妻子汉娜说道，"他一揭开那个姜汁饼，我告诉你，我就晓得我瞧破他了。"

汉娜放声大笑。叫我惊讶的是，我竟也笑起来。这是完全不同的世界。墙壁坍塌，我在大街上生活时筑起的墙壁颓然坍塌。我的沉默和防备是一堵墙。我要告诉你，大街上也有爱，我见过的最深刻、最痛苦的爱。但大街上的生活野蛮，不可预料。即便在奴隶中间，展睫之间，深情也会变成愤怒和暴力。然而，在怀特家，我在无锁庄养成的姿态显得残酷又多余。于是，我发觉自己笨拙地、迟疑地尝试微笑、欢笑，甚至交谈。

晚饭后，我们端了咖啡和茶，坐到后面的客厅。客厅里摆着一架钢琴，从一群年少的女孩中间，一个女孩走出来，坐到钢琴前开始弹奏。我的记忆里最深刻的，不止是这个孩子的精湛技艺，更是怀特一家人的眼睛。这个孩子的天赋让他们的眼神充满骄傲的光芒。我记得，我小时候也有天赋，但我的父亲宁愿这些天赋属于梅儿。我只是一个消遣、解闷的玩具。看着女孩得到鼓励，因为天赋——每个人生来都有一些天赋——得到称赏，我看见自己被剥夺的一切。数万万生为奴隶的黑人孩子，都是如此习以为常地被剥夺这一切。但是，更重要的是，我看到，第一次看到黑人拥有真正的自由。这是玛丽·布朗森渴望的自由，我在城中行走时寻找的自由，我曾在雁河里瞥见的自由。

闲谈时，我频频听到"莉迪娅"和"兰伯特"的名字。从他们的谈话里，我猜测这两个亲人仍是奴隶。女孩演奏结束后，我看见奥塔坐在外面的门廊上，目光越过泥土路，眺望夏日黄昏余晖下青翠的树林。我拣个位置坐下，说道："奥塔，谢谢你邀我来这里。我知道这是一番厚意。"

奥塔注视我，露出微笑。"不客气，希兰。我很高兴你能来。我们的工作有时很辛苦。"

"你的母亲，我想，她知情。"我说道，转头望向屋里。

"他们都知情。当然，孩子们只晓得一点。不过，他们怎么可能不知？他们是我们开始做这个事的原因。"

"嗯，你有个美好的家。"我说道。

听到这句话，他沉默半晌，目光又投向树林。

"奥塔，莉迪娅和兰伯特是谁？"我问道。

"兰伯特是我兄弟，"奥塔说道，"莉迪娅是我媳妇。我在南边的时候，兰伯特就过世了。莉迪娅还在那边。但是，我也说不准，我有好些年没见她了。"

"有孩子？"

"有。两个女儿，一个儿子。你哩？"

我默然，然后答道："没有，我就一个人。"

"嗯。没有这些孩儿，我不晓得我会怎么样。不晓得自己是谁。这一切，这个地下组织，就是为孩儿们开始做的。"

奥塔站起来，透过门望进屋里。我们可以听见餐盘碰撞的轻响和连绵的严肃谈话中间，点缀着孩子的欢笑。然后，他走到门廊侧面，倚坐在栅栏上。

"我与他们不一样。我不是在这里长大，"他说道，"现在，我阿爹老了，背驼了。他年轻时候强壮得很，生来就是奴隶。但是，二十一岁那年，他走到老主人面前，直接对他说：'我成人了。倘然一直套着这副锁链，我宁可早点死。'老主人想了一天。再看到我阿爹的时候，老主人一只手拿着一杆步枪，另一只手拿着我阿爹的自由文契。他告诉我阿爹，跟我阿爹先前一样直接：'后生仔，自由**也是**一副锁链。你很快会明白的。'然后，老主人把自由文契递给我阿爹，说道：'离开我的土地，要是你与我再碰见，我们当中就只有一个能活着。'"

说到这里，奥塔笑起来："可是，他还有个女孩，叫薇奥拉，就是我姆妈，也是那边的奴隶。那个时候，他们有两个孩儿，我和我兄弟兰伯特。我阿爹打算先去北方，做工挣钱，然后给我们赎身。他在码头打工攒钱，等候把我们全都赎出来的那一天。可是，我姆妈有自个儿的打算。她带着我和兰伯特逃跑，走的就是当年那条地下逃亡路线。她在那个码头出现的时候，我阿爹惊得差点咽气。

"他们办了正式婚礼，又生了两个孩子，雷蒙德和帕齐。弹钢琴的就是帕齐的女儿。这孩子唱得也好听，像小鸟。老主人放我阿爹走，别问我为什么，谁能琢磨白人的心思？可是，我姆妈，一个女人，竟然要掌控自己的人生，唉，这个事实他怎么也不能接受。兴许是因为她一声不吭地走了，没有去求他，或者是因为我们。我姆妈不过是傻鹅，可我们是金蛋。

"老主人派猎狗到城里。他们捉住我、我兄弟兰伯特、我姆妈、雷蒙德、帕齐。捉了我们全家，除了我阿爹。我们被带回去。回去后，我姆妈编了一套说辞，把她的逃跑推到我阿爹身上。她告诉老主人，她从没想过逃跑。她奉承他，叫他相信自己是仁慈的白人。我猜测老主人信了她的谎话。也许他需要相信自己是在行善，拆散一个家庭，奴役他们。

"不管怎样，没过多久，姆妈又逃跑了。但这次不一样。凌晨，她叫醒我。我当时大概六岁，兰伯特八岁，可我还清晰地记得，好像那一切就在眼前。记忆像斧头一样锋利。她坐在我们床边，对我们说：'孩儿，我得走。我得为雷蒙德走。我得为帕齐走。在这里，他们会死的。对不起，孩儿，可我必须得走。'

"我理解她这样做的原因——现在理解。就算在那个时候，我也能明白她为什么那样做。可我心头火辣辣地痛，心底有一股沉重的恨。希兰，你能想象恨自己的母亲吗？接着，老主人把我们卖到南方。两个被抛弃的小孩，被卖到南方腹部。他是在报复我姆妈，叫她看到，倘然她想着回来带走我和兰伯特，那么她的计划泡汤了。我在南方开始另一个人生。我遇见一个女孩，我的莉迪娅，我们成了家。我吃苦耐劳。我被看作好奴隶。换句话说，从没有被当作一个人。

"兰伯特都晓得。可能是因为他大两岁，他晓得我们被剥夺的一切。他的仇恨那么深，深得把他吞没。所以，兰伯特……兰伯特死了，死在南方，远离家，远离生他的母亲，远离养他的父亲。"

奥塔说不下去。我看不见他的脸，但我听见他的声音哽咽，我感觉哀痛在他周身弥漫，犹如燃烧的光晕。

"我身上有无数窟窿，一块块肉被剜去了。那些失去的时间，我姆妈，我阿爹，雷蒙德和帕齐，我的媳妇和孩儿。所有失去的亲人。

"是啊，我是出来了。我的主子需要奴役我，可他更需要钱。在一些人的帮助下，我出来了。我到这个城市寻找亲人，因为我听说一些传言，得知他们住在这里。然后，我从一些黑人口中听说，倘然寻找亲人，就该去结识这个雷蒙德·怀特。于是，我就去找他。"

"你们认得？"我问道。

"一点也不认得。我没有姓。他与我一道坐着，就像几周前，我们和玛丽·布朗森那么坐着，我给他讲我的整个故事。雷蒙德后来告诉我，听着每一个细节，他浑身颤抖。可是，你晓得吗，雷蒙德跟岩石一样冷。我坐在那里，给他讲述我知道的一切。我心里在琢磨，他在想什么，因为他一直很平静。然后，他叫我明天再去找他。同一个时间。

"第二天,我又去了。她就在那里,希兰。我一眼认出她。我用不着回忆或思索。我姆妈。然后,我姆妈告诉我,这个男人,这块岩石,是我弟弟。就这么一次,我看见雷蒙德落下眼泪。

　　"小时候,兰伯特和我想尽办法逃出去。我们晓得亲人在别的地方自由地生活。可是,所有的计划都破灭了,只有绝望,好像一个阴影罩住我们。希兰,你要知道,我们跟你不一样。自从我姆妈走后,我们就知道,我们生来拥有自由的权利。倘然我姆妈有权自由,我阿爹有权自由,我们也该有这个权利。"

　　"我想,我们都有这样的想法。"我说道,"只是有些人埋藏得更深。"

　　"可我们从来没有把它埋藏。兰伯特记得一切,就好像是昨天夜里的事。他记得姆妈抚摸他的额头,记得她的手最后一次触摸他。希兰,兰伯特死后,我晓得我不能死。我晓得我必须,无论如何,必须活下去,然后走出去。我晓得,在这件事上,愤怒只是白费力气。我想起那天夜里,姆妈离开前说的话。为地下组织工作的时候,我就一直想着这句话。'我得为雷蒙德走。我得为帕齐走,'她说,'对不起,孩儿,可我必须得走。'我年纪小,不懂事,深爱着姆妈,我问道:'姆妈,为什么我们不能和你一起走?'我姆妈,我姆妈她说……她说:'因为我只能背这么多,只能背这么远。'"

17

现在，"传渡"频繁出现。遽然间，世界坠落退逝，稍后，我回到从前，猛地被掷到屋后的小巷、地窖、空旷的田野、仓库。每次"传渡"，似乎都是被记忆激活，有时是完整的记忆，有时只是残缺的碎片，譬如一个女人偷偷塞给我两块姜汁饼的记忆片段。不过，我用大街上听闻的一些故事，拼凑了一幅粗略的图画：给我姜汁饼的女人，是我的埃玛阿姨。我记得人们讲述她在无锁庄的厨房施展高超的厨艺。我想，埃玛阿姨和她的姊妹——我的母亲——在树林里一起跳过水舞。

我开始感觉有个东西似乎企图向我揭示。头脑里有个东西，很久以前封存的东西，想要释放。也许我该怀着解脱的感觉，欣然面对疑团消释，去了解真相。可是，"传渡"似乎需要折断全身骨头，然后再重新接合。每次结束后，我都感觉精疲力竭，心头涌起更深沉的失落，远甚于进入"传渡"世界以前的失落。因此，我总是陷入无边的痛苦，忧伤的感觉无比沉重。次日早晨，我须召集体内每一点力气，才能把身体拖下床。"传渡"之后，一连数日，我必须面对万分阴沉的情绪。这个感觉不像是自由，再也不是。

有一天，我走出第9街的办公室，决定离开费城，离开地下组织，离开这些触动记忆的源头，这些令我坠入绝望的记忆。我没有反复思索这个决定，没有收拾行李。我只是走出门，不想再回来。我忖度，就这么走出去，不会惊动任何人，因为他们都知道我喜欢在城里行走。然后，我就只管继续走。

我转离办公室，朝斯库基尔码头走去。我一直观看城里的人，觉得水手似乎最自由，不与任何外物往来，只有同伴关系，男孩气的玩笑和粗俗的打趣，总是引发一阵欢笑。他们有时会打架。但是，不管他们为何争斗，我觉得这些男子之间存有一种手足情谊。不知为何，尽管他们有自由，但看到他们，总叫我想起家乡。也许是因为他们冷漠严肃的黑色面孔，弯曲的手指带着瘀伤，指甲磨损。也许是因为他们那样唱歌，像奴隶那样唱歌。

我站在码头，望着他们劳动，希望有人喊我一声，也许喊我去帮一把。但是，无人喊我，我便走开。一整日，我就这样游荡。我走到河对岸，路过一片墓地，数段铁道，在一间救济院前停留，观看城市的贫穷者在那里聚集。我继续走，一直走到城市西南角，科布斯溪在这里流淌，还有一片森林。时间不早了。我没有计划，天色已暗。我确实没有办法出去，没有办法逃出地下组织，没有办法挣脱记忆的束缚。于是，我转身，准备返回第9街，返回我的命运。一路上，我心里阴沉地思索这些念头。沉思令我松弛了一直训练的警惕。我面前忽然出现一个白人，似乎从黑夜凭空现身。他向我询问一些话，但我没有听清楚。我俯过身，要他再说一遍。我感到后脑勺挨了一记凶狠的重击。眼前冒出耀眼的光。又一记重击。然后，一切都消失了。

醒来时，我又被锁上铁链，蒙上眼罩，塞住嘴。我在一辆马车后面，我能感到土地在身下移动。我的头脑清醒了，我很清楚自己的遭遇，因为我曾听闻这些故事。猎人——北方的赖兰猎狗——偷袭我。据说，他们直接在街头捉住黑人，不管是自由人，还是逃亡的奴隶，把他们运到南方出售。

我听见他们的欢笑，想必在清点赃物。车里不止我一人。我旁边有人在哭，悄声啜泣。是一个女孩。但我沉默不言。我想离开地下组织，现在，我是离开了。我心里有些许解脱感——至少我只是回归熟悉的奴隶生活。

我们行了数小时，驶过颠簸的山路。我揣测，赖兰的猎狗想避开城镇、收费公路、渡轮，因为正如我们惧怕赖兰，赖兰也同样地惧怕治安委员会，因为他们是地下组织的盟军，警戒这些猎人把自由黑人卖到南方。我们停下歇息，我感到粗糙的手摸索我的手臂，我被拖出来，掷到地上。"迪金斯，悠着点儿，"我听到有人说道，"伤着这个小崽子，我叫你好看的。"这个叫作迪金斯的人，把我抓起，靠在一棵树上。我只能移动手指，其余部位不能动弹。我凝神聆听他们的声音，试图计算人数。透过眼罩，我看到一点亮光。是篝火。我数出四个声音，从话语和喧闹可以揣测他们在吃食。他们的最后一餐。

我没有听见他走近。赖兰的猎狗无疑也没有听见。我听到枪响，两记，一声尖叫，一阵混战，接着又是两记枪响，接着一阵呜咽，好像是孩子的哭声，但不是先前马车中听见的女孩。又一记枪响，然后是长时间的沉默。我听见有人在翻寻，又感到双手在我身上摸索。锁咔嗒响，铁链松脱。我愤怒地——那么愤怒，连我自己都震惊了——挡开那双手，连同推走那个人，紧接着一把扯下眼罩和塞口布。火光下，我看到他，菲尔茨先生——迈凯亚·布兰德，面无表情，冷漠地打量我。

我站在那里，倚靠树干支撑身体。还有两个人，与我一样被锁缚，戴着镣铐。布兰德迅捷地在他们之间移动。我转移视线，见地上倒着四具尸体。如何解释前一刻盲目、无意识的愤怒？好似被揪出自己的体内，凌空观望这个场景。我所看到的，却是自己使出全身力气，抬腿踢一具尸体。布兰德过来阻拦，我把他推开，继续踢那个死人——也许就是迪金斯。这一次，布兰德没有试图阻止。那一刻，我所有积攒的愤怒，来自我的母亲、梅纳德、索菲娅、锡娜、科琳，所有的谎言，所有的失去，他们在牢房办公室对我所做的一切，所有的侵犯，无力帮助同一囚室的男孩，无力帮助爱上儿媳的老人，也为他们在树林里追捕我的每一天，所有一切一齐涌上心头，发泄在这一个死人身上。

终于，我踢累了，双腿无力，跪倒在地上。篝火已经微弱，但我看见布兰德站在那边，身旁站着一个女孩和一个男子。男子站在女孩前面，拿身体挡着她，不让她看见我的愤怒。那个时候，我意识到，那个男子是女孩的父亲。

"够了？"迈凯亚·布兰德问道。

"没有，"我说道，"还不够。"

我们都是自相矛盾的。有时候，我们心里开始说一些话，而说这些话的理由，须在经年以后才会领悟。那个引导我离开地下组织的声音，是我体内熟悉又古老的声音。正是这个声音，曾经谋划着要从大街爬上大屋。正是这个声音，把对母亲的记忆打发到"脑后根"。正是这个声音，对锡娜说出最后那一句话，残酷地把她抛下。这是自由的声音，弗吉尼亚的冷漠的自由——这个自由，只赋予我，只赋予我所选择的人。然而，一个新的声音浮现，在薇奥拉·怀特的温暖的家庭里滋育的声音，还有埃玛阿姨的鬼魂，从我的灵魂深处传来责备：**别忘记亲人。**

我们穿过树林，步行到一个小镇，布兰德把马、马车、货车都留在这里。我的头突突地抽痛，好似配合行走的节奏，我才想起先前挨过的棍击。我坐在车厢里，旁边坐着女孩和她的父亲。黎明正穿破天际，橙蓝相间的曙光，似扇子一般散发出来。行了数英里路，我们停下。我转身，看见布兰德与道旁一个矮小的女人说话。她全身包裹严实，头上裹着披肩。她转过身，朝车厢后走来。她走近前来，伸手抚摸我的面颊，再移到我的额头，摸摸我的后脑勺——被碰触的时候，伤口疼痛极了。我看清她的面容，估计她仅大我数岁。但是，她走来的姿态，她的自信和威严，让我觉得她年纪很大。

"你干掉他们了？"她说道，回头问布兰德，手仍停留在我脸上。

"是的，"布兰德说道，"没有走出多远，这帮蠢货就决定停下，先吃庆功宴了。"

她转向布兰德，说道："该庆幸才是。"她又转身面对我，柔声说道："可是，你哩，孩子，你这是怎么了？哪个特工会叫猎狗有机可乘？嗯——嗯。差点就把你卖掉了。"

我没有作声，只觉脸上滚烫。她笑起来，收回手。

"好了，你们去吧。"她对布兰德说道。

马举腿前行，马车嘎吱作响。女人向我们挥手，转进我们身后的树林。我察觉车厢里有些骚动。男子和女孩激动地交谈。我没有加入谈话，那个男子俯过身来，说道："你不晓得她是谁？"

"不晓得。"我说道。

"摩西。"他说道，然后闭口不语，好像单是说出这个事实就已经叫他震骇，他在等自己恢复常态。

"我的天……"他停顿半晌，又说道，"是摩西。"

她的名字，多如她的传说。将军、黑夜、消失者、岸上的摩西，能够召唤迷雾，截断河流。她就是科琳和霍金斯曾经提起的人，依然在世的"传渡者"。那一刻，我没有想到这些。一时间发生太多的事情，最重要的是，我惊魂未定，面对发生在自己身上的这一切，我还没有余力思考。

一个小时后，女孩伏在父亲腿上睡去。布兰德在道旁停下马车，唤我到前面，与他坐一起。我们默默行了数分钟。我打破沉默，开口询问。

"你怎么找到我的？"

他嗤鼻哼了一声，笑道："希兰，我们都在提防。"

"倘然你们在提防，为什么不在他们把我打昏、绑出城前就阻止他们？"我说道。

布兰德摇摇头，说道："那帮人，捉住你的那帮人，他们在费城干这事很久了。他们专门找自由黑人下手。尤其是儿童，最值钱。我们根本没法阻止他们。不过，有时候，我们得到机会，就趁机叫他们瞧瞧，猎人这个行当有多危险。"

"这么说，这都是你们的计划？"我问道。

"不是。但你的问题是我们为什么不阻止他们。这就是为什么——给他们带个消息，带个警告，叫他们的同伙知道，他们这个行当也是有性命危险的。我们不能在城里传这个消息。在这里，在郊野，没人去告……"

"谋杀。"我说道。

"谋杀？你知道他们会怎么对付你？"

"我知道。"我说道。那一刻，我回到那个恐怖的夜里，被锁在栅栏上，索菲娅被锁在我旁边。我记起当时绝望得想妥协，想立刻死，记起她如何鼓舞我的勇气，无言地对我述说，在我最需要她的时候，她多么坚强，可是，在她需要我的时候，我又是多么愚蠢。而今，她消失了。只有上帝知道，他们，赖兰和他的猎狗怎么对付她的。

我说道："你只知我的一半故事。你知道那个女孩，索菲娅，与我一同逃跑的女孩。可你不知道我对她的感觉，还有，我在这里，呼吸自由的空气，可他们还锁着她，你不知这叫我多心痛。我只能告诉你，她比我坚强多了。事实上，我有时候觉得你们找错了特工。你们该找她。"

我开始哭泣。轻声地、安静地，眼泪止不住地淌。我只好沉默，让自己恢复平静。

"她在我身上看到那么多希望，"我说道，"可我失败了。索菲娅跟着我一起坠落。现在，我在这里，在北方，她……我甚至不晓得她在哪里。我只知她该过得比我好。她该得到更好的生活，胜过这个人，这个把她送进赖兰手里的人。"

说到这里，我的情绪终于决堤。我放声哭泣，把所有情绪释放出来。我带着心爱的女人走进恶魔的嘴里。这是压在我心头的重负，现在全都公开了。布兰德没有安慰我。他的眼睛看着道路。我停止哭泣后，他才开口说话。

"你知道自己对这个女人，对这个索菲娅的感觉？"他问道，"你知道自己想到她的下场的感觉，这个感觉把你撕成碎片？你知道你不停地想着自己原本可以这样那样做？你知道你无数个夜晚坐在那里想她是否活着？希兰，整个被奴役的种族，都在感受这个感觉。整个民族在抬头仰望，在想自己的父亲和儿子，想自己的母亲和女儿，想自己的堂兄弟、侄儿、朋友、爱人。"

"你说我谋杀那些人。可我要对你说，我因此挽救了无数人的生命。那些人会谋杀你，并且根本不会记得这桩谋杀。他们活着，他们的存在就会带来恐惧，带来一些幽灵。如果你非得称这是谋杀，那我欣然接受这个名目。"

我们闭口不语，默默行了一些时候。

"谢谢你，"我说道，"我一开始就该说这句话的。谢谢。"

"不必谢我，希兰。这份工作，这场战争，给我的人生带来意义。没有这一切，我不知我会做什么。要我说，我觉得倘你给它机会，或许也能在其中找到意义……"

布兰德继续说话。可是，剧烈的头痛袭来，然后，我终于感到一阵解脱，世界退去，我丧失了知觉。

次日午后，我醒来，浑身隐隐作痛。我穿上衣服走下楼，见雷蒙德、奥塔、布兰德三人在商议。他们招呼我过去，我坐在他们对面。扫视他们的面容，我感觉他们简直似在羞愧——大概是因为我竟愚蠢到被捕猎。我当时思忖，他们肯定接到指令，须做出一个可怕又不可避免的决定。

"希兰，布兰德和我是老朋友，"雷蒙德说道，"我相信他，就像相信我的亲人。坦白地说，胜过一些家庭成员。你想必也知道，他不是专属于这个基地。他在地下组织整个网络都有熟人，跟那些熟人来往的时候，他有时也接手一些我不太认同的案子。你就属于那类案子。"

我感觉气氛有些变化。

"我很熟悉科琳·奎因的工作方法和名声。希兰，我不认同那些方法，不管是什么目的。"

这时，雷蒙德摇摇头，低头看着地面，继续说道："仪式性地把人关在地洞、狩猎、追捕，所有这些，听着就叫我憎恶。在这层意义上，我得说，我们欠你一个道歉。我觉得对你所做的这一切，不管出于何种目的，都是错的。"

"不是你做的。"我说道。

"确实，但这是我的使命，我的部队。我虽不能抵销科琳亏欠你的债，但我可以弥补我的过失。那不止是她个人的错误，而是我们这份事业的错误，"说到这里，雷蒙德沉默片刻，然后抬眼注视我，"不管你胸膛里拥有什么力量。"

"我理解，"我说道，"没有关系。我理解。"

这时，雷蒙德深深吸了一口气。"不，希兰，我觉得你没有真正理解。"他说道。

"怎么讲？"我问道。

"我的意思是，我都知道。我知道索菲娅，知道你的感觉。我有责任知道这一切。正因为如此，我不但知道你当时的感觉，不但知道你现在的感觉，而且确切地知道索菲娅在哪里。"

"什么？"我说道。我的头一阵阵地抽痛，几乎似昨夜一般剧烈。

"我们必须知道，"布兰德说道，"如果不能确切地知道你与谁一道逃跑，你的伙伴有何下场，我们还算什么特工？"

"我问过科琳，"我说道，"可是，她说，这不是她的力量所能企及的。"

"我知道，希兰，我知道。这样做不对。我不能为此辩护。我只能告诉你一些你想必早已知晓的事：依照科琳·奎因的工作作风，身处敌营，就有不同的计算公式。这是必须的。而你属于那个计算公式的一部分。"

我强忍着头痛，说道："她在哪？"

"在你父亲家。无锁庄。科琳说服他赎回索菲娅。"

"你没带她出来？你们地下组织有那么强大的力量，你们却……"

"弗吉尼亚有它的规矩。我们带出我们能够带出来的。我们不能带出所有人。"

"那，这就是结局，你们任由她做奴隶？"我说道。

"不，"奥塔说道，"我们永远不会任由哪个人做奴隶。永远不！他们有他们的规矩。我以上帝的名义起誓，我们也有我们的规矩。"

"希兰，我们不止是想跟你道歉，"雷蒙德说道，"我们不止说说，而是要给你符合这些话的行动。"

"你看，我们不单知道索菲娅在哪里，"布兰德说道，"我们有具体的计划，把她带出来。"

18

接下来数日，我在费城街头行走，在车床前推凿子做木工，或者伪造书信和通行证的时候，我的心里没有别的念头，只有索菲娅。我想起她在篝火前跳水舞。我看到我们坐在凉亭里，传递一坛艾尔啤酒。我记得她纤长的手指，拂过棚屋里积满蛛网的家具。我想起我们站在冲沟，我心里多么冲动，多么渴望拥抱她。我想到我们在这里生活，所有各种可能——拥有属于我们自己的家，拥有属于我们自己的姜汁饼记忆，拥有晚饭后唱歌的女儿，在斯库基尔河边漫长的散步。我多想向她展示这个世界，思索她会如何看待这一切——火车、熙攘的人群、公共马车——所有这一切，一天一天，在我眼里变得熟悉。

我被猎狗抓捕两周后，雷蒙德召我到他在河对面的家。他在门廊上等我，告诉我家里只有他一人，他的妻儿在城里。我从他的神情看出，这是特意安排的。总有无数秘密。

我们走进屋，爬上楼梯。他伸手抓着一只铁环，铁环连接固定于楼顶木板的铰链。他轻轻一拽，楼顶的木板开启，落下一副软梯。我们攀梯上去，进入房梁上的阁楼。雷蒙德走到一个角落，我看到那里摆着数只木箱。他选出两只箱子，搬出阁楼，重新封闭楼顶，扛着木箱到一楼客厅。

雷蒙德打开木箱，说道："希兰，你来看看。"

我探头看进箱子里，见装的是各种文件，也有写给逃奴的书信——信中充满关切的词语，亲密的描述，慎重地传递赖兰的猎狗最近动向的情报、奴隶部队的策略和计划，而数量最多的则是请求地下组织救出他们的亲人。我看到雷蒙德标示他已认可、准备认可的书信。这些文件有重大的价值，他收存了数箱，从中可以知悉无数关于敌人行动的信息。然而，倘若这些箱子落到敌人手里，他们也可以了解无数关于我们的信息。倘若落在歹人手里，无数特工就会暴露。

"这里的故事，人们永远都想象不到——连我们组织里知情的人，也感到难以置信。"雷蒙德说道。我仍在翻检，种类多得让我震惊。看起来，每一个逃离了奴隶主、得到费城基地拯救的人，几乎都留下一份见证。我猛然领悟，我与玛丽·布朗森的面谈大概也在其中。"我们必须记得自己为何做这件事。我与抱持各种信仰的特工合作，我不敢说他们都抱着单纯的动机。"

"大概无人是单纯的，"我说道，"我们做这件事，大概都有自己的理由。"

"确实如此，"雷蒙德说道，"倘然不是牵涉我的亲人，我敢保证自己还会在这里吗？像现在这样投身进来？当然不敢保证。我们承诺为你带出亲人，不是吗？你心爱的索菲娅——她和你一道逃跑，与这些文件里的故事一样。事实上，与我的父母一样。"

"略有些两样，"我说道，"我和索菲娅还没有把事情想清楚。我们那时候还很年轻。我知道，这句话听起来有些古怪。从我被抓以来，还不到一年。可是，有些东西，我们之间有些感觉，叫我确实相信我们有可能成为一家人。但也可能不会。大概只是我自己的想象。"

"不管怎样，至少，我们欠你一个去找到答案的机会。"

"我想是的。"

"这事不容易。索菲娅这个情况。可是，希兰，你遭受太多摆布，因此，我先直截了当地把结论告诉你，然后再跟你详细解释具体的情况。"

我深吸一口气，做好心理准备。

"我们还没有与她联络。这事很棘手，你能想象的，必须谨慎，需要一些时间。不过，布兰德想了一个把她带出来的计划。其实，他主动提出亲自负责这个案子。但是，这里有个难题，与索菲娅无关的。这是我们的难题。你来的时机不巧，我们眼下正在进行另一个案子，"他说道，"奥塔与你说过他的妻子？"

"莉迪娅？"我问道。

"是的，莉迪娅。不单是莉迪娅，还有他们的孩子……我的侄儿侄女。我们计划很久了，一直准备把他们带出来。奥塔找到我们的时候，好像从梦里走出来。我们以为他没了。可是，感谢运气，感谢上帝恩赐，他回到我们身边。他回到我们中间后，虽然很快乐，我们得回他后，虽然很快乐，可是，我们还不是完整的家。

"莉迪娅在亚拉巴马。我们数次提出替她赎身，她的主子断然拒绝。更糟的是，我们认为那些请求反倒叫他起疑心，提高了警惕。希兰，莉迪娅和她的孩儿，真真是被埋在棺材底，每一天过去，棺材盖子就密封了一截。"

"我理解，"我说道，"我们要救出每个人——每个人都有适当的时候。"

"是的，"雷蒙德说道，"每个人都有适当的时候。可是，这个案子更复杂。一来，这是我的私事。二来，代价巨大。我们需要有人接应布兰德，确保他能在适当的时间离开，前往亚拉巴马。"

"当然。这正是我在这里的原因。"

"不，这是私事。这不是你所熟悉的地下组织的案子。当然，更不是科琳的工作方法。有些人反对这次行动，所以，我需要你理解——你是自愿参与。说实话，倘然你不想帮忙，我们还是会按原计划救你的亲人。就像我方才说的，我认为你遭受太多毫无正当理由的折磨。我们为你做这件事，作为对你的补偿，不管科琳怎么想。"

"我明白，"我说道，"这不是科琳的作风。我想，她是好人。他们都是，毫无疑问，毕竟他们投身于这场正义的战争。可是，我在这里看到的，我看到你的母亲，你的堂表亲，你的叔舅，这些不止是抗争。我感激科琳。我感激这场抗争。可是，我最感激的，是亲眼看到这一切发生在我身上。"

说到这里，我做了一件对我来说极不寻常的事——露出笑容。坦诚的笑容，源自内心的一种罕见的感觉——喜悦。想到即将发生的事，我由衷地感到喜悦。想到自己在其中扮演的角色，我由衷地感到喜悦。

"算我一个，雷蒙德，"我说道，"不管什么事，我都自愿参加。"

"太好了，"雷蒙德微笑道，"倘然你想看这些文件，看多久都没有问题。你也看到了，阁楼上还有很多。我媳妇很快回来，孩儿们下午回来，但你别管他们。你随便看。希兰，愿我们永远不忘自己做这件事的原因。"

这一日余下的时间，我一直在阅读雷蒙德收藏的文件，比《艾凡赫》或《罗布·罗伊》更激动人心。傍晚，我和他家人一道吃晚饭，并接受他们的留宿邀请，伴着灯笼继续阅读。我快速地消化所有这些文件，感觉心里有些失衡，因为直到现在，直到阅读这些书信之后，我才开始理解地下组织的行动覆盖广阔的范围，这些委托人为逃离奴隶制用尽了一切方法。传说中的故事，在我手里的这些书信和文件中变得鲜活真实："箱子"布朗的复活，埃伦·克拉夫特的传奇，嘉姆·罗格的逃亡。这些故事离奇得叫人不敢相信。读过这些故事，我开始理解雷蒙德和奥塔何以有这份胆量，敢从亚拉巴马的棺材里救人。他们已无数次以身涉险。在弗吉尼亚，最重要的是即时与不可见。雷蒙德自然不希望这些文件公之于世，至少现在还不是时候。

然而，自由州的安全赋予他胆识。对他来说，最重要的是自由。自由是他的福音、他的面包。

翻阅这些，我看到故事在眼前有了生命。我看到它们，仿佛置身于其中，感觉如此真切。我走向轮渡码头，在渡轮上，在返回费城基地办公室的一路上，我仿佛看到无数黑人密密麻麻地交叠，我看到他们的逃亡全景图，我看到他们走过我眼前，看到他们从南方过来，从里士满、威廉斯堡、彼得堡、黑格斯敦、朗格林、达比、诺福克、榆树县过来。我看到他们飞出奎因达罗，在格兰维尔找到庇护，睡在桑达斯基小镇的床上歇息，我看到他们在宾夕法尼亚伯金翰镇边界欢喜雀跃，因为米勒斯维尔——通往塞达斯的关隘——就在不远处。

我看到他们与爱尔兰女孩一道逃跑，怀中揣着失去的儿女的纪念物，我看到他们揣着咸猪肉和薄饼奔跑，揣着硬饼干奔跑，揣着牛肉块飞翔，最后一次嗅吸主子的乌龟炖汤，灌下数口主子的牙买加朗姆，然后埋头奔进冬天，没有思绪，没有鞋，但是跑向自由。黑女孩怀里揣着神圣婚姻的梦想奔跑，揣着双管手枪和短剑奔跑，面对猎狗的时候，她们拔出双管手枪，喊着"打啊！打啊！"，她们背着年幼的孩儿逃亡，给孩儿喂药，让他们沉睡，他们带着年迈的老人，老人在霜冻天拖不动脚步，死在树林里，嘴里呢喃："人类把我们奴役，可是上帝要给我们自由。"

在所有这些词语里，在所有这些故事里，我看到无数神奇的魔法，不亚于我在雁河的所见。这些魂灵与我一样，从深渊浮上来。我看到他们乘坐火车、航船、内河船、小划艇、黑市马车而来。他们骑马穿越僵硬的雪地，踩过3月融化的冰块。她们装扮似高贵的淑女而来，他们身穿绅士服饰而来，他们下颌扎着绷带而来，他们吊着受伤的胳膊而来，他们衣衫褴褛而来，一身不值得洗衣取浆洗的衣裳。他们贿赂低等白人，偷盗马匹。在风暴和黑暗里，他们渡过波托马克河。与我一样，对母亲或妻子的记忆驱使他们来到这里，由于反抗主子的欲望这一深重的罪孽，她们被卖到南方腹地。他们一路过来，被冰霜吞噬。他们一路过来，怀里揣着酗酒的残酷的工头以鞭笞为娱乐的故事。他们一路过来，像咖啡豆一样被装在船舱底，呼吸松节油，全身创伤，泡着咸水，心中充满罪孽，痛心自己挨鞭笞之时屈服，痛心自己在主子的皮靴下按住自己的兄弟。

在那日阅读的故事里，我看见他们从森林里跑出来，怀里抱着布鲁塞尔织毯包，嘴里喊着"我再不是奴隶了"。我看到他们登上渡轮，低声唱歌，唱给自己听：

　　　上帝把它们造成鸟，造成绿树
　　　它们都有伴，只除了我
　　　这个煎熬的灵魂

那天，我在费城的码头看到他们，口中祈祷"掩护被抛弃者，勿背叛逃亡者"。我看到他们在班布里奇街徘徊，呼唤所有死去的亲人——他们早已乘船驶向无人返航的最后码头。他们都来到我眼前，从纸页间浮上来，从记忆中浮上来。他们从万魔殿爬出来，从奴隶制爬出来，从万恶的巢窟爬出来，从巨大的车轮下爬出来，在地下组织的魔法前唱歌。

次日傍晚，我去见迈凯亚·布兰德。在城里被捕猎的经验，让我仍心有余悸。远远看见一个人，我便不由自主地分析此人的举动。有人从我身后走来，走得近了，我便站住脚，让他们先行。低等白人，特别是举动和衣着有些异样的，尤其让我戒备，因为很多猎狗就是从这些人中招募的。更甚者，低等白人遍布费城街头，事实上构成这里人数最多的阶级，尤其集中在布兰德家附近，还有斯库基尔河码头。这里也有黑人。我站在布兰德家斜对面观望，整整站了十分钟。我看见一个衣衫破烂的黑人男子，突然从隔壁的排屋冲出来。他走上炎热的街头，脚步匆忙，一个黑妇女紧跟着他追逐，谩骂粗鄙的诅咒，两个黑女孩站在门口大声哭泣。我想，我该做点什么。然后，年纪较大的妇女返回来，可能是祖母，把女孩赶进屋，门依然敞开。

我听说过关于这些黑人的故事。与雷蒙德和他的家人不同，这些黑人过一日算一日，倘若他们胆敢去申请被认为属于"白人"的工作，就会屡遭打击和挫败。起初，我的眼睛只看到相对富裕的黑人，没有注意到他们的存在。然而，站在那里，从街对面观望，我想起奥塔曾经诫地下组织的客户，告诉他们可能必须面临这种命运，这些黑人通常是逃亡的奴隶，不接触社会和教堂，因此发觉自己难以承受自由。那一刻，我恍然领悟：这些日子里，我心头一直怀着这股恐惧，警惕地观察路过的每一张面孔，而这些黑人须终生如此警惕。更可怕的是，倘若被猎狗捉住，他们可没有布兰德来解救。

至于布兰德本人，他在家等候我。一个年轻女子来开门，她露出笑容，然后呼唤他的名字。她介绍自己名叫劳拉，是布兰德的妹妹。房屋很简朴，尽管在这片住宅区算是上好的，但远不及雷蒙德或怀特一家在河对岸的房屋舒适。然而，屋里干净，家具精心摆设。

我们握手，寒暄几句。一路有惊无险，抵达布兰德家后，我感觉如释重负。顺利地度过这个小小的考验之后，我才意识到自己多么迫不及待，急切地想要开始解救莉迪娅的行动，从而能够尽快地解救索菲娅，**我的索菲娅**。在我的心里，她不是一个拥有自己的想法和思想的人，她就是思想，她就是想法。因此，每次想着**我的索菲娅**，就是想着一个自己深爱的女人，也是想着**我的梦想和救赎**。我必须把这些告诉你，因为这些很重要。因为你必须要知道，对于**她的梦想、她的救赎**，我几乎一无所知。现在我懂了，她曾试图告诉我，而我，一向自以为擅长聆听，却选择充耳不闻。

无论如何，坐在迈凯亚·布兰德面前之时，我正是怀着这样的心情，焦虑又匆忙，落座后，未过五分钟，我便贸然直入主题："我们如何着手？"

"带出索菲娅？"布兰德问道。

"我是说莉迪娅和她的孩儿。当然，倘然你愿意，我们可以先谈索菲娅。"

"索菲娅这个容易。我得说服科琳，然后召集一些资源，但可以做到。"

"科琳……"说出她的名字，我的嗓音不由得暗淡，"是她把索菲娅留在那边。"

"希兰，那是她的基地，她应当知情。另外，也应当征询她的意见。"

"科琳……"我摇摇头。

"你知晓那位女性的全部故事？"

"不知道，"我说道，"我只知道她把索菲娅留在棺材底。"

这时，发生了一件事。我当时没有留意的那件事。我不知那是否便是魇迷，只觉体内涌起一股愤怒。这个愤怒关于我，我的身体被侵犯，牢房，还有施加于我的所有折磨。但是，那又不是我的愤怒。那个述说的声音，不仅属于我，更属于最近刻进我心里的那些声音。那个声音说道，**你晓得他们在那边对我们所做的。你忘了？你不记得他们对我们的女孩做的事？他们那么做，就把你制服了。他们用孩儿把你锁住，用你自己的骨肉把你锁死在那个地方……**

那个瞬间，布兰德失去惯有的冷静，脸上呈现我不曾见过，并且再也未曾看到的神情——恐惧。然后，墙壁退逝，取而代之的是一种浩淼无边的空虚。桌椅仍在原地，还有布兰德，都笼罩在我已感觉熟悉的蓝色光芒之中。我意识到自己的存在，意识到深刻的愤怒，但我更感到一股出自肺腑的伤痛。自从我把梅纳德留在雁河以来，这股隐痛一直存在。更重要的是，我第一次清晰地意识到所发生的事，如同看到事情发生的过程，因此，我试图引导它，指挥它，就像你会在梦里引导梦境一样。可是，我刚萌生这个念头，试图直接影响周围的环境，世界便已恢复原状。浩淼的空虚微微闪烁，最后，墙壁的轮廓再度浮现。蓝色消退，我看到我们坐在那里，只是交换了位置，我坐在布兰德的位置，他坐在我的位置。我站起身，触摸墙壁。我走出房间，脚步踉跄，来到门道，倚靠着墙壁。同样的迷惘感，只是少了几分疲惫。我回到餐室，坐进椅中。

"就是这个，是吗？"我说道，"这就是科琳·奎因想要的。"

"是的，就是这个。"他说道。

"你以前见过？"

"嗯，"他说道，"但不一样。"

我沉默很久。布兰德站起来，离开房间。我把他的举动理解为体贴，因为我觉得他知道我需要一些时间恢复常态。他回来时，他的妹妹劳拉一道进来。她说快到晚饭时间了，邀我留下吃饭。

"希兰，在我家吃个便饭。"迈凯亚·布兰德说道。

我接受他们的邀请。

晚饭后，我们一道散步，默默走过费城黄昏的街道。最后，我终于开口询问："你看到了谁？摩西？"

他点头。

"前些天夜里那人？"

"是的。"

"你用那个方法救下我们？"

"不是。对付那帮东西，不需要超自然的力量。"

"布兰德，倘然摩西拥有这个力量，为何不派她带出奥塔的亲人？"

"因为她是摩西，不是耶稣。她有她须遵守的承诺。万事万物都有局限。我尊重科琳。我尊重她想用你去做的事业。但是，她并不真正地理解那个力量，也不理解那个力量行使的原理。"

我们继续行走，沉默不语。太阳在我们身后落下。自从在码头遭遇赖兰的猎狗袭击以来，我不曾在傍晚出门散步。然而，走在迈凯亚·布兰德身边，我觉得安全。事实上，在地下组织，他是我认识最久的朋友——倘若我可以视他们为朋友的话。并且，正是他，以他独特的方式，相信我确实被赋有一些特殊的能力。

"你怎么遇见科琳的？"我问道。

"你弄反了，"布兰德说道，"科琳遇见我的时候，她还是学生，在纽约一所女子学院，弗吉尼亚某个阶层喜欢把女儿送到那边，灌输淑女教育——学习法语、家务管理、艺术，略读一点书。但是，科琳早熟，对大城市很着迷。她常溜出学院，去听废奴主义者演讲。她与我就是这样认识的。

"你瞧，组织里很多人，一直觉得应该把我们的战争扩大到南方。我们轻而易举地招募了她，把她当作我们的头等武器培养，直捅向奴隶制魔头的心脏。她是名副其实的头等武器——

庄重的南方美女，优雅地装点他们的文明，背地里翻脸攻击他们。她无数次证明自己的价值。你无法想象其中的牺牲。"

"她的父母。"我说道。

"牺牲，希兰，了不起的牺牲，"他说道，"雷蒙德和奥塔，甚至我们的摩西，都永远不会认可这样的牺牲，我也永远不会要求他们做出这种牺牲。大概就是在我遇见你的时候。当时，我担任侦察工作，使用菲尔茨先生这个假名。我在无锁庄第一次听到桑提贝丝的故事。但那时我还没有看出你，一个记忆非凡的男孩，与'传渡'有关联。科琳的目标针对古老的家族，无锁庄只是其中一个，但是，我们看得出来，只有这个家族的继承人能轻易地被我们蒙骗。但是，当她接近这个目标的时候，她很快就发现，弗吉尼亚基地不但可以掌控榆树县这座古老的庄园，还可以为组织弄到一个伟大的力量。"

"可你们有摩西。"我说道。

"不，希兰，"他说道，"摩西不属于任何人。至少，不属于科琳。摩西确有效忠，也与费城基地有关联。但是，科琳要寻找的力量，须与弗吉尼亚有关联。"

"这么说来，大家都清白？不能怪任何人？"我说道。

"希兰，不是这样。她并不清白。她只是做得对。你可想过，倘然他们察知她所做的事，会如何对付她？尤其是像她这等身份的女人，竟然嘲弄他们最神圣的原则，企图彻底摧毁他们的生活方式，你晓得他们会怎么对付她？"

此时，我们已走到第9街的办公室，我的住所。我从纷乱的思绪中回过神来，领会布兰德在护送我回家。我注视他，轻声发笑，摇摇头。

"怎么？"他说道，"咱们可不能再叫你被闷棍打昏了捆走。"

我又笑起来，这一次笑得更大声。听到我的笑声，布兰德伸手搭在我的肩头，与我一同欢笑。

19

夜里，我迟迟不能入睡，脑中反复重演在布兰德家出现的那个小小的"传渡"。这个力量确实在我体内。然而，与其说它属于我，不如说我被它控制。因为每当这个力量出现，蓝色光芒袭来，雾气笼罩我的头顶之时，我就被动地成为这具躯体的乘客。我必须理解，为了理解，我需要向已经理解的人求助。唯一可以求助的人是摩西。

但是，莉迪娅·怀特和她孩儿的命运是头等大事。次日，我与迈凯亚、奥塔、雷蒙德坐在起居室，讨论带她们出来的各种途径。

"我们需要一套通行证，"布兰德说道，"还有，这些文件必须用这个丹尼尔·麦基尔南的名义。希兰，这个麦基尔南，就是奥塔从前的主子，现在控制着他的亲人。我们需要这些通行证，你要做得尽可能精确。她们要走的路很长，我们的特工会因为极微小的细节栽倒，譬如，触犯了某个鲜为人知的法令，在禁止外出的时间在外面行走，或者混淆了当地轮渡的抵达时间，或者纯粹是运气差。"

"我可以伪造这些通行证，"我说道，"只是需要一些原件。越多越好。或许可以用奥塔的自由文契？"

"不管用，"奥塔说道，"我与另一个人串通，我自己向麦基尔南赎身。我的自由文契是那个人写的。"

"还有一个办法，"雷蒙德说道，"从前，不那么久以前，在河对面，买奴隶还是合法的。在某种程度上，现在还是。不管怎样，那些靠奴隶发了横财的人当中，有个人对我们家特别重要。他叫杰迪凯亚·辛普森。辛普森先生买了我、我妈、我阿爹，还有奥塔。"

"你母亲就是从此人手里逃出来的？"我问道，"他把奥塔卖到南方？"

"就是他，"雷蒙德说道，"杰迪凯亚·辛普森早死了。他儿子继承家业。他在城里也有套房子，就在华盛顿广场北首。他叫埃隆·辛普森，由于他的财富，城里最体面的圈子视他为上等绅士。但我们知道他毫无体面。譬如，我们知道他还在投资奴隶制，把自己的奴隶卖到南方腹地。"

"你与他打过交道？"我问道。

"没有，还没有。"

"但我们一直盯着他，"奥塔说道，"两边都监视，他在城里的房子，还有他在南方的庄园。据我们所知，埃隆·辛普森与丹尼尔·麦基尔南仍有生意往来。"

一时间，他们沉默不语，看我是否明白这个计策。然而，他们无须等候，因为在他们说话之际，这个计策已在我眼前浮现。于是，我看着奥塔，点点头，表示我已经领会。

"一封信，一纸销售收据，不管什么文件，我只需要辛普森和麦基尔南之间的一两封通信，"我说道，"或许，入室偷窃？"

"不需要，"雷蒙德说道，"布兰德有个更文雅的办法。"

他们三人露出微笑，就像小孩保守一个秘密。

"讲给我听。"我说道。

"直接带你去看，如何？"布兰德说道。

于是，那天夜里，我和布兰德站在一条小巷里，借着煤气灯光观望街头的动静。我们站在阴暗处，街上的人看不到我们。我们的眼睛监视埃隆·辛普森的住宅。我们站在华盛顿广场边缘，这片街区矗立着高尚体面的住宅，光滑的褐砂石砌墙，玻璃窗安装百叶帘，一座在这个国家诞生之初筑造的老公园。这里属于这座城市的上流社会。

及至那时，我阅读了大量关于费城的书籍。因此，我知道，宾夕法尼亚州从前实行奴隶制的时候，城中发生热病瘟疫。许多人试图阻止热病传染，其中一人名叫本雅明·拉什。他是著名的医生，正是这个事实叫我觉得难以接受：他为保卫这个城市而提出的理论如此可耻。他告诉费城的居民，有色人种对热病有免疫力，并且不单有免疫力，他们的存在本身就能改善空气质量。我们吸进病毒的祸根，把它囚禁在我们恶臭的黑色身躯里。于是，依据这个宣称我们的身躯被赋予黑魔法的理论，成百上千的黑奴被带进城。他们都死了。城中开始堆满他们的尸体，奴隶主便寻觅空地埋葬尸首，远离同样死于热病的白人墓地。他们拣了一处荒凉的空地，把我们抛进土坑。数年后，热病瘟疫已被遗忘，战争生育了新的国家，他们便在黑人尸首上面建造一排排整洁高雅的住宅，用领导他们自由解放的将军命名一座广场。我顿时领悟，即便在这里，在自由的北方，这个世界的华丽也是筑造在我们的身躯之上。

"你如何走上这条路？"我问道。我们已经站了数小时，布兰德和我，站在黑暗里观望那栋房屋。

"你是问一个白人为何进入地下组织？"

"不是，只是问你。你为何进入地下组织？"

"我很小的时候，我父亲过世了。母亲养不活我们。我去做所有能做的事。我虽然年纪很小，但不管什么工作，我都去做。但是，我与劳拉有分歧，我年纪稍大后，就立刻离开家。我是那种喜欢冒险的年轻人。我去南方，参加塞米诺尔战争，在那里被彻底地改变。我看到白人焚烧印第安人的营地，举枪射击无辜者，劫掠儿童。我有我的挣扎，但我开始明白，我个人的挣扎，在更巨大的挣扎面前，完全不值一提。

"我开始意识到自己缺乏知识，不懂人们为什么发动战争。我一向对世界充满好奇，但一直没有机会受教育。然后，我的母亲过世，我回家照顾劳拉。我在码头找到工作。但是，不论什么时候，一有空闲，我就去城里的阅览室。就是在那些阅览室里，我得知废奴运动，后来慢慢地得知地下组织。我在全国各地工作，俄亥俄州、印第安纳州、马萨诸塞州，然后到纽约，在那里遇见科琳·奎因，因为这个缘故，后来去了无锁庄。"

布兰德正要继续讲述，我们彻夜监视的对象终于出现。一个白人从埃隆·辛普森的住宅走出来，站在人行道旁等候。布兰德从外套口袋里掏出一支雪茄点燃，他先抽了一口，然后转身面对我，映着雪茄微弱的亮光，我看到他露出微笑。布兰德走出小巷，站到街头。那人急步走来。布兰德转身步回巷中。那人跟随在他身后。

"他们跟我说，你一个人来，"那人说道，"他们跟我说，这事简单方便。"

一时间，我思忖这人是否便是埃隆·辛普森。但是，即便在黑暗里，我也能分辨他的衣着不似绅士。

"查默斯，人生哪有简单方便的事，"布兰德说道，"至少，大事都不会简单方便。"

"好吧，我说话算数。"他说道，拿出一只包裹递给布兰德。

"我们得验货，"布兰德说道，"我们进屋去。"

"要死啊你！你们的人保证过，这事简单方便。你带了**他**，已经违背了约定，你现在要我——"

"我要你带我们进去，"布兰德说道，"此事确实简单方便。你答应给我提供写给某人的书信。我需要核实，看看这些东西是不是你所说的文件。为了核实内容，我需要阅读。为了阅读，我需要灯，而最近的灯就在你主人的房里。"

"辛普森先生不是我的主人。"查默斯怒冲冲地说道。

"你说得对，他不是你的主人。并且，你会带我们进去核实这些文件。你要是不肯，我们就把我们拿到的书信寄给这个埃隆·辛普森——此人不是你的主人。这些书信会提醒他警惕，每当他妹子进城居住，你习惯性地与她单独散步，不带女伴。我会确保他乐于听闻你如何羞辱他家的名声，将此事当作你的日常工作。"

夜色太黑，看不清查默斯的神色，但我看到他后退一步。我想象他这时的感受——逃跑的冲动。也许他已经收拾了全部家当。大概这个妹子早已知情。也许她不知晓，他抛下她独自承担私情败露的后果。也许外面已有一辆马车在等候，准备载他去遥远的北方，带他投进亲人仁慈的怀抱。或者，也许他要去我想象中的俄勒冈州冒险，或者到我热爱的水手中间寻找无拘无束的伙伴。

"查默斯，你可想好了，"迈凯亚·布兰德说道，"你这可是以身试险，你要想想自己能否赢得过那个资源无限的绅士。要不，你就带我们进屋去。旁人不会知道。这一切可以只是一场梦。无人会知道，我保证。只有我们知道。我们立刻走。简单方便。"

查默斯犹豫一刻，然后抬腿往回走。我们跟随他走上台阶，走进玄关，经过客厅，进入里屋，这个房间充当埃隆·辛普森的书房。查默斯点亮一盏油灯，布兰德坐到一张书桌后，取出文件阅读。这包文件里有数页纸，布兰德迅速翻阅一遍。

"不行，"他说道，"没有一页可用。没有一页。"

"他们说了你需要辛普森先生的通信，"查默斯说道，"他们这么告诉我，只要我做了这事，就放过我。"

"我相信他告诉你的不止这些，"布兰德答道，"你有没有费心瞧瞧这些信是写给谁的？"

"他们说给你些通信。我就给你拿了。"

"好吧，"布兰德说道，眼睛看着我，"我们需要更多。"

布兰德朝我的方向点点头，站起身，举起油灯环视房间。我明白自己的任务，便坐到书桌前，打开抽屉寻找。我翻阅一本私人日记，浏览数封写给熟人的书信，查阅数张邀请函，但没有找到任何写有麦基尔南的地址或来自他的信函。然而，我再次抬头时，见布兰德在端详一只橡木箱。他屈腿跪在地上，伸手抚摸箱子上的铁锁。接着，他站起来，伸手探进口袋，掏出一只小包，取出一根铁丝。我观看布兰德解锁，又回头看看查默斯。他坐在高背扶手椅里，身体紧张地挪动。一两分钟后，布兰德撬开铁锁，箱盖呻吟着开启，他转头瞅一眼查默斯，微微一笑。

布兰德从箱子中取出大摞文件，都是折叠整齐的信函。他将这摞信件摆在书桌上。我翻阅书信，很快便看出这些与先前的书信完全不同。这些是交易记录——管理、购买、出售黑人的记录。很显然，这桩生意十分兴隆。并且，从黑人名目后附注的数字可以看出，埃隆·辛普森的财富都是源自买卖奴隶。我从未见过辛普森父子，但我不禁想象小辛普森在城中跻身北方的上流社会，展现上等人的高雅模样，结交体面的人物，从事正派的贸易。然而，他肮脏的人生就锁在这只箱子里：一桩浩大罪恶的证据，证明他属于那个黑暗的社会，用黑暗的金钱筑造这个华丽的住宅。而这个住宅本身，虽位于这座号称没有奴隶的城市中心，却以奴隶的坟墓为地基。

有数封信来自麦基尔南。我取出这些信。对于我的工作，样本越多越好。

"他会发现这些信不见的。"查默斯抗议道。

"除非你告知他。"布兰德说道。

查默斯跟随我们走到门口。

"下周会有人联络你。我们得到可靠的情报，辛普森——此人不是你的主人——届时还没有回来。到时候，这些书信自会归还给你。你放回箱里锁好便是，"布兰德说道，"然后，你与我们就了结了。简单方便。"

我只用了两三天时间，就伪造出通行证，还有数封书信为布兰德提供担保，帮助他出入较危险的地区。完成文件之后，我们次日便把书信归还给查默斯，此后没有再听说他的消息。即便在计划失败以后，也没有丝毫可疑的迹象，没有让雷蒙德、奥塔，或者基地的任何特工受到牵连。

布兰德随即动身前往亚拉巴马州。我没有机会与他话别。在我的人生里，我极少享受道别的权利。然而，对我来说，这一次话别似乎格外重要，因为雷蒙德提出整个计划，是作为给我的补偿。

费城基地的特工从未有过如此冒险的拯救行动。这次的行动安排如下：布兰德先到西部，抵达位于俄亥俄州辛辛那提的庇护所，与当地一名干练的特工会合。然后，他沿着俄亥俄河侦察，寻找妥善的地方登陆，进入印第安纳州或者伊利诺伊州。安全上岸后，布兰德便冒险深入奴隶州腹地——棺材底——亚拉巴马州弗洛伦斯，跟汉克·皮尔逊取得联络。汉克是奥塔信赖的老朋友，仍在麦基尔南庄园。汉克会把莉迪娅带给布兰德。布兰德拿着一条披肩作为相认的证物。这条披肩是她送给奥塔的念想。然后，布兰德冒充她们的主人，带她和孩儿回来。为了不让他们在路上分散，莉迪娅和孩子们都拿着通行证，拥有外出权利。计划的大胆之处不止是这些步骤，更在于把握时机。那是 8 月初，离似乎永远不会天亮、为地下组织的特工提供无数掩护的冬夜依然十分遥远。但是，计划必须在此时实施，因为听说麦基尔南经济窘迫，随时可能出售奴隶。倘然莉迪娅与孩儿被卖掉，我们的所有情报和计划就会顿时化作泡影。

20

时至夏末，我们进入解救行动的淡季。因此，我们整日无事，只有等候布兰德的消息。幸运的是，这时我们恰好要去参加年度大会。所有以合法、公开的方式反对奴隶制的人——对这项事业抱持同情的市民——通过报刊、演讲、投票，为废除奴隶制而战斗。地下组织的特工则进行秘密的战争，我们隐蔽、神秘、暴力，但也与公开行动的战士们悄悄地联盟。这两个派系平常在距离遥远的地域相互致敬，而8月举办的这场年度大会，便是我们相见的唯一机会。暗想即将与弗吉尼亚的故人，与科琳重逢，我的心头充满焦虑。布兰德离开以后，我们便着手准备行装，两周后，我们启程上路。雷蒙德、奥塔与我搭坐一辆私人驿站马车，在布兰德去往南方之际，我们启程北上，去往更北的北方，进入纽约州山区。

我逐渐理解，雷蒙德和奥塔穿梭于这场战争的两条前线，一边公开领导废奴主义者，一边暗中从事较黑暗的行动。而我所参与的便是后者。在解救黑人的行动方面，费城基地把自由赋予无数人，超过密西西比河以东的任何基地。在这个名声之外，费城基地更有奥塔的传奇，他被视为从亚拉巴马腹地逃脱的奥德修斯，爬出孤儿生涯的深渊，投进亲人守望的怀抱。马车旅行第二夜，又有一位乘客坐进车厢，此人的传奇胜过我们所有人。摩西。

现在，我对她的了解不止停留于传奇故事。我在雷蒙德的文件里读到很多关于她的事迹。饶是如此，当她踏进车厢，浑身散发冒险传奇的气息，我瞠目愕顾，只能勉力道一声问候。她与雷蒙德愉快地寒暄，向奥塔颔首致意，然后凝神注视我。

"你恢复得如何，朋友？"她问道。我怔愣一时，然后领会到她上次见到我的时候，我被赖兰的猎狗打伤。

"还好。"我说道。

她拿着一根手杖，就如那天夜里我在树林外看见她的样子，只是现在，在日光下，我看到手杖刻满图案和象形符号。她见我观察她的手杖，便说道："我这根手杖忠诚可靠，枫香树枝。不管到哪都跟着我。"

马车滚滚往前。我发觉自己总是不由自主地朝她看。纵然没有"传渡"，她也是地下组织里最有胆略的特工。那时，我已见过一些世面，读了雷蒙德收藏的无数记载，从而知道她的灵魂被最恶的奴役重创，却从未被折断。然后，我想起自己被封在地洞，被关在牢房，想起自己被当作猎物追逐的黑夜。雷蒙德称她哈丽雅特，她说她喜欢这个名字，胜过其他所有名号。但他依然万分恭敬，犹如士兵面对伟大的将军，谨勤地回答她的问题，自己却不敢多问，并时刻准备侍奉她，尽管她极少提出要求。

一日后，我们驶进年会地点。野营地设在一片清理出来的山野，靠近加拿大边境。这块土地属于地下组织的一位大赞助者。据说，这位善人筹划在这里开辟黑人社区，以便让他们在此自力更生。我们抵达前一天下过大雨，因此，跳下车时，我们的短靴溅满了泥浆。我们三人在营地外围较高的地面拣了一块地盘，然后便分散行动。

我举眼望去，见溅满泥浆的帐篷一直绵延到树林边缘。我穿过帐篷之间，看见人们兴致勃勃地辩论，便选了一个较大的帐篷，进去看到改革派演说家站在临时搭建的讲台上传布观点。演说家们都热爱观众，一个个似乎都在争抢追随者，吸引他们来拥护自己的主张。我挤过人群，在一个白人面前站住脚。此人身穿粗棉布马裤，头戴高顶礼帽，把脸埋进衣袖失控地哭泣。他一面哭，一面讲故事，他的观众听得痴迷。他形容朗姆酒和啤酒如何把他摧毁，让他失去家园和亲人，最后只剩身上穿的这套衣服。他说，他发誓——这时，他不再哭泣，已经恢复平静——在把酒精这个魔头彻底地逐出这片土地之前，他只穿这一身衣服。

我继续朝前走。我站进一圈人中，望着两个女性，皆身穿工装，剃了光头，激昂地宣告女性有权利享有男性的所有自由，参与所有领域。两个女性继续宣讲，嗓门和话音不断扬高，最后连围观的人群也受到谴责，因为她们声称，如果我们这群人没有决心参加大会的女性选举权运动，我们便是那个巨大阴谋的同伙，在劫掠世上的另一半人口。

走进另一顶帐篷，我随即意识到这里也在劫掠：一个沉默的印第安人，身穿传统服饰，站在一个白人旁边。白人讲述自己目睹的浩劫，讲述佐治亚人、卡罗来纳人、弗吉尼亚人打着保卫土地的旗帜，犯下多么邪恶的罪孽。那个时候，我深知那些地方会发生什么，深知奴役的罪孽只会繁衍盗窃和劫掠。

我继续朝前走，看见一队孩子排在一个男子背后。这个男子激动地抨击这个国家的工厂，这些孩子，父母养不起他们，就被卖掉，过着劳苦的生活，直至被此人所宣扬的社会公益行动拯救出来。归功于这个慈善义举，这些孩子被救出资本魔头的大嘴，即将去上学。我再往前走，发觉这个观点颇接近行业工会的观点，工会主张应当剥夺所有奢侈的工厂主的特权，分配给在工厂劳动的工人。

再往前走，我又听到一个类似的主张，他们宣告彻底消灭工厂，宣告社会已经成为过时的制度，男人和女人要组织成崭新的社区，人们在新社区里共同劳动，共同拥有物产。我发觉大会的宗旨是激进、极端，但这个观点不算最极端，因为我走到营地边缘的时候，才听到最极端的主张。一个未婚的中年女性，要求我与在场所有观众一同反对婚姻的束缚，她宣告婚姻本身就是一种财产、一种奴役，她催促我们去拥抱"自由爱情"这个观念。

这时，已近晌午。太阳高悬，照耀着 8 月无云的天空。我抬起衣袖擦拭额头的汗，找到一段树桩坐下歇息，远离演讲者和帐篷的争执。那么多信息——那片草地就是一所大学。新的存在方式，新的自由思想，争抢着要挤进我的头脑。一年前，我会不假思索地拒斥这一切。但是，现在的我看过那么多，甚至超过在我父亲的书里读到的。哪里是尽头？我说不准。这个事实既让我痛苦，又让我喜悦。

我抬头，看见一个女人，年纪略比我大，站在我刚离开的营地边缘，仔细地打量着我。我们的视线相遇，她就露出笑容，朝我走来。她面容清秀，淡棕色皮肤，浓密的黑发顺着脸颊飘落，在肩头被吹拂。

出于敬意，我站起来，她的笑容已经褪去。她把我从头看到脚，似乎在确定一件事。然后，她开口，说出我心中已经料到的话。

"你好吗，希？"

倘然换作别的地方，别的场景，听到这句话，我会觉得放松，因为我心里会涌起家乡的思绪。可是，此时此地，我心里立刻浮现一连串问题，最重要的问题是，这个女人如何知晓我的名字。

"好啦，好啦，现在安全了，"她伸出手，说道，"我叫凯西娅。"

我没有伸手相握。但她只管继续说话，丝毫不觉受了冒犯。

"我来自你的家乡——弗吉尼亚，榆树县，无锁庄。你不记得我。你记得一切，但不记得我。没有关系。在你还幼小的时候，我照顾过你。你母亲把你托付给我，她得去——"

"谁？"

"你母亲——罗丝姆妈，我们都这么唤她——她把你托付给我。我听说，你认识我姆妈，她叫锡娜。数年以前，她失去自己的孩儿。全部五个，在星落地的跑马场出售，上帝晓得给卖到哪里去了。但是，我在这里，加入了地下组织，我听说老家还有一个人在这里，跟我一样上来了，我听说这人就是你。"

"一道走走？"我问道。

"好。"她说道。

我领她走出大会的地界，走向草地外，来到一个隆起的土丘，我和雷蒙德、奥塔的马车与帐篷安顿在这里。我扶她坐上马车，然后攀上去，坐在她旁边。

"我讲的是实话，"她说道，眼睛直视前方，"这一切都是真的。倘然你想知道，我就把事情的经过讲给你听。"

"我很乐意听。"我说道。

"嗯，你晓得，就像我刚才跟你说的，我是锡娜的孩子，最大的孩子。我们住在下边的大街上，我对那段时光还有美好的记忆。那时候，我阿爹是大人物，烟草队的班头。也就是说，倘然你身为奴隶，班头是你能爬上的最高位置。

"我们拥有自家的房屋，在大街尽头，比别家大，还隔开距离。那个时候，我以为那是因为我阿爹的本事，山上的人看重他。他是冷漠的人。我不记得他讲过几句话，但我记得上等人下来与他说话，总带着一份敬意。他们对其他奴隶可不会这么说话。"

　　说到这里，凯西娅闭口不语，脸上露出领悟的神色。然后，她说道："大概只是我的想象，只是一个孩子的记忆，试图把事情回想成自己希望的那样。我不晓得。可是，我跟你讲，我确实那样记得。我记得我们玩耍的游戏。我记得那些弹珠。我记得皮球和跳绳。我记得口哨骑兵游戏。但我记得最深的，是我姆妈，她是我认识的最善良、最亲切的女人。我记得那些周日，躺在她怀里，我们五个孩儿，小猫咪似的，全都偎在她怀里。我阿爹是冷漠的人，可我晓得，就算在那个时候，我也晓得是他保护着我们，他做着什么事，或者做过什么事，才让我们有这间大木屋，远远地造在大街尽头。我们屋后有花园，有属于我们的山茶花。那就是我的生活。"

　　凯西娅将目光投向远方，眺望我们方才走过的帐篷，沉入遐思。我也失神地回想，忆起多年前的锡娜，抽着烟斗，讲述她深爱的男人，大个儿约翰。这个凯西娅竟是他们的女儿，竟出现在这里，叫我简直不敢相信。

　　"可是，我渐渐地长大，很快被派去干活。起初给地里的人挑水，接着下地劳动。但我不介意，我的朋友们也都在那里，我在阿爹身边干活。地里很辛苦，这个我晓得，但我一向能吃苦。就是因为这个能力，我才能进入地下组织。还是说回那个时候，我的世界就是地里和大街。希，就是在大街上，我认识了你，认识了你母亲，你的埃玛阿姨。周六、周日，年纪大些的女孩都去树林里跳舞，把我留下看小孩，你就是其中一个。

我得知你在这里，一点也不觉得惊讶。你总与别人两样。你只是观看，观看一切，方才看见你的时候，我心里就想，你一点都没有变，还是那样观看。再次看到你，是我的福气。在这里，在这个远离奴役的地方，再次遇见你，是我的福气。

"那是另一种人生了。我刚才说，那个时候觉得幸福，说出这句话，连我自己都觉得吃惊，几乎觉得羞愧。可我确实相信我是幸福的，至少有一段时间。我记得这个感觉消失的时候，那是我阿爹病逝的时候。热病，你晓得的。我姆妈被压垮了。她还是像从前那么温柔，可她心里太悲伤。她每天夜里哭，唤我们到她身边：'来，跟姆妈一道睡。'她会这么说。我们，我们五只小猫，依偎在她身边，她一径哭，我们都跟着她哭。可是，希，我跟你说，这些只是小事，可怕的事还没有来。我阿爹过世后，我们至少还有彼此。可是，不久以后，连这个安慰也没有了——就好像我们全都在彼此心里死了，就好像我们全都死了，被打发到不同的地狱。"

这时，凯西娅转头看着我，说道："他们说，你认得我姆妈，有点认得。"

我点头，不打算多说，因为我还不能完全相信这个故事。可是，从凯西娅注视的眼睛里，我看到饱含着的期待。我深刻地懂得这份期待。

"她不完全像你描述的，"我说道，"但我相信是同一个人。并且，依我对她的了解，我相信她变成现在这个样子，完全有她的理由。但我觉得这些都不重要。最重要的是，她待我好。

对我来说，锡娜是我在无锁庄最美好的部分。"

凯西娅举起双手捂住嘴，悄声哭泣。

然后，她说道："那么，你晓得跑马场的事？"

"是的，我晓得。"我说道。

"试想一下，我们五个孩子，我的弟弟妹妹，全都被拉到跑马场出售。你晓得吗，我再也没有见过他们。可是，希，那么多人消失了，就好像水从指缝间滴落，没了。"

"我……我晓得，"我说道，"我不是一直都晓得。但我现在晓得了。你母亲，她试图告诉我。可我从前不晓得被如此摆布的意味。但我现在开始懂了。"

"他们曾说，你阿爹是白人。"

"是的。"我说道。

"也救不了你？"

"救不了。他谁也没救。"

"嗯，救不了。我现在能站在这里，完全只是巧合。弟弟妹妹们大多去了纳奇兹道，只有我被带到马里兰州，在林场干活，没过多久，我遇见一个男人，他叫伊莱亚斯，我们喜欢对方。伊莱亚斯是自由人，他拿工钱，打算攒钱给我赎身，让我也活得自由。

"林场的劳动很苦，但是我找到了新家。我改变自己，适应这个新人生，一切以这个男人为中心。我几乎感到生活的幸福。我晓得自己永远不可能变回那个无忧无虑的少女。我晓得从前的经历在我心里打了印记，很深的印记。可是，我找到新的希望。正当我找到新家的时候，我告诉你，希，他们又把我摆到拍卖台。可是，你瞧，这一回我不会任由他们摆布。我加入了一个特殊的家，这个家里有一个人，就是你认得的摩西。"

回忆当时的情景，凯西娅兀自笑起来："你真该亲眼看见。我和伊莱亚斯已经做了最后的话别。好难好难。然后，当天，他到拍卖会，开始出价竞拍。我的心不停地跳，因为就只有他和另一个远远地从得克萨斯来的男人竞拍。两人一来一回，最后，我的伊莱亚斯瞅了我一眼，眼神那么悲伤。我晓得他输了，得克萨斯的男人赢了。得克萨斯人付过钱，把我关进一间小室。你该亲耳听听他吹嘘各种打算。那么盛气凌人。他告诉我，日出就上路。哈，日出！他不晓得。太阳确实出来了。可是，摩西先来。"

摩西，我思忖，"传渡"。

凯西娅看着我，说道："你看，都是事先安排好的。他们尽可能抬高我的价格。叫那人付高价，然后再把我弄出来。我的主啊，看到那一切，亲眼看见摩西对付他们的样子，我就再不想过从前的日子。我想着他们给我吃的罪，我想着反过来叫他们尝尝那个滋味，这感觉该有多美。我想着我所有的痛苦，想着还有多少像我这样的人。所以，我就一心只想在地下组织工作。

"从那个时候起，我便和摩西一起。希，我就是这样得知你的事的。他们告诉我，有个年轻人，从弗吉尼亚来的，榆树县，**我的家乡**。我开始打听，听说了你的名字。我不敢相信。可是，上帝啊，真的是你。我一看见你，见你在这里走，四处观看，就晓得是你。"

说罢，她扑到我身上，拥抱我。在她的拥抱里，我惊讶地发觉自己心头一热。我离开家乡很久了。此时此刻，我坐在这里，面对家的记忆，面对与我走过同一条路的人。天色暗下来，我们须各自寻找同伴。我们站起来，又相互拥抱，她说道："咱们再找时间聊，咱们俩。在这里待好些天哩。"

然后，她定睛看着我，说道："喔唷，怎么给忘了。一直喋喋不休地讲着我自己，忘记了问候。罗丝姆妈好吗？你母亲好吗？"

我又穿过帐篷之间，见敦促劝导的演讲教育已经让位给娱乐活动。一队杂耍演员，彼此抛接水果和瓶子。有些胆壮的，在两棵大树间拴起一根细缆绳，漫步走过缆绳，然后踩着舞步往回走，口中哼唱曲调。还有杂技艺人，身体翻滚，扭曲，凌空跳跃。

我母亲好吗？罗丝姆妈好吗？我的脑中依旧没有她的记忆，只有一些故事，似凯西娅这样曾经认识她的人讲给我听的故事，因此，每当想起她，就像看着一幅描绘古代神话的布景，全然不似我对索菲娅和锡娜的记忆。与凯西娅一起的那个时刻，她作为女儿的回忆，交会着我自己的回忆，让锡娜在我脑中无比地鲜活生动，远胜于平常的记忆。我感到自己现在深深地理解，知道她何以对我如此苛刻。她训诫道：**我站在这里，比那个坐**

在马上的你的白人父亲，更像你的母亲。

我们——雷蒙德、奥塔、凯西娅、摩西和我——聚集起来，一道吃晚饭。饭后，太阳沉下天际，一群黑人围在篝火前。他们以极缓慢悠长、触动人心的嗓音开始唱歌，那是只能在下边的棺材里编织的歌。自从离开棺材之后，我未曾听过这些歌，我发觉自己在8月的炎热里跟随节奏摇摆。这一切叫我觉得难以承受。我离开篝火，四下走动，心中思索，走过一排排帐篷之间的泥泞小径。

我走到帐篷外一片干燥的草地，席地坐下。坐在那里，我仍能听见我们的族人在远处唱歌。这一日的经历依然让我震惊：对凯西娅、锡娜和大个儿约翰的回忆，关于女性、儿童、劳工、土地、家庭、财富的主张和思想。我开始领悟，审视奴隶制度，不单是揭露属于弗吉尼亚、属于我的旧世界的罪恶，更是揭示一个迫切的需要——需要一个新的世界。奴隶制只是所有奋斗的根源。据他们说，工厂奴役儿童的双手，生育奴役女性的身体，酒精奴役男人的灵魂。在那一刻，面对这阵思想的旋风，我开始懂得，这场秘密的战争，不仅是对抗弗吉尼亚的奴隶主，我们的目标不仅是改善这个世界，还要重新创造世界。

我看见有个男子在附近盘桓，便中止内心的沉思。一个信使前来问候我，递来一只包裹。包裹标有记号，我一眼认出是迈凯亚·布兰德的。我的心怦怦地跳，激动得想立刻拆开信封。但是，事关奥塔的亲人，应当让他最早知悉她们的命运。我寻到奥塔，他与雷蒙德一起坐在篝火前，依然如痴如醉地聆听奴隶的歌。我把信递给雷蒙德，他识字能力更好。映着篝火的光芒，一如我们所能预料的，奥塔的面庞布满惊恐。但雷蒙德露出笑容，说道："迈凯亚·布兰德把莉迪娅和孩儿们带出来了。他们已经出了亚拉巴马州。写这封信的时候，他们正在穿越印第安纳。"

"上帝，"奥塔说道，"啊，上帝！"

他转身面对我，说道："就要成功了。这么多年了，我的莉迪娅，我的孩儿，我所有的孩儿。上帝，要是兰伯特活着看到就好了。"

然后，奥塔转身面对雷蒙德，放声痛哭。雷蒙德抹去素来肃穆的面具，紧紧地拥抱奥塔，两人一同哭泣。我转身走开，觉得他们需要单独相处的时间。这一天遇见那么多奇迹，让我觉得难以消化。

21

从前，我梦想统治无锁庄，像我的父亲那样。但是，即便
只是说说，说这是我的梦想，也不容易，纵使我从来没有真正
地思考过那个梦想。可是，我找到了地下组织，或者说，地下
组织找到了我。然后，我终于感觉到幸福。在地下组织，我找
到人生的意义。在雷蒙德·怀特、奥塔、迈凯亚那里，我找到
了家。现在，又有了凯西娅，我觉得自己甚至找到了失去的一
部分。

次日傍晚，又一日的演讲和娱乐结束后，我越过树林，走
至原野尽头的山冈。我看到她坐在山上。摩西盘着腿坐在一块
岩头上。她静坐着，姿态安泰，我想也许不该打搅她的思绪，
便要走开，却听见她的声音，打破夜晚宁静的空气。

"晚上好。"

我转过身去，见她已站起，朝我走来，她的眼神落在我的
头上。她近前来，伸手抚摸我被赖兰的猎狗棍打过的后脑勺。
然后，她退一步，说道："我知晓我们有机会说话。这里不错，

离他们远远的。你的事，我听说很多。然后，凯西娅说了，你们俩昨日谈了很久。"

"是的，"我说道，"没想到我们从同一个地方来。"

"嗯，她也这么说。遇见老乡蛮高兴，是吧？叫人觉得有根的感觉。那么，远离自己的根，你必定觉着很辛苦。"

"我们不都是？"我问道。

"不，我常回去，"她说道，"当然，主子们但愿我不回去。我只在一个地方行动，我最熟悉的地方，马里兰海湾对岸，我的老家。总有一天，我要回去的，永远不再离开，但不是像现在这么回去，不是作为特工，我要在青天白日下回去。但是，在此期间，我常回去，回去瞧瞧，回想记忆，都蛮好。"

"我有的是记忆。"我说道。

"是的，我晓得。我听说你天赋高，在费城做室内工作，跟在弗吉尼亚田地里一样能干。我还听传言说，说你很有可能会做得更出色。"

"我也听说那个传言，"我说道，"只可惜只有马，没有鞍。"

"是吗？那就配上马鞍喽。"她说道。

"我觉着这事由不得我。我想要带我的亲人出来。但我理解需要耐心等候。有那么多人需要出来，我现在能看到所有人。"

"嗯，听到你这么说，我很高兴。"她说道，露出调皮的微笑看着我。我觉得——事实上是知道——我适才把自己卷进了某桩计谋。"朋友，事实是我的目标小，单独行动。我按自己的时间，依自己的警惕行动。但是，这一次的任务，我需要一个帮手，这人的字要写得好，跑起来至少也得一样好。我听说，在地下组织这一头，你是少数几个合格的。"

"我不懂，你怎会需要我帮忙。我晓得他们都管你叫摩西。这名字可是出自庄严的力量，是吗？"

"庄严？"她说道，"那么简单的物什，哪里用得上这么大的词。"

"可是，那些故事，我都记得，"我说道，"他们说摩西还是少女的时候，驯服了公牛，像男人一样耕地。摩西与狼群说话。摩西召下天上的云。刀刃在摩西的衣服上熔化。皮鞭在奴隶主手里化成灰。"

她笑道："他们是这么说的啊？"

"是的，还有更多。"

"好吧。那我跟你说，"她说道，"我的法子不公开摆出来。我们在地下，不在地上。不好拿出来炫耀的。我不像'箱子'布朗那样做广告。你拿人家不理解的东西摆在他们面前，他们就夸夸其谈，把这个物什编造得比实际看见的玄乎。不管怎样，你要晓得那些故事不是我编的。我只讲两句必要的话，然后就不开口了，让渡客自己去添枝加叶。至于名字，我只应答一个——哈丽雅特。"

"那，'传渡'不存在？"我问道。

"大词，大词，"她说道，"我只想晓得一桩事，你肯不肯做？我准备返家了。别人给我推荐你，说你可能肯帮忙。那么，你愿意工作，还是继续盘问我消磨辰光？"

"我自然愿意工作。我们几时走？我们的目标是什么人？"

从我自己的声音里，我听出自己的急切，这才领会心中强烈的欲望。我多热切地想与这个我听说了无数传奇的女性一道工作。

"抱歉，"我说道，"无论你几时走，我随时待命。"

"回营地吧，享受今晚的表演。"她说道。

然后，她走回那块崖岩，背对着我，说道："我们很快就动身。兴许还能给你寻着那副马鞍。"

次日早晨，帐篷外响起巨大的喧哗声，把我惊醒过来。我听见奥塔的声音，似在歇斯底里地哽咽。接着听见雷蒙德，还有一些陌生的声音。他们都在试图安抚奥塔，我想，我当时立刻就有预感，因为无论碰到什么，奥塔决不会似这般发泄情绪。必定发生了极可怕的事。我走出帐篷。天还没有大亮，但我看得见奥塔的头埋在他弟弟的肩头，身体摇晃，几乎无力支撑。

雷蒙德先看见我。他双眼一睁，摇摇头。奥塔可能感到我的存在，便放开他的兄弟，转身看我。在他的脸上，我看到一场葬礼。

"你听说了？"奥塔追问我，"你听说他们做的事了？"

我没有作答。

"希兰，我们待会再解释，"雷蒙德说道，"我们得……"雷蒙德说不下去了，只是难以置信地摇头，想要拉奥塔离开。

"来，奥塔，这边走……"他说道。

"走哪里去？"奥塔吼道，"还能走哪里去，雷蒙德？走去做啥？完了！全完了，你看不出来吗？他们把莉迪娅装进棺材了。还能走哪里去？迈凯亚·布兰德死了。我们这些人能走哪里去？"

奥塔转向我，问道："你听见没有，希兰？"我看到他的脸从痛苦转为愤怒。"你听见他们做的事没有？他们杀了他。铁链捆着他，砸碎他的头，把他扔到河里。"

说出这番话，奥塔迸出眼泪，雷蒙德与数个男子拉他离开。起初，他差点要跟他们打架。他破口大骂，哭喊踢踹，最后雷蒙德把他制住。他们带他离开，简直是扛着他走，我仍听见奥塔一路哭喊："你听见他们做的事没有？迈凯亚·布兰德在河里！我们现在怎么办？"

我立在原地，一动不动，直看到他们都消失。然后，我继续立在那里，震惊得麻木。待我回过神来，发觉身边一片吵闹。消息已传遍营地。我看见人们聚集交谈，人群变动，交换对迈凯亚·布兰德的命运所获悉的传言或情报。我低头，在地上看到一只背包，落在奥塔和雷蒙德适才站立的地方。我本能地拾起背包，带回帐篷。我打开包，先看到一叠报刊文章，详细地报道迈凯亚·布兰德和莉迪娅·怀特的逃亡传奇。第一篇文章题为"逃亡黑奴被捉住"，文中仅写着一些传言。第二篇证实逃亡的黑人是奥塔·怀特的家人。我的双手颤抖，翻开第三篇报道，题为"劫黑奴的盗贼被遣返亚拉巴马"。最后一份是印第安纳州一名特工的急件，信中沉痛地传达这则消息：是日清晨，迈凯亚·布兰德的遗体被冲上河岸，头部被打穿，双手用铁链反锁在身后。

及至那时，我已学会把痛苦打包，装进心底。因此，那一刻，我心里想的不是迈凯亚·布兰德，而是要将这些文件交还给雷蒙德和奥塔这个极其简单的任务。我穿过人群，有些人知道我属于费城基地，就拦住我打听。我没有理会，只顾环视帐篷寻找线索，揣测他们把奥塔带到哪里。我在一个帐篷前看到西部地下组织的数名特工。有一人朝我挥手，"这里。"他喊道。另一人掀开帐篷盖，让我进去。进入帐篷，我看到奥塔和雷蒙德一道坐着。奥塔稍微平静了，但仍流露怒气。帐篷里还坐着一些人，我认出显然都是地下组织松散的领导层里级别较高的。哈丽雅特在其中，最让我震惊的是，科琳·奎因也安详地坐在那里。

没有时间忖度她的在场。我一走进去，他们的对话就暂时中断了。

"抱歉打搅了，"我说道，走向雷蒙德，"只是，我想你可能需要这些。"

雷蒙德谢过我。我退出帐篷，他们继续开会。我转离营地，走向昨日遇见哈丽雅特的树林。我坐在那里，就是那块哈丽雅特坐过的崖岩。多希望能在树林里开启一扇门，把亚拉巴马的棉花地拽进纽约的森林。可是，我没有力量。是的，我的体内有一股能量，可是，不懂如何使用或者控制它，我就束手无策。

我返回营地，只见四处仍是哀悼气氛。已是下午，我走进帐篷躺下。睡醒来，见奥塔在我旁边，坐在一把椅子上。奥塔是性情中人，但他不会狂喜狂悲，情绪失控。我从未见他似两天前那般喜悦，也从未见他似早晨这般悲痛。

"奥塔，我很难过，"我说道，"我……我不晓得该说什么话。我没有见过莉迪娅和你孩儿，可我一直听你们说起她们，感觉就像是我自己的亲人。"

"他是我的兄弟，希兰，"奥塔说道，"迈凯亚·布兰德不是我的亲兄弟，可他与我的亲兄弟一样，他会为了我和我的亲人死。我不是没有见过这种事的。我与亲人离散，走到哪里就在那里结交兄弟，一次离散就是一次悲痛——我们**总是**被拆散。可我永远不会，一刻也不会躲避友谊，躲避关爱。"

"早晨发那么大的火，我很抱歉。我不该这样对雷蒙德，也很抱歉给你看见那个样子。"

"不消道歉的，奥塔。"

他沉默了一些时候。我没有说话，思忖奥塔必定有话要讲。

"我想给你说个梦想的故事。我尤其想说给你听，因为我晓得你也是费力挣扎过，才晓得自己的位置，你挣扎着去摸索他们都说你拥有的那个力量。倘然我的痛苦也能让你看到一些东西，那我会觉得有些安慰的。"

我在草织的床垫上起身，端坐聆听。

"兰伯特过世后不久，我碰见我的妻子莉迪娅。兰伯特比我大，更强壮，更勇敢。他是我的心脏，我的信念，我沮丧绝望的时候，看着他绝不松懈的信念，我就会重新振作起来。然后，看着他那样没了，我就觉得我们永远也回不了家，上帝铁了心要摧毁我们。我心里就涌起一阵阵仇恨。我常常整夜疯狂，一整夜就跟你早晨看见我那个样子一样。兴许你懂的，疼痛从身体里伸出来，像黑夜一样罩在你心头。

"我发觉，我唯一的安慰就是干活，我是奴隶，当然也只能干活。双手在忙碌，我的心思就会消失，我在地里感到安慰。白人以为我好，以为我挨过鞭笞后变得忠厚。可是，希兰，我痛恨他们所有人，他们把我从姆妈的摇篮里夺走，他们谋杀我的兄弟。

"我就是在这样的状态下碰见莉迪娅的。兴许是因为她出生在亚拉巴马，她懂这个重担，更懂得怎么背起奴隶的重担。我会愤怒，可她只会笑，慢慢地，我发觉自己跟着她笑。接着，我又会动气，因为她把我降低到发笑的地步。然后，我又会开始笑，笑所有这一切。我们打算结婚。我觉得自己又活过来了。你看，我觉得又有了纽带，有了锚定的感觉。

"我们结婚前几日，我去看莉迪娅，见她受了背伤。上等人都喜欢她，看得起她，从没有鞭笞过她。她告诉我，是主子的工头纠缠她，她不肯从。他就鞭笞她，说是惩罚她勾搭他。

"我听了，气得血液沸滚。我忽地站起来，一字不说，就要奔出去。她问我做什么去。我说：'杀了他。'

"'你敢！'莉迪娅说。

"'怎么不敢？'我问。

"'他们会枪毙你,你分明晓得。'她说。

"'到时候再说,'我说,'不管怎么着,我拿我的男子汉名义起誓,我得去报仇。'

"'倘然你敢碰那个白人一根头发,他们就叫你的男子汉见鬼去,叫你的每一寸血肉下地狱。'

"'可是,你是我的,莉迪娅,'我说,'我有责任把你保护好。'

"'你也会保护我不死?'她问,'我看中你,是有原因的。你跟我说了你的故事,我晓得除了这里,你还晓得别的地方。奥塔,不单是这些,不单是你的愤怒,不单是你的男子汉,我们得有计划,你和我。这里不是我们的结局,我们不会就这么死的。'

"希兰,我从没忘记那些话,你懂的。我梦里都听见她说——**这里不是我们的结局,我们不会就这么死**。是她挨的鞭笞,嘴里嚷嚷着受伤的却是我。我说自己爱她。其实,我真正爱的只是我自己的想法。

"我晓得,你能想象我们从自己的结合里看到的恐怖。就是现在这一刻,我的莉迪娅,我的孩儿,还在那边经历着同样的恐怖。可是,我想要你晓得,我现在想拯救的是什么,与布兰德一道死去的是什么。那就是莉迪娅和我筑造的全部——只有我们俩懂的玩笑,让我们骄傲的孩儿,还有我们的感情,那么深,就算隔着这整片大陆,我们照样能感受到。希兰,莉迪娅救了我的命,我也会付出一切去救她。

"迈凯亚·布兰德懂得这些。所以，他们杀了他。你不晓得我有多伤心。"

说毕，他站起来，掀开帐篷盖欲离开。

"我的莉迪娅会自由的，"他说道，"我们不会就这么死的！我的莉迪娅会自由的。"

2 2

次日早晨，人们撤除营地。我收拾完毕，将随带物品装进提包，然后在田野上闲走，观看这座神奇的城市，以男性和女性的新思想、想象和自由的未来构筑的城市，在田野上匆匆支起，又匆匆复归无物。我走进树林，在回归城市的烟雾和恶臭之前最后一次享受野外的空气。回到营地，雷蒙德、奥塔、哈丽雅特都已收拾完毕。我见凯西娅在不远处，正在扎旅行箱的绑带。她看见我，难过得伸手捂着嘴。她向我走来，把我拉进怀里拥抱，说道："希，我很难过，我真的好难过。"

"谢谢，"我说道，"但是，不要担心我，奥塔的亲人都还没有出来，不值得担忧我这点伤心。"

"我明白。可我也晓得迈凯亚·布兰德对你有特别的意义。"她说道，紧抓着我的手臂，几乎像母亲抓着自己的孩儿。

"除了你，他是我与老家最深的联系。倒不是说我希望有这种巧事，可是感觉好巧，他一走，你就来了。"

"是啊，"她说道，"兴许有人在护佑你。"

她微笑，我觉得我们之间生起一股暖意。三日前才遇见凯西娅，可我已被她深深地吸引。她是我从未感觉自己缺少的姐姐，她填补我甚至从来不知存在的空洞。

　　"谢谢你，凯西娅，希望很快再见到你，"我说道，"倘然你有时间，一定要写信给我。"

　　"当然，我很乐意，"她说道，"不过，我是野外特工，可比不得你的文采。对了，我们一道回费城，我和哈丽雅特，和你一道。迈凯亚·布兰德的死改变了一些局势。我们可能也得跟着改变。"

　　我们再次拥抱。我俯身拎起她的提包，扛上马车装好。待我转身时，见雷蒙德、奥塔、哈丽雅特与科琳一道站着，叫我吃惊的是，霍金斯和埃米也在。他们投入地交谈，相互拥抱，动情地安慰奥塔。我从未见过他们这般温柔地对待彼此，当然，我也未曾见过地下组织哀悼自己的成员。科琳看似不同。她换下弗吉尼亚的面谱，头发披散在肩头，象牙色的衣裙简单朴素。她没有涂脸彩胭脂。霍金斯看见我，颔首致意，并且——尽他的面部肌肉所能——露出关切的神情。

　　我们一行人乘三辆马车。奥塔、雷蒙德和我领头，科琳、霍金斯和埃米坐第二辆，哈丽雅特、凯西娅和他们的车夫押尾。这个年轻的车夫，是哈丽雅特最近用"传渡"力量带出来的，起誓要终生追随她。是夜，我们从曼哈顿岛北上一小时车程后，找到一间小客栈落脚。可是，睡眠没有给我带来些许安宁，一闭上眼，我便陷入邪恶的噩梦，发觉自己在水底，在雁河，我冲出翻腾的波浪，浮到水面上，却又看见梅纳德在我眼前淹溺。我以为自己又回到那里，看到蓝色的光芒在四周聚拢，我知道那个力量就在我体内，我便下定决心，这次一定不同。可是，当我伸手去拉的时候，梅纳德转身过来，我看到他不是梅纳德，而是迈凯亚·布兰德。

我在恐怖的思绪里转醒。是我写的通行证，是我伪造的引荐信。必定是我的失误。我回想辛普森，回想麦基尔南，回想查默斯。我回想继后的数日，回想手法老练的伪造文书。然后，我惊恐地想起，有的时候，正是完美出卖了屋内特工，通行证做得太好、太老练，有时反倒引起怀疑。是我的失误，我敢肯定。

我害了迈凯亚·布兰德。我险些害了索菲娅。兴许也是我连累了我的母亲。我不记得她，可能就是因为这个原因。我感觉胸膛压迫，不能呼吸。我下床来，穿上衣服，脚步跌撞，摸索到屋外。我坐到后廊上，俯身喘气，深深地呼吸。我坐直身体，看清后面是一个花园。夜色尚早，我走过花园，听见一些熟悉的声音。科琳、霍金斯、埃米坐在一圈长凳上，各人手持一根雪茄。我们简单地寒暄两句，我在长凳上坐下。月光下，我看着科琳抽一口雪茄，吐出一缕悠长的烟雾。许久，周围只有夜间昆虫在鸣唱。最后，科琳决定打破沉默，开口说出我们的心思。

"他是不同寻常的人，"她说道，"我很熟悉他——更加喜欢他。他很不同寻常。数年前，他发现了我。是他拯救了我，给我看了一个我甚至从未瞥见过的世界。要是没有他，我就不会在这里。"

继而，更长久的沉默。我看着周围的面庞在雪茄头的红光中闪亮。负罪感涌上来，我说道："他也拯救了我。把我从赖兰手里救出来。把我从那些沼泽地的愚蠢想法里救出来。是他教我识字读书。我欠他的超过我所能讲述的。"

埃米点点头，伸手摸进手袋，掏出一根雪茄递来。我接过，点头表示感谢，拿在手里把弄。然后，我俯向霍金斯，他擦亮一根火柴。我深深吸一口雪茄，说道："可是，我学到了。我跟你们说，我学到了。"

"我们晓得，希兰，"霍金斯说道，"听说你要去马里兰。和摩西一块去，他们说。"

"倘然她还肯带我。"

"她怎会不肯？"霍金斯说道，"摩西不会因为布兰德就放弃，就像布兰德不会因为摩西就不做事。去是必定要去的，兴许略停一二日。这事的确可怕。不过，也是他想要这样——像你说的，不同寻常的人——他果真也这样去了。我们每个人肯定都想要这个死法。"

那一刻，我感觉胃中难受。我记起我的梦，便问道："怎么个死法？"

"你确定想知道？"埃米问道。她的声音温柔，不知为何，反倒愈发叫我觉得受到一记重击。但我确实想知道，尽可能详细地知道。负罪感使我脱下伪装，因此，深深地抽一口雪茄之时，我开始咳嗽、呛烟。霍金斯看着哑然大笑，他们都跟着笑起来。我看着他们欢笑，待他们收敛笑容，恢复了沉默之后，才冷静地说道："那些文书。是我做的文书。我相信是我害了他。"

这句话又惹发一阵笑声。但这次只有霍金斯和埃米在笑。

"是我做的文书，"我坚持说道，"倘若不然，布兰德这样的人不可能暴露，除非是因为我的文书。"

"啥叫不可能？"霍金斯问道，"可能性多了。"

"特别是在亚拉巴马。"埃米说道。

"文书，"我说道，"文书把他暴露了。"

"不是。事情根本不是这样，"科琳说道，"跟他的文书毫无关联。"

"那是因为什么？"我问道。

"他已经快要成功了，"科琳说道，"距离那么近了。他花了数周侦察俄亥俄河沿岸，寻到最理想的登陆点。我们不能确切地知晓他是如何做到的，总归是，他找到莉迪娅和她的孩子，一路冒充他们的主人，乘船经过了田纳西，进入印第安纳自由州。接下来的事，我们只晓得有个孩子病倒了，不好继续夜里行路。"

"他们就是这样被抓捕的，"霍金斯说道，"白人把他们拦住问话，觉着布兰德的故事有些蹊跷，就把莉迪娅和孩子们押在当地的牢房，等候是否有逃奴的消息传来。"

"消息果然来了。"埃米说道。

"布兰德本可以立马离开，"霍金斯说道，"他们没有拿住他的任何把柄。但是，从报纸和那片地区特工的报告来看，他不肯放弃，一直设法救莉迪娅和孩子们。最后，他们就把他也关进牢房。"

"我们不知他最后如何被杀害，"科琳说道，"但我们晓得布兰德的个性，他必定继续设法逃脱。我怀疑那些捉住他的人，计算着倘没有这个人反复钻营，要把他们手头的黑人弄走，他们就能更轻易把这些黑人送回南方领赏。"

"上帝，噢，上帝。"我呻吟道。

"都是你们该死，"霍金斯说道，"派他去亚拉巴马？他们有讲不尽的法子捉他。一径把他送进棺材底，就为弄几个娃出来？"

我本可以给霍金斯讲我知道的一切。我可以给他讲奥塔·怀特。我可以给他讲姜汁饼。我可以给他讲锡娜和凯西娅。我可以给他讲人生不止是地下组织，不止是数学和几何角度，不止是物体的运动。

可我知道，霍金斯以他自己的方式在伤心。并且，我现在更能体会那种伤心，因为现在，一层层曾经被封存的伤痛和丧失开始浮现。索菲娅、迈凯亚·布兰德、乔吉、我的母亲。我甚至不再愤怒。那时候，我已经懂得，我们的工作的一部分就是接受失去。可是，我决不会全盘接受。

2 3

回到费城，我恢复日常的例行公事，在木工坊和地下组织交替工作。没有太多空余时间哀悼。时值9月，"传渡"的旺季将至。组织内部认为布兰德有可能被出卖。我们清查整个系统，更换代号密码，修改行动方法。有些特工受到监视。我们与西部地下组织的关系不再如旧，因为我们认为他们可能在布兰德的死亡事件里扮演了某种角色，且不论有意或无意。

那一个月里，我与凯西娅经常见面。可以说，那个时节，唯独只有这一件好事，因为见到她，我觉得似与失落已久的亲人团聚。10月初，哈丽雅特来访。她建议我们在城中走走。于是，我们朝斯库基尔码头走去，然后穿过南街桥，走向城市西郊。

那日下午天气高爽。树叶开始转变颜色，人们裹起黑色外套和羊毛围巾。哈丽雅特穿着棕色长裙，腰间裹一条棉布披巾，斜挎一只包。起初二十多分钟，我们只是絮语平常的话。离城中心渐远，人影稀落，我们才转向真正的话题。

"你还能挺住吗，朋友？"哈丽雅特问道。

"不太能，"我说道，"我不晓得谁能挺住这种事。布兰德不是头一个，是吧？我是说，不是你们失去的第一个特工？"

"不是，朋友，他不是，"哈丽雅特说道，"他也不会是最后一个。你最好明白这个事实。"

"我明白的。"我说道。

"不，你还不明白，"她说道，"这是战争啊。每个士兵因为各种不同的原因去打仗。但是，他们去死，是因为他们忍受不了活在这个既定的世界。这就是我熟悉的迈凯亚·布兰德。他活不下去。这里，这个人生，叫他活不下去。他把一切投到我们的阵线——他的生命、他的亲友、他的妹妹，因为他晓得我们余下的人必须在这条阵线上活着。"

我们停下脚步，站立片刻。

"我晓得你不懂，"哈丽雅特说道，"但你会慢慢地调整自个儿，适应这些事实。你只得适应。因为还会有更多人死去。可能是你，也可能是我。"

"不，绝不可能是你。"我带笑说道。

"有一天会轮到我的，"她说道，"只愿咬住我的猎狗属于我的主。"

我们的谈话随即转到眼前的任务。

"那么，你和我一道行动，朋友，"哈丽雅特说道，"确实，我们不是进棺材底，不过，马里兰也是法老的土地。我晓得他们是怎么说我的，但你要晓得我自个儿没有那么说过。被猎狗嗅到的时候，我们都是一样的肉。刀斧劈下来的时候，任谁都会变成木头。在那个时候，我学会的所有这些东西都无用，都会变成大路上的灰。你会发现我不相信自己的奇迹，只相信地下组织最严格的规矩。"

这一席话说毕，她温柔地微笑："不过，还是有无数奇迹。我听说，有个男子，不但能'传渡'，还能把自个儿起死回生，把自个儿拉出冰窟窿，被猎狗追得紧了，他心里拼命想回家，那么渴望回家，他眼睛一霎，就回到家了。"

"他们这样说？"我问道。

"是的，他们这样说，"她说道，"我有没有给你讲过我的事？"

"你从来不讲自己的事。你自个儿说的，不喜欢讲故事。"

"是啊，我确实那么说过。那我们以后再讲。反正不是要紧的事。我的要求就是，你给我的信赖，切莫多于信赖自个儿的弱点。"

我们转身折返，走回班布里奇街，大多时刻默默行走。回到住所，我们在前厅坐下。

"那么，马里兰。"我说道。

"是的，马里兰。"她说道，从包内取出一沓书信。

"我需要两样东西：首先，一张通行证，用这个人的笔迹。我需要这张通行证供两个人出行。"

我匆忙记下笔记。

"然后，我需要一封奴隶写的信。寄给马里兰州多尔切斯特白杨丛种植园的杰克·杰克逊。来自他的兄弟，波士顿灯塔山的亨利·杰克逊。写上亲兄弟间大概要写的各种深情问候和消息，随你怎么写。只是须特别注意这个部分：**告诉兄弟们，好好祈祷，等锡安的老船来了，就随时准备登上。**"

我点头，继续记笔记。

"这封信要赶上明日的邮班。得让那头有时间消化，事情才能有效。然后我们就动身。我们两周后走。一夜路程。"

我停下笔，露出一脸困惑。

"等等，一夜？"我说道，"不够时间到马里兰啊。"

她只是回视，露出微笑。

"远远不够。"我说道。

两周后。一个深夜，我走出第9街基地，转下市场街，街头静寂无声。我在特拉华河码头与哈丽雅特碰面。我们朝南走，行过煤场、南街船埠，行过雷德班克渡轮泊位，渡船随水浪颠簸。我们行至一列老船埠前，仅剩一些朽烂的木板，挂在漆黑的河面摇荡，吱嘎吱嘎作响。我望下船埠，看见更多老船埠的阴影，都只是数截木桩，从水面伸出去。

10月的冷风从河上吹来。我抬头看，乌云遮蔽了平常为我们指路的星月。雾霭升起。哈丽雅特站在老船埠前，朝外望进黑夜，看过雾霭，看向对岸不可见的卡姆登。然而，事实上，她看得更遥远。她拄着那根忠实的手杖，就是去纽约州一路上她总随身携带的。她说道："为了迈凯亚·布兰德。"然后，她领先走上残破的船埠，一直走进河里。

我跟随她身后，心头没有疑惑。你可以看出，我那时多么信任哈丽雅特。她是我们的摩西，即便在恐惧里，我也相信她会不知如何地劈开眼前的大海。因此，我继续朝前走。

我听见哈丽雅特说道："为了所有已经驶向不返航的港口的人。"

我听见潮湿的船埠被我的体重压得呻吟，脚底却感觉木板的结实。我转头回望，但我们周身浓雾缭绕，雾那么重，完全看不见身后的城市。我朝前看，见哈丽雅特继续往前走。

"我们不忘记任何事，你和我，"哈丽雅特说道，"忘记就是被彻底地奴役。忘记就是死亡。"

说毕，哈丽雅特停住脚。黑暗中亮起一束光。我起初以为哈丽雅特提了一盏灯笼，因为光芒微弱，从低处探照出来。稍后，我才看清那不是昏黄的灯笼光，而是鬼魅的淡绿色。那束光不是提在哈丽雅特手里。哈丽雅特是那束光。

她转向我，她的双目也是在黑夜里照射的那束绿光。

"务必记得，朋友，"她说道，"因为记忆是战车，记忆是道路，记忆是从奴隶制的诅咒通向自由的桥。"

这个时刻，我看清我们在水中。不，不是水中，是水上。我们理应在水下，因为我知道船埠消失了，我们脚下不再承载这个世界的任何固体。特拉华河水深，蒸汽船可以驶进河港。可是，河水只舐着我的鞋面。

"跟着我，朋友，"哈丽雅特说道，"不消费力。与跳舞一样。跟随声音，跟随故事，就能跳好。就像我先前说的，故事要祭给那些去了地狱无底洞的人。我们都见过的人。是的，一直都看见。从小就看见，刚刚开始知晓世界的时候，可是，兴许就是在那个时候，你就已经觉着这个世界不对劲。我晓得我就有这个感觉。"

接下来的事，类似一种心灵的交融，我们之间铺展开一连串的记忆，那些都不是我现在能用词语给你形容尽的，因为那一串记忆的链条伸进封锁的深渊，那里是我的埃玛阿姨存留的地方，我的母亲存留的地方，一股巨大的能量存留的地方。记忆的链条也伸进哈丽雅特的记忆深渊，所有失去的人站在那里守灵祈祷。我仰头望去，看见他们逐一来临，魂灵忽闪忽隐，如同灾殃那日我在雁河上所见。我明白那些魂灵的来历，了解他们对哈丽雅特的意义。

我看到不远处有一个男孩，落在雾气外，鬼魅的绿光在他周身氤氲。他未及十二岁，我知道他名叫阿贝，知道他也去了纳奇兹道，被送过"那条没有名字的河"。我现在又能听见哈丽雅特的声音，从深渊，从记忆的链条锚定生根的地方，遥远地传上来。

"你不认识阿贝，"她说道，"但是，借着'传渡'之光的照耀，你必定熟悉他。我很遗憾回程的时候他不会来。就是因为阿贝的遗憾，我进入地下组织。"

这时，哈丽雅特的绿光释放一阵炽烈的光明，我看到眼前劈开一条路，但是我们穿越的不是河面。远处没有船埠，黑暗内外，我只能看到哈丽雅特的记忆召唤起的魂灵——他们在舞蹈，就像生时与她一同度过的时光。我们走去，行过他们身边，魂灵便逐个消逝。

"你很熟悉我的经历，朋友，"她说道，"我是被鞭笞出来的。我才七岁，布罗德斯主子派我到沼泽地捉毒虫。我兴许会失掉一条胳膊或腿脚。可我整个儿回来——不是从丛林里回来，我是从牢笼里走出来的。九岁时，他们召我上大屋去，派我一个人做客厅的全部劳务。我犯了很多错。女主子打我，每天打，拿一条粗绳每天抽我。我开始觉着，这是上帝的旨意。我生来就是他们把我当成的废物，只配得上每天遭受的惩罚。

"尽管每天受这许多耻辱，但有一件事叫我很感激，就是地狱的哪个角落从不给我发来邀请。我说的就是那个没有名字的鬼门关，那条去纳奇兹的长路。去巴吞鲁日的凄惨长路。我亲眼看到这一切，朋友。我的叔叔哈克只是想了想那个鬼门关，就失了半条胳膊：有一天，他起床来，琢磨着他们要想卖个残废的奴隶肯定不容易，便一手举起斧头，砍下另一手祭给上帝。'我宁可残废，也不要给离散。'哈克这样说道。

"哈克是与别人两样。大多数人一声不吭走上那条道，留下哭丧的妻子，伤透心的丈夫，没了爹娘的孩儿。然后，还有我们的阿贝——适才在我面前的这张可爱脸盘，与另一个人生里一般伶俐——多乖巧的孩儿，很听话。他姆妈生他的时候死了，他阿爹更早时候被卖了。不晓得这些离散叫他多伤痛，因为他从没有讲给我听。他只是做一个小孩，像小孩一样讲话，大人逗他才开口，他虽藏掩着，大人都晓得他伤痛，都待他好。

"可是，冷酷的人，崇拜鞭笞的人，他们看着阿贝头痛。我跟你讲，朋友，这孩子拘不住的，必定能成为最棒的特工，跑得跟狮子一样快。布罗德斯主子刚生出惩罚的念头，他就早跑飞了。

"有时候，工头叫我们帮着摁住他。我们表面装装样，心里都向着阿贝。你晓得的，做奴隶的得看准时机抓住小小的胜利。倘然你与我们一样瞧见阿贝，火势似的，嗖嗖蹿过麦田，穿过玉米地，你就会看到我们心底的愿望——自由，朋友，自由！在那些奔跑的时刻，他自由了，不再背负离散，没有鞭笞的伤痛。我就是在望着他奔跑的时候，头一回尝到'传渡'的力量，就算在最小的逃跑里，也有伟大的力量。"

哈丽雅特停顿一些时候，我们在沉默里行走。我被她的故事深深地吸引，看到她讲述的事件在我们面前呈现。她身上焕发的光如此炽烈，把我们的道路渲染为绿色的浮雕。

"我在镇上百货店门外，执行着自己手头的差事。然后，我看到阿贝，闪电一般掠过。他转过一个条凳，钻过马车底，站直了继续跑。接着，老加洛韦从后面追来，一路绊撞，跑一步，停下喘一口气。

"加洛韦冲一个奴隶嚷道：'你，小子，给我捆了那畜生！'两人一起堵阿贝。不过，不如去堵一阵空气。阿贝向前冲，一径从加洛韦两腿间滑溜过去，就跟船从桥下划过一样轻巧。加洛韦叫嚣起来，诅咒自个儿的双手。那个时候，我是该回去的，可我的双眼移不开，禁不住想继续看眼前的这场戏。演得越久，人就聚得越多，奴隶、低等白人、加洛韦，都弯腰喘息，羞愧得耷拉着脑袋。

"这时候，加洛韦宁可放手作罢。但他周围聚了那么多人，骄傲容不得他放弃。奴隶主岂能容手下的黑人这等嚣张。加洛韦强打精神，继续追赶。我望着他们追逐一阵，然后阿贝跑向我。那时节，我自个儿还没有形成奴隶制的想法。我自然想过随自己高兴几时干活的日子。可我年纪小，还没有自由的信仰，只觉着逃跑的阿贝就像是我自己的喜悦。

"阿贝朝我跑来。然后，我听见加洛韦朝我喊，就像适才他朝其他人那样叫喊：'给我捆了那畜生！'我办不到。我不会照办。我又不是谁家的工头。就算是，我还有点自知之明，不会拿自己与阿贝赛跑。他一折身跑走了，然后折返回来，又朝我跑来。加洛韦气坏了，想都没想，抓起一只秤锤，朝阿贝扔来。不晓得他怎么想的，阿贝可是连后脑勺都长眼睛的。

"可惜小哈丽雅特就没有那么走运。"

这时，哈丽雅特身上焕发的光芒，犹如二十盏灯笼照耀一般明亮，淡绿的光绵延开来，消淡为白光。没有水。我感觉不到自己的双脚，感觉不到身体任何部位。现在，我只是一个存在、一个本质，跟随着一个声音。

"秤锤越过阿贝，砸在我头上，把我的头颅打裂。接着，我的双眼就蒙上了主的黑夜。

"转醒来，我不是在多尔切斯特，而是在别的时间。我看见阿贝奔过田野，他的脚印点燃树木。森林烧成炭。灰尘落在地面。然后，灰尘在水中飘，逐渐结成形状，组成一队黑人，穿着蓝衣、肩扛步枪的黑人。我在他们中间，希兰。我们一大群人。我看向这支队伍的眼睛，看到奴隶制度的耻辱像火焰燃烧。每个人都长着小阿贝的脸庞。

"我站在一个陡峭的崖壁，周围排着一队士兵。我们看见下面一片广阔的田野，看到我们的族人双脚拖着镣铐，看到田野的庄稼，在人肉上生根，拿鲜血浇灌。我周围这些人，这支有着阿贝的脸庞的队伍，排列整齐，唱起一支歌。这支歌把古老的感受唱成祈祷的颂歌。我做一个手势，我们就在这片罪孽深重的土地上全部倒下，我们的冲锋口号，似穿过高山低谷的大河一样浩荡。

"我醒来。我看见我姆妈在哭泣。我已昏睡数月。他们都以为我没了。无人知道我是被找到了。那一年，我的身体渐渐恢复。一周又一周过去，我不肯开口说话。可我的脑子里有说不尽的话。我知道，就算在那么小的年纪，我也知道，终有一天，我们不再需要逃跑，我们会夺取我们想要的胜利，不是那个被强加的胜利，我们会像所有那些被带到没有名字的鬼门关的人，像他们那样无惧地降临在这片土地。我们要鞭笞纳奇兹。我们要焚烧巴吞鲁日。"

正如刚才逐渐焕发，哈丽雅特的光芒开始徐徐收敛。我感觉身躯慢慢地恢复感知——怦怦跳的心脏、喘息沉重的肺、双手、双腿、双脚——踩着结实的地面，不再淹没在水里。

"小阿贝。我没有忘记你。在地下组织和'传渡'以前，在特工和孤儿以前，在迈凯亚·布兰德以前，在我还是小女孩的时候，你最早让我看见自由的意味。我听说他们在汉普顿马克把你捉住，离伊莱亚斯溪不远了。他们说，你终于跑不动，可是，就算是这样，全镇出动才把你捉住。我不信他们说的。所有看见你的人都晓得真相。你宁可残废，也永远不要被离散。"

此时，光芒消退为极淡的绿色。我的视力恢复。我朝外望去。码头、特拉华河、船埠，全部消失。我仰头看天，原本乌云笼罩星月的夜空，变得明朗澄清，北极星在闪烁。我站在一块岩头，身后是一段木板堤岸。眼前和脚底是空阔的原野。我转头回望来路，但身后没有路，只有一片树林。我听见哈丽雅特在呻吟，看见她身体支着手杖。她声音颤抖，嘴里说道："马……鞍。"

她退后一步，跌在地上。我奔到她身旁，捧住她的头。她眼珠后翻，低声呻吟。这时候，我听见号角声。我扶哈丽雅特缓缓地躺在地上，然后转身望向原野。我看到他们，仿佛只是阴影——一队奴隶慢慢走出来。我明白了，我们不复在费城。一道门开启，土地似布折叠。

"传渡"，"传渡"，"传渡"。

2 4

我来到另一个国度——那些树，那些气息，那些鸟雀。然后，我看到太阳升起，一切有了生命。不能走大路。赖兰在监视。还有一些忠心难料的奴隶，可能想领取悬赏摩西人头的巨额赏金。我站在岩头朝下观望，踌躇一些时候。太阳刚探出地平线，照射出金光。我搀起哈丽雅特，尽量小心地把她扛上肩头。然后，我俯身拾起她的手杖，退进树林，脚步缓慢慎重，用手杖先拨开眼前的枝丫灌木，劈出一条路。如此行了一个小时，途中略作歇息，我在一片灌木下看到一条冲沟。冲沟狭隘，只容哈丽雅特躺卧，我不能藏身。她的安全最要紧，我可以碰运气。我往树林深处走，心中忖度，倘若被发现，我宁可单独被捉住。我打算天黑后返回哈丽雅特身边，希望她到时已经醒转。

午后时分，我听见一队猎人从附近的林场出来侦察。我凝固不动，相比关在弗吉尼亚地洞里的日子，这段时间根本不算什么。稍后，我看见一群低等白人带着猎犬打猎。我在周围撒了一圈墓土，应该足以掩盖我的气味。我看见一些孩子——有上等人，也有奴隶——外出玩耍，暗思他们会否看中我的藏身地，好奇地进来探索。但他们继续前行。终于度过我人生中最漫长的一天，我欣喜地望着黑夜降临大地。月亮升起，照亮了苍穹，更照亮了我紧张的心。

我回到冲沟，拨开树枝灌木，见哈丽雅特依旧躺着，依旧是先前的模样，手杖摆在胸前，犹如殡殓的法老。我伸手触摸她的脸，学着她经常那样触摸我的脸。她的面庞冰凉。我的目光下移，见她胸膛起伏。我又看看她的脸，只见她睁开双眼。她露出微笑，说道："晚上好，朋友。"

稍后，她站起身，仿佛这整日的经历只是片刻休憩。我们行走一些时候，循着一条土路的走向，但只走在树林里，以便在遇上巡逻队之前先看见他们。

"对不住，朋友。我本以为有力气撑到底，不至于失去意识，"她说道，"跳跃靠的是故事的力量。我们个人的历史，我们所有的爱和失去，一同聚集这股力量。所有感情都被召唤起来，用记忆的能量去召唤，然后我们就被转移了。有些时候，需要更强大的能量。这些时候的后果，你都看见了。不过，这条路，我走过无数趟，不晓得这一趟怎么这样费力。"

我们朝前行进，树林里敞开一片空隙，是林场工人采伐后留下的空地。望过原野，我看见一间木屋，窗口映现闪烁的炉火。

"那是我们的地方，"她说道，"我想你必定有一些疑问。进屋后就不得空闲了，所以我建议你现在就问。"我们拣了两段树桩坐下。夜晚寒凉，森林里吹出一阵细风，从原野上扫过。

在大街上，我们生活的世界充满故事和传说、巫医和魔咒，还有各种禁忌：不可在月光下宰猪，不可穿一只鞋走过地板。我不信奉那个世界。纵然我知道在自己身上发生的那些事很神奇，知道自己是如何去锡娜家，如何从雁河出来，我还是认定这一切可以在书中找到解释和答案。也许确实可以解释，也许这就是那本书。我心中虽如此思想，但是在"传渡"之时，我对周遭世界及其包含的奇迹和力量的理解，经历了急剧的变化。

"我的外祖母是纯种的非洲人。她叫桑提贝丝，"我说道，"听说贝丝擅长讲非洲的故事，讲得那么神奇，有时候第一次霜降就像大草原的炎夏那样震撼。"

哈丽雅特坐在树桩上，沉默地聆听。

"上等人把贝丝讲故事的天赋当成宝贝，每当他们社交聚会，就召她上去，她用他们从来没有听过的歌和旋律讲她自己编的故事。他们听得高兴，给她扔钱币。贝丝带着笑容拾起钱币，揣在围裙里。她从不自己留着，都分给奴隶的孩子们。她说自己用不着。我觉得，我现在能懂她的原因。

"故事说，有一夜，贝丝来看我姆妈，对她说，自己得去一个地方，这个地方我姆妈不能一道去。她们俩注定属于不同的世界，贝丝告诉她——我姆妈属于这里，自己属于很远的地方。现在，贝丝必须要讲一个故事，她知道的最古老的故事，这个故事能把时间倒转，带她回那个地方，在那个地方，她的父亲得到隆重的葬礼，她的母亲掰下属于自己的玉米。那天夜里，隆冬季节，贝丝走下大河消失。

"贝丝不是独自消失。同一夜，还有四十八个奴隶，离开各自的庄园，再也没有出现过。他们每个人都是纯种的非洲人，与桑提贝丝一样。

"哈丽雅特，我一直说不清自己怎么想这个故事。在这个故事里，我姆妈断了线，她阿爹被卖掉。然后，她自己也被卖掉。我本以为我已经把这一切都忘了。我几乎想不起她的脸，因为我连她的一点记忆都没有。可是，那个故事，那个桑提贝丝……"我咽下喉咙口已经赋形的词语。我转向哈丽雅特，诧叹道："你如何做到的？"

"朋友，听起来你已经知道答案，"哈丽雅特说道，"想象一条河上有很多岛。再想象一般人得从一座岛游向另一座岛——想象这是他们唯一的方法。可是，朋友，你不一样。你与别人不一样，你能看见河上有一座桥，甚至许多桥，连接所有的岛屿，许多桥，每一座桥都是由不同的故事搭建的。还有，你不光看见那些桥，你还能走过去，驾车过去，'传渡'过去，带着一队乘客，像火车司机驾驶火车一样。这就是'传渡'。那许多桥，那许多故事，就是跨越大河的道路。

"老一辈人都晓得这条路。我听说，在贩奴船上也有发生，人们跳进海中，'传渡'回到非洲老家，"哈丽雅特叹息一声，摇头说道，"可是，现在我们在这里。我们忘了古老的歌。无数故事失去了。"

"那么多，那么多东西，我都不记得。"我说道。

"照我看哪，你记得不少。"哈丽雅特说道。

"是的。每一桩事。每一个细节。可是有一道裂缝，我的记忆有一道裂缝，本该是属于我母亲的地方。回想的时候，我看见我的童年在眼前呈现，就像一台戏，主角却总是一阵雾。"

"呃，"她说道，拄着手杖站起来，"有没有想过，你可能不愿看见？"

"没有，没有认真想过，"我说道，"事实上，我觉得该是正好相反，感觉我很用力地看。"

哈丽雅特点点头，把手杖授予我。我接在手里，反复端详，观看杖身刻画的符契。

"这些标记，对你不会有任何意义。只有我能听见的语言。重要的不是这些标记，是这根手杖。枫香树枝剥的，提醒着我，要记得他们把我放在林场的日子。我人生里最恐怖的日子。不过，也是因为那些日子，才有现在的我。我有时回想那些时候，想那时候的一切，我就想崩溃痛哭。他们对我们做的这一切，道说不尽的伤痛。我心底有个地方，一直催我去忘。可是，手一捉起这根枫香树枝，我就不由得去记。

"希兰，我不晓得你遭遇了什么。不过，倘要推测的话，我敢说，你心底有个地方也想忘，那个地方在竭力遗忘。你只须身外一个物事，在你身外的物件，一个杠杆，去撬开被自己锁起来的东西。只有你自己晓得那个物件是什么。照我看，只要找到那个杠杆，你就会找到你的母亲，找到你的母亲，你就会找到那座桥。"

"你就是这样实现的？拿到这根枫香树枝，一切就都在这里头？"

"不是。'传渡'不是这样的。但我与你不同。凯西娅给我讲过一些事。的确，我们都是做奴隶，但是各有各的奴役。你看，我从南方腹地上来的时候，我不光记得，我还听见颜色，看见歌声，感觉世上的各种气味。声音从四面八方传来，跟祖宗一样古老的记忆非但没有消失，反倒像火炬似的熊熊燃烧。我看着记忆在我眼前浮现，不管我走到哪里，像你适才说的，记忆像一台戏跟随着我。

"他们总说我疯疯癫癫。于是，我学着控制那个力量，召唤一些声音，压制另一些声音。有些时候，那些声音太激烈，就会把我压倒，像昨晚那样。可是，我重新站起来的时候，已经到了另一片土地。希兰，这就是桥。"她说道。

"召唤？"我问道。

"也不尽是，"她说道，"故事始终是真的，不是我捏造的。是人们创造的故事。一个故事要恰好适合一个关节，好像桥墩的地基，那不是你我或者桑提能够改变的。"

"我不明白，感觉有点碰运道。这个力量会随便哪个时候把我带到马厩、石桥、田野，或者随便哪个地方。"

"那马厩是否有水槽？"她问道。

"确实有，"我说道，"装满了水。感觉要把我直接吸进去。"

"我敢说它确实想要这么做，"她说道，"这里头一点也不是碰运道。"

"我不明白你的意思。"

"你看不出来，朋友？你就站在桥的匝道。所有这些故事，桑提走进大河，你走出雁河，我们走上船埠……"

我坐在那里，依然惘然不解。

我不能领会。哈丽雅特笑起来。

"水，希兰，水！'传渡'须有水。"

我惊愕得张嘴结舌。这个时候，哈丽雅特笑得更欢。她确实该觉得可笑。现在回想起来，感觉那是多么简单明了。每次感觉那个力量拉走我的时候，感觉'传渡'的河流汹涌而来——马厩的水槽，将我和梅纳德拖下石桥的雁河，布兰德家附近的斯库基尔河——我的身边总是有水。我回想科琳用尽荒诞的方法，企图接近那个力量，却从未领悟这个如今看来最显著的元素。

"你怎么不用这个力量带出莉迪娅？"我问道。我们起身走向木屋。

"因为给别人讲故事的时候，你得知道故事的结尾，"哈丽雅特说道，"我不曾去过亚拉巴马。不曾见过的另一端，我跳不进去的。再有，就算知道故事的开端和结尾，我还得熟悉被'传渡'的人，才能带他们出来。我们通常没有这份奢侈。因此，我通常的方法与其他特工并没有两样。不过，这一次是我熟悉的人。"

我们走向木屋，去找这些熟悉的人。趋近时，门开启，温暖的气息涌来。已是深夜，但屋里仍一派生气。四个男子迎接我们，他们都穿着奴隶衣服。两个人的相貌与哈丽雅特相仿，我便知他们是亲人。第三人在照管炉火，便是映照我适才在窗外看见的火光。我的目光在第四人身上停留，感觉有些异常，随后领悟是女人，只是剃了头发。我想起纽约州大会上有两个剃光头发的白人女性在宣传所有领域男女平等，但我晓得她的情况截然不同。

"希兰，这位是蔡斯·皮尔斯，"哈丽雅特说道，指示照料炉火的男子，"他是我们的东道主，我们很感激他为这桩事所做的一切。"

然后，她露出微笑，转向另外两个我以为是她亲人的男子，说道："至于这两个小赤佬嘛，就不配听到好话了。"说罢，她伸手把他俩搂进怀里，两人跟着笑起来。

哈丽雅特说道："这两个是我的弟弟，本和亨利。终于长得壮实了。好多年了。不过，依我看，亨利要是不待在这里，就遇不着他的妻子。"

哈丽雅特走向剃光头发的女子，含笑摩挲似蛋卵一般光溜的头顶。

"全是你的主意，"女子笑道，略为着恼，"我晓得上帝必定要把我们带出棺材了，要不然，他怎会叫一个女孩儿拿那样一头好发去换另一根铁链。"

"这主意管用，是吧？"哈丽雅特说道。

女孩点头，露出笑容，气也略消了。

"这是简，"哈丽雅特说道，"亨利的妻子。"

简朝我微笑。因为没有头发，她奇特的面庞愈发出众，双颊棱角分明，眼睛细小，耳朵阔大。她身上焕发欢快的信念。不光是她，围在炉火前的人都分享这个信念。那时候，我参与过许多拯救行动，因此知道这个状况不同寻常。恐惧是常态。低语是常态。但这群人欢畅谈笑，好似已经到了北方。他们全不似我在弗吉尼亚，甚至在费城基地接触的人。差异源自哈丽雅特，凭借着"传渡"，凭借着人们传诵的故事，她化身为一个女人与奴隶主单挑的战争，尤其是在这个曾经奴役她的地方。看到这个情景，并且亲身经历过"传渡"，我认为那些都是真实的故事。哈丽雅特确实举起手枪打死懦夫，确实在冬季"传渡"大河。她是唯一不曾失败的特工，从未在路上丢失一名乘客。尽管那些只是传说，但即便在当时，那间温暖的木屋里围聚的人们也都知晓这些故事，因为每当说起启程的时刻，他们就会提及神圣的权利。他们亲身见证一个预言的实现，他们眼前坐着他们的先知——摩西——她让他们心中充满笃定。

哈丽雅特讲解了计划，然后说道："我们的传统是拯救行动须简单，小规模。这不光是传统，也是智慧。但我熟悉你们，你们每一个人，我都熟悉，我同意你们的要求，你们也须同意我的要求，我的要求很简单——**不可回头**。"

那一刻，也许甚至胜过"传渡"的时刻，我觉得人们赋予哈丽雅特的所有名号，都是她应得的。她的姿态，她的冷静，铁一般坚定，就足以配上那些名号。然而，更让人敬佩的是她对周围的人产生的影响。无人说话。黑夜似已凝固，哈丽雅特占据我们的全部心思。她下达的指令——**不可回头**，没有让我们心里生起恐惧，因为这句话不似恫吓，倒似预言。

"简、亨利，你们留在蔡斯这里。明晚以前不要出门。明日是周日，想必他们一时不会察知你们逃走。本，我晓得你没有劳务，但是请你帮个忙，到外面活动——叫他们瞧见你，以防万一。布下罗网之前，我们不想布罗德斯和他的手下觉察一点蛛丝马迹。明夜大约这个时候，我们在阿爹家碰头，歇歇脚，吃点东西，然后就上路。"

说毕这一席话，她起身，拄着手杖站起来。

"希兰，我们现在有个难题。有个人还不在我们中间。我弟弟罗伯特，他的孩儿快出世了，他本来不肯走，但是布罗德斯要把他摆上拍卖台，所以罗伯特必须逃走，但他坚持要和妻子在一起，直到离开前最后一刻。这不是我一贯的行事方式。可是亲情揪着人心，心被缠住，生出来的念头就不会太明智。

"我答应了他，只是要求他须把我们的整个计划保密。我对你们说的这番话，见到罗伯特的时候，我也会照样对他说。因此，我们得去带罗伯特，希兰，我的朋友，由你去带他。"

这是新的任务，但并未全然出乎我的意料。关于我们面临的行动，哈丽雅特一直刻意地迂回，大概不想让我过于忧虑：毕竟，这里不是弗吉尼亚，而我须只身前去。

"我宁可自个儿去，"她说道，"但是，罗伯特在庄园里，他们很警惕我的行迹。他们会把我拦住。你不太容易被怀疑，就算给拦下，你手上的通行证，给了你和罗伯特出行的权利。"

我点头："我几时动身？"

"立刻，朋友，立刻，"她说道，"你须在天亮前到达罗伯特家，然后藏身等候，不可露面。一入夜，你和罗伯特就到我阿爹家。罗伯特认得路。"

"我一定带他出来。"我说道。

"希兰，还有一件事。"哈丽雅特说道。她转向蔡斯，对他说："蔡斯，把那件东西给他。"

蔡斯走向一只小橱，取出一只布包，交给哈丽雅特。她打开包裹，我看清是一把手枪，在火光下闪亮。"拿着，"她说道，把手枪交给我，"给他们准备的。但更是给你自己准备的。倘然到了非用不可的地步，大概就已经太晚了，你就用它解决他们和你自己。"

于是，我走回树林，沿着指示的方向而行。树林里有秘密的符号引路。虽是黑夜，这些符号在月光下清晰可见。这也是因为我知道须寻找的东西：黑橡树上刻的星星；地上叠着五根砍倒的树枝，两根树枝朝东；一块大石，石面刻画一弯新月，石底刻画一柄铁锹。我错过一些符号，只好原路折返，但最后仍在日出前抵达罗伯特家，因此时间颇有些空余。布罗德斯的庄园不似我的无锁庄豪华，奴隶的生活区只是几间粗陋的棚屋，杂乱地散布在森林里。布罗德斯甚至未曾费心砍下生活区周围的树木。我暗思，如果说这片混乱的居住环境透露了奴隶生活的一些真相，我现在真正地理解了哈丽雅特想要遗忘的原因。

这是周日早晨，意味着没有劳动。不劳动意味着不清点人数，因此，工头到明日才会知晓罗伯特逃走。到那个时候，我们已在费城，与雷蒙德、奥塔筹谋下一步行动，计划将罗伯特转移到加拿大或纽约州。尽我所知，我们的安排是，日出前，罗伯特走出住所，打个呼哨，然后走到我们碰头的树林。罗伯特走近时，我须说一句话，让他知晓我的意图，然后他作答。倘若他的答案有误，我便知出了差错，须立刻独自返回蔡斯·皮尔斯的木屋。于是，我远远地等候，然后看见一个黑影走出来，四下顾看。我听到一声呼哨，见人影离开木屋，朝树林走来。我走上前，说道："锡安的火车接你来了。"

"我想上火车。"罗伯特说道。他中等身量，面容忧伤，丝毫没有哈丽雅特的其他亲人的欢喜和信心。他的心头沉重，我鲜少看见人如此悲伤地迎接奴隶的救赎。

"我们黄昏出发，"我说道，"你安排妥当，到这里与我会合。"

罗伯特又点点头，转身走回木屋。

我退进树林深处。奴隶今日不劳动，但我不想引人注意。我在树林里走过一段上坡路，爬上一座山，寻到一个山洞，在洞里休憩到天黑。我在约定时间返回原地。但罗伯特不曾来。我再等候一段时间，他仍不曾出现。我忖度罗伯特是否记错时间，因为我知道自己不曾记错。我考虑抛下他独自离开，因为哈丽雅特决不允许例外。我思忖，换作在弗吉尼亚的时候，我大概会那么做。然而，这几月的经历改变了我。纽约州大会以后的那些日子，我常思索迈凯亚·布兰德的死，思索他本可抛下莉迪娅独自归返。我思索他宁可到另一个世界遇见奥塔，而不愿在抛弃他的妻儿之后回来面对他。若有必要，我手里还有通行证。那一刻，我独自做出决定，要么带哈丽雅特的弟弟罗伯特一道回去，要么不回去。我走出树林，去查看他的木屋。

走近木屋，我便听见女人叫嚷。透过敞开的门，我看见一个女人在屋里踱步，罗伯特坐在床沿，双手捧着脑袋。我在门外站立片刻，看着那个女人痛恨交加，咒骂罗伯特。

"我晓得你要离开我，去跟那个詹宁斯女孩相好哩，"她说道，"你的底细我摸得清爽，罗伯特·罗斯。我晓得你要离开我，倘然你算个男子汉，就跟我直说吧。"

"玛丽，我刚才不就直说了，我只是去探探我兄弟爹妈，"罗伯特说道，"今日没啥事，周日，你晓得的。你看，雅各布来了。"罗伯特示意门口，指着我，说道："我跟你提过他。哈里森庄园来的。他亲人也在我爹妈那头，是吧，雅各布？"

玛丽转过身，上下打量我，把眼珠子一翻。

"我从没见过什么雅各布。"她说道。

"他就是啊。"罗伯特说道。

"你往常都用不着什么路伴，"她说道，"哟，几时就变了？我从没见过这个人。我看得出他不是这块地方的。我晓得你搞什么名堂，罗伯特·罗斯。我晓得那个詹宁斯女孩的。"

适才，我站在木屋的门前，这时索性走进屋，才看清了玛丽。她矮小的个子，浑身释放正义的愤怒。她确实懂罗伯特，纵然她并不确切地知道他要做的是什么。她又把我打量一番，说道："雅各布，对吧？我这就去詹宁斯那边打听打听你，你瞧怎样？"

"我们不会这么做。"我说道。

"不是'我们'。我自己去，立马就去。"

"不成。我不会让你去。"

"喔唷？这么说，你这是要拦我咯？"

"太太，我是希望你自己停下。"我说道。

玛丽难以置信地睨我一眼。我得尽快行动。

"你说得对，"我说道，"我不是什么雅各布。但是，倘然你继续吵下去，只会给你自己，还有你爱的每个人带来痛苦，赛过罗伯特与另一个女人相会的痛苦。"

在我的身后，罗伯特痛苦地呻吟，说道："亲爱的……"

"玛丽太太，我看得出来，你对整个事情完全不知情，"我说道，"你说得对，罗伯特确实要偷偷溜走。罗伯特必须溜走，你不该做任何事情阻拦他。"

"我作死吗？当然要拦他！"她说道。

"不，太太，"我说道，"我看你最好不要。我晓得他没有跟你说实话，但是，我要把实话告诉你。布罗德斯要把他摆上拍卖台。卖掉后，你这辈子见他的机会，大概无如你在水上走的可能。"

"罗伯特管事已有一年了，"她说道，"布罗德斯没有动过他。罗伯特干活很卖力，他们不会动他的。"

"就是因为罗伯特干活卖力，他们才要先动他。他这么强壮的男子，才能卖到好价钱。再说，哪个黑人因为干活卖力就被他们放过？你竟对他们有这个信心？我仔细瞧过这地方。眼见就要倒塌。我见过许多这样的庄园。他们卖掉奴隶，因为他们没有法子。我见过。我现在告诉你，一个字也不隐瞒，你的罗伯特有两个选择：跟布罗德斯去拍卖台，或者跟我逃走。"

如果地下组织有规章手册，那么我把最重要的数条都触犯了。特工竭尽所能，只向被拯救的人露面。再有，特工绝不揭示真正的目的，而是捏造故事应付场合。我却把任务全盘托出，希望尽快说服玛丽放我们走。

"地下组织提供团聚的可能性，"我说道，"我也不想你们骨肉离散。我晓得这个滋味，真的，我晓得。我也跟亲人离散，弗吉尼亚有个女孩，我每天每小时每分钟都在想她。我被迫离开她。不过，被地下组织带去北方，总赛过被埋进棺材底下。我跟你说，就只有这一条出路。

"我听说你俩刚有了孩儿，我晓得你担心什么。我是孤儿，玛丽太太。我姆妈被卖掉，我爹不值一提。我晓得你必定担心孩儿出世后没有阿爹，我真的懂你的想法。

"可是，太太，你要理解眼前这个事。你的罗伯特必须离开你，要么被我们带走，要么被他们带走，他总归是要离开你的。你晓得我们是什么人，你晓得我们做的事。你晓得我们的办法。我们讲信誉，太太。我现在跟你保证，我们一定会叫你和你的罗伯特团聚，不达目的绝不放弃。"

她怔怔地站着，然后倒退一步，嘴里呻吟着"不，不"，来回地摇头。那一刻，我记起赖兰的猎狗逼近之时索菲娅的呻吟。然而，在同样的瞬间，我记起另一件事，在弗吉尼亚，在科琳的布莱希顿庄园，我们动身去救帕内尔·约翰斯之前。我记得自己如何不肯相信这一切，记得以赛亚·菲尔茨如何变成迈凯亚·布兰德，记得他把真实姓名告诉我，他对我的信任，让我能够相信随后发生的所有一切。在那一刻，我召唤起那种精神。

"我的名字，太太，我的名字叫希兰，"我说道，"罗伯特·罗斯是我的乘客，我是他的司机。我拿性命担保，绝不会让他出事，也不会让你出事。"

玛丽脸上滚下一滴眼泪。片刻后，她镇静下来，从我面前走开，转身对罗伯特说道："罗伯特，倘然你去寻哪个女人，早晚会叫我发现的，到那个时候，我告诉你，这个希兰，还有他这些动听的话，都救不了你。"

我觉得我该转移视线。他们该拥有这个单独相处的时刻，因为下次的重逢须等待漫长的时光。然而，回想自己适才所说的话，回想弗吉尼亚，回想索菲娅，我的身体便无法动弹。

罗伯特把她拉到身边，深情地温柔地亲吻她。"不会逃出去寻哪个女人，玛丽，"他说道，"我只为一个女人逃走，那个女人就是你。"

罗伯特和玛丽的争吵让我们耽误了一些时间，倘若不曾延误，我们有充裕的时间绕过边远林区，及时抵达哈丽雅特父亲家。但现在必须走大路，这不是最理想的安排。哈丽雅特不愧是先知，早已有了准备——我揣着通行证。于是，我们走大路。

我把自己交付给罗伯特，跟随他走向他的父母家，丽塔姆妈和罗斯老爹的住所。哈丽雅特把计划的每个步骤都严格区分，倘若我们有人被捉住，无论遭受怎样的严刑拷打，无人说得出整个计划。

一路上，罗伯特起初默默行走，只是开口指路。我任凭他沉默。不管我心里有多好奇，离别已是如此痛苦，我不想好奇地追问，让他再次体会那份痛苦。然而，一如我平常的经历，过了一些时候，罗伯特自己开始述说。

"你晓得计划是离开她，是吗？"他说道。

"是的。事情正是这样进行。"我答道。

"我不是这个意思，"罗伯特说道，"计划是永远离开她。我一个人，在北方重新开始。"

"你孩儿哩？"

"没有孩儿，至少不是我的。我晓得不是我的。她也晓得。"

我们一时默然无语。

"布罗德斯。"我说道。

"布罗德斯的儿子，"罗伯特说道，"他和玛丽年纪差不多。小时候一道玩耍，然后被分开。我们都是这样。我猜他那个时候就喜欢她。现在成人了，他就想兑现那些感觉，全不管玛丽是多么诚实执着的女人。兴许她也喜欢他。反正她没有阻止他。"

"她能怎么阻止？"我问道。

"我不晓得，"罗伯特沮丧地说道，"压在这个棺材底，谁能做什么呢？可是，我告诉你，叫我养哪个白人的孩儿，我不如先见鬼去！"

"所以，你就逃走。"

"是的，我就逃走。"

"布罗德斯没有打算卖你，是吗？"

"他有打算，只是我不晓得他打算几时。一开始，我觉着这样倒好哩，把我解脱出去了。我不想去纳奇兹，但是，倘然那地方能帮我忘掉玛丽，忘掉我的耻辱，兴许还是好事。"

"被卖掉永远不是好事。"

"是啊，我晓得，"罗伯特说道，"哈丽雅特和家人帮我，把我从绝望里拉出来，跟我说，北方兴许另有一个人生在等我。他们自然也问起玛丽和孩儿。我跟哈莉丽雅特说，我绝不带别人的孩儿。她听了不太高兴，很不高兴，可我告诉她，要么全是簇新的人生，要么我就在布罗德斯这边碰运道。"

"可是，该离开了，我才想到离开我的玛丽意味着什么，我……我不晓得。顶多只好说，我又心软，开始琢磨从前有些日子也不坏。然后，你进来，许下你那个承诺——"

"对不住，我以为——"

"根本不消道歉的。事实上，你说出了我的感觉。我不能没有玛丽。我不想要自由，倘然那个自由的地方没有她……只是那孩儿，养另一个男人的孩儿，叫我心里硌得慌……"

"是啊。"我说道。并且，我能体会。我能理解。我也开始更深刻地理解，因为我不仅想起自己和我的索菲娅，不仅想起罗伯特和玛丽，我还想起在纽约州边境遇见凯西娅的那一天。

我想起大会上那座涌动着奴役、奴隶、穿工装的女性的学院，想起这个劫掠半个世界的大阴谋。我思索自己在这个劫掠中扮演的角色，思索自己的梦想，思索自己脑中构造的无锁庄，建造的材料几乎全都是**我的索菲娅**。

"我们永远不能拥有纯洁的东西，"罗伯特说道，"我们的东西总是杂七杂八。他们有他们的骑士和处女，我们什么都没有。我们得不到纯洁的东西。我们得不到干净的东西。"

"是啊，"我说道，"但他们也得不到。他们把自己的儿子、自己的女儿当作奴隶，这是多肮脏污秽的事。照我看，那也不叫什么纯洁。我们才是有福的，因为我们晓得真相。"

"有福？"

"嗯，有福的。我们犯不着假装纯洁。说实话，我用了很长时间才明白这个道理。须失去一些亲人，才会真正领会失去的意味。但是，我做过奴隶，也见过一些得到自由的人，我告诉你，罗伯特·罗斯，我宁可与我失去的亲人一道做奴隶，在泥土污秽里爬滚，也不要与他们一道活在他们的肮脏里，他们被那个肮脏迷瞎了眼，就自以为是纯洁。罗伯特，那不纯洁，那不干净。"

2 5

天黑了，我们抵达一条小路。这条路通到树林里的一片空地，罗斯家就在那边。我看见一间房屋，屋后有马厩。我记起哈丽雅特的父母是自由身，但他们的儿女不是。

"不能见我姆妈。"罗伯特说道。

"为何？"我问道。

"她藏不住感情。倘然她看见我，倘然她知晓，准哭得婴孩似的，白人就会来打听出了什么事，姆妈不会说谎。哈丽雅特十年前离开的，自那以后，我见过她，但她不见姆妈。不是她不想，她是不敢见。"

说毕，罗伯特打个呼哨。半晌，一个年长男子走出来，我揣测是罗伯特的父亲——唤为罗斯老爹。罗斯老爹没有朝哪个方向顾望，只伸手朝屋后挥了挥。我们绕过周围的林子，折到屋后。走了半途，我们透过窗口看见屋里的景象，丽塔姆妈在扫地。罗伯特停住脚，突然意识到自己可能再也见不到她，然后继续穿过林子朝屋后走去。我们在后面找到马厩，打开门，人都已经在里面，静静地坐着。我们没有说话。哈丽雅特从角落里走出来，她的眼睛盯住罗伯特。她伸手揪着他的衣领，用力拽了两拽，把他拉进怀里拥抱。我们坐在马厩里，等候深夜的庇护来临。有人爬上阁楼歇息。罗斯老爹给我们拿来食物。推开门后，他便掉转身，站在门外，不朝里面张看，右手远远地递出托盘，等候无论谁人去接。

我两次看见老妇人走到屋外，站在路口眺望，然后默默地转进屋。我思忖她是否预感罗伯特要来。

下雨了。本和罗伯特在马厩的缝隙间向外张望。这道缝隙正对着房屋的后窗，透过那扇窗户，他们能看见丽塔姆妈坐在火前，抽着烟斗，面庞布满了失去儿女的孤苦。哈丽雅特数年未见她的母亲，现在也不能去看。她没有从缝隙间观看。她不敢道别，连远远地说一声也不敢。

最后，丽塔姆妈熄了火，上床就寝。我朝外望，见一阵浓雾升起。这时，哈丽雅特逐一审视我们。是时候了。我们走出马厩，我看见罗斯老爹站在门外，蒙着眼罩。

"他们问我有没有看见你们，我就可以拿上帝的名义起誓，说我没有看见。"他说道。

我们走出去，走进雾中。简挽起老人一只手臂，亨利挽起老人另一只手臂，我们走进泥泞的树林。行路时，哈丽雅特的父亲轻声哼唱，然后转换节拍，唱起熟悉的离别曲，他们一个个汇进歌声，我们的队伍似在传递低沉的耳语。

到庄园的大屋去

到那上边去，因为他们待我不公

日头这么短，吉娜。夜这么长

　　树林豁然敞开，我们到了一个池塘前。重雾和黑暗之中，看不清池塘对岸。歌声逐渐消逝，只听得雨滴敲打头顶的树叶，落在平静的湖面荡起涟漪。

　　"老人家，是时候由我领路了。"哈丽雅特转身，对她的父亲说道。

　　我想他们必定都知道"传渡"的方式，因为哈丽雅特的话音一落，简和亨利便松开罗斯老爹的手臂，走进水中。亨利、罗伯特、本面对池塘，在前面排成一队。简拉起我的手，站到他们后面。我转过头，看见罗斯老爹站在那里，蒙着双眼。哈丽雅特走到他面前，环绕他走一圈，好似要把他的每一寸存进记忆。然后，她轻轻地亲吻他的额头。然后，她触摸他的面颊，我看见"传渡"的绿光从她手上焕发。借着那道光，我看见罗斯老爹脸上泪水涟涟。

　　他们那般站立片刻。然后，哈丽雅特转身，走到弟弟们前面，开始步入水中。她的弟弟们默默跟随，我和简跟随在后。只有我回头。我转过头，看见罗斯老爹仍旧站在那里，仍旧蒙着双眼。我们走进池塘深处，我望着他徐徐退逝，离我们远去，如同记忆一般，退进黑暗，退进沉沉的雾霭。

　　我们走到池塘深处，正如前次，池塘里已不再是水。这时候，哈丽雅特浑身闪烁。她的目光越过前排的弟弟，看向我，说道："勿担心。这一次，我有整支歌队。歌队会撑住我。"

她向前迈走，每走一步，光芒便益发明亮，照彻我们眼前的浓雾，犹如船头拨开海浪。然后，她站住脚，她身后这支小小的队伍也跟着收住脚步。哈丽雅特说道："这趟旅程专为约翰·塔布曼。"

"约翰·塔布曼。"本放声唱道。

"可惜他不能加入我们，叫我永远心碎。这趟旅程为罗斯老爹和丽塔姆妈，我晓得他们有一天会与我们团聚。"

"有一天！"本唱道，"总有一天！"

"我们在一条铁道上寻着自己。"

"总有一天！"

"我们的人生是铁轨，我们的故事是火车，我是火车司机，引你们走这一趟'传渡'。"

"'传渡'。"本唱道。

"这一趟不是仇恨的故事。"

"继续，哈丽雅特，继续讲。"

"因为我很久以前就伤痛够了。"

这时，哈丽雅特另外两个弟弟开始接腔。

"继续，继续讲！"他们和声唱道。

"约翰·塔布曼，我的初恋，唯一值得我追随的男人。"

"讲得好。"

"我用自己的名字起誓，这是事实——塔布曼。"

"讲得好！讲得好！"

"我自小就刚硬，因为奴隶制把我一双少女的手，炼成磨刀石。"

"刚硬，哈丽雅特！刚硬！"

"一场麻疹几乎使我丧命。"

"顽强！顽强！"

"重担把我压倒。警醒来了。"

"'传渡'！"

"我走出去，跑进树林。见证，见证这一条路。"

"'传渡'！"

"可是，在我成人以前，不能走上那条路。"

"总有一天！总有一天！"

"我干男人的活。"

"好，继续，哈丽雅特，继续讲！"

"买了一头牛。"

"哈丽雅特买了一头牛！"

"把自己雇出去，开辟土地。"

"哈丽雅特买了一头牛！哈丽雅特开辟土地！"

"主把劳苦摆在我面前。把我炼得刚硬，就像法老面前的摩西。"

"继续，摩西，继续讲！"

"可是，我要唱约翰·塔布曼。"

"塔布曼！"

"男人不欢喜女人赛过自己。"

"摩西开辟土地！"

"约翰·塔布曼不是那种男人。"

"这就对喽！"

"我的力气叫他光彩，我的劳苦叫他温柔。"

"讲，摩西！继续讲！"

"我爱他，因为我晓得女儿家该爱一个爱你的男人。"

"摩西遇上一头坏牛！"

"约翰·塔布曼爱我的力气，他爱我的劳苦。"

"坚强，哈丽雅特！坚强！"

"所以我晓得，他爱我。"

"约翰·塔布曼！"

"慢慢地、稳稳地被劳动压榨，我们筹谋着自由。"

"苦啊，摩西！苦！"

"我们有计划。我们的田地，我们的孩儿，用我的牛慢慢去换。"

"摩西有一头牛！"

"可是，还有一个，爱我赛过约翰·塔布曼。"

"讲得好！讲得好！"

"主给我警醒。主照亮道路。"

"'传渡'！"

"主召唤我去费城。"

"'传渡'！"

"可是我的约翰不会去。"

"苦啊！苦！"

"我从北方返回来。我瞧见事情生疏。"

"摩西有一头牛！"

"北方返回的我，不是同一个女孩。"

"摩西开辟土地。"

"可是我守着承诺。"

"坚强的摩西。"

"我回来寻我的约翰。"

"是啊，你回来了！"

"瞧见他与另一个女孩相好。"

"苦啊，摩西！苦！"

"我苦思苦想，想去寻着他俩，大闹一场。"

"摩西有一头牛！"

"我不在乎闹得多么响。不在乎布罗德斯主子听见我的疯狂。"

"约翰·塔布曼！"

"不在乎被捉住再锁上奴隶的铁链。"

"苦啊！苦！"

"有个男人把我制住。"

"坚强，摩西！"

"是我阿爹。大本·罗斯。他一把揪着我，说道，哈丽雅特要爱爱哈丽雅特的人。"

"好样的，罗斯老爹！好样的！"

"兄弟们，我也告诉你们，就像罗斯老爹告诉我——要爱爱你的人。"

"好啊！继续讲！"

"最爱我的，是我的主。"

"继续讲！"

"我的约翰离开了我，兄弟们。可我晓得是我先离开了他。"

"约翰·塔布曼！"

"我的灵魂是主的俘虏，因为就是他一直最爱我，一直最爱我。"

"摩西有一头牛。"

"约翰·塔布曼。"

"坚强，摩西！"

"不管你在哪里。"

"坚强，摩西！坚强！"

"我晓得你的心，你现在也晓得我的心。"

"坚强的摩西。"

"愿你不遭遇恶行。愿你的黑夜安宁。"

"坚强！"

"愿你找到你的安宁，就算在棺材底下。"

"总有一天！"

"愿你找到爱你的爱人，就算在戴脚镣的日子里。"

"正是如此！"

26

　　次日清晨，日出前，我们抵达"传渡"的终点——特拉华大道外的码头。雾从水面升起，迷蒙了城市的景象。我转头看我们的队伍，见哈丽雅特身体虚弱，手臂搭着亨利和罗伯特的肩头。我接替指挥的责任，引导队伍前往指定地点，距离此地仅两分钟路程的一间仓库。奥塔和凯西娅在仓库等候我们。亨利和罗伯特搀扶哈丽雅特躺到一排木箱上。她说道："好了，你们别操心我，听见没有？只要亲人在身边，我就没事。我们做得很好，你说是吗？"

　　"做得很漂亮，哈丽雅特，"我说道，"我从没见过这么漂亮的事。"

　　"你还会看到的，朋友，"她说道，目光注视着我，"你还会看到的。"

　　凯西娅轻轻抚摸哈丽雅特的额头，过了一些时候，她转头看我，默然微笑，颔首致意。那个瞬间，我顿时领悟自己所见证的一切，这其中的意味，交织成一阵悲喜交加的波浪，在我全身涌过。我一直苦苦寻觅的某个东西，我一直有所感觉却难以名状的一个需要，此刻顿时清晰起来。是哈丽雅特，她的兄弟，她的父亲，全家为自由的人生而战。那一刻，我觉得没有什么战争能比这场战争更神圣、更正义。现在，我看着凯西娅，她是我通向弗吉尼亚的桥，通向我母亲的桥，通往锡娜的桥，我觉得她是我的亲人。因此，在那一刻，我自然而然地做出那个举动，我抱住她的肩，把她拉进怀抱，紧紧地拥抱，吸嗅她头发间的花卉气息，感受她柔软的面颊贴着我的脸。一切都那么新颖。我自己是那么那么新颖。一个重压坠落。不止是被奴役、受劳苦的奴隶的重压，也是奴隶制背后的所有迷思：我的父亲作为我的救赎者，我离开大街去大屋的计谋，我自以为能靠自己独特的才能拯救无锁庄的念头。我的遗忘。我忘记我的母亲。然后，好似天生没有母亲，我去上边的大屋。然后，我被"传渡"，被救出棺材，摆脱了奴役。现在，我感到自己剥脱了这层谎言，如同蜕除一层老茧。于是，浮现一个更真实、更光彩的希兰。

凯西娅说道："没事的，希。一切都会好的。"我感到她的手轻轻拍着我，抚摩我的背，就像安慰孩儿。我的嘴唇尝到咸味，才发觉自己在哭。我在她怀里抽噎，醒悟过来，又觉羞愧。可是，我抬眼顾看，见他们都围在我身旁，哈丽雅特带出来的整支队伍，还有奥塔和凯西娅，大伙儿相互拥抱，放声哭泣。

我们分批骑马或坐马车去第9街办公室，避免过度招摇，引人起疑。日出时分，我们都已抵达目的地。一切时机把握得恰好。雷蒙德端上咖啡，摆出马尔斯烘焙坊的黑麦小松糕、黑面包、苹果馅饼。我们都十分饥饿，一面尽量维持吃相，一面畅怀填塞食物。

"这个就是新人生？"罗伯特说道。他独自远远地站在客厅角落，靠在窗边，观望我们吃食。

"这个就是，还有更多，"我说道，"有好的，也有坏的。"

"不管怎样，归总一句话，赛过被锁着？"

"归总一句话，那是自然的，"我说道，"不过，人生里有些东西是解脱不了的。我用了一些时间才懂这个道理。说到底，我们这里所有人，从有些方面来说，仍旧被锁着。只不过，在这里，你可以选择被谁人、被哪样东西锁着。"

"我觉着，我可以接受这个，"罗伯特说道，"还有，我得说，我现在就已经觉着了，我还是被我的玛丽锁着。"

"要爱那个爱你的人。"我说道。

"没错。"

"你与哈丽雅特说了？"

"还没有。不晓得怎么开口……"

"我去说。是我做出的承诺。"

雷蒙德依次与每位渡客会谈，我来记录。一整天才结束。当夜，他们被分送到城里或卡姆登村的住所。他们被要求留在屋里，因为此时主子必定察知他们已逃走，哈丽雅特必是首要的怀疑对象。这周结束以前，赖兰的猎狗便会在费城四下出没。

不过，到那个时候，他们也会继续北上。那日傍晚，我坐在客厅。哈丽雅特在楼上我的卧房里沉睡。我们回到第9街以来，她一直昏睡不醒。

雷蒙德准备出门，领简和亨利去他们的住所。离开之前，他说道："我想着，等你回来后再把这个交给你。"他拿出一封信授予我，说道："希兰，我想要你知道，你再也不欠任何人任何东西。不欠我的，不欠科琳的。"

我坐在客厅，手里拿着信。信封标有弗吉尼亚基地的记号，因此，不必开启，我便知晓信中的内容。我被召回污秽的泥土。我感激雷蒙德的一席话，可我绝不可能不回去。那个时候，我已经觉得自己真正地属于地下组织。地下组织已成为我的人生，倘若没有它，我不知自己的人生会变成什么。还有那个承诺，一年前的承诺，尽管感觉好似过去十年。我承诺带出索菲娅。虽然布兰德已过世，但我开始琢磨另一条路。

雷蒙德出门去。大约一个小时后，哈丽雅特拄着手杖，慢慢下楼来。她在沙发上坐下，深深地吸一口气。

"整个过程就是这样咯？"我问道。

"没错，"她说道，"这就是全部。"

"可是，不是全部。"

"怎么说？"

"我没有来得及告诉你，为了带你弟弟罗伯特出来，我自作主张，做了一个承诺。是玛丽。她不放他走。我就把一切告诉了她。"

"一切？"

"是的，我晓得这么做不明智。"

"确实。"哈丽雅特说道，目光从我身上转开，长叹一声。我们默然坐了一些时候。

"不过，我得说，我当时不在场。我只告诉你要做的事。至于你如何做，是你的决定。我感谢你做到了。罗伯特也是同样的想法？"

"是的。"

"这孩子真麻烦。"

"还有一桩事。"

"你还想要什么？把整个州'传渡'上来？"

我不禁笑起来，说道："那倒不是。我只是想告诉你，我要走了。哈丽雅特，我要回家了。"

"是啊。我琢磨也该是这事。特别是现在你见识到了这个力量。"

"不是因为这个。我还不懂这个力量的全部。"

"你懂的已经足够了。足够叫我有信心对你这么说。我希望你记着，我向你揭示这个力量，只向你一人揭示。我这样做，是因为你拥有这个力量，我不向其他人揭示。不要忘记这个。一旦你的火车上了轨道——你很快会的，就会有很多人，抱着各种各样的想法，来告诉你该怎么开这趟火车。你懂我的意思。我喜欢弗吉尼亚基地，因为他们真心向着我们的主。但是，希兰，别叫他们把你卷进他们的计谋。他们会费尽心思把你卷进各种名堂。你要记着，凡事都有代价，迟早要付的。我们下去的时候，你瞧见那个力量怎么把我压倒的。今日你也瞧见了。人们遗忘，是有原因的。你看到了，我们这些记得的人，负担分外重，不容易。记忆让我们疲惫。像今日，也是因为有我的弟弟们在帮助，我才能做到。

"不管几时，倘然你需要跟人说说，倘然你觉得无把握，就写信给凯西娅。我总离她不远的。倘然你有需要，倘然你觉得被压倒，知会我一声，别独自勉强。'传渡'的途中，很容易迷路，故事说不准把你带到何处。希兰，召唤我，明白吗？"

我点头，坐回椅中。我们絮语一些琐事，直至她倦乏。哈丽雅特回楼上歇息，我睡客厅沙发。次日，我醒来，听见欢快的谈笑。我起身，走进餐室，见奥塔、雷蒙德、凯西娅坐在餐桌前。

"刚得到好消息。"奥塔高兴地说道。自从莉迪娅被捉、布兰德去世以来，我第一次见奥塔如此充满希望。

"怎么说？"我问道。

"希兰，是莉迪娅和孩儿们，"奥塔解释道，"我们觉着，这下可要成功了。"

"什么办法？"我问道。

"麦基尔南，"雷蒙德说道，"他想卖掉她。我们通过中介与他取得联络。"

凯西娅从提箱里取出一册小书。

"这个不合我们的行动作风，"她说道，"但是，我们必须讲出我们的故事。"

她把书授予我，我看看封面——《被绑架与被救赎的人》。

我翻阅书页，发现竟是奥塔·怀特逃向自由的故事。

"这个了不得，"我说道，把书交还给她，"那，计划怎么进行？"

"奥塔跟几个人去北方巡回演讲，"雷蒙德说道，"然后向身为废权主义者的听众销售这本书，用赚得的利润购买莉迪娅和孩儿。"

"那个麦基尔南，他肯等？"我问道，"何况，我们还对他干了那事？"

"你该说，他对我们干了那事，"奥塔说道，"布兰德死了。真真是死在棺材里。他很清楚我们不会放弃莉迪娅。我憎恶为自己的亲人支付赎金。可我琢磨着，现在不是讲原则的时候。"

"当然不是，"凯西娅说道，"奥塔，倘然你有办法救出她们，不管是什么办法，都得用上。你只须自己保持洁净就好，公义的裁判留给上帝去做。"

"不错，"我说道，"说到这里，我有件事要讲……"

"是时候回去了吧？"奥塔说道。

"是的，"我说道，"我……我不是从前的我。"

我不知道他们是否理解。也许凯西娅能理解。然而，就算他们不能理解，我仍然想说出来，想要他们知道我被费城改变，被马尔斯改变，被奥塔改变，被玛丽·布朗森改变，被他们所有人改变。我想要他们知道我理解这一切。可是，我的一生都在记存词语，我习惯聆听，不善于述说。我难以打破习惯，我鼓起力量，却只说出一句话："我不是他。我不是他。"

"我们知道。"奥塔说道，站起来拥抱我。

2 7

返回棺材之前，我还有承诺要去履行。11 月一个凉爽的周日，我和凯西娅沿着斯库基尔码头走向游步道。冷风从班布里奇街吹过来。这条迷人的大道——是的，迷人。我开始相信，在曾经只看见混乱的地方，我现在看到了和谐：在城市里，在小巷的卑劣里，在恶臭的气味里，形形色色的人，从污脏的砖房拥出来，挤上公共马车，汇进白镴器皿店，在纽扣针线铺争执，为杂货吃食讨价还价。

我们朝前走，随着街名数字变换，我们抵达河岸，走上游步道。早晨，人影稀稀落落。凯西娅裹紧披肩，说道："我们的体质不适合这个天气。他们都说，我们是热带人。"

"我偏是最爱这个季节，"我说道，"这时节，世界多美，万物似染上一种安宁气息。这里也是。就好像夏天把世界累得精疲力竭，到了 10 月，大家都想打盹歇息。"

"我不晓得，"凯西娅说道，摇摇头，脸上露出笑容，把披肩拉得更紧，"河上吹的这冷风，你也爱吗？我喜欢春天。我要青翠的原野。我要盛开的鲜花。"

"你喜欢生命的季节?"我说道,"我偏喜欢失去的季节。这个死亡的季节。我觉得,这才是世界最真实的面孔。"

我们默默地坐了一会。凯西娅拉起我的手,紧紧地握住,然后她靠近我,亲吻我的面颊。

"希,你还好吗?"她说道。

"心里头有好多感觉。"我说道。

"当然了,"她说道,"这些来去匆匆的旅程,我的主啊,每次我出门,留下伊莱亚斯一个人在家,我的心都给剜去了。"

"他呢?"

"伊莱亚斯?我自然希望他不太高兴我离开。但我不问他的。你要知道,我是那种不太容易被拴住的女人。男人很少能接受这样的女人。可我的伊莱亚斯不同。我猜想,多半是因为哈丽雅特。我们俩有一样的想法,所以伊莱亚斯喜欢上我的时候,我的行事作风没有吓着他。他那么爱我,说不定就是因为这个。我是他曾经熟悉的一切,一个女人应该有的样子。

"不过,家里也确实需要帮手。要操心的事多,可我鲜少在家里尽自己那份义务。他总说要雇个女孩。我跟他讲,倘然他真想,就去找一个,可是他也会跟着失掉一个。"

我们笑起来。沉默片刻,我说道:"不过,兴许也不会。"

"我向你保证,他肯定会,"她说道,"你可别受了大会上那套'自由恋爱'的影响。"

"我可不是说自由恋爱。我是说你母亲。"

凯西娅望向大河，沉默无语。

"这些事不公，"我说道，"把骨肉拆散，这些事不公。"

"对谁都不公，希，"凯西娅说道，"你打算去跟弗吉尼亚打仗？"

"先前做过的承诺，"我说道，"布兰德过世前许下的承诺。"

"但不是为锡娜。"

"确实，不是为锡娜。我还没有琢磨透。可我相信，我欠着一份大人情。我很高兴在地下组织工作，很高兴看到所发生的这一切。可是，他们没有问过我，我是被强拉进来的。我相信，倘然我提出拯救这个那么多年来帮助我活着的女人，弗吉尼亚基地大概不会认为我的要求太过分。"

"不过分。如果是在这里，雷蒙德和奥塔，或者哈丽雅特和马里兰州，都能办到。可是弗吉尼亚……他们那个基地不一样。"

"我明白，"我说道，"我的大半生几乎都与他们牵连着。可是我想告诉你，我下定了决心，一定要带锡娜出来。我现在还不知道方法，也不知道几时。可我一定要带她出来。"

凯西娅挺直腰背，目光眺望河面。一群麻雀从树上飞起。我望着一只鹞鹰俯冲，猛扎进麻雀群。

"我不敢说我不想她来，"凯西娅说道，"只是，我可能没有显得很兴奋，你要体谅我。希，很久很久以前，我就话别了。与自己的母亲话别，多么艰难，你晓得吗？"

"我晓得。"我说道。

"倘然你见到她，见她还在上边的大屋……说我们给她留着地方。城西有个漂亮的农场，兰卡斯特路旁边。要我说啊，真是个很漂亮的地方。那个地方等她来。"

次日早晨，我仿照此地奴隶男子通常的衣着穿戴起来。他们穿得格外考究，超乎自己的身份——质地精良的长裤，锦缎马甲，高礼帽。时候尚早，大约日出时分，但我下楼来时，见雷蒙德、奥塔和凯西娅都来了。我们坐着愉快地交谈了一些时候。雷蒙德雇了一辆私人马车，载我们去格雷渡口车站，因为他们都坚持为我送行。不久后，马车来了，我们坐上车，正准备驶下班布里奇街，我看见马尔斯追来，嘴里叫喊着，一手擎起一只袋子，另一手在空中挥舞。

"等一等啊！"他跑近前来，说道。我向他微笑，提起高礼帽颔首致意。

"听说你要暂时离开，"他说道，"想给你捎点纪念品。"

说着，他把袋子递给我。我打开，见是一瓶朗姆、一包姜汁饼。

"要记得，"他说道，"咱们是一家人。"

"我会记得的，"我说道，"再见，马尔斯。"

我们抵达火车站，火车已经进站，乘客们在做最后的登车准备。我扫视人群，看见我的接应者，一个白人特工，倘若事有差错，他会过来帮助我。我转向送行的人，说道："看起来，这就是我的火车了。"我逐一拥抱他们，然后走进月台上拥挤的人群，出示火车票，登上车厢，想寻找一个位置，远得足以使我无法看清月台上的这个新家庭，因为我不敢望着他们消失，恐怕自己失态。在那一刻，我想到索菲娅，想到我多希望带她来这里，在游步道吃姜汁饼，看骑独轮自行车的白人招手。然后，我听得列车长的喊声，大"铁猫"咆哮起来，我下南方地狱的旅程开始了。

远在穿越边境之前，穿越巴尔的摩之前，列车长穿过走道检查每个黑人之前，马里兰州西部山脉伸进弗吉尼亚之前，我便感到变化。做奴隶便是戴一副面具。我现在清晰地意识到，我会想念费城，因为在那个乌烟瘴气的城里，我成为最真实的自己，不必被他人的欲望和仪式压弯身躯。因此，我现在所感觉的变化——我的胸膛紧绷，我的双眼低垂，我的双手松弛，我的整个身躯塌陷在座位里——是彻底地背弃自己，是一个彻底的谎言。在克拉克斯堡火车站，我一下火车，便感到我的手腕锁着镣铐，台钳勒住我的脖颈。曾经那样活过，尝过自由，见过整个社会涌动着自由的黑人，我感到这副锁链沉重得超乎我曾承受的所有重负。

次日傍晚，一个周三，我抵达布莱希顿，被安顿在从前住过的木屋。科琳给我一天假。这一日的大半时间，我在树林里行走，想象自己走在费城，就像我经常做的。我又想着自己多想带索菲娅去那里，然后想得更远，想着自己多想带锡娜去那里。那一天，我才意识到自己很高兴回来，因为她俩仍被锁着的时候，我决不想独自一个人呼吸自由的空气。

布兰德曾向我承诺，他会说服科琳拯救索菲娅。可是，布兰德死了。因此，我必须自己设法说服科琳解救她俩。除了失去布兰德的援助，还有其他一些困难。索菲娅是纳撒尼尔·沃克的财产，他的私人财产，因此，救她必定会激怒他，引起怀疑。锡娜则是年事已高，弗吉尼亚地下组织大概会反对解救她，因为他们通常主张，自由应当给予仍能充分利用自由的人。可是我对凯西娅做过承诺，我们必定会做成这件事。我下定了决心，一定要做成这件事。

次日清晨，我到大屋的客厅去见科琳和霍金斯。刚走到门前，过去的记忆，初至布莱希顿的情景，这个庄园向我揭示的惊人的秘密，都涌上脑海。我看见儿时的老师，我的菲尔茨先生，我的迈凯亚·布兰德，含笑聆听霍金斯讲故事。我看见他转向我，面容转为肃穆的神色，在他的眼里，我看到所有即将向我揭示的可怕知识。

"希兰，你和梅纳德落进雁河的时候，你引发了两个效应，"我们落座之时，科琳说道，"一个是解脱——你让我免于与这个男子结婚，免于这场婚姻势必带来的种种恐怖。为此，我要谢谢你。"

"这件事，我并不乐于看见它发生，"我说道，"不过，很高兴至少改善了你的命运。"

"两个，后生仔，"霍金斯说道，"她说两个效应。"

"可惜，你也让这个基地丧失了进入榆树县最上等社会的资格。"

"梅纳德根本算不得上等。"我说道。

"确实，但你明白我的意思，"她说道，"这样一来，我这辈子注定做老处女，攀不上榆树县的高贵女士了。倘我与梅纳德成婚，那层关系就会扩大地下组织的资源和情报。我相信你现在明白了。"

"是的。"

"因此，梅纳德的死，让我们亏损了一大笔投资。数月的筹谋毁于一旦，我们只好将就，尽可能利用剩下的资源。"

"她指的是你，"霍金斯惆怅地说道，"得把你带来。"

"我们相信梅纳德能够给予我们的东西，你是给不了的，但你确实做了贡献。我们知道你在费城和马里兰做的事。你掌握了一年前只有隐约感觉的那个力量？"

我没有说话。我确实有些掌握，但仍有欠缺，缺少一件能让我随意开启深层记忆的东西，让我能随意地在轨道上引导火车。再者，纵使我全部理解，我仍记得哈丽雅特的警戒。她说，这个力量只为我，不为他们。我相信她的话。

"希兰，我们不是不知感激，或者不钦慕。可是，你还不能算是偿清旧债吧。"

"我回来了，尽我所能地自愿回来，"我说道，"你要我做什么，告诉我，我去做。"

"好，好，"科琳说道，"你可记得你父亲的仆人罗斯科？"

"当然，"我说道，"他带我去大屋的。"

"嗯。罗斯科过世了。他年纪大了。"

"我很难过。"我说道。

"罗斯科一倒下，你老子豪厄尔就给科琳来了一封信。他要你回去，接替罗斯科的位置。"

"试想，倘然我与梅纳德成婚，我们可以得到多少情报，"科琳说道，"或许，你肯做这个情报的源头。我们想了解你父亲的经济状况、无锁庄的未来。你肯帮助我们吗？"

"我肯，"我的决定如此迅捷，叫他们有些愕然，因为我这是答应回到曾经的主子身边，尽管这个主子也是我的父亲，"但我需要你做个交换。"

"依我看，你必定有很多需要。"科琳说道。

"不超过我应得的。"我说道。

科琳含笑点头，说道："确实。你想要什么？"

"那边有两个人，一个妇女，一个女孩，"我说道，"我想要她们出来。"

"这个女孩，我猜便是与你一道逃跑的索菲娅，"科琳说道，"这个妇女，便是从小一直照顾你的锡娜。"

"是的，就是她俩，"我说道，"我要她们去费城，由第9街基地和雷蒙德·怀特护送。"

"想都别想！"霍金斯说道，"这么一来，只会招来赖兰，可能把我们全部直接捉起来。跟你一道逃跑的女孩，你一回来的时候就立马消失？接着，跟你亲娘似的女人也消失？不成，这事不成。"

"还有，这个锡娜，她年纪大了，不值得我们这般冒险。"科琳说道。

"我晓得这些危险，也晓得其中的困难，"我说道，"不必立刻兑现。但是，我要你们保证，我要你们承诺，时机成熟的时候，我们带她们出去。听着，我不是从前的我，我晓得这场战争的意味，我与你们站在一起。可是，我不会只为了一个符号去救人。她们是我的亲人，我唯一真正拥有的亲人。我想要她们出去。在她们出去之前，我睡不安稳。"

科琳默坐片刻，暗自估量我，然后说道："我理解。我们同意做这件事，在适当的时刻。但我们一定会做。现在，你自己准备准备。明日离开。我已把你的抵达日程知会你父亲。"

于是，次日清早，我醒来，洗漱一番，穿上从前的衣服，奴隶的工装。粗糙的麻线摩擦皮肤之时，我看到一道黑色大门，在眼前咣当一声闭合。我突然感觉一阵异样的轻松，因为衣服的摩擦使我与所有奴隶制下砥磨的人感同身受。我知道科琳已烧毁我的奴隶文契。然而，这个举措毫无意义，至少在这里，在整个社会都视我为奴隶的地方。然后我想起乔吉·帕克斯，他那个似是而非的自由，以捕猎其他渴望自由的黑人来交换。我不是乔吉。在彻底烧毁奴隶制之前，我不可能真正地烧毁奴役我的文契。

我和霍金斯在马厩碰头，牵马到大屋前。等候科琳时，我们默然无言。她带了埃米走出来，在那一刻，我真实地体会到弗吉尼亚基地这桩事业的庄严。及至此时，我见过两个版本的科琳，如此天差地别，简直不似同一人。一个是弗吉尼亚地下组织和纽约州大会的科琳，长发披散，豪放地纵笑。另一个是眼前的科琳，端正庄重，王族般走在我们前面，妆容完美无瑕，面容散发所有上等女人渴求的玫瑰般的红润。她仍身穿丧服，但这一套装束愈发精美，背后添衬一袭黑色褶皱裙托，黑面纱很长，掀起翻到背后，一直披垂及腰。科琳必定瞥见我的诧异，因为她不禁咯咯地发笑。然后，在埃米的帮助下，她放下面纱，开始狩猎游戏。

从这个角度观看榆树县，感觉颇有些荒诞。看着我经常奔跑的树林，训练途中熟识的所有地形。我看到白桦树、铁木树、红橡树，都顶着美丽的红褐或金色的树杪。山脉就在眼前，悬崖和林间空地在我们眼底敞开。死亡的季节所带来的丰收，在数里外也能一览无余。然而，我心底只有回归奴隶国度的恐惧，感觉这个世界的眼睛无时无刻地监视着我。

临近傍晚，我们抵达星落地。我几乎立刻看出，我离开时已经开始的衰落，而今愈演愈烈。一切太安静。今日是周四，买卖交易的日子，然而，我们驶进城中，迎接我们的只有主干道上风吹落叶的声息。我们穿过中心广场，曾经热闹非凡的地方，而今只有那座木搭的平台，最上等的男子曾经站在台上向全县公民演讲，现在平台残颓，木板腐朽，任由其荒废。曾经的毛皮商店、车轮铺、百货商店，而今只余空屋。我们经过赛马场，我看见松木栅栏已经倒塌，我曾经站在那里看跑马，而今原野开始侵食赛马场的草坪。

我转头看看霍金斯，他坐在我旁边驾车，问道："赛马会呢？"

"今年没有，"他说道，"大概不会再有了。"

我们在马厩安顿马匹，然后步行穿过主干道，到街对面的客栈。走进客栈，我看到这样一个场景：一间宽阔的大厅，十个白人散坐四处，从外貌可以断定为低等白人。无人相互交谈，宁可独自默坐，或啜饮一杯啤酒，或垂头冥想。大厅右首是一间小室，里面有一名店员，正在管理账簿。我们走进来，无人特别注意我们。我感觉有些异样，又摸不准是什么。我跟在科琳身后，随她走向那名店员，他却一直不曾抬头。

她说道："肯塔基的彗星怎样？"

这时，店员抬起头，略顿片刻，说道："今早脱轨了。"

听到回答，科琳转向霍金斯，点点头。他便立刻走到门前，把门锁上。这时，桌前的两个男子从酒杯中抬起目光，走到窗前闭合百叶窗。一天里，我第二次真切地体会科琳·奎因的天才。我告诉你，那个时候，我正处于人生的转折点，我见过无数人事，因此，我真的可以相信科琳能够只手摧毁整个弗吉尼亚的烟草地。因为我环顾四周，眼前这些人，这些低等白人，他们的面孔毫不陌生，事实上就是我在布莱希顿训练时见过的人。看到这个情景，我真确地领会所发生的一切：在这里，在星落地，曾经充满传奇故事的榆树县的心脏，科琳·奎因开创了地下组织的基地。

不出一个小时，每个人都加入会议。我不必参加，因为我已有任务在身，明日开始执行。我走出客栈后门，再绕回正门前的大街。我拉起外套衣领遮脸，再把帽檐压低。几分钟前，一个疯狂的好奇心把我攫住——自由镇怎样了？埃德加和佩兴丝怎样了？帕普和格里瑟怎样了？琥珀和她的婴儿怎样了？我可以轻易地向霍金斯或埃米打听他们的消息，但我想我早已知道他们的回答。在我的心底，对于必定发生的后果，我既不怀疑，也不困惑，因为我深知我们对乔吉·帕克斯的报复势必附带代价。

在赖兰牢房的阴影之下，我看到的景象正如我的预料。这座牢房里面，似乎关押着星落地余下的一半生命。自由镇只剩荒凉，但与星落地别处的那种萧条不同。木屋几乎全被摧毁，残剩的木板烧成黑炭，有些房屋未曾倒塌，门挂住脱落的铰链，似被巨大的蛮力撞倒。乔吉·帕克斯的木屋便是如此景象。我走进撞倒的门，屋里一应家具器物全都破碎——床断成两段，一个橱被拦腰劈断，瓦罐碎片满地狼藉，一副破眼镜。我站在屋里，感受着我的道路所种植的果实，地下组织的可怕报复所繁衍的收成。报复的对象不止是乔吉·帕克斯，而是整个自由镇。我感觉一股深重的羞耻袭来。这时，我看到它，一只木马玩具，掉在屋角。乔吉的孩儿出世时，我送给他的礼物。我弯腰拾起木马，走到屋外。天色渐黑，赖兰的牢房立在一个街区外，如崖壁一般默然。太阳在远处的树木间沉落。我觉得冷清的街头吹起黯然的恐怖气氛，便把木马收进外套口袋，继续前行。

第三部

同时，逃脱的黑人
继续在波浪中舞蹈，使出全身的力气唱歌，
我听着似是一支凯旋的歌……

——亚历山大·福尔肯布里奇

28

次日下午，我从马厩拉出马和马车，驾车离开星落地，避开那座石桥，那条哑巴丝路，断崖溪的那个老收费站，只拣通往无锁庄的大道。种种痛苦的感觉把我淹没。最叫我伤痛的不是即将见到我的父亲，也不是因为对锡娜说的最后话语而感到的羞愧，甚至不是即将见到索菲娅。确实，所有这些伤痛都交会其中，可是，最叫我伤痛的是深藏于心底的天真愿望，希望我的无锁庄设法逃脱席卷整个榆树县的衰亡。

有谁能够解释我们为何爱自己做的事，我们为何成为这样的人？但是，我要告诉你的是，那个时候，我已被抵押给地下组织。倘我懂得一点真正的人性、忠诚和尊严，那都是过去一年间学会的。我信仰凯西娅、哈丽雅特、雷蒙德、奥塔和马尔斯的世界。可是，我的体内仍装着那个小男孩。我还是那个我，不可能选择自己的家，纵然这个家拒我于门外，正如我不能选择自己的国度，尽管这个国度把我们所有人拒于门外。

然而，当我转离西路，驶进无锁庄的时候，我便明白，几乎立刻明白，我的愿望不可能实现。与赛马场一样，这条大道已被森林侵蚀。我继续前行，路过田野，看到劳动人数大为减少，我望着他们，没有一个熟人。

离大屋近了，苹果园给我一点希望，闻不到苹果掉在地上任其腐烂的气味。远远望去，大屋貌似得到完美的维护。大屋前的花园胜过苹果园，晚秋的紫菀开满了园子，叫我愈发欣喜。我把马车驶进马厩，拴好马。然后，我才注意到，除了我驾来的那匹马，马厩里只有一匹马。我的马渴了，气喘吁吁。我扛着水槽到井前装水，再扛回马厩。我低头看向清水，水面微微闪烁。为我闪烁。稍后再来，我心中暗道。然后，我便走向无锁庄的白色宫殿。

在他看见我之前，我先看见他。我走到大路尽头，站在大屋正前方。他在门廊上，坐在挡虫帘子后，身穿猎装，猎枪搁在一侧，另一侧摆着他午后必喝的甜酒。我手里捧着科琳送来的一箱礼物。已是傍晚，秋日的太阳正要落山。我站在那里，观望片刻，然后放声说道："下午好，先生。"我看见他醒来，眼睛眨了眨，看清是我，顿时双目圆睁，犹如满月。与其说他奔跑出去，不如说他带着一种诡怪的放纵，扑身游向大路，双手划水似的在空气里摇摆。他把我拉近，在众目睽睽的屋外，把我拉进他的怀抱。他身上浓郁的衰老气息，顿时将我包围。

"我儿。"他叫道。然后，他退后一步，上下打量我，捉住我的肩头，温柔的眼泪滚下他的面颊。"我儿。"他又叫道，摇晃着头。

在返回我父亲家的途中，一路上，我不知自己想象过怎样的会面场景。我的力量是记忆，不是想象。然而，眼前，我父亲站在这里迎接我，他领我走上门廊。落座之后，我才得以细细地观察他。他似是星落地的迷你版本。我离开只有一年，而他似乎老了十岁，越发虚弱，曾经严厉的面容变得柔和，整个身躯似乎塌在椅中。他的眼袋肿胀，满面寿斑和麻点。我能听见他的心脏在吃力地搏动。

但是，还有一些异样——见我归来的喜悦。无数年前，我目不转睛地望着他，接住他抛来的铜币之时，也曾瞥见他露出这份喜悦。

"上帝啊，咱们得给你弄身好衣服，打扮打扮，"他说道，目光在我身上打量，"体面，孩儿。记得老罗斯科吗？打扮得跟钢琴一样锃亮，愿上帝安息他悲伤的灵魂。"

"是的，先生。"我说道。

"我高兴见到你，孩儿。太久了，太久了。"

"是的，先生。"

"你在科琳小姐那边过得如何，孩儿？"

"还好，先生。"

"希望不是太好？"

"先生？"

"孩儿，她没有告诉你？你回无锁庄了，你看这个主意怎样？"

"我看很好。"

"好，好。来，我们瞧瞧你带了什么。"

我帮他一件件地翻看科琳送来的礼物：各色糖果，一些零碎物什，还有一部沃尔特·司各特爵士的著作。将近晚餐时分，我搀扶我的父亲上楼，服侍他更衣，换上正装。

　　"很好，很好，"他说道，"你天生会做这事。你也去换一身衣裳，我看老罗斯科的衣裳给你太小。我在想你可以穿梅纳德的衣裳。这孩子，好衣服多得穿不来。想哪，我想他哪。唉，那孩子真叫人头痛。"

　　"他是好人，先生。"

　　"是的，好人。但也没有必要叫好好的衣裳搁着烂掉。寻两件漂亮的穿上，孩儿。你就用你哥哥的卧房吧，在屋里，不必去下边的隧道。"

　　"是的，先生。"

　　"还有一件事，孩儿。自你走后，这里变多了。这个老地方不似从前了。我们失去那么多人。可是我尽力了。就算我有别的法子，也无济于事。孩儿，我老了。我现在心里就只想着一件事，就是给这个地方，给我们的家人寻个好心的继承人。我想要你知道，叫我挂心的只有这一件事，你能听明白吗？"

　　"是的，先生。"

　　"我不该放弃你，孩儿。但是，当时我伤心透了，那个科琳，她说服我把你卖给她。可是，你走后，我一直想把你要回来，我知道你只想住在这里。感谢上帝，我做到了。你回来了，孩儿。我知道你会很好地顶替老罗斯科，就像从前服侍我的梅儿。不过，我有更多需要你的地方。我现在最需要的是你的双眼。一切都须管理得井井有条。我能靠你吗，孩儿？"

"是的，先生。"我说道。

"好，好。我心里矛盾哪。我也是不得已哪。我一生做过两件错事。第一件是让你母亲走了。第二件是让你走了。这两件错事，都是盛怒之下做的。除此以外，我没有别的违心事。我老了，但是，我也得到了新生。"

于是，那天晚上，我发觉自己身在亡兄的卧房，穿上亡兄的衣服。晚餐时分，我走到厨房，没有一张熟悉的面孔。厨房曾有五人，而今只有两人。他们俩都上了年纪，这个事实本身便表明无锁庄已陷入绝境，因为老奴隶不能生养孩子，余下的劳动时间不多，所以十分廉价。他们从自己的情报渠道知悉我经历了"赖兰的买卖"，让我觉得荒谬的是，他们显然很高兴我的父亲见到我如此欢喜，反复向我讲述我父亲的骄傲和懊悔，虽然是我自己先要逃走的，不是他的过失。而今回想起来，他们可能觉得——或者祈祷——我多少能够支撑这栋大屋。

我奉上晚餐——龟汤和猪排，然后与厨房的人一道收拾，搀扶我父亲坐到书房，为他斟上夜间必喝的甜酒。事务完毕，是时候去面对我的羞耻了。我父亲已脱下正装，只穿衬衣和花格呢背心，沉迷在无锁庄昔日的梦境里。我离开他，悄然走进书房墙后的滑门，来到通向野兔洞的秘密楼梯。无数人走了，曾经生机盎然的地方，眼前只有空洞、荒凉；无人居住的房间，门洞开着，室内一地狼藉，散乱着零碎物事——面盆、玻璃弹珠、眼镜。我穿过野兔洞，借着灯笼光观看，掸去熟人门框上的蜘蛛网——卡修斯、埃拉、皮特的房间，我心里涌起一股激怒，不单是因为我知道他们被带走，也是因为我知道他们如何被带走，如何被迫离散。我想到我自己如何出生、成长于这场无边无际的离散之中。我比从前更能理解这桩罪恶的深度，这桩盗窃行动的广度：微小的时刻，亲密、争吵、悔悟的微小时刻，都被偷走，只为了我父亲这样的人如神祇一般活着。

我的房间依旧似我离开时的样子，面盆、瓦罐、床，依然如旧。然而，我没有心思查看这些，因为我听见隔壁传来女声哼唱。我认出这个声音，便悄步走出房间，来到隔壁，轻轻推开微启的门。我看见锡娜坐在床沿，哼着曲子，牙齿咬着两枚大头针，膝头摆着一件衣服缝补。我站着等候一些时候，期待她认我，但她没有。我便走进屋，拉出椅子，坐在她的床对面。

"锡娜。"我唤道。

她继续哼唱，并不抬头。那时候，我已切身地体会沉默的价值，因为自己把词语当作防护心灵的盾牌而付出代价。我知道深爱的人离自己而去，而自己永远不能向他们述说他们对自己的意义，又是怎样的感觉。可是，坐在锡娜面前，我以为已经失去的锡娜，她的存在和个性，因为我认识了凯西娅的缘故，在我心里变得愈发强大，我觉得自己得到了第二次机会，决心再不浪费。

"我错了。"我脱口说道。我没有假装。我不知还能做什么。过去一年的感受如此陌生，而我，在许多方面，仍是那个小男孩，不懂如何承受这些感受。但我知道有太多太多的话还没有说出口，而我们相处的时间不再是理所当然的。

"我是来忏悔的，上回见你的时候，我对你说了难听的话，我对你行为恶劣，你是我唯一的亲人，在这个大屋里，比谁都亲。"

这时，锡娜抬眼睬我，又垂下眼皮，仍旧轻声哼唱。尽管她的眼里没有情感，事实上冷得像冰，但我把她的怀疑眼神理解为一种进展。

"我觉得很难开口说话。你看着我长大，你晓得我不太会说话。对不起。长久以来，我一直害怕那些话是我对你说的最后一句。现在见到你，又……见到你……你听我说，我错了，对不起。"

她已停止哼唱，她又抬起双眼，把缝补的衣裳搁在床上，我这才看清是一条长裤。她双手拉起我的右手，紧紧地捏着，却别转眼睛不看我。我听见她深深地吸气，缓缓地吐出。然后，她松开我的手，拾起长裤，说道："把那块灯芯绒布递给我。"

我走到橱柜前，取来那块布头递给她。这一举动，让我觉得体内有些东西复归正常。我永远失去了母亲。这是事实。然而，我面前的这个人，与我一样失去亲人，那种失去、那种需要，让她和我结合起来，让她成为我在无锁庄唯一真确的亲人，就如她曾对我说的。我曾害怕她会记恨，然而，我看得出来，即使是她最执拗的举动，也流露为我安全归来心生的喜悦。我不需要看见她的笑容。我不需要听见她的笑声。我甚至不需要她说多么爱我。我只需要她像方才那样握着我的手。

"我现在住上边，"我说道，"梅纳德的房间。我不喜欢，但是得听豪厄尔主子的命令。你需要我，就喊一声。"

听了这句话，她又开始哼曲，没有作答。我走到门外，听见她说道："错过晚饭了。"

我立刻转身，说道："不止是晚饭。"

我返回旧房间，收拾几件旧物：水罐、书、旧衣服，连那枚可靠的老铜币也还在，原样摆在壁炉台上。我把这些物品装进面盆，走到隐秘的后楼梯，回到书房，我父亲安静地盹睡。我先将生活用品送至梅纳德的房间，再回到书房。然后，我服侍我的父亲上楼到卧房，我抬起他的手臂，替他脱下衣服，睡在床上，盖好被单，道过晚安。

次日早晨，我洗漱穿戴完毕，去服侍我的父亲，然后驾小马车前往星落地接科琳、埃米和霍金斯。科琳与我的父亲共进午餐，两人不带奴隶，单独在庄园散步。一小时后，他们回来，我们奉上下午茶。傍晚，客人离开，我侍候我父亲吃晚餐，然后下野兔洞看锡娜。

从前，野兔洞似乎充满人类，奴隶们往来穿梭，一起唱歌，交换故事，相互倾诉抱怨，简直似一个完全属于自己的世界，你若肯费心，或许还能尽量忘记自己是被关在这里。然而，昔日的人情气息已经枯竭，野兔洞呈现出本来面目——城堡底下的地牢，阴湿灰暗。再加上隧道里的灯笼大多破损，不再有光芒，漫长的野兔洞一片漆黑，愈发渲染萧瑟感。

我走进门，锡娜不在里面。我决定坐下等候。须臾，她回屋来，眼睛看着我，说道："晚上好。"

"晚上好。"我说道。

"吃过了？"

"没。"

我们的晚餐是绿叶菜、猪背膘、灰烤玉米饼。我们默默地吃，就像我小时候那样。晚饭后，收拾过锅盘，我向锡娜道了晚安，回到上边的卧房。如此继续了一周。然后，有个傍晚暖得反常，我建议端食盘到野兔洞的隧道口，便是无数年前我跟着她走进这栋大屋的入口。我们坐在那里吃，望着太阳在这片土地上沉没。

锡娜说道："见过索菲娅了吗？"

"还没，"我说道，"我揣想她大多时候在纳撒尼尔那边。"

"没有，"锡娜说道，"她在下边的大街上。纳撒尼尔差不多都在田纳西，没理由叫她去那边。不过，他和豪厄尔、科琳给她做了什么安排。我不晓得那些事，只晓得她被留在下边，叫她自己看着办。"

"她自己看着办？"我问道。

"大概是等他们琢磨出怎么处置她喽。你晓得的，他们又不会与我讲这些事。"

"我该去见她。"我说道。

"倘然你心里头准备好了，"锡娜说道，"这种事，最好别着急。这地方变了许多。"

次日是周日，属于我自己的一天。我按捺着自己，一直忍耐到下午。然后，我思忖总归迟早要见的，又觉着自己永远不可能准备好，于是，我便走向下边的大街，走向我出生的地方。正如我的预料，大街也是破烂失修。街上没有觅食的鸡群，菜园和花园都长满杂草。以弗吉尼亚为古老都城的辽阔南方帝国，正在度过最后的时光。据说，衰落是主子们的过失。据说，如果上等人遵行过去的空洞的美德，这个帝国必能再延续一千年。然而，衰落是注定的，因为奴隶制使上等人在游惰里挥霍浪费。梅纳德的粗野，是他最大的恶行。然而，他实则不过是袒露上等人的特征。只不过，他缺少掩饰的狡诈。

初冬的第一阵寒意笼罩着榆树县，叫我觉得有些伤感，怀念夏季的周日，怀念从前的时光，我的小伙伴都在街头玩弹珠和捉人游戏的时光。锡娜告诉我，索菲娅住在大街尽头那间靠后的木屋，就是我母亲离开以后我和锡娜同住的地方。我顺着一排木屋望过去，看见一个女人从屋里走出来，背上负着婴孩。女人把婴孩颠了两颠，然后抬起头，望见我。她露出困惑的质疑，点头致意，便转进屋里。我站住等候片时。然后，女人又走出来，没有背负婴孩，在那一刻，我方始领悟，这个女人是索菲娅。

再次走到屋外，索菲娅变成了另一个人。她站在那里，数尺之外，立在大街那头。索菲娅，我的索菲娅，面容那么肃穆。我读不懂这个表情的意味。是因为我把她带进赖兰的手中而愤怒？难道那晚被锁在一起的情景只是我的梦？我们之间只是幼稚的撩拨？她爱上了别人？婴孩是谁的？

"打算在那里站上一整天？"她朝我吼道。她径直转进屋，我跟随过去。走到锡娜的旧屋前，我不由得停住脚，心里涌现幼小的自己提着仅有的食物站在这里的记忆。可是，没有时间去回想这些。我朝屋里看，见索菲娅又抱起婴孩，像适才那样一边颤动，一边哼唱曲调。

"嗨。"我说道。

"嗨，希兰。"索菲娅说道。她露出悠然自得的神气，我读不懂这是她惯有的讪诮，还是另有深意。她坐进窗边的椅中，邀我坐在床沿。婴孩是棕色皮肤，与我相似，在索菲娅的怀里轻声咿呀。我这才开始计算。**这地方变了许多**——我的神情必定泄露了我的顿悟，大概是眉头一挑，或者双眼睁大，因为索菲娅从齿缝间倒吸一口气，翻了翻白眼，说道："别担心，她不是你的。"

"我没有担心，"我说道，"我什么都不担心了。"

说出这句话时，我看到她略微放松，尽管她仍试图维持方才摆出来的冷漠。她站起身，走到窗前，怀里一直紧紧地搂着婴孩。

"她叫什么名字？"我问道。

"卡罗琳。"她说道，依然望向窗外。

"好名字。"

"我唤她卡莉。"

"这个名字也好。"我说道。

她坐到我的对面，但不与我对视。她的目光一直落在婴孩身上，但是从她的模样可以看出，孩子只是让她有借口不看我。

"我以为你不会回来了，"她说道，"从来没有人回来过。我听说科琳·奎因得了你。他们说，你在哪座山里。他们也说，你在盐矿。"

"'他们'是谁？"我带笑问道。

"这一点也不好笑，"她说道，"我担心你，希兰。我告诉你，我吓得要死。"

"嗯。我没有去盐矿，边都没有沾上。是的，我是在山里，"我说道，"在布莱希顿。不过，不是挖矿。事实上，一半都不是。那边挺美的。几时你该去看看。"

这时，索菲娅也笑起来，道："喔唷，出去一趟，回来会讲笑话了啊？"

"我们就是得笑，索菲娅，"我说道，"我现在懂了，在这样的人生里，我们就得笑。"

"是啊，就得笑，"她说道，"不过，我觉着一天天地笑不出来了。得想着好事、好辰光，才能笑笑。你晓得吗，希，我一直讲你。"

"跟谁讲？"

"跟我的卡莉。给她讲所有的事。"

"哦，"我说道，"也没有别的事好讲，是不？现在这地方太空了。"

"嗯，"索菲娅说道，"走了那么多人。那么多人没了。去了纳奇兹、塔斯卡卢萨、开罗。全给拖进那张大嘴里。一天比一天坏。两周前，麦克伊斯特庄园的高个儿杰里来这边。我觉着他都老成那样了，他们肯定不可能带走他。他来这边，就在这间屋，送来山药、鲑鱼、苹果。连锡娜都下来了。我们煎了鱼，食了一餐美味。就是两周前，然后他走了。

"走了那么多人，希，那么多人。我不晓得他们怎么撑着这个地方。几个月前，来了一个女孩，叫米莉。长得标致——就是这个原因，不出一周，就给卖去纳奇兹，堂子里。"

"至少，你还在。"我说道。

"是啊，我还在。"她说道。这时，卡罗琳动了动，在她母亲怀里扭转身体，掉转头正眼对着我。孩子用最深沉的眼神看我，婴孩被抱到陌生人面前时，总会露出这样的眼神。这个凝视总叫我无所适从，不知如何回应。但是，又不仅是这个感觉，因为那个凝视，那个专注的观察，是她母亲的遗传，也是因为我曾经回想这张脸的所有时刻，试图重现她的面容。然而，我在婴孩脸上看到一些差异。我又做了一番估算。卡莉的眼睛似她母亲的一样圆，眼珠却是不同寻常的灰绿色——来自别处。我知道这个来源，因为我的眼珠也是同样的颜色。这个颜色是沃克家族的遗传，不止是我，我的叔叔纳撒尼尔也有。

我的表情必定再次背叛了我，因为索菲娅又从齿缝间倒吸一口气，搂紧卡罗琳站起，转过身去。

我这才尝到自己无权拥有任何感觉的滋味，我曾经尝过这个滋味，纵然当时我仍不知如何形容。我只记得一半的我想要立刻离开索菲娅，从此不与她说话，消失进地下组织，彻底告别这个不会成为**我的索菲娅**的女孩。然而，另一半的我——在我母亲的挣扎里孕育，在地下组织受栽培，在纽约州"大学城"的各种思想里交融的那一半，有智慧告诉罗伯特，这个世界没有纯洁的东西——发现自己体内竟依然凝结如此深刻的憎恨，不禁感到震惊。

我看着索菲娅望着婴儿。过了一些时候，我转移视线，说道："还剩几人？"

"不晓得，"索菲娅说道，"我从来不知开始有几人。为了不叫自己伤心，我早就不记数字了。现在必定是无锁庄最后的日子了。希，他们要我们的命。不止是这边，整个榆树县都一样。他们要我们的命。"

她抱着卡罗琳坐下。

"可你回来了，"她说道，"你看起来不赖。亲眼看见你回到我们中间，看到你重生，是我的福气，你一生两次重生，一次爬出雁河，这一次爬出赖兰的魔爪。必定有什么神奇的力量，护着我们没有给卖去纳奇兹。我们还在这里，脸对脸地坐着。我琢磨着，我们必定有什么东西，有一个神奇、很神奇的东西。"

然而，探索那个东西须等候一些时候。那日傍晚，我回大屋服侍我的父亲，服侍他进晚餐。然后，我走下野兔洞，与锡娜一道吃晚饭。野兔洞的房间外没有丝毫动静，上边的屋里也没有声息，我感觉自己身在世界的遥远的对面。我开始有些体会到无锁庄最初时代的光景，只有那一位先祖带着一队奴隶，周围的自然世界朝他们逼近。

晚饭后，我们走到外面，坐在野兔洞隧道口。

锡娜转头拿眼睓着我，说道："这么说，你去见她了。"

我的眼睛盯着地面，摇摇头。

锡娜兀自发笑。

"你本可以告诉我的。"我说道。

"说得好像你也本可以告诉我？"

"那时候不一样。"我说道。

"都一样。你判断那不关我的事。我不同意。我也是心里头挣扎了好一阵子，觉着倘然我告诉你那个女人成了临时寡妇，我岂不成了嚼舌根的。你们俩的有些事，犯不着我去操心。"

她说得不错。我回想那个时刻，我逃跑前最后一次望着她的时刻，回想自己恶劣的言辞，我知道，我虽可以为给她造成伤痛而道歉，然而，这道裂缝却是不可弥补的真实存在。孩儿离了家，他不可能再回来。

"我甚至不生她的气，"我说道，"她从来就不属于我。"

"就是哟。"

我估摸着卡罗琳大概四个月大。这意味着我与索菲娅逃跑的时候，她已怀有身孕。我知道她的聪慧和独立，再细想我们的对话，我才理解逃跑之时，她不单怀着孩子，而且更可能是为了孩子才与我一道逃跑。

"锡娜，我现在觉得她逃跑是有理由的，她不肯与我分享的理由。"

"嗯。"

"这叫我觉着有些……不好受。就好像我把自个儿袒露在那个女孩面前。我逃跑的时候，摆出了自己的全部理由，通通透透的。"

"通通透透的？"

"是的。"

"好呀。听着，我跟你讲，希，有谁会通通透透地袒露自个儿？像你们俩这样的年轻人，就更不可能了。缠得好不火热，怎么可能？"

"我没有说谎。"我说道。

"嗯，"锡娜说道，摇摇头，"'通通透透'，你确定？你确定自己把所有事情都讲清楚了？照我看，我晓得自己从不觉着听你讲过整个故事。我拿下周的吃食打赌，索菲娅也没有听过。"

29

晚秋转入初冬，日间愈发阴暗寒冷，夜间凄凉忧郁。起初一段时间，我承担老罗斯科的职责，但我的工作较轻便，因为现今招待的宾客少。榆树县昔日的王族，罩护着遮阳伞和涂脸彩的面孔，淑女蛋糕和纸牌戏，我须用记忆的魔力震惊整个聚会的日子早已不复。与我父亲一般衰迈的老友偶尔来访。他们对坐数小时，一道谴责上等社会的年轻人，指斥他们被广阔无边的西部土地冲昏头脑，抛弃弗吉尼亚与生俱来的特权，奔向西部。我的叔叔纳撒尼尔·沃克也还在这里，他仍锁着索菲娅，不知为何，他竟能依然维持着庄园和所有土地。但他的奴隶都去了西部，仅留数人照管庄园。哈伦仍在无锁庄，驱使奴隶们从垂死的土地挤出一点收成。但他的妻子黛西不再主宰大屋，因为大屋的奴隶已少得不需要她的镇制。科琳是我父亲最频繁的访客，梅纳德虽已过世，但他依然视科琳如同自己从未拥有的儿媳。她来时，总是穿戴全套丧服，由霍金斯驾马车。她安慰我的父亲。他讲述过去的故事作为她的娱乐，她耐心地听他讲述枯竭的休耕期以前的时代，那个时候的庄园，烟叶子一刻不停地涌现。

这些访客偶尔来访，而每日陪伴我父亲的任务落在我身上。因此，每天傍晚，我先服侍我父亲进晚餐，再去与锡娜一同吃晚饭。饭后，我到客厅为我父亲拨炉火，奉上烫温的苹果酒，听无锁庄这位实至名归的末代君主讲述他的一桩桩遗憾。只是，我们现在的关系颇为荒诞，并且正好切合我少年时代的秘密愿望。是的，我是他的奴隶。然而，这层奴役关系的本质转化得如此彻底，以至于在那些忧郁的夜晚，当阿尔干油灯在祖宗的胸像上投下漫长的阴影之时，他会叫我坐下，与他一道喝酒。在那些时刻，我仿佛感觉整个世界消逝，坠入纳奇兹的地洞，只留下我独自一人见证。在这样的夜晚，我父亲喝多了苹果酒，就会讲起他一生最大的遗憾——梅纳德·沃克。

起初，他似乎不着边际。慢慢地，他的言语专注于一处，流露出一种伤痛，远胜于对梅纳德的哀悼。

"我的父亲从来没有爱过我，"他说道，"那个时代不同，不像现在，你看孩子们多快活，在外面嬉耍。我父亲只关心一件事，就是地位。我的一举一动，都必须给家族增光。我成婚的对象自然是一位淑女，愿主安息她的灵魂。她长得俊，但她不是我心里渴望的那个女孩。她也知晓。所以，生下梅纳德后，我就下定决心，绝不让他与我一样。

"我想要他顺着本性成长。所以，我放任这孩子，可能是过于放任了。他完全不识忌讳。他不懂社交，因为我自己向来不喜欢社交，也就不去鼓励他。他母亲过世后，唉……他是我的儿子啊。"

说到这里，他停住，耷拉着脑袋，埋进手掌里。我意识到他竭力抑制，忍住眼泪。他挪开双手，双眼看着火焰，凝视许久。

他说道："我简直觉得梅解脱了苦难。至少，我知道我是解脱了自己的苦难。这句话说起来不好听。可是，这里已经没有东西可以给他了，你明白吗？我没有把他教育得能适应眼前这个人生。我自己都只能勉强应付。现在的年轻人都去了西部。倘他去了，必定被印第安人剥了皮，或者被骗个精光。我晓得这孩子没有准备好。是我的过失。

"希兰，我不是好人。在所有人当中，你最清楚。我对你做下的事，我没有忘记。"

我仍记得他说这句话时，眼睛凝视火焰的模样。他尽最大的努力，企图承认一个我知道却不记得的行为，企图向我道歉。然而，纵是在那个时刻，当我们以弗吉尼亚上等人与奴隶所能企及的最亲密的距离对坐，一起饮苹果酒的时刻，他依然不敢正眼看我，不敢道出真相。正如梅纳德毫无做主子的准备，他也毫无忏悔的准备。他的世界——弗吉尼亚的世界——筑造在谎言上。在他这个年纪，倘若他当场拆穿这个谎言，大概会要了他的命。

"这片土地，管理这些黑人，需要特殊的能力，"他说道，"我没有这个能力。奇怪的是，我一直觉得你有。你比我们冷静，比梅纳德冷静，比我冷静，可能是因为你经过的那些事。

你也有必备的素质，我真心相信，在另一个人生，你我可能会交换位置，或许那个时候，我是黑人，你是白人。"

我默然聆听，犹如一个老人，听曾经单恋的人信誓旦旦地讲述自己深刻的情愫——琐事和怀旧交织，雨天隐隐疼痛的旧伤，偶尔重现的感触，曾经如此深刻，而今只剩一缕记忆，仿佛从另一个人生逃逸出来。

而在这个人生里，我抬眼看，见我父亲已在点头打盹。我端起酒杯，仍剩有半杯，走到他在二楼的书房。一边角落里摆着红木高脚橱，便是我一年前修缮的。我呷一口酒，把杯子搁在窗台上，打开一节抽屉。我找到三本线捆的厚账簿。接着一个小时里，我埋头研读账目，把信息装进记忆。合并起来，这些账簿绘成一幅画，一幅惨淡的图画。这幅图画有助于我完成科琳指派的任务：确定无锁庄的经济状况。

阅毕，我合上账簿，摆回高脚橱抽屉。我想起梅纳德，想起小时候他爱偷翻父亲的物品。我暗自一笑，打开第二节抽屉，里面装有一只细巧精美的木匣。我不禁想取出匣子打开瞧瞧，可是转念想到梅纳德，记得自己看着他偷翻父亲的物品之时感到羞耻。于是，我合上抽屉，返回楼下。我的父亲发出低微的鼾酣。我唤醒他，准备服侍他上楼安歇。

他说道："我给你做了安排，孩儿。做了安排。"

我点点头，搀扶他从椅中起身。但他看着我，好似一个将死的人，生恐自己倘若睡去，就永远醒不过来。

"给我讲个故事，"他说道，"随便什么故事，好吗？"

于是，我退后，坐进方才的椅子里。我陷进椅中，往后靠去，突然感觉自己立刻老去，因为我的眼前看见考利家族、麦克利家族、比彻姆家族的魂灵，在这个房间里逐一现身。所有这些上等社会的家族，曾经在这里命令我讲故事、唱歌，为他们解闷。不，我暗思，不够遥远。我，用我的词语，拉起我父亲的双手，走过一个个世代，回到原野上立起石碑的时代，回到只带着布伊猎刀猎熊的时代，回到山猫和黑熊遍野的时代，回到奴隶们搬岩石上山与截断溪流的时代，回到我们祖先的时代。

次日，霍金斯驾驶马车，载科琳从星落地来访。她在星落地长期停留。埃米与数位特工在掌管布莱希顿，维持庄园表面的假象。他们造访时，我与霍金斯碰面，转述收集的情报。那天，我也是如此行事。我们走到下边的大街，因为这里的房屋大多无人居住，我们觉得有足够的隐私，不怕被人偷听。同时，我也希望能够看见索菲娅，尽管我开始尽可能与她保持距离。我的心里很矛盾。一年前炽烈的感觉不曾淡却，反倒愈加强烈，因此，知道她就在这里，就在无锁庄，却不与我一起，让我很心痛。可是，这份心痛又叫我害怕，因为我知道，我的幸福，一半被捏在另一个别有秘密用心和谋略的人手里。

"你怎样看？"霍金斯问道。

我们坐在一间废弃的木屋前，最靠近大屋这边，距离索菲娅的木屋最远。我们望得见烟草地，而今大多只是任由荒芜。

"不剩多少，"我说道，"压根不剩多少。"

"是啊，我晓得，"霍金斯说道，看向田野，"这地方看着已经死了。

"整个县感觉已经死了。无人来探望他。没有下午茶。没有晚宴。没有社交活动。"

"是啊，不懂科琳怎么想的，这事怎么符合整个计划。兴许，幸好她没跟那孩子结婚。"

"我可以告诉你一个事实，她只会嫁进一堆债务里。"

霍金斯转头瞅着我，问道："多少？"

"鉴于社交界已经没有了，她就搜集不到什么情报，"我说道，"不过，我昨夜有机会看到账簿。他债台高筑。这个庄园几乎每一寸土都欠了利息。他在拖时间，好像指望有什么援助似的。"

"嗯，我看这个倒有可能，"霍金斯说道，"土就是财富，可惜这个土都化成灰了。我爹从前爱讲这个地方的故事，讲这土有多红。他们想尽法子种出更多烟叶，就把这土壤熬干了。我跟你讲，这叫不害臊！他们挤干了这块地方，刮够了财富，一伙人就卷包去西部。"

"还锁了奴隶一道带上。"我说道。

"是啊。"

"他的兄弟哩？纳撒尼尔？他不帮一把？"

"从账簿看来，他确实帮了几把。豪厄尔没有还过。我猜，坏账拿血钱抵了。"

"嗯，"霍金斯说道，"纳撒尼尔精明着哩。做他们这个买卖，就得精明。他现在去田纳西那边。还值得搬走的时候搬走的。游戏规则就是这样，你懂的。榨干了土地，拔腿走人。总有一天，他们没有地方可去了，不晓得到那个时候，他们怎么收场。"

我们走回大屋，去见科琳。转上大路之前，霍金斯止住脚步。

"我一直琢磨着你说的话，"他说道，"连他自家兄弟都不管他的死活？"

"看起来是这样。"

"都写在账簿里了。嗯，这里头兴许可以做点文章。"

然而，在这个新的窘境里，也有人以最不可能的方式得到好处。锡娜把自己雇出去，替人浆洗衣服。她的顾主不止在无锁庄，还有附近卖掉了洗衣妇的老庄园。她与我父亲达成协议，双方对半分佣金，她指望哪天能攒够钱赎身。

"你去哪里？"我问道。我与她一同走向马厩，因为我也被拉入做合伙人，充任马车夫。

"比你去得远。"她面带讥笑说道。

我们坐上陈旧的小马车，车子虽结实，但十分古老，是我父亲年轻时代置办的。我们驶下马车道，来到庄园大路口，我看见索菲娅站在那里，头身紧裹着披肩，披肩下露出卡莉的小脑袋。锡娜令我靠过去，我停到路旁，跳下马车去。

"她也一道去？"我问锡娜。

"别太高兴喽。"索菲娅说道。

"一直一道去的。"锡娜说道,从索菲娅手里接过卡莉。索菲娅不待我伸手搀扶,便爬上马车的后面。我跳回驾驶座,抖起缰绳催马前行,一面问道:"你们做多久了?"

"你出去后开始的,有一阵子了,"索菲娅说道,"我回来后,觉着得让自己比从前有用些,就开始给锡娜帮手,洗洗衣服,直到生下卡罗琳,然后,我这双手,就自己都忙不过来了。"

"倒是理清了一些事,"锡娜说道,"我们一道讲了不少话。"

"关于什么?"

"关于你。"锡娜说道。

我摇摇头,从牙缝间吐出轻蔑的气息。然后,我们默默行了一些时候,直到转上荷克斯镇路,锡娜的心头浮现古老的记忆。

"这片地方,前前后后都有我家亲戚,"她说道,"叔舅、姨母姑母、堂表亲。简直搞不清谁能跟谁结婚,谁不能跟谁结婚。那么多亲人。老人家晓得这些记忆。记得谁是亲戚,谁不是。"

"他们就是为了这个缘故活着,"索菲娅说道,"记得故事。让血液保持干净。"

"现在都没了,"锡娜说道,"知晓的人都走了。我们只好靠鼻子、眉目、走路的样儿、脸上的眼神,猜测亲戚关系。我瞅着,大抵也不要紧了。就剩这么几个,再这么过一年,榆树县就要化成灰了。"

我们行到更远的地方,时或停靠,从老庄园取待洗衣物。树叶已变换颜色,落在林中地面,积成一层厚重的棕色。冬季的光线为老庄园染上鬼魅的光芒，只在一年前，这些地方仍散发着最后的能量和感触。大多数庄园如同无锁庄，只剩寥寥数名不可缺少的奴隶。在那一刻，我感觉冬季不止是进入弗吉尼亚，而是专冲着榆树县而来，并且来了便不再离开。

我听见车后传来卡莉的哭闹。锡娜叫我停靠路边。我们看着索菲娅怀里搂着卡莉，在附近的田野里走动，一面轻轻地摇晃婴儿，一面唱歌。锡娜取出一包腌猪肉，与我分食。

索菲娅抱着卡莉回来，仍是一面轻晃着婴儿，一面唱歌：

我走以后谁人来过
　一个标致的小女孩穿着蓝色的连衣裙

我们继续行路，锡娜陷入回忆的思绪。

"这条道，以前直接通到芬尼的庄园，"她说道，"我有一家亲戚在这边。有个阿姨给第一代芬尼主子做厨师。你们俩还是小丁点的时候，他们这边总是举办最壮观的社交舞会。"

"我听说，到我出世的那个时候，第二代芬尼主子只以邪恶出名。故事说，他拿枪打死华莱士老爹，把他劈成碎块，只因为他不肯接受惩罚。"我接口说道。

"你听谁讲的？"锡娜问道。

"我舅舅克瑞恩。"我说道。

我们沉默一些时候，继续前行。已近黄昏时分，返回无锁庄之前，我们还须先去格兰森庄园取待洗衣物。

"他是你舅舅？"锡娜问道。

"是的。"我说道。

"他以前常到下边的大街，夜里头下来。粘在你姆妈家不走，得些她剩下的吃食。那个时候，他过得不好。我清楚地记得他。"

"我也记得，"我说道，"不过，小时候的人，我只记得他一个。我能看见他站在门边，别人都是一阵雾。"

"兴许是为了你，"索菲娅说道，"谁晓得那雾后面伏着什么。"

"必定不是好事。"我说道。

我们停在格兰森庄园前。卡罗琳已睡着，索菲娅用披肩把孩儿裹严实，待洗衣物都是拿床单扎成包袱，她把包袱堆成一个洞，让孩儿睡在里面。她探身去够地上的一只包袱，准备装上马车。

"我来。"我说道。

"让我帮一把。"她说道。

"你帮得够多的了。"我说道，语气比我自己预想的更冲。索菲娅双目一睁，但没有说话。她坐回马车，我们继续往车里装衣包。

到家时，太阳仍挂在树梢。她跳下马车，向锡娜道别，然后转向我。我这才意识到有些异样。

"这算什么意思？"她说道，已用披肩把卡罗琳驮在背上。

"什么算什么意思？"我愤愤然反问。

"哟，这就是现在的你？你就是这样回来的？"

"我不晓得你说什么——"

"休想跟我扯谎！你既然回来了，就休想扯谎。想都别想！你该比他们强。我跟你讲过，你得比他们强。我跟你讲过，我不拿一个白人换一个黑人。瞧瞧你，为一个不属于你的女人恼火！为一个不该属于任何男人的女人恼火！你该比他们强！"

说罢，她走下大路。从她走路的姿态可以看出，她气得身体发抖。

回到大屋，我卸下衣包，锡娜准备晚饭。卸完后，我到厨房取我父亲的晚餐，奉到他面前。他进餐时要有人陪伴，因此我站在那里，看他进食。他细细地询问我这一天的事情。我退缩进内心，脸上呈现奴才的面谱。晚餐侍候完毕，我便走下秘密楼梯，来到锡娜的房间。我们坐在她的桌前，默默吃晚饭，一如我们的习惯。饭后，她睇着我，说道："你这是在惩罚那个女人。"

"我——"

锡娜剪断我的话头，说道："你在惩罚她。"

我离开锡娜的房间，回到大屋，见我父亲在书房里翻阅一本书。我便转到餐室，收拾了餐盘。继而，我烫温苹果酒，端去奉给他，然后退到自己的卧房。我为乔吉的儿子雕刻的旧木马玩具，仍摆在壁炉台上。我拿起木马，手指无意识地抚摩着它的表面。我思忖索菲娅的话，**你该比他们强**。我离开卧房，来到书房，经过在盹寐的父亲，转下野兔洞，步出隧道。我走下漫长的大路，穿过果园和树林，来到下边的大街。我径直走到大街尽头，看见索菲娅独自一人坐在屋外台阶上。

索菲娅瞟我一眼，露出最冷酷的眼神，转身进屋去。我来到门前，往屋里张望，见卡莉睡在床上。索菲娅别开眼睛不看我。我坐到她旁边。

"对不起，"我说道，"对不起，为我给你造成的所有一切，对不起。"

我握起她的手指。所有思念她的日子，所有思索她已消失在南方的时间，而后知晓她就在大街的所有惊愕喜悦，还有所有关于她在这里过得怎样的琢磨，琢磨她爱上谁，谁爱上她，所有梦境、灵魂忧郁低语的时刻，所有这一切，现在都成为真实，就在这里，在我的手指间。

"我想做得更好，"我说道，"我在努力。"

索菲娅拉起我的手，放到唇边，轻轻地亲吻。然后，她转头看着我，说道："你想要我属于你，我晓得。我一直都晓得。可你要明白，要我属于你，我就得永远不属于你。你明白我的意思吗？我得永远不属于任何男人。"

索菲娅，我的索菲娅——我的所有想法，我以为我们可以一起筑造的人生，都只是我自己心里的念头和人生，都只是我一个人的理想和野心。我坐在那里，凝视她的圆眼睛。她那么美，如同人们所形容的我的母亲一样美。看着她坐在那里，我明白我所有的念头和人生，从未考虑过索菲娅，从未把她当作她自己想成为的人。因为在我心里，**我的索菲娅**不是一个女人。她是一个象征，一件饰品，代表另一个我在很久以前失去的人，而今只能在雾中瞥见，再也拯救不了。啊，我亲爱的黑妈妈。一声厉叫，一个声音，一片水。然后，我就失去你。失去，无论我做什么，都不能拯救你。

可是，我们必须讲出我们的故事，不能被故事无休止地纠缠。那个夜晚，坐在大街那间老木屋里，我心里便是这样想的。因为这个念头，我伸手探进口袋，掏出从乔吉家捡回来的小木马，放在索菲娅的手里。

"送给卡莉。"我说道。

索菲娅轻声一笑，说道："希，她还太小，玩不了这个。"

"我这不是……努力嘛。"我笑道。

3 0

　　渐渐地，无锁庄最固定的奴隶只剩我们：锡娜、索菲娅、小卡莉，还有我。血缘关系把我们绑定。索菲娅是纳撒尼尔看中的，卡莉是她的女儿。我是我父亲的儿子，至于锡娜，怎么说呢，在我父亲眼里，她象征着过去的时代。他出售她的儿女，在他自己心里，这件事如同大路的一个转向，标志着他所熟悉的弗吉尼亚走到了尽头。他从未像这样提起此事，但我父亲一直避免与锡娜说话。他在庄园走动时，倘若远远看见她，便掉头朝另一个方向去。我觉得，他同意她自雇洗衣，便是因为他自己在赛马场卖掉这个妇人的儿女，而今想要略微减少心头的负疚。

　　不过，姑且不管他是否负疚，锡娜倒是有了奔头。在那些灰暗的日子里，洗衣这桩生意把我们四人联结起来。我们渐渐形成一些习惯。我们一道吃晚饭。饭后，我去侍候我父亲，然后陪伴索菲娅和卡罗琳下山，送她们回大街。某个夜里，我送她们到家，索菲娅提起锡娜，说道："你晓得的，她老了。"

　　"嗯。"我说道。

"希，这个生计不容易，一个女人不容易挑起的生计，所有这些浆洗、提水、熬皂水碱液。我尽量帮忙，可还是不容易。我很高兴你回来。她需要歇息。叫她明天歇一日。你和我，衣服咱们俩洗。周一我们去派送。"

回到大屋，我把计划告诉锡娜。她瞅着我，摆出反对的姿势，然后一再坚持，我们洗衣的时候，由她照看卡罗琳，才勉强同意这个安排。次日是周日，科琳来带我的父亲上教堂。有霍金斯侍候她和我父亲，我便可以做一些额外的劳动。那天夜里，我躺在床上思索锡娜与她的计划。她仍抱着希望，要用洗衣的佣金购买生命最后的自由。我且不管她的想法，先坚持执行自己的计划，地下组织的计划。冬季来临，夜越来越长。我想到凯西娅，想象她见到自己母亲被拯救时脸上会露出怎样的神情，即便在想象的时刻，我也知道，在那些神情里，我不但会看到诺言的实现，也会看到自己体内一道古老的伤口愈合。

洗衣服确实不轻松。破晓时分，天色依然漆黑，只有数点星光、一弯微弱的月亮，我和索菲娅便会合。我们先用一个小时从井里打水，装满大锅。接着，我收集柴薪，点火烧水，索菲娅将衣物分类，查看破裂之处。有破损的衣物，她送去交给锡娜缝补，因为我们不能说服她彻底歇着。火烧得旺了，黑铁锅里的水冒起热气，我们开始捶打衣服和床单，反复地捶打，敲落污垢。索菲娅捶衣，我从野兔洞搬出三只大洗衣盆，扛到大屋侧面烧水的地方。这时，星星已经消逝，我看见那弯苍白的月亮慢慢地融入清晓暗蓝的天空。摆好洗衣盆，我们戴上手套，抬起大锅，把热水倒进盆里。接着数小时，我们搓洗挤拧，再搓洗挤拧，再重复两遍。

洗完衣服的时候，太阳早已落山。晾晒完毕，我们到凉亭里歇乏，就像一年前那样，尽管感觉已是恍若隔世。我们的手臂和脊背酸痛，双手泡得肿胀。我们默默坐着，周围只有静寂。过了一些时刻，我们回到野兔洞，与锡娜一道吃饭。

"不大容易哟。"锡娜说道，我和索菲娅答以筋驰力懈的沉默——无疑是最响亮的认可。饭后，我陪伴索菲娅回到大街。她给卡罗琳擦洗、换衣，准备睡觉，我逗留不去。我走到屋外，用指节敲击墙板接缝。一块碎片脱落。

我回到门前，说道："屋墙的搪料裂了，哪天我来补补。"

索菲娅正拿着一块布包裹婴儿屁股，嘴里柔声哼唱。她停下曲子，说道："她叫你不自在？"

我局促地笑笑："需要适应。"

"那你要不要适应？"

"我琢磨……"我说道。

我走进屋，挨着索菲娅坐在床沿。

"记着你上回琢磨的时候，把我们弄到什么地步。"她说道。

"我连一点细节也没有忘，"我说道，"可是，我记得的不是赖兰的猎狗，或者后来发生的事。我记得的是你。我记得被锁在栅栏上，记得我多想立刻死去，可我转过头，看见你没有一点想死的愿望，不管乔吉怎么背叛我们。"

"乔吉，"她说道，提起这个名字，我看到她流露出恨意，

"我回到这里的时候，他已经走了。算他走运。我想过多少报复的法子，恶毒得没法形容。"

"这么说来，大概对大家都是最好的安排。"我说道。

"嗯，至少对他是。"她说道。

我们沉默一些时候。索菲娅搂着卡罗琳贴在肩头，轻抚婴孩后背。

"希兰，你为什么要走？"她说道。

"根本不是我要走。他们直接把我带去，"我说道，"你不是见过这种事情？"

"当真？"她说道，"把你带去？"

"你晓得这种事都是怎么发生的，"我说道，"我们不是头一个被带去的。猎狗在外面把你捉住，接着就把你带去。"

"只是，我总感觉不止这样。兴许还有一些你不能说的事。不该跟人说的。兴许因为你是沃克家的血脉。可我又觉得不全是因为这个，因为我清楚这边的人，像豪厄尔·沃克这种信仰奴隶制的人，怎么说哩，他们卖掉自己的亲人，眼睛都不会眨一眨，只要别让他们看见自己作孽的后果就行。"

"可我是奴隶，跟你没有两样，"我说道，"血脉改变不了这个事实。事情就是这么简单。科琳有需要。梅纳德死了，豪厄尔觉得亏欠她，就把我送给她当作补偿。我们的逃跑，反倒让他们不必费心思就达成交易。"

"好吧。那么，还有另一半故事。你走后，我见过科琳，见她的次数还超过纳撒尼尔哩。她每隔几周来这里一趟。我不晓得她干什么来看我。我不晓得自个儿怎么没给卖去纳奇兹。希兰，我们为什么在这里？为什么能留在这里？”

“我感觉这个问题应该问纳撒尼尔。”

“希，我觉着他根本不知道我们逃跑的事，”她说道，“回来后，我只见过他几次，不像以前那么经常，他提都没有提过。”

“我不晓得。我不是人家肚子里的蛔虫。”

“我又没说你是。”

“可你老在暗示。”

她皱一皱眉头，腾出手来，重重地在我肩头捶了一记。我们两人默然无言，坐了很久。我在思索科琳，她为何有必要来看望索菲娅。我心里暗忖所有知晓的信息。然后，我的目光投向索菲娅，她把卡莉抱到膝头，哼着轻柔的曲子哄她入睡。卡罗琳宝宝伸出双手在空中拍打，挣扎着张开眼睛不肯睡。

一时间，我的思绪回到费城，回到马尔斯，记起他如何坦诚待我，怀特一家人如何坦诚待我，那份情谊对我多么重要。我记起布兰德如何坦诚待我，他的话语如何帮助我卸下对梅纳德死亡的负疚。我觉得自己也欠索菲娅一点坦诚。

“我晓得孩儿不光带来快乐。我见过快乐的母亲。可是，更多时候，我看到女人不愿怀上孩儿，更不愿自己的整个人生围着孩儿打转。我看到你把自己的人生围着这个孩儿转，在她出世以前就开始把自己的人生围着她转。你为她逃跑。你为她肯杀人。我看到你看着女儿的表情，我记得你说过的话。我记得你告诉我，‘就要来了，希兰，’你说，‘我得眼睁睁看我的女儿被他们欺骗，就像我自己那样。'你不能说你没有说过。虽然我记得每一句话，可惜我不敢说我都听懂了。可我在听，而且愿意继续听。

"我晓得有些男人对不是自己亲生的孩儿做出恶劣可怕的事。说不准我也是那样的男人。说不准我大大地看错了自己，心里愤恨发狂的时候，我可能也会……"我摇摇头，"我的意思是，问题不在她，问题不在你，是我自己的问题。"我停顿片时，索菲娅紧握着我的手。

"我是说，我晓得她爹是谁，第一眼看见她，大概就明白了。从来都是这样。我回来，看见你在这里，带着卡罗琳宝宝，不是我的……"

我发誓，卡罗琳宝宝好似听懂我的话，在这个瞬间抬起头，一只手伸向我。我伸手探过索菲娅的臂弯，把手指搁在婴孩的手上。她紧紧地捏住我的小指。

"只是，她与我流着一样的血，"我说道，"长得也与我像极了。灰绿色的眼睛，像我的——只是不光像我。那是沃克家的眼睛。还有沃克家的头发。第一代祖宗流传下来的，我读过记载，榆树县地方志的所有记述里都提到过。"

"还有一个事最蹊跷，单单梅纳德没有灰绿色的眼珠，可是又这么鲜明地出现在卡罗琳宝宝身上。

"这也叫我痛苦。觉得不干净，不纯洁的想法。我给别的男人提过一样的建议，可我自己现在还是在抗拒，不肯听取自己的忠告。我想要你知晓我看过的一切，要你知晓我离开后认识的人。那些人，他们决定自己更爱什么，无论美好或低贱的所有一切。我选择这个世界的淤泥，索菲娅。我选择所有一切。"

她的眼里噙着泪。

"我能抱抱她吗？"我问道。

她流着眼泪笑，说道："当心哟，她会把被你的魂给勾走的。"

说着，她脸上含笑，从膝头抱起卡罗琳宝宝，一只手托起宝宝的屁股，另一只手扶着后背，送到我面前。我低头看着卡罗琳宝宝仰面看我，灰绿色的眼睛睁得很大，带着婴孩独有的专注。我伸出手，尽力模仿索菲娅的姿势，把手滑进她双手的位置，轻轻托起。我把卡罗琳宝宝搂到怀里，让她的头枕着我的臂弯。我感觉她在我怀里安顿下来，没有哭闹，我的手臂感触她身体的一团温暖。我想起我的父亲，想到他从未这样抱我，在比喻意义上和事实上。我记得自己在整个少年时代，渴望他给我这样一个时刻。我想起给我这个时刻的那个女人，因为人们如此告诉我，说我的母亲爱我胜过一切，把她自己的人生围着我转，直到她被夺走。我的母亲，我在记忆里失去的人。

无锁庄日渐掏空，野兔洞益发阴森，凋零的季节进入肃杀的冬日，卡罗琳是我们的光芒。索菲娅生产时，锡娜为她接生，因为身边没有别人，也无人肯帮助她。由于这份感情，锡娜时或照看卡莉，给索菲娅一些喘息的时候。接下来的周日便是如此，这一日，我去给索菲娅的木屋补搪料。一个小时后，我转进屋里。索菲娅生起火，全身包裹严实，坐在火前伸手烤火。

她睇着我，说道："你不冻？"

"怎么不冻，"我说道，"你试试？"我伸手捧着她的脸，滑下她的脖颈。她笑起来，尖叫道："死东西，快放手！"

我追着她跑。我们跑出木屋，在大街上追逐，直到笑得跑不动，趴倒在地上。

"好了，好了，我现在可真冻坏了。"我说道。

"就跟你说啦！"她说道。

我们回到屋里，坐在火前。"像这样的天，就该有一大坛酒。我跟你说，我家卡罗来纳的墨丘利，总藏起他分到的那份，等到这个时节才拿出来。"然后，她转头瞟我一眼，说道："抱歉，希，我没打算提从前的事的。"

"我晓得，要属于我，就不能属于我，"我说道，"再说，这倒提醒了我！你等着。"

我回到山上的大屋，进入野兔洞。我在锡娜的房间外停下。门开着一道缝，我从门缝里张看，见卡罗琳睡在锡娜怀里，就像凯西娅形容她小时候那样。我走到自己的卧房，拿出马尔斯的赠别礼物。我回到大街，索菲娅仍坐在火前，双臂在胸前合抱。我向她展示酒瓶，她含笑说道："我就晓得你有秘密，你去过的那些地方的秘密。"

我打开酒瓶。她接着说道："你与离开前不一样了。你以为瞒得过我，可我瞧得出来。希，你变了。瞒不过我的。"

我把酒瓶递给她，她接过后举到嘴边，头往后一仰，好似仰头迎接雨水，喝了一口。"哎呀，"她叹道，提起衣袖擦嘴，"不错，你是见过世面了。"

"可我现在就在这里，"我说道，呷一口酒，"再说了，你哩？"

"我怎样？"她说道，"你想知道什么？我统统拿出来摆在你面前。"

我又喝一口，把酒瓶搁在地上。

"到底是怎么回事？"我说道，"他们把我们锁在外面的那夜，后面发生了什么事？"

"噢，这个，"她说道，"他们把我关进牢房，我揣想他们把你也关进去了。我跟你说，我晓得我完了。得去纳奇兹。纳奇兹。像我这样的女人，管你有没有身孕，必定给卖到妓院。我跟你说，我吓得要死。希，我晓得我们被锁在外面的时候，我做得很坚强，那是因为我身边有你，我觉着我得替你担心，那样想着你的时候，我就没有时间担心自己了。"

"那天，猎狗把我关进牢房，我心里就害怕了，想到就要落到我头上的所有邪恶，我想哭喊，可我晓得我得坚强。我就对我的卡罗琳说话，不停地说。我什么都不想，只对她说话，我跟你说，她让我平静下来，好像感觉自己不是孤身一个人。就像你说的，我自己不想要她，可是，在那一刻里，我好高兴有她，虽然她还只是我身体里一个小东西。"

"我觉得，就是在那个时候，我真正地成为她的母亲。我恨那个男人，纳撒尼尔，恨他对我做的事，恨他给我吃的苦。我很感激有了她，但我永远不会感激他。卡罗琳属于我，属于我的上帝。我给她起这个名字，纪念我失去的家，我的卡罗来纳州，我硬生生地被从家乡攫到这里。这就是整个经过——在牢房里，脖子上架着纳奇兹的刀口，卡罗琳——我的家园——救了我。"

我把酒瓶递给她，她提起喝了一口，身体一颤，又叹道："嗯……"她抬起衣袖擦嘴，默默坐着。我坐在那里，看着沉默的她。她转头递来酒瓶，我感觉她看似不同，好像她的故事不知如何地刻画在她的脸上。

"其实，那还不是全部的经过，"她说道，"那天深夜，同一天夜里，我昏昏沉沉地睡着，缩在牢房角落里，老鼠四下蹿动，冰冷的穿堂风吹进来，我睁开眼，见一个黑影看着我。然后，那个黑影走出去，我忖想是不是做梦。然后，那个黑影又来了，和一个猎狗一起。猎狗打开牢门，叫道：'出来。'

"他用不着说第二次，你晓得的。我旋即爬起来，看清那不是什么黑影。是科琳·奎因，身上穿着丧服。我走到牢房外，她的马车和仆人都在。他们把我安顿在车厢里，和她一起坐。她对我说，她知道纳撒尼尔倘若听说我逃跑，我会有什么结果，会遭遇什么惩罚。但是，她很肯定，他无须听说一个字。无人需要知道。我可以回去，好像什么事也没有发生。她只有一个要求，就是她能否偶尔到大街与我聊聊。"

"聊什么？"我问道。

"大多是大街上的事，"索菲娅说道，"我跟你说过，她常到这里来，询问谁还在，谁去了纳奇兹。跟你说，我觉着她太好打听了。不过，卡罗琳出生后，我一门心思只想保护她，压根没空琢磨别的事。"

"不过，我向她打听你的事，"索菲娅说道，伸手搭着我的手臂，"我问她他们会怎么对你。她叫我别担心，说你会离开一段时间，但你会回来的。然后，你果真回来了。

"希，我不敢说我信她的话。你晓得的，我失去了那么多亲人。我晓得，去了就去了，不会再回来。

"除了你！你回来了。"她说道，犀利的眼睛凝视我，看穿我。我觉得房间在我眼前旋转。"我简直不敢相信。可你回来了，回到我身边。"

我的思维停止，感觉木屋的梁柱和搪料开始弯曲，然后整个世界的梁柱和搪料环绕我们旋转，把我们包围。自然界的一切似乎合谋起来，因此，当我尝到她嘴唇上的朗姆，感觉那是生命的蜜。

在那一刻，我领悟我并不记得所有事情，除了我的母亲，还有许多，我也选择遗忘——这些不是形象，而是形象以外的感觉。我忘记自己多思念索菲娅，多渴望她；我忘记在费城的日子，有时只希望雷蒙德和奥塔不要理我，让我独自与她的回忆共处，沉湎于圣诞节篝火前的舞蹈。我忘记这具身体所经历的起起落落的渴望，犹如一列火车驶下轨道。我忘记自己如何接受起起落落的伤痛，如同无法摆脱的咳嗽。我忘记在那些日子里，孤身一人，双手抱着肚子蜷作一团，感觉自己被孤独吞噬。我爱她，纵在当时，我大概便已理解，对于一个奴隶来说，这份感情很危险，在奴隶制的世界，即便你属于地下组织，这也仍是危险的事，我尽自己所能忘记大半感情，尽管这份感情不肯忘记我。现在它在这里出现，出现在我们面前，出现在我们之间，她伸手触摸我的脸，她伸手拉住我的手臂，她的动作不轻柔，而是坚定又饱含欲望。在那个时刻，我知道我所有的感觉，我所有的渴望，盲目而狂暴的青春里被锁缚的欲望，宣泄欲望的需要，不单单属于我一个人。

许久以后，我们躺在阁楼上，眼睛望着屋顶。她的手臂搁在我胸前，手指敲着我的肩头，好似弹钢琴。

"上帝啊，果真是你，"她说道，"你的双手。你的眼睛。你的脸。"

早已过了最黑暗的深夜，我知道黎明即将来临，世界的支柱将要松脱，我们要被摆回日常的位置，复归无锁庄每一日的奴役。然而，有些事不会恢复原样，其中一件便是我感到自己领悟了一个新的知识。正是这个知识压迫着奥塔·怀特，正是这种疯狂把他攫住，因此，没有莉迪娅，他永远不能睡得安稳。第一次，我真正地理解"传渡"，理解它是感情的传递，汇聚所有这些刻骨铭心的时刻，变成似岩石和钢铁一样的真实存在，似呼啸冲下铁轨、惊起停在凉篷上的黑鸟的大"铁猫"一样的真实存在。

我在底楼穿衣，索菲娅从阁楼上看我。我望向壁炉，见从乔吉·帕克斯家捡回来的木马摆在那里。我向你发誓，木马真的似在发光。我把木马拿在手里细细观察，索菲娅从阁楼爬下来，站在我身后，手臂抱住我的腰，头贴着我的后背。

"拿去喽，"她说道，"跟你说了，她还玩不了。"

"嗯，"我说道，"我想也是。"

我转过身，面对索菲娅，手里仍捏着小小的木马。最后一次，在黑暗里，世界把我的嘴唇贴着她的嘴唇，我们彼此拥抱，好似在大海的风暴中抱紧船桅。

"那，我大概是时候上去了。"我说道。

"大概是时候了。"她说道。

"嗯。"我答应道。我来到屋外，进入一个不同的世界。我倒退着出门，多一些时刻看着她，记着她在暗蓝的凌晨时分的面容，尽可能长久地记着这个形象。

倘若直接上山，进入野兔洞，擦净短靴，把自己梳洗干净，一切就会轻松得多。然而，我的心头压着这个新的领悟，新揭示的旧念头。于是，我走下一条小径，穿过黑暗走向哑巴丝路。我很可能会被猎狗捉住，尽管榆树县逐日萧条，他们却照旧巡逻这些道路，期待捕获最后一批逃亡奴隶。我一路行走，双手抚摸着木马，心知纵是经济景气的时候，猎狗们也不能拿我怎样。

二十分钟后，我回到那里，回到雁河边。看着不似一条河，而是两片土地之间伸展的一团黑色固体。我走向那团固体，近得直到耳中听见河水轻拍堤岸的声息。天空阴郁，没有月光来照亮任何东西。站在河岸边，我举起一只手——握着木马的那只手——便看到"传渡"的蓝色光芒散发出来。再次望向河面，我看到那阵已经熟悉的雾霭朝我而来。

不需要有人教我接着该怎么做。我几乎靠动物本能去做——最简单不过的动作，把木马紧紧地一握——然后，适间从河面升起的雾霭，不断地朝外飘溢，犹如某种灵兽的白色卷须，把我卷进它的大嘴里。

3 1

　　"传渡"需要三个元素：召唤一个故事，水，一件能把记忆变成砖石一般真实的东西。然而，我眼前最迫切的需要，不是拿这个力量做什么，而是如何撑过这一日。我的身体极度虚弱，我曾体会同样的虚弱，也目睹哈丽雅特的经历。我勉强支撑着完成职责，一得空闲，倒头便睡，从晚饭时间睡到次日清晨，然后准时起床侍候豪厄尔穿衣，侍奉他进早餐，协助他执行轻简的健身运动。晚饭时分，我体内有一部分不禁璀璨起来，明亮得如同"传渡"的光，因为我知道那时候会见到索菲娅。傍晚，果真见到她，我感觉自己走在另一个世界。我暗中思忖这一切是否在梦里。可是，她就在这里，还有锡娜和卡罗琳。索菲娅看见我，露出微笑，道了一声："回来了。"

　　接下来数周，我们度过快乐的时光。起初，我们试图瞒过他们。晚饭后，索菲娅带着卡罗琳，做出离开的样子，我为我父亲奉上苹果酒，陪他坐坐，服侍他就寝，然后走到下边的大街。凌晨时分，我回到大屋，睡在自己床上，大略歇息半小时，继而开始一日的职责。这个情形，在当时并不似现今听起来那么离奇。无锁庄有许多奴隶，妻儿在别的庄园，夜间都是如此两地奔走。这其实是很古老的仪式，只不过我的仪式有些特别，因为我们似乎只是为了瞒过锡娜。可是，锡娜的眼睛雪亮。一天傍晚，吃过晚饭，她抱着卡罗琳，大概是想让我们吃一惊，突然间说道："我替你们高兴。"此后，她便不再提起。

然而，我们要担心的不是锡娜。纳撒尼尔·沃克仍是索菲娅和卡罗琳的名副其实的主人。我深知一个奴隶若被发现侵越主子的权利会有何后果。确实，科琳救过我们一次，但是，倘若他要拿我们发泄骄傲的愤怒，那么无人救得了我们。那是美好的日子，我漫长的人生里最美好的一段时光。然而，这些日子筑在变动不定的奴隶地基之上。并且，我们明知这个地基迟早要沉陷。

12 月初，我们听闻纳撒尼尔·沃克回来了。一周后，索菲娅照例接到传召。我父亲对身边发生的事毫无知觉，令我送索菲娅过去。我不敢说我乐意接受这份差事。然而，我现在已经深深地消化这个教训——倘要索菲娅属于我，她必须永远不属于我。我们之间的关系不是所有权，而是彼此陪伴的承诺，无论通过何种方式，尽可能长久地彼此陪伴。那个冬日，我驾车送她去纳撒尼尔·沃克的庄园。一路上，我们的方式便是维持假象。

我们清晨出发。前半程，索菲娅在车中睡觉。后半程，我们交谈。

"我说，科琳的生活是怎么样的？"她问道，"兽爪浴缸？五个白人女仆，都跟青天白日一样赤裸？"

我们笑起来。

"你没否认哦。"

"我什么都不否认，索菲娅。"

"除了你出去的事，"她说道，"看在上帝的分上，跟我说，他们到底对你做了什么？"

"真的没有什么。我是说，没什么可说的。"

"希，叫我好奇的不是你。我是好奇她对你的兴趣。我想不通，费尽了脑筋也想不通，她为什么不任由我被卖到纳奇兹。"

"不晓得，兴许她对你有好感。"

"哼，一个白人对另一个白人的奴隶有好感？你几时听过这种事？"

我默然无语。

"我听说她去过很多地方。听说她总在你爹爹耳边讲她在北方看见的离奇古怪的事。她去北方游览，必定不带黑人？"

"兴许吧。我不晓得。"

"你当然晓得，希。你要么去过，要么没有，你直说吧。"

我双目直视前方，看着道路。

"不管怎么着，别跟我装了。你压根就没有出过这个县，更别提北方了。倘然你去了，我肯定我永远不会再见到你。"

"为什么？"

"因为，倘然你去了北方，和那些自由人在一起，倘然你还回来，那可真是蠢到家了。我告诉你，倘然我脚下踩着一粒自由的泥土，你就永远不会再听见有人提起我的名字。"

"嗯。那，我猜，我们俩也就结束了。"

"你现在明白了，你压根就不是逃跑的料。先前试过一回，失败了。你是绑死在无锁庄了。你回来这个事实就是证明。"

"不是我自己选的。不是我自己选的。"

晌午之前，我们抵达纳撒尼尔·沃克的庄园，转下小道，停车等候那名仆人，他会走出来向我们致意，然后引导索菲娅消失。我须离开，留下她去执行个人的任务。那个时刻，我心里有何感受？世上自然有比护送心爱的女人去见另一个男人更高尚的使命。然而，我无数年练习掩饰，我知道无论自己有多伤痛，索菲娅必定加倍地伤痛。况且，我更成熟了。我理解了数月前甚至不可能想象的事，在那一刻，我发觉自己最大的愿望便是让她舒缓心绪。因此，当我察觉沉默的紧绷气氛，见她不似惯常那般打趣，便开口说道："我走后，你怎么来这里？"

"走路。"她说道。

"走到这里？"

"是啊。背着所有服装道具。感谢上帝，有锡娜在。那个周日，她帮我带卡罗琳。只走了一回。我告诉你，接到传召的时候，我当真是一团糟。可我做到了。在后面那个灌木丛里涂脸、穿裙子，还有所有那些不好说出口的事。"

"我的天……"

"我这辈子做过的事，这一件最叫我觉得低贱。脱得精光，跟刚出生似的，在那个灌木丛里，害怕有人经过，害怕他们会对我做什么。我一边换衣服，一边给自己唱歌，悄声地唱，给自己壮胆。"

索菲娅长长地吐出一口沉重的气息，说道："我恨他们，不消怀疑。你永远别怀疑这一点！"

说到这里，她的脸变成刽子手的面谱。双眉没有皱起或上挑。嘴角没有绷紧。只是棕色的眼睛隐去了光芒。她的面容映照适才讲述的仇恨。她摇摇头，说道："希，我要给他们的那些报复，我做得出的折磨。你瞧我现在，这个小小的身体……你试想，倘然我的双手，我的手臂，跟男子一样强壮，倘然再加上我心里头的恨，我会做出什么来。你瞧，我都细细地想过。身上穿着这套戏装的时候，我一直在想，我的上帝，趁他睡着了，拿菜刀捅死他，或者在他的茶里掺一点酊剂，在他的蛋糕里搁一点白粉……我常常这么想，然后，然后有了我的卡罗琳，后来的事你都知晓。我是好女人，希，我跟你说，我是好女人。不过，倘然给我机会，你等着看我怎么对付他们。你等着看……"

她的话音渐弱，陷入内心的思绪。大约二十分钟后，一个穿戴讲究的男仆从林荫小道走出来。他来到马车前，一脸的不悦，严厉地瞟我们一眼，说道："他今日不需要你。他会传话来。"

说毕，他转身走回那条小道。

"他还说了什么？"索菲娅喊道。但是，那人没有转头，即便听见了索菲娅的问话，他显然也无意作答。

我们坐着发愣，拿不定主意该做什么。稍后，索菲娅转身看着我，面带讥笑说道："你很高兴事情变成这样，是吗？"

"我不高兴，"我说道，"再说了，照你方才说的话，我看你也一样高兴。"

"是的，我是高兴，"她说道，"我只是觉着诡异。以前从来没有过这样的事。"

她默默坐了片刻，暗自思量，琢磨一些新近想到的猜测。

"你说什么？"我说道。

"必定是你干的，"她说道，"不管你是怎么做到的，我敢打赌，是你搞的鬼。"

我微笑摇头，说道："你对我的想象未免太过神奇了。说得好似我有能力支使这些白人。要不就是我会变魔法。"

"要我说，你确实会。"

我们都笑起来。我拉起马车缰绳，掉转马头返回无锁庄。

"对不起，希兰，"她说道，"你晓得我不想去那边，我只求离那地方远远的。只是，倘然非做不可，我宁可尽早完成。我憎恶这般被晾着，不晓得几时又得去。我是他的奴隶。可是，自你回来以后，我感受到从没有过的自由。我晓得这不是真正的自由，可是已经够好的了。我想要拥有。"

她靠近我，轻轻亲吻我的面颊，说道："我想要尽可能拥有更多。"

啊，回到那里，回到青春时。坐在人生的黎明时刻，所有一切的太阳初升地平线，承诺和悲剧仍在远处。驾着小马车，揣着通行证，一个爱得胜过一切的女孩，在衰老凄凉的弗吉尼亚最后的悲伤时光。啊，回到那里，眼前有闲暇，有时间梦想，驱车行驶在榆树县那条大路，一直行到道路尽头，行至命运将我们抛弃。

我们继续前行，讲述以往的日子，讲述我们在榆树县失去的熟人——瑟斯顿、露西儿、莱姆、加里森。我们讲起他们如何离去，纳奇兹如何带走他们。我们沉默一会儿，唱一会儿歌，笑一会儿，身体来回摆荡。

"皮特是怎么去的？"我问道。

"大约你回来前一个月，带到那座桥对过。"索菲娅说道。

"我还以为豪厄尔永远不会舍弃他，"我说道，"皮特是果园里的一把好手。"

"都去了，"她说道，"去了纳奇兹。剩下的也得去。我们都得去，用不着多久。都走了。都没了。"

"不，"我说道，"我觉得咱们是幸存者，你和我。不管怎样，哪怕是通过魔鬼的诡计也好，咱们是幸存者。这可能并不值得高兴。可是，我确实相信，咱们是幸存者。"

尚未进入酷寒的隆冬，我们行在冬日清冷的上午，驶上山坡，远远可以望见雁河，望见河对岸的星落地，还有遥远地平线上的石桥。就是在那座桥上，我把自己"传渡"到另一个人生。

"可是，索菲娅，倘然咱们不是幸存者呢？"

"你说什么呢？"

"人都走了，都没了，"我说道，"倘然有一个办法，能让我们摆脱所有这些悲惨的苦难？"

"又是你那些不切实际的梦想？总是拐弯抹角的。你记得上次的结果吗？"

"我记得很深刻。可是，就像你说的，咱们心思相通。我们比实际年龄成熟。这个地方，咱们亲眼见到的事，让咱们懂事。我们处在时间外，你和我。他们看着觉得荣耀的东西，就要在咱们眼前崩坍。设想一下，咱们不必跟着他们一道沉陷？索菲娅，咱们晓得他们就要完了。设想一下，咱们不必跟着他们一道完？"

这时，她侧转身，直视我的眼睛。

"希兰，我不能，"她说道，"不能像上次那样。我不想再尝试。我晓得你有秘密。等你肯告诉我你那点秘密的时候，我会与你一道去。但是，我不能光冲着一句空口白话就去。我不能再冒险。我不是一个人了。所以，倘然你有把握，我得先知晓。我的话说到这里。倘能离开这里，我连杀人都愿意，为了让我的女儿不遭奴役，我愿意杀人。"

"这个法子用不着杀人。"我说道。

"好，看来还得靠跑，"她说道，"但是，我要先晓得怎么跑，去什么地方。"

之后，我们不再说话，因为各自忙于思索适才说过的话，思索这一日的事。我们回到无锁庄，却见锡娜坐在隧道口，奁拉着头，托在双掌里。她头上扎着绷带，只穿着劳动服，没有披外套。卡罗琳不在她身边。

"锡娜！"我唤道。

"啊？"她应道。

"出了什么事？"索菲娅说道，"卡罗琳哩？"

"在里头睡着。"锡娜说道。

索菲娅奔进隧道。我蹲在锡娜面前，伸手轻触她的额角，一摊血迹渗出绷带。

"锡娜，出了什么事？"我说道。

"不晓得，"她说道，"我——我不记得。"

"那，告诉我，你做了什么？"我说道。

她斜着眼，朝一旁睒望两眼，说道："我——我没有做……"

"好，好，"我说道，"来，我们进去。"

我拉起她的手臂搭在自己肩头，搀扶她起身。这时，索菲娅从隧道里出来。

"她没事，睡着哩，就像锡娜说的，"她说道，"看样子，锡娜把她安顿在你床上，然后……看得出来是为了什么。"索菲娅带着哭腔说道："希兰，他们偷走了。我晓得他们做的事。他们全都偷走了。"

走了几步，我感到锡娜腿脚无力，便背她起来，对她说道："捉稳了。"我们先经过锡娜的房间，我先看见半把椅子，满地的碎片。我走过她的房间，来到我的旧房间，见卡罗琳刚醒，身体开始扭动。索菲娅掀开被子，抱起孩儿。我把锡娜放在床上躺下，为她盖好被子。

我转向索菲娅，说道："见鬼了这是？"

她摇摇头，一径地哭。

我走到锡娜的房间。看起来像是有人拿斧头劈砍屋里每一样家具——床、壁炉台、单独一把椅子，全都砍碎。我仔细察看，随即领悟此人真正的目标——锡娜上锁的小盒子，被砍作两段。我跪在地上，找到一些陈旧的纪念品：几颗珠子，一副眼镜，数张纸牌。但是，没有找到锡娜每周必定存进去的洗衣佣金，她购买自由的积蓄。我直打愣怔，试图思索谁会做出这种事。我听闻一些故事，主子和奴隶议定分摊佣金，然后又违背约定，吞食全部佣金。可是，这个故事放在锡娜这里说不通。锡娜年纪大了，她想赎身，这样不但能减免豪厄尔的养老负担，还能让他得到一笔额外的赎金。这等粗暴的行径，斧头劈砍的痕迹，说明此人除了暴力，没有别的办法可以逼迫锡娜。我立刻明白，不管此人是谁，必定也是奴隶。

亲人都走后，你才会开始明白自己多么需要他们。而今，无锁庄大概只剩二十五个奴隶。但是，而今不似从前。那时候，尽管人口众多，我们都相互熟识。而现在，在大街上，我只认得数人，在大屋的野兔洞里，认得的人就更少。从前，我们中间有奴隶医生，能给锡娜疗伤。但他们全都走了，被卖掉了，我们只能自己照料自己。我想起自己在费城的时候，知道这边一直有亲人在，心里就会感到温暖。而今，我觉得无锁庄已经陷入混乱无法纪的状态。我能向谁报告锡娜遭受的袭击？我父亲？他会如何回答？把更多奴隶送到桥对面？我敢相信被送走的就是真正的作恶者？

接着一周内，我们做了一些变动。我和锡娜搬了家，从大屋的野兔洞搬到下边的大街，住进锡娜的老木屋。只有在这里，我们才觉得安全。我只须早些起床，及时到我父亲那边履行职责。我们不让锡娜独自一人待着。索菲娅开始负责浆洗衣服，我尽量在周日帮忙，提水，捡柴薪，拧干衣服。一周后，锡娜差不多恢复常态。然而，袭击的恐怖改变了她的性情。自我认识她以来，我第一次在她脸上看到真实的恐惧，害怕继续待在无锁庄会面临什么。于是，我想起凯西娅，我知道是时候兑现诺言了。

那时候，令我担忧的不单是锡娜。后来，我从我父亲口中得知，纳撒尼尔未曾从田纳西回来，他事先传召索菲娅，自己却被一些紧急事务耽搁，不能返回。我无从得知是什么紧急事务，但暗自忖度他对索菲娅的计划，可能超过我自己先前的估算。并且，有这个想法的不止是我一个人。

索菲娅说道："你有没有想过，我会被带到那边去？"

我们躺在阁楼上，望着屋梁间的黑暗。卡罗琳睡在我们中间。阁楼下，传来锡娜低微的鼾齁。

"想过，"我说道，"特别是最近这些天。"

"你晓得我听说的事吗？"她说道。

"什么事？"

"我听说，田纳西完全两样。听说那边根本不是这样的社会，完全两样的做法。在那边，有些白人和黑女人做夫妻。我琢磨着纳撒尼尔，还有他的癖好，比方说，他要我装扮成……"

她陷入沉思，似乎在理清思路，然后说道："希兰，那人是想把我培养成什么吗？他是打算最后把我安置成他的田纳西太太？"

"这就是你想要的？田纳西太太？"我问道。

"你见鬼了，以为这是我想要的！"她说道，"你到现在还不明白吗？我想要的就是我一直想要的，就是我一直告诉你我想要的。我想要我自己的手脚，我自己的胳膊，我自己的笑，我自己所有宝贵的身体部分都属于我自己，只属于我自己。"

她转身面对我，我的眼睛仍看着屋顶，但我能感觉到她的注视。

"倘然我想要，倘然我愿意把所有的部分交给哪个人，那也得是我自己想要的，我自己愿意的。你明白吗，希兰？"

"我明白。"

"你不明白。你不能明白。"

"那你干什么反复告诉我？"

"我不是告诉你，我是告诉我自己。我要记得对自己的承诺，对卡罗琳的承诺。"

我们默然躺着，渐渐地睡去。但是，这次的交谈，我一句话也没有忘记。显然，是时候采取行动了。我卖力地执行组织指派的任务，随时向霍金斯传递情报。再有，我已开启"传渡"的秘密。因此，我觉得自己有资格要科琳·奎因履行协议。

眼看就到圣诞节了。而今的光景万分凄凉。这一年，沃克家族不回来过节。梅纳德过世后，我父亲要独自度过这个神圣的节日。然而，科琳·奎因来了，她现在与我父亲愈发亲近，带自己的奴隶到无锁庄来，使他不必孤单凄凉地过节。这一次，除了霍金斯和埃米，她带着更多仆隶，都是她信任的厨子、侍女、随从。科琳还带来一些亲戚朋友，陪伴我年迈的父亲。这个光景叫他高兴极了，因为他面前围着一群听众，出神地听他讲述弗吉尼亚的过去。

　　当然，这只是一出戏。所有这些厨子、仆人、堂表亲戚，都是特工，有些人是我在布莱希顿训练时就认识的，也有些人在星落地基地活动。榆树县日益衰落，眼见就要沦为荒地，上等人离开后，留下这片广阔的土地，正好供地下组织开展活动，扩展战争范围。时隔多年，如今回头看去，我不得不承认自己由衷地敬服。科琳实在大胆，无情，工于心计。当时，弗吉尼亚防备着再出一个加百列先知或奈特·特纳，然而，他们真正该恐惧的人就在自己家中，穿着淑女的服饰，标榜着高贵的出身、陶瓷般的优雅、神一般的仪态。

　　然而，我当时未曾意识到其中的天才，因为我与科琳虽有共同的目标，却是坚定地各走各的道。奴隶是我的亲人，不是武器或货物，而是有生命、有故事、有出身来历的人。我记得所有这些，在地下组织工作越久，这种感觉非但不曾减弱，反而增强。因此，那天，那年的最后一天，当我坚持要执行自己的行动计划之时，我与科琳便是站在对立的两端。

我们一同走下大街。我们编造的理由很简单：科琳想看看奴隶的旧住所，我做她的向导。于是，我护送她走出大屋，一路絮语一些琐事，经过花园和果园，转下通向大街的弯曲小道。

"我回到豪厄尔这边的时候，条件是把亲人'传渡'到北方，"我说道，"现在是时候了。"

"为何是现在？"她问道。

"几周前，出了一点事，"我说道，"有人袭击锡娜。拿斧头柄打伤她的头，把她的房间砸得粉碎，抢走了她洗衣积攒的钱。"

"天哪，"她说道，淑女的面谱之下流露真挚的关切，"找出歹徒了吗？"

"没有，"我说道，"她不记得是谁干的。现在人们随时搬进搬出……很难讲。再说，我根本不认识这里的人。相比之下，你带来的这批人当中，我反倒认识更多。"

"需要我们调查吗？"

"不用，"我说道，"我们得带她出去。"

"不光是她，是吧？还有一个——你的索菲娅。"

"不是我的。只是索菲娅。"我说道。

"好，我会注意措辞的，"科琳说道，淡淡一笑，"这一年你成熟多了，太神奇了，你真正地成为我们的一员了。请原谅，不过，确实令人赞叹。"

她惊奇地端详我。然而，如今回想起来，我觉得她那一刻端详的不仅仅是我，更是她的事业成果。因此，科琳惊奇的对象，与其说是我，倒不如说是她自己的力量。

"你还记得吗？"她问道。

"记得什么？"

"你母亲，"她说道，"你找到她的记忆了？"

"没有，"我说道，"我有别的挂虑。"

"当然，抱歉。索菲娅。"

"我担心纳撒尼尔·沃克会拿出她的所有权，召她去田纳西。"

"哦，这个你不必担心。"科琳说道。

"为何？"

"一年前，我与他做了一些交易。再过一周，她的所有权便归我。"

"我不懂你的意思。"我说道。

科琳疑惑地瞥我一眼。

"你真不明白？"她说道，"她当时怀着他的孩子，是不是？"

"是的。"我说道。

"那么，你就该明白，"她说道，"再怎么说，你自己也是男人，有着简单动物的严酷而短暂的兴趣，服从欲望的季节盈亏，完全无异于你的叔叔，你们的上等人纳撒尼尔·沃克。现如今，他在田纳西，拥有整个原野，尽他享受。他还会需要索菲娅？"

"可是，他传召她，"我说道，"就在两周前，他传话召她。"

"我相信，"她说道，"或许是怀旧？"

在地下组织，科琳·奎因是我见过最狂热的特工。所有狂热分子都是白人。他们认为奴隶制是对自己的侮辱，玷污了自己的名字。他们看到黑女人被卖到妓院，看到一个父亲在孩儿面前被脱光衣服鞭笞，或者整个家庭似猪猡一样被塞进火车、汽船、牢房。他们觉得奴隶制羞辱了自己，因为它冒犯他们深信自己与生俱来的善良天性。当他们看着亲戚们干着这桩事的时候，就会提醒他们自己也会轻易地做出这种卑劣的事。他们鄙视自己野蛮的兄弟，但他终究还是兄弟。因此，他们的反对只是一种虚荣。他们所憎恨的是奴隶制，而不是因为关爱哪个奴隶。科琳也不例外。正因为如此，尽管她执着地反对奴隶制，但她也能如此随意地把我关进地洞，把乔吉·帕克斯逼上绝路，嘲讽纳撒尼尔对索菲娅的凌辱。

当然，在那一刻，我仍未能如此条理清晰地分析。我当时只有愤怒，没有丝毫思维逻辑。我愤怒，不是因为听见她诽谤属于我的人，而是因为那个人助我度过生命中最黑暗的夜。但我没有发泄愤怒。早在遇见科琳之前，我便已熟悉这副面具。于是，我只是说道："我要她们出去。她们两个人。"

"没有这个必要，"柯琳说道，"我有这个女人的所有权。因此，她已经得救。"

"那么，锡娜？"

"还不是时候，希兰，"她说道，"我们的事业牵涉甚多，我们必须谨慎从事，不能坏了大事。榆树县的势力在衰弱，我们一天天地壮大，但我们必须谨慎行事。我已经做了许多可能让人起疑的事。我们在星落地做的，就是铁定的事实。还有你们两个，你和那个女人逃跑的事实。她有没有告诉你我照拂她？"

"她说过。"

"那么，你该理解的。我们同时需要应付的事太多了。倘然我们暴露，就要牵连无数人。"她放弃嘲讪的口气，几乎带着恳求说道："希兰，听我说，你为地下组织做的工作，具有巨大的价值。你关于你父亲的报告，为我们开启了我们甚至从未考虑过的可能性。就算你永远不能掌握'传渡'，你也已经证明自己的价值，很值得我们冒着风险带你出来。但是，我们需要考虑很多因素，平衡各种关系。倘若我一拿到纳撒尼尔·沃克侍婢的所有权，她便立刻消失，你说我该如何解释？这个叫锡娜的女人，热热闹闹地做着洗衣的生意，突然间不去接生意了，人们岂不会生疑？希兰，我们得万分谨慎。"

"你承诺过。"我说道。

"是的，我做过承诺，"她说道，"并且决意履行我的诺言。只是，不是现在。我们需要时间。"

我冷眼与科琳对视。我第一次这样看她，眼里不带弗吉尼亚指定的敬意。她并不是不讲情理。事实上，她说得不错。但我气她嘲笑索菲娅，气自己亲自送索菲娅去遭受凌辱的羞耻，气自己抛弃锡娜逃跑，又让她受人袭击，气我的母亲被出售，气自己不能保护她，不能为她报仇。所有这些愤怒在我体内沸腾，然后凝聚为投向科琳的一个眼神。

"你办不到的，"科琳说道，"你需要我们，但我们不会同意。我们不会为了你一时的小小痴迷，把整个组织送上刀尖。

你办不到的。"

继而，领悟在她脸上漾开，及至整张脸布满恐惧。她明白了。

"兴许你能办到，"她说道，"希兰，你会叫我们陷入地狱。理智一点，走出你的感情想一想。走出你的负罪感想一想。你没有权利危及其他可以得到拯救的人。想一想，希兰。"

是的，我在想。我想到玛丽·布朗森和她失去的儿子。我想到兰伯特死在亚拉巴马州的地狱，想到奥塔在各地兜售书籍换取莉迪娅的自由。莉迪娅，承受所有凌辱，只为拥有一个家。

"想一想，希兰。"她说道。

"你告诉我，自由是一个主子，"我说道，"你说它是司机。你说没人能飞翔，我们被拴在铁道上。'我知道。正因为我知道，我为它效命。'你这么告诉我。"

"你知道我不是没有同情心，"她说道，"我知道你经受过的事。"

"不，你不知道，"我说道，"你不可能知道。"

"希兰，你发誓，你不会摧毁我们。"她说道。

"我发誓我不会摧毁我们。"我说道。然而，这句双关语不能愚弄她。至于我们余下的谈话，还是尽量不提吧。因为在无数年以后，我对她依然抱有最高的敬意。她的话都是最真挚的肺腑之言。而我，也是如此。

3 2

我独自一人。"传渡"若是一种需要把握的力量，就必须用我一个人的手去把握。在我看来，我们的离开，已是不可避免的事实。我必须告诉她们，锡娜和索菲娅。我决定分别和她俩单独讲，因为向锡娜的坦白，须涉及比地下组织更重要的事。于是，我决定先做自以为较容易些的——索菲娅。

锡娜开始发噩梦。我们觉得是因为那次袭击。于是，我们渐渐形成习惯，特别是在她噩梦连连的夜里，让卡罗琳睡在锡娜怀里，让她感受一些慰藉。正是在这样一个夜里，我觉得是时候坦白了。

"索菲娅，我准备好了，我要告诉你去哪里，怎么去。"

她仰面躺着，眼望人字形的屋顶，听见我的话，她翻转身，拉起粗棉毯盖好，看着我。

"关于我去了哪里，"我说道，"关于我在那里的时候发生在我身上的事。"

"不是布莱希顿？"她说道。

"是布莱希顿，"我说道，"但那里只是开头。"

纵使在黑暗中，我仍能看见她的眼睛，炽烈的眼神让我无法承受。我翻转身，背对着她。我深吸一口气，缓缓地吐出。

然后，我告诉她，离开这里后，我看到另一个国度，呼吸惬意的北方空气，在自己想起床的时候起床，自己想走动的时候走动，乘火车去巴尔的摩，挤过费城嘉年华似的人群。我能做所有这一切，是因为我属于那个她只在谣言和故事里听说的自由中介——地下组织。

我告诉她此事如何发生，告诉她科琳如何找到我，如何在布莱希顿训练我，霍金斯和埃米如何参与她的计谋。我告诉她乔吉·帕克斯如何被摧毁，我如何参与他的毁灭。我告诉她怀特一家，告诉他们如何关爱我，他们如何拯救玛丽·布朗森，迈凯亚·布兰德如何舍弃自己的性命。我告诉她我如何遇见摩西，凯西娅被卖掉之后如何存活，如何记得锡娜。我告诉她自己如何承诺要带锡娜出去，现在又是如何计划着把她一道带出去。

"我承诺带你出去，"我说道，"我遵守我的诺言。"

我翻转身，见那双眼睛仍看着我。只是，这双眼睛只有沉寂——没有惊愕或讶异，没有任何情绪。

"你就是为这个回来的？"她说道，"遵守你的诺言。"

"不是，"我说道，"我回来，是因为我被命令。"

"倘然你没有被命令？"她问道。

"索菲娅，在那边的时候，我一刻不停地想你，"我说道，伸手抚摸她的脸，"我担心你，担心他们会对你做的……"

"可是，你担心的时候，我在这里，"她说道，"不晓得接下来会发生什么。不晓得你怎样。不晓得那个科琳女人到底想干什么。"

"她从纳撒尼尔手里买了你的所有权，"我说道，"你不会去田纳西的。"

她摇摇头，说道："那又怎样？你又带着这个故事回来。我相信你的故事，真的相信，希兰，我了解你，可我不了解他们。"

"是的，你**确实**了解我，"我说道，"对于所有发生的事，我很抱歉。可是，我现在理解你了。我理解你从一开始就说过的话。我知道不单是你，还有卡罗琳。我要带你们出去。还有锡娜。"

"你哩？"她说道。

"我留在这里，直到被告知离开，"我说道，"我现在属于这里。这件事，大过我自己和我所有的愿望。"

"也大过我，"她说道，"大过这个孩儿。你说过她是你的血脉。"

接着，长时间的沉默。然后，索菲娅翻身仰面躺着，凝望屋梁。

"你还没有讲怎么出去，"她说道，"我跟你说过，我要知晓是什么法子。"

"什么法子，是吧？"我问道。

"嗯，什么法子。"她说道。

"来。"我说道。

"干什么？"

"你说你要知晓什么法子，到底要不要晓得？"

我爬下木梯，在门前穿上短靴，裹上大外套。我回头看，见索菲娅在凝视卡罗琳，孩儿睡在锡娜怀里，发出轻微的鼾息。

"来。"我说道。

我们走过那条小径。在我眼里，这条路已变得神圣。这些日子里，我反复地练习与试验"传渡"力量和记忆的深度。因此，数分钟后，当我们抵达雁河岸的时候，我感觉自己很有把握。

我转身看着索菲娅，说道："准备好了？"她把眼珠一翻，摇摇头。我拉起她的手，另一只手抓着那只木马。

我领她走向河岸，一面走，一面讲起那个夜晚，我们所有人都在一起度过的上一个圣诞节。我不止是讲述那个夜晚，更是感觉，让它变成真实的存在——康韦和凯特、菲丽帕和布里克，还有锡娜，在篝火前怒气冲冲——"土地，黑鬼，土地！"她吼道。然后，我记得乔吉·帕克斯、琥珀，他们刚出世的儿子。我记得自由的人——埃德加和佩兴丝夫妇、帕普和格里瑟兄弟。我刚想到他们，便感觉索菲娅受惊一跳，越发捏紧我的手，我知道"传渡"的力量来了。

一阵浓雾笼罩河面。我们看见他们在雾气上方，魂灵从我们面前掠过，在鬼魅的蓝光里，圣诞节那夜的所有人都出现了。乔吉·帕克斯吹口簧，埃德加弹班卓琴，帕普和格里瑟放声唱歌，余下的人围着篝火舞蹈。我们能够听见他们，不是在耳中听见，而是在皮肤深处某个地方。浓雾的边缘似是活的，一缕缕雾犹如手指，伴随音乐的节奏摆动，似乎朝我们伸来，拍打着节奏，轻盈地引诱我们加入舞蹈。

接受邀请很容易，只须我紧紧地一捏那只木马。我把木马一捏，手指般的雾倏忽而至，把我们攫住，拽我们向前，猛然间又释放。我感到索菲娅脚下不稳，便紧紧挽着她的手。她恢复平静，转过头错愕地看着我。我们朝外望去，见森林在我们眼前，而雁河、浓雾和魂灵转到我们身后。回头望向河面，我们明白方才发生的事——我们已被"传渡"到雁河对岸。

我们朝下看，只见雾的卷须从我们身上退缩，我们听到音乐又响起，愈来愈响亮。乔吉吹口簧，埃德加弹班卓，其余的人唱歌跳舞。我们看到雾的卷须又伸来，舞动着节奏召唤我们。我从口袋里掏出木马，高高地擎起。木马在我手中散发蓝色的光芒。我看向索菲娅，又把木马用力一握，雾气涌来，将我们捉住，卷向河的对岸。被释放后，索菲娅跌坐在地上。我挽扶她起身，再回头看去，音乐又嘹亮起来，雾的手指又朝我们召唤。

"就像跳舞。"我说道。

我又用力一握木马。这一次，索菲娅倚身靠向雾气，把自己交给它，任它牵引，她的脚步反倒平稳了。我又一握，我们又被"传渡"。再一握，再被"传渡"。然后，我想起儿时与锡娜一道生活的家，想起我在那里度过的所有时光，想起那些年来这个家对我的意味，我的手便又紧紧地一握，蓝雾的卷须又把我们掬起。然而，这一次被释放之时，我们发觉回到了大街，雾气退逝之际，我们看见的最后一个形象是跳水舞的女人。她头顶一只瓦罐，渐跳渐远，跳着跳着，她以最优美的姿势，把头一倾，让瓦罐滑到肩上，轻巧地伸手接住，她含笑提起瓦罐呷一口，当她消逝之时，她把瓦罐递给一个未现身的人。

我们回到木屋，索菲娅爬上阁楼。我跟随在后面，却无力支撑，从楼梯上摔下来，摔得那么重，惊醒了锡娜。

"作死，你们俩做什么啊？"她喊道。

"出去换口气。"索菲娅说道。

"换口气，呃？"锡娜疑惑地说道。

索菲娅探身把我拉上楼梯。一爬上阁楼，我就陷入无梦的昏睡。次日早晨，我很早起床，勉强撑过这一日的职责。

当天夜里，我们睡在阁楼上，似平常那样开始深夜的对话。

"你第一次看到水舞是在哪里？"我问道。

"不记得了，"索菲娅说道，"在我老家，每个人都会。有些人跳得比其他人都好。不过，在那边，我们从小就开始学。你晓得吗，舞蹈是与一个地方相连的？"

"不晓得，"我说道，"也从不晓得这个舞蹈是从哪里来的。"

"有个故事，讲有一位大王，和他的子民一道被拉上贩奴船，从非洲载过来。但是，快靠近海岸的时候，他和他的子民动手杀了所有白人，把他们抛下船，准备把船开回家。可是船搁浅了，大王朝外面看，见白人军队带着枪炮武器，从岸上冲过来。大王便叫他的子民走进水中，他们边走边唱歌跳舞，唱的是水女神带他们到这边来，水女神也该带他们回家去。

"我们跳水舞的时候，水在我们头顶平衡，就是唱颂歌给他们听，那些在海浪里跳舞的人。你瞧，我们把事情翻转过来。我们得用尽法子，不管做什么，尽力在眼前寻一条出路。你昨夜做的不就是那样？翻转过来。这就是桑提贝丝做的，是吧？昨夜我们从那里出来以后，我就一直想着她，还有那位大王。水中的舞蹈。桑提贝丝。你。

"你不是也说'像跳舞'？桑提贝丝就是这样。她不是走进水里，她是在水中跳舞。她把舞蹈传给了你。

"那个地下组织，他们找你，不就是为了这个？"

"是的，"我说道，"我以前做到过，但那个时候不是我自己把握的。他们觉察到风声，就一直观察我。梅纳德死后，就……"

"原来是这样。你就是这样从雁河蹚出来的。你要用这个法子把我们带出无锁庄？"

"是的，"我说道，"但是，这里头有个困难，我还没有琢磨透。这个力量靠记忆发动。记忆越深，就能把你带得越远。我对那年圣诞的记忆连接在乔吉身上，也连接着这个木马，我送给他和他儿子的礼物。可是，要把你们全都带出去，要走得那么远，我需要更深的记忆，需要另一个连接记忆的东西当我的向导。"

"你一直带在身上的那个铜币呢？"

"试过了。不能把我带得很远。穿过雁河是一回事，穿过整片土地完全是另一回事。要有更深的记忆。"

索菲娅沉默一些时刻，然后说道："这是不得了的力量。当然，也非得有这等力量不可，你可是地下组织的重要人物。"

"那是科琳的意思。"

"所以她不肯放你走。"

"不单是因为这个，"我说道，"但这是大半原因。"

"希兰，那你对我有什么打算，还有我的卡罗琳？我们要过什么样的生活？"

"我不晓得，"我说道，"我想我把你们安顿在北方哪个地方，我会常来看你们。"

"不成。"她说道。

"什么？"我说道。

"我们不走。"她说道。

"索菲娅，这是我们想要的，我们以前就是为了这个逃跑的。"

"'我们'，希兰，"她说道，"'我们'，你明白吗？"

"我当然非常想和你们一道走，离开这里的一切。可是，你要理解，我不能走。我已经告诉你所有的真相，把我们这场战争的内情都与你分享了，你该理解我不能走的原因。"

"我不是叫你走。我是说，我们，我和卡罗琳，没有你就不走。我在这里过了那么多年，眼看着那么多家庭离散。现在，我有了家庭，与你成家，像你自己说的，你是与我的卡罗琳有同样血脉的人。她是你的血亲。我晓得这句话不好听，可是，我要告诉你，你是她爹，这孩儿永远不会有比你更好的爹。"

"你晓得你在说什么吗？"我说道，"你晓得你都拒绝了什么吗？"

"不晓得，"她说道，"不过，有一天我会晓得的。到那个时候，我和你一道去见识那是什么。"

那一刻，我感觉到一种卑微又美丽的东西。那是在这条大街上、在美国所有大街上诞生的东西。那是在野兔洞里滋育的东西。那是淤泥的温暖。那是卑微者的解脱。直面事实，逃离上等人，我们生活在这个真实世界的沉重和粪便之中。

我转身入睡，感觉索菲娅贴近我，一条手臂滑进我的臂弯，摸到我最温暖柔软的地方。

"你晓得你这是把自己锁在这里。"

一时间，我得到的答案只有后颈温暖轻柔的气息。然后，她说道："倘然是我自己选的，就不是锁链。"

第二天，锡娜与我一道驾车接取浆洗的衣服。次日，我们整天浆洗，从井里提水，浸泡衣服，捶打污垢，拧干晾晒在野兔洞的干衣房。索菲娅没有与我们一道洗衣服，说是卡罗琳生病了。生病只是借口，其实是我们特意安排的。只是，从结果来看，这个主意不太理想，因为在整日的劳动结束后，我们两人双手肿胀，手臂疲惫无力，锡娜便开始数落索菲娅。

我们步伐艰难地走下大街，锡娜说道："她哪里不舒服，希？"太阳早已落山，我们形如两个鬼魂走在小道上，路过果园，穿过树林。"我真希望你寻个比她能吃苦的女人。这个索菲娅，干活太不行了。"

"还可以吧，"我说道，"我不在的时候，她帮你干活。"

"你管那个叫干活？"锡娜说道，"照我看，你回来后，她才算开始卖点力气。希，跟那样的女人过一辈子，你怎么撑得下去呢？女人只会做事给人看，不管什么事都推给男人去做，怎么做得完？我年轻的时候，在大屋里，没有哪个男人比我勤快，连我自家男人都不如我。在烟叶地里，我把别人都甩在后头。我还收拾家里。是啊，有的时候，我也琢磨，这么卖力又有什么用，到头来还不是被人敲破脑壳，抢走那一点买自由的积蓄。所以，兴许那个女人晓得什么我不晓得的东西。"

"我见过凯西娅。"我说道。一天里，我时时刻刻想说这句话，想要巧妙地插入谈话中间。可是，我一直没能找到得体的方式，心知这个时候非说不可了。于是，我便选择最直截了当的方式。

锡娜停下脚步，转身盯死我："谁？"

"你女儿，"我说道，"凯西娅。我见过她。"

"你这是气我数落那个女人？"

"我当真见过她。"我说道，尽量保持镇定。

"哪里？"锡娜说道。

"北方，"我说道，"她住在费城郊外。她从你身边被夺走后，被卖到马里兰。从那边逃到北方。她成家了。丈夫待她很好。"

"希兰……"

"她想要你和她团聚，"我说道，"她想要你到北方和她一起生活。锡娜，我没有开玩笑。我和她话别的时候，跟她说过，我要把你带到她身边。我做了承诺，现在，我要兑现这个诺言。"

"兑现？怎么兑现？"

于是，在这片森林里，正如数日前向索菲娅解释的那样，我把自己的经历告诉她，告诉她我变成了另一个人。

"这么说，就是地下组织？"她问道。

"是，但也不是。"我说道。

"到底是哪个？"

"是我，"我说道，"是我。我想问的是，你愿不愿意接受？"

"凯西娅？"她说道，语气却无询问的意味，"最后一次看见她，她只有那么一丁点大。任性得要命。她爱她阿爹，爱得不得了，你晓得吗？他对孩儿严厉得很。我们种了山茶花。上辈子的事了。上辈子。她到屋后的院里，摘来摘去，我就……"

她的话音渐弱，脸上流露出困惑。

"凯西娅……"她柔声说道。眼泪滚落，默默地慢慢地淌下，没有抽泣或哭号。她又说一声女儿的名字，转头瞅着我，问道："你见过其他几个吗？"

我摇摇头，说道："对不起。"

这个时候，哭声响起。低沉嘶哑的哭声，她呻吟着，不住地摇头，"喔唷，上帝哟上帝哟。"

"你与我提起这个做什么？你这是要做什么？你与你的地下组织？见鬼，我不在乎了，我早就认命了。你与我提起这个做什么？"

"锡娜，我——"

"闭嘴，你讲够了，轮到我了。你晓得我受的苦吗？你，你也是尝过这样的苦呀。我把你收养，你就这么报答我！你就这么对我！"

"就是在这个屋里，你那么丁点大的时候，我把你收养，你从北边回来，就这么对付我？你晓得我受了多少苦才接受这个事的？"

她脚步后退，退出我的眼前，退出木屋。

"锡娜……"

"别拉我！你离我远点！你和你的女人，你们给我离远点！"

她跑进黑夜，我追上她，拉住她的手臂。她手臂一甩，拿手肘撞我，用拳头打我，挣脱我的手。

"别过来！"她喊道，"告诉你，别过来！你有胆子跟我提这个。希兰·沃克，你给我离远点！我眼里没你这个人！"

我不该吃惊的。及至那时，我已经懂得过去如此沉重地压制我们。我比谁都懂这个道理。我见过有些丈夫亲手把妻子摁在地上挨鞭笞，我见过孩子看着自己的父亲摁住母亲挨鞭笞。我见过与猪猡一同吃泔水的孩子，我必定从小就懂。倘若不然，为何只有那个记忆，我母亲的记忆被封存，被锁进黑匣子？

那一刻，望着锡娜消失在黑夜里，我自知没有资格阻挠她想要遗忘的愿望。是的，我都懂。我走回木屋坐着，坐了很久，暗想自己多么理解锡娜的愤怒。我整夜反复思索这件事。躺在索菲娅身边，小卡罗琳睡在我们中间，我终于想通接下来该做什么。凯西娅只能是锡娜曾经失去、曾经被夺走的纪念，因此，倘要再见她的女儿，锡娜必须召唤记忆。我知道，倘若我自己不能召唤记忆，就没有资格要求她。

3 3

次日清晨，我起床，汲水梳洗。天色未明，我朝着那栋白色的宫殿走上山，一路思索眼前浮现的记忆碎片，犹如洒在道上的面包屑。我想到古老传说里那位非洲大王，他翻转境地，走进波浪跳舞，我的外祖母也是如此，在水女神的护佑下，跳着舞蹈带人们回家。那么，我和梅纳德落下雁河的那一夜，看见我母亲在那座桥上跳舞，踢踏朱巴舞，看见她在水上、在水底舞蹈，那又是翻转了什么？

纵使锡娜转变心意肯离开，我也需要强大的记忆，才能移动她。于是，那天上午，我侍候父亲进早餐，陪他在屋外视察一番，最后搀扶他回客厅坐下歇息。然后，我上楼到他的书房，他的书信都收存在这里，我匆匆写下数行句子，寄往费城地下组织。自然，我须万分谨慎。收件人是当地的一个假名，地址是我们在特拉华河码头的安全屋，信中用代号和混淆的指示，告知哈丽雅特我打算做的事。我不知自己当时有何期待。再者，即便关系着亲人，我也不知哈丽雅特在这场战争里如何站队。但她说过，倘我遇到困难，要先告诉她。于是，我便照做。

事毕，我下楼，搀扶我父亲到书房查看他的书信——几乎所有信函都来自西部。他的视力和手指都十分虚弱，我大声念给他听，再笔录他的回信，封好寄出去。处理了书信，我们回到他的卧房，我侍候他更换一套适宜体力劳动的衣服。然后，我走下野兔洞，换上工装，来到大屋后花园与他碰面，我们扛起铁锹和铁铲挖掘，聊作体力锻炼，直至太阳往西沉。我们进到屋里，再次更换衣服。我侍奉我父亲喝每日下午必喝的甜酒。他很快开始打盹。是时候了。

我上楼，再次走进我父亲的书房，注视那个红木高脚橱，想到自己看着梅纳德翻寻不属于他的东西之时替他感到羞耻。然而，这份羞耻无疑是荒谬的，因为在这栋房屋里，在这个庄园，事实上，在这片土地上，没有一样物品可以正当地被称为豪厄尔·沃克的财产。然而，作为上等人，作为盗贼，豪厄尔无所顾忌地伸张自己的所有权。梅纳德自然依照父亲的样式。或许我也该如此。

我拉出底层的小抽屉，里面摆着一只精致的黄檀木匣。我感觉，倘我选择打开匣盖，一切就不可能恢复原样。事实确实如此。

匣子里，我看到一串贝壳项链。我立刻肯定这串项链就是在梅纳德死去那夜看见的，在我母亲的胸前晃荡。我伸手拿起贝壳项链，贴近自己，绕到脖颈后戴上。搭扣相连的瞬间，犹如寻回一块遗失已久的拼图，我的手指间淌起一阵涟漪，波浪涌上手腕和胳膊，涌进体内最深处，冲击得我脚下踉跄。我稳住身体。这时候，那阵熟悉的波浪开始消退。那是记忆的能量。我母亲的记忆。此时此刻，曾经只在别人的言语里知晓的母亲，在我眼前构成肖像和图画。脑中氤氲了无数年的烟雾散尽，我看见母亲清晰的形象，看见我们一同度过的短暂时光。我还看到她的终点，真切地看到她的终点如何到来，清晰地看到带来终点的那个人。

我告诉你，我用尽全身力气，才能控制住自己，才没有立刻奔下楼，冲进花园，拔出仍插在冷冻土壤里的铁锹和铁铲，迸洒我父亲血管里残存的那一丝性命。我没有那么做，完全只是因为风险，因为我关爱的人，我知道他们指靠我的记忆。为了留存记忆，我必须活着。

我合上匣子，摆回高脚橱。我把项链掖进衬衣领，下楼去，见我父亲已睡醒，正望着窗外，我才发觉天快黑了。那一刻，我突然意识到，本以为只用了数秒钟，却竟然过了很长时间。我走下厨房，见我父亲的晚餐已在准备，记起他今晚不是单独进餐。我奉上第一道菜——面包和龟汤，看见科琳·奎因与我的父亲一同坐在餐桌前。进餐时，她未曾流露出丝毫迹象。然而，用毕晚餐，两人起身转到客厅喝茶时，她顺道向我提起，霍金斯好像有句话要跟我讲。

我来到屋外，走向马厩，心中已料到他要说什么。霍金斯紧密地依附着弗吉尼亚地下组织，从而便是依附着科琳·奎因的命令。无疑，她思忖自己若不能阻止我，或许与我经历相似的人能够说服我。夜深了，空气清寒，一轮皓月当空。我找到霍金斯，见他坐在马车里抽雪茄。他看见我，微微一笑，示意我坐上去。

"我晓得你要讲什么，"我说道，"不管你讲什么，都改变不了要发生的事。"

"喔唷，"他说道，伸手掏口袋，"我单纯想请你抽雪茄。"

"你不单只有这个想法。"

"保证没有别的想法。"

他把一根雪茄授予我。

"我感觉我一向待你比较严厉，"他说道，"那是因为我处的这个位置，但也是因为我这一路的经历，还有最后是怎么来到这个位置的。我和我家埃米，我们是被科琳拯救的，你知道吗？"

"我知道。"

"你知道她来以前我们就在布莱希顿。"

我点头。

"那，我只消告诉你那个地方有几层地狱。后生仔，不是你平常看见的遭罪。不光是做奴隶。我相信，埃德蒙·奎因是我见过最鄙吝刻毒的白人。你见过那边的情况。上等人来访的时候，布莱希顿就换一副面孔，是吧？表面像是弗吉尼亚的古老庄园，是吧？他们一走，我们就恢复原样。

"布莱希顿一直就这样，一直有两副面孔。但埃德蒙·奎因的两副面孔跟现在两样。很多年来，我看着他装虔诚，装高贵，在社交界敬酒，给救济院捐钱，背后往死里榨我们。抱歉，希兰，我本不想提他的事。我只是想说，可怕到那个程度，只要能把我自己和亲人从他的手底下救出来，我什么都肯做。只有科琳·奎因给了我这个机会。

"我感激科琳。从心底里感激她为我，为我妹妹，为弗吉尼亚地下组织救出的每一个人所做的事。我不肯替她做的事没有几件，因为是她的计谋为我们摆脱了那个魔头。还有，是她带我们做这个新事业，为我们摆脱那个魔头侍奉的大魔头。"

霍金斯倚身靠进车厢，抽两口雪茄，橙色的火光在黑暗中闪烁，白烟缕缕飘逸。

"所以，她来找我，说我们有一个自己人，从奴隶制里救出来的，跟我们救出来的许多人一样，想要暗算她，反对我们。她要我跟此人谈一谈，拿出我的真理和智慧劝导他，我只好答应。"

"没这个必要，"我说道，"你不晓得我的事。"

但他继续讲述，好似不曾听见我说话。

"我见识过很多人，弗吉尼亚基地救出来的。喔唷，哪一个不是带着大堆麻烦一道来的。拯救行动从来不可能照着计划一步步地走。你自己也瞧见了。布兰德去亚拉巴马。去年那个男人，带着相好一道来。你晓得我的意思。从来不会照事先计划的。你自个儿在野外冒险，别人却不照你的安排行动，就会叫你心里不乐意。

"拿你打个比方。我们听说要救的是你。你要做的就是开个门，打个响指，或者抽抽鼻子，整个庄园就消失了，"霍金斯兀自笑起来，"虽然结果不像这样。"

"我试过，"我说道，"我试过一回——"可是，他依然无视我的话。

"不过，依我看，这个就是教训了。有的时候，我们忘了我们侍奉的是自由。奴隶制才是我们的敌人。自由就是一个人高兴做什么就去做的权利，不是我们给它立的规矩。倘然说你不像我们预先设想的，那就是我们的过错，因为你一直是你自己想要做的人。"

这时，霍金斯沉默。我们坐在那里抽雪茄，冷风吹过我们身体。

"希兰，我不晓得你经历了什么。我不晓得你一定要带出去的人都经历了什么。我想要告诉你，真心想要告诉你，我不会做你眼前打算做的事。但是，我说这句话，绝不是什么义正词严的。倘然是为了把我自己弄出去，把我的埃米弄出去，天晓得我会干出什么来。你是自由人，得照你自己的心思办事。不能照我的心思，不能照科琳的心思。"

"都不重要了，"我说道，"看来她们俩都不想出去。"

霍金斯微微一笑。

"她们当然想，"他说道，"谁不想？不是想不想出去的问题。每个人都想，只是怎么出去的问题。"

下一个周日，我清晨去见锡娜，一道驾车派送衣服。干净的衣服都折叠平整，装在木条箱里。我们默默送完衣箱，返回无锁庄，在马厩停靠马车，拴好马。她一言不发，默默地走了。我跟随她走进野兔洞。她在从前的房间里，过去一周搬回到这里。

"怎么了？"她抬眼瞟我一眼，嘲讽地说道。

"这么说，就这么着咯？"我说道。

"看起来是的。"

"嗯。"我说道，下山回到大街。次日，我到大屋侍候我父亲，行至野兔洞通往大屋的秘密楼梯，见锡娜站在那里等我。借着灯笼光，我看得出她哭了很久。看见我，她摇着头，抹去脸上的眼泪。

"希啊，你说，叫人怎么受得住？重担啊，另外一桩劳役。"

"我晓得，"我说道，"我都晓得。我都记起来了，我都懂了。"

"当真？"她说道，"我只恐你不晓得。我只恐你只晓得自己的想法，只晓得从姆妈怀里被夺走的孩儿那头的想法。可你晓得另一头的想法，晓得做姆妈的想法吗？希兰，你晓得叫我那样关爱你多难吗？夺走了我的赛拉斯，我的克莱尔，我的阿兰，我的艾丽斯，我的凯西娅，又要我从头做一个母亲，你晓得多难？太难了。可我瞅着你趴在阁楼上，趴在那里张望，我晓得我的孩儿不会回来了，你家姆妈不会回来了。倘然我们两个没有别的同样，至少有这一个同样的。

"我爱你，希。你走后，我常回那个屋子。你把我留在这边就走了，跟你那个女人一道跑了。我每天夜里头哭着睡过去，哭了一个月。我担心他们会怎么对付你，怕得要死。我不敢相信。又失了一个亲人，这一个还不是给卖掉的。所以，必定是我自己的缘故。我身上必定有什么，总要推走我爱的人。我心里受折磨，心都绞碎了。接着，你回来了。不光回来，还带回了故事，重提起那间屋子里的旧事，重提起我被剥夺、被侵犯的旧事。现在，你又来告诉我，叫我回到过去。

"希，我能跟她讲什么？我成了什么人？看见她的时候，我能怎么做呢？我的眼里只会瞧见失去的其他几个孩儿！"

她把脸埋进手掌，低声啜泣。我抱住她，把她拢进怀抱，把她的头贴在我的胸膛。我们站在那里，彼此拥抱。如此，我们开始倒计在无锁庄的最后日子。

我们绝对不想留在从前的无锁庄，更不能留在这个日益败坏的无锁庄。索菲娅有了庇护——科琳的庇护。无论科琳有何短处，但她向来言出必行。可是，我很担忧锡娜，她年纪大了，又遭受袭击。忧虑催促着我尽快行动。我父亲已经如此习惯于买卖与交换奴隶，想尽办法敷衍家用，躲避时刻纠缠着他的债主。他难以继续支撑。只是，我当时不知情，他已经放弃了支撑。然而，纵使知情，我向凯西娅做出了承诺，并且铁了心要说到做到。

我用两周等候哈丽雅特的消息。没有接到回音，我忖度大概不能期待她的支援。对于这个事实，我既没有怒意，也没有不安。我在地下组织只有一年，交情不深，并知晓他们任务繁重，也理解他们需要保持忠心所向。那么，只能靠我自己，我一个人的地下组织。我在雁河边尝试过小小的"传渡"，可是，似古老的非洲大王、桑提贝丝、摩西那样"传渡"，还是让我觉得有些离奇。幸好，我找回了记忆。全部记忆。我也拥有这一件东西，希望能够借它聚集那些失去的年月的能量。

我们最后相聚的夜晚，是那年冬季最冷的一天。那是周六，我特意挑选这一日，以便在周日恢复身体，周一如常履行职责，不至于引起怀疑。我们摆出当时难得的一桌大餐：灰烤玉米饼、鱼、咸猪肉、甘蓝菜。我们静静地享用，然后默默地坐在木屋里——锡娜已回来居住。锡娜给索菲娅讲起自己年轻时的故事，倒惹出许多欢笑。然后，是时候动身了。我们匆匆道别。我告诉索菲娅在屋里等候，倘天亮时我还没有回来，就到河岸寻找。

木屋外，我仰头看天，夜空浩大清澈，月亮似女神一般皎洁，众星是她的后代，她的随从，她的森林精灵和宁芙，分布于宇宙空间。我拉起锡娜的手，领她一同走出木屋，穿过林中隐秘的山径，地面在我们脚下咯吱作响，我们径至雁河岸边。我未曾告诉锡娜接下来的事。我不知该如何形容。她只晓得我找到了桑提贝丝的路，索菲娅见识过。因此，当锡娜拉住我的手，突然停住脚步的时候，我完全理解她的紧张。我转过身，见她抬头仰望。我跟随她惊慌失措的目光，望见适才澄净的夜空，此时已是黑云笼罩。白色雾霭从河中氤氲生起，水面漆黑，只凭波浪轻拍堤岸的声息，才让人知晓那是河流。我感到贝壳项链的温暖。

我们继续行走，顺着河岸朝南去，直走得轻雾凝聚，似乎囤积为一堵厚重的雾墙。我们看到雾墙上阴森森地隐现那座桥，把我们无数人载去纳奇兹道的石桥。为了避开赖兰的耳目，我们只走小路。尽管巡逻队人手减少，并潜伏着地下组织的特工，但他们仍然时时在县里出没。我们绕道来到桥埠。放眼望去，只见雾气凝聚如此厚重，天上的黑云似乎都降落下来，把一切包裹起来。只是，并非所有一切都被包裹，因为我看到远处一轮蓝色光晕正在浮现，那边必定是河流，或者曾是河流的所在。蓝色光晕似记忆一般释放。这时候，我感觉项链在衬衣下燃烧，炽烈似北极星。我便把它拉出来，露在衬衣外。

时候到了。

"为了我的母亲，"我说道，"为了所有从这座不归桥上被带走的无数母亲。"

我转向锡娜，看到贝壳项链的柔和蓝光把她全身笼罩。

"为了所有留下来的母亲，"我说道，一只手紧紧地抱着她，另一只手贴着她的面颊，"以那些不再归来的母亲之名继续存活。"

我转向石桥，迈开脚步。脚步移动时，我看到雾的卷须拍击桥头，蓝色的光芒在远远轻巧地舞动，看似那么遥远的尽头。只是，我知道，今晚，我们的终点不是这样的尽头。

"锡娜，我亲爱的锡娜，"我说道，"我多少次对你讲起自己，可是我从来没有向你揭示真正引导我的东西，因为我一直把它藏起，埋在雾里，埋在像眼前这么重的雾里。只好埋起来，因为我太小，承受不起现实。我太小，倘然带着那个记忆，就会活不下去。

"你晓得我的母亲叫罗丝，我父亲叫豪厄尔·沃克。我是这桩无耻结合的产物。我不是独子。我有一个兄长，早我两年出世，无锁庄主母的亲生儿子。据说，他身上流的血，是这个古老庄园的高贵纯正的血统，某一天他会成为精明又智慧的继承人，因为那个血统是魔法，是科学，是上帝指定的命运。可是，我证明那个血统的错误，证明没有先天注定的命运。经历过所有这一切之后，我想是我失去的母亲的血，让我做到的。

"长久以来，我不懂，我不记得。可是，我现在懂了。她那双明亮喜悦的眼睛，她的笑容，她深红色的皮肤。我记得她那个世界的故事，从水上传来的故事，她只在夜里给我讲的故事，倘然那一整天我都很乖。我记得那些故事在我心里发光，给我们的黑夜涂满色彩。我记得库非的故事，他把大鼓掖进骨头里。还是水女神，她的居所在海底的天堂，等我们结束这辈子的劳作后，都要去她那里领取我们的奖赏。"

这时候，雾把我们密实地包裹，我感觉桥在脚下消失。锡娜仍拉着我的手，我感觉贝壳项链散发的热量传遍全身，河面的水浪已经平静，只传来微弱的声息。

"可是，骨头里掖着大鼓的库非，属于这个世界，属于我们奴隶。我母亲的骨头，每一根，每一寸，都响着大鼓。很多故事讲她跳舞，大概比她自己讲的故事更真实。我记得她踢踏朱巴舞，和她的姊妹埃玛赛斗，她的贝壳项链不停地晃，头顶的瓦罐纹丝不动。那些是好辰光。好辰光啊，就算是在做奴隶。可是，做奴隶总归是做奴隶。我相信，我的母亲和埃玛阿姨，就是因为知晓好辰光不能长久，才会拼了命地跳舞。"

讲到这里，我看见他们来了。悲剧那一夜闪现的所有魂灵。他们把我们环绕。我看得出来，这也是圣诞节。我记得这个圣诞节，那一年我五岁，榆树县依旧繁华，豪厄尔·沃克给大街送来数坛苹果酒。我看见他们围着篝火，我的母亲和埃玛阿姨，结对跳舞。我停顿，站住观望，尽管是我自己召唤的记忆，可我还是想细细地体味。可是，我一停顿，便看见他们开始消退，犹如终有一死的生命和记忆一般褪色。我明白我必须把故事讲下去。

"世界变了。烟叶衰了。我记得陌生人带着忧虑的面孔出现。我记得泥土结成块，雁河沿岸的古老庄园变成荒地，鼩鼠田鼠满园跑。我记得舅舅们渐渐都不见了，听说表亲们外出玩耍，却一直不见回家。我记得我们被带过这座桥，带去纳奇兹。我都记得，因为我就在那里。"

这时候，魂灵又在我们面前跳起舞来，我们看到同一批男人女人在我们前面行走，只是适才欣喜的面孔，现在只有悲痛，他们眼里有一股渴望，比雁河水还深。我才看到，方才舞蹈的手脚，现在从脚踝到手腕都锁着铁链。

"我记得母亲跪在床前，把我摇醒，背着我跑进黑夜。三天三夜，我们在森林里，与野兽一道，白天睡觉，夜里行路。她只是对我说，我们必须走，不然就要与埃玛阿姨一样了。那时候，我虽然年纪小，可我懂得埃玛阿姨被卖掉。倘然我们能走到沼泽地——这是她的目标，只要走到那里，我们就安全了，因为她不能像她母亲那样劈开河流。

"可是，他们追上我们。赖兰把我们捉住，把我们带回来。我们被关进星落地的牢房，我和母亲一同锁起来。我不太理解这件事。我好困惑，我的父亲来了，我真心相信这下子安全了，他来拯救我们。锡娜，他那么温和。他伸手摸摸我的脸，转头看着我的母亲，脸上露出痛苦的表情。

"'为什么你要逃跑？'他问道，'我做了什么，把你逼到这个地步？'

"可是，母亲只是沉默。他又问一遍，她还是不肯说话。然后，我看到他脸上的痛苦扭成愤怒，那个时候，我就明白，我父亲的痛苦，不是因为母亲，也不是因为我，只是为了他自己。因为母亲看懂他，看穿他高贵的外表，她知道他的真面目——这就是她的逃跑的意味——因为她知道他会卖掉她，就像他照样会卖掉她的姊妹，就像他照样会卖掉他的亲生儿子。

"我父亲走出去，母亲就明白了。她从脖子上解下这一串贝壳项链，交到我的手里。她对我说：'不管发生什么事，你要记得现在的我。勿忘你亲眼看见的事。我就要成为鬼魂。我尽力了，尽我的力量做一个好母亲。可是，我们现在得分开了。'

"然后，我父亲带着猎狗进来，他们把我从她身边拉开，我叫嚷哭号。他们把我从母亲身边拉走，把我带回无锁庄，把她关在牢里等候出售。"

这时，自我们启程以来，我的手臂第一次感觉到锡娜的沉重。太蹊跷了，似有一个强力，想把她从我怀中拖走，把她拖回那个洞里。我说出来的词语是能量。我们与其说是行走，不如说是在雾中飘移。我能感到胸前的贝壳项链十分炽热，看到它焕发蓝色光芒。我不能放弃。

"我们带着一匹马回到无锁庄。他用罗丝交换了一匹马。他夺走我的母亲。可是，那还不够。他还要夺走她给我的记忆。我们离开时，我父亲的怒气更盛了，我从未见过他如此动怒，他一把夺走我的项链。我挣脱他，拔脚跑走。第二天早晨，我跑到马厩，看到用我母亲换来的那匹马，站在饮水槽前，那个时候，我第一次感受这个力量，就是我现在给予你的力量——'传渡'。

"我坐在那里，坐在马厩里哭泣。疼痛灌满我的全身，我的皮肤痛得破裂，我的骨头迸出关节，我幼小的肌肉捶打肌腱。我紧紧地抱住自己。可是，一阵波浪在我身体里搅动，卷裹着我出了马厩，穿过了果园和田野，带我回到木屋。

"记忆的伤痛，记忆太尖利、太清晰，我不能承受。于是，就这一次，我忘记了，虽然我从不忘记其他任何事情。我忘记母亲的名字，忘记母亲遭受的惩罚，忘记桑提贝丝的力量，忘记水女神，把自己的眼睛投向无锁庄的大屋。"

这时候，我的身躯感觉到撕裂的剧痛，锡娜变得如此沉重，我的臂膀感觉要被压断，我的周身只有雾气，还有蓝色的光。

"那么多……那么多人，给我词语……可是，他们给不了记忆，给不了故事……"

词语开始颠簸。感觉我们在坠落……坠进某个东西。坠进雾中。

"可是，我要活着……索菲娅要活着……还有婴儿卡罗琳，要认识北极星，那是……"

然后，我没有词语了。我胸前的热量压制着词语，我们仿佛被抛下悬崖。坠落之际，一缕记忆，犹如一片9月的黄色树叶，在我身边飘荡，我在柳树下吃姜汁饼。索菲娅给我一坛苹果酒。乔吉·帕克斯告诉我勿逃亡。我在坠落。

雾外传来一个声音。随着自己体内的光芒消退，我看见另一道光——明亮的绿光——在远远地召唤。

"……不可在群鸟眼前撒开罗网！希，我们就是高山上筑巢的那群鸟，被网捕捉关押在锁链的低谷。"

然后，我重新飘浮起来。锡娜拉着我的手。

"那是什么？"她向雾中喊道。

绿光趋近，答道："这是'传渡'，朋友。这是古老的道路，也会永远通行无阻。"

我看进光芒，看到她在里面。哈丽雅特一只手拄着手杖，另一只手搀扶——我的天哪——凯西娅。

"希兰·沃克，对不住，我们来得迟了，"哈丽雅特说道，"只是，这一趟颇费些工夫。"

我不能说话。她的词语如同一条绳索，把我悬吊起来。我望向哈丽雅特的来路。雾气中，我看见特拉华河的船埠。

"接住了，好弟弟，"凯西娅说道，"回去吧。我们接住她了，安稳了！"

我能跟你讲的，当然还有更多事。至于我承受的疲惫和苦痛，简直无从描述。只是，我想要告诉你一些最后的情形，想要告诉你锡娜与她的女儿——从死人堆里回来的女儿——重逢时她脸上的神情。可是，在那个瞬间，我又开始坠落，不断地往下跌，穿越我一生所有的记忆，跌过迈凯亚·布兰德和玛丽·布朗森，跌过我自己的数重人生，跌过自由恋爱和废除劳工的倡导者，跌过怀特兄弟，跌回这个世界。

3 4

我在陌生的床上醒来。就如一年前与梅纳德一道被"传渡"到雁河,我浑身肌肉僵硬。抬眼望去,我瞧见阳光钻进紧闭的百叶帘。我正处于初醒时心绪迷惘的状态,但昨夜的记忆缓缓浮现。锡娜走了。

我下地来,想知道时辰,小心翼翼地迈开脚来到窗前,拉开百叶帘,放进阳光。阳光灿烂的 1 月早晨。我欲转身离开,却瘫倒在地上,倘若不是霍金斯恰好进来,我大概要一直趴在地上。

"把她带走了,是吧?"他说道,搀我起身,扶我走到床前。我勉力坐下,才感到双腿似乎略恢复一些知觉。"直接带走了。"他又说道。

我搓了搓眼睛,伸长脖颈探向霍金斯,说道:"怎么来的?"

"你大概比我清楚。"他说道。

"不是,我怎么来这里的?"我又说道。

"你的相好来寻我们,"他说道,"你的索菲娅,说她昨日清晨见你在她屋外，倒在冰冻的地上发抖。发高烧，嘴里一径地咕哝。她央人到星落地寻我们。我们便明白了。我们知会豪厄尔，当然，说把你带到镇上治疗。"

"当然。"

"你晓得的，我们根本不晓得你昏迷时会说出什么话，跟谁说话，又会传到谁的耳朵里。所以，我们认为该把你留在这里。这个安排不坏，因为那个锡娜走了，豪厄尔虽然不太觉察情况，但他可能会起疑心。她一消失，你就发烧，岂不太蹊跷？但是，我们一点都不晓得，是吧？甚至不在场。因为你决不能与她的消失有牵连。你决不会违背科琳的意思。你决不会危及弗吉尼亚地下组织。"

"决不会。"

"我就是这么说的。等一会儿，你感觉好些了，就穿上衣服，自个儿跟科琳说去。"

傍晚时分，我感觉稍微恢复常态，便穿上衣服，下楼到星落地客栈的客堂。房间对面一张桌子前，坐着三个男子，都是特工，慢慢啜饮艾尔啤酒。客堂另一端，一名酒保立着与科琳交谈，她正为一个笑话或故事发笑。她穿戴淑女服饰——脸彩，泡泡袖连衣裙，手提包。我立在房间这一端，从楼梯口凝望片刻，思索为什么是她，弗吉尼亚或者北方究竟有什么东西点燃了她体内如此炽烈的革命精神？是什么让这个女人，拥有一切的淑女，涉险失去这一切？我环顾客堂，敬服科琳在星落地的心脏所做的颠覆。她直接在奴隶制的腹地扎下根基。

不多时，她举眼瞧见我，欢惬的神色顿时消隐。她抬头示意壁炉前的桌子。我们走到火前，落座时，她说道："你做到了。"

我没有作答。

"你不必回答。我们知道你做到了。自从你外祖母的故事流传以来，一直有人反复讲述此事的可能性。"

"我没有做到，"我说道，"结果不似我想要的那样。"

"但她总归走了。"

"她走了。"我说道。

"我不喜欢看见这个结果，"科琳说道，"如此一来，问题就严重了。我必须能信任我的特工。我得知道他们的心思。"

我摇摇头，笑道："你晓得自己说话的样子吗？"

她一时沉默，然后露出微笑。

"我晓得，"她说道，"我确实晓得。但我不时需要提醒。"

"我相信，"我说道，"只是我的外祖母桑提贝丝，这场战争之前她就出现了，这个'传渡'，属于比地下组织更古老的东西。不错，我须对你忠诚，但我也须忠诚于那个古老的东西。"

"这个女人，索菲娅，你也要'传渡'她？"

"我会忠诚地待她，"我说道，"我能说的只有这句话。忠于她为我所做的一切。这是她第二次救了我的命。我不能忘记我为了什么效命，我效命的目标与我效命的人之间，不能有丝毫差别。"

酒保端上两杯热苹果酒。特工们仍在闲谈。我喝了几口苹果酒，说道："在我眼里，她们不是货物。她们是我的救赎。她们拯救了我，倘我遇到自己觉得必须救她们的时刻，我就会去救。"

"好，那么，我们只消确保不会有这样的时刻。"科琳说道。

"你如何确保？"我问道，"我们在奴隶制腹地，在这头野兽的咽喉里。就算你拿着她的所有权，又能怎样？还能做什么？"

这一次轮到科琳无言以对。她默然不语，呷着苹果酒，望着这间客堂，惊叹自己的成就。

一年后，我才理解科琳的秘密意图。只是，我现在觉得我早该猜到这个计谋的概略。次年秋天，我父亲过世。处理后事时，我才知悉他最后的经济状况。他把无锁庄逼上债务的绝境，但科琳·奎因挽救了他，条件是整个庄园及其境内的奴隶都成为她的财产。

因此，他去世后数月间，我们便开始改造庄园，使它具备和布莱希顿一样的形式和功能。也就是说，它表面上是弗吉尼亚的古老庄园，实质上是地下组织的基地。我们把余下数名奴隶悄悄安排到纽约州北部、新英格兰，以及地下组织握有土地的西北地区。

每送走一个奴隶，我们就用一些特工顶替空位。他们在弗吉尼亚州活动，甚至把战争拓展到邻近各州。在外人看来，无锁庄是科琳的财产，但实际掌管事务的是我。现实不似我曾经的想象，可是，我果真成为大屋公认的主人，无锁庄基地的特工。

锡娜离开两天后，霍金斯驾车送我返回无锁庄。抵达时，已是傍晚，我父亲正被侍候着进晚餐。我走去服侍，他露出微笑。

"感觉好些了？"他说道。

我俯身靠近他，故意让脖颈上那条玛瑙贝项链轻轻地滑出来。

"好多了。"我对我父亲说道。说话时，我甚至没有费心看着他。我已经不在乎他的回应。但是，我想要他知道我现在知道他所知道的一切。原谅与否，都无关紧要，而忘记等于死亡。

然后，我走下大街，径至大街的尽头。索菲娅在屋里，坐在火前准备晚饭。卡莉躺在床上，小手捉着被单，嘴里咿咿唔唔。索菲娅看见我，露出笑容，走过来温柔地给我一个亲吻。她继续准备晚饭，我逗弄卡莉玩耍。我们坐在一侧屋角进食，这是我和锡娜曾经的习惯。我把卡莉抱在膝头，掰一点灰烤饼喂她。索菲娅坐着，默默看着我们，脸上含笑，然后也开始吃食。

当夜，我们都睡在阁楼里。尽管锡娜走了，但我们觉得应当尊重并且保持她在这间屋子里的位置。夜深了，我们仍清醒地躺着。索菲娅望着人字形屋顶，卡莉睡在她怀里。我把手埋进索菲娅浓密的头发，手指无意识地绞着发绺。

"那么，我们怎么办？"我问道，"我们现在算什么？"

索菲娅把卡莉从怀里抱下，让她睡在我们中间，自己侧转身，面对面看着我。

"我们与从前一样，"她说道，"还是在地下。"

作 者 附 言

　　怀特家的故事取材于威廉和彼得·斯蒂尔兄弟及其家人的真实故事。读者可以在威廉·斯蒂尔撰写、昆西·米尔斯编辑的《地下铁路记录》（ *The Underground Railroad Records*, Modern Library ）中深入阅读他们的传奇，以及他们在前奴隶中间收集的故事。